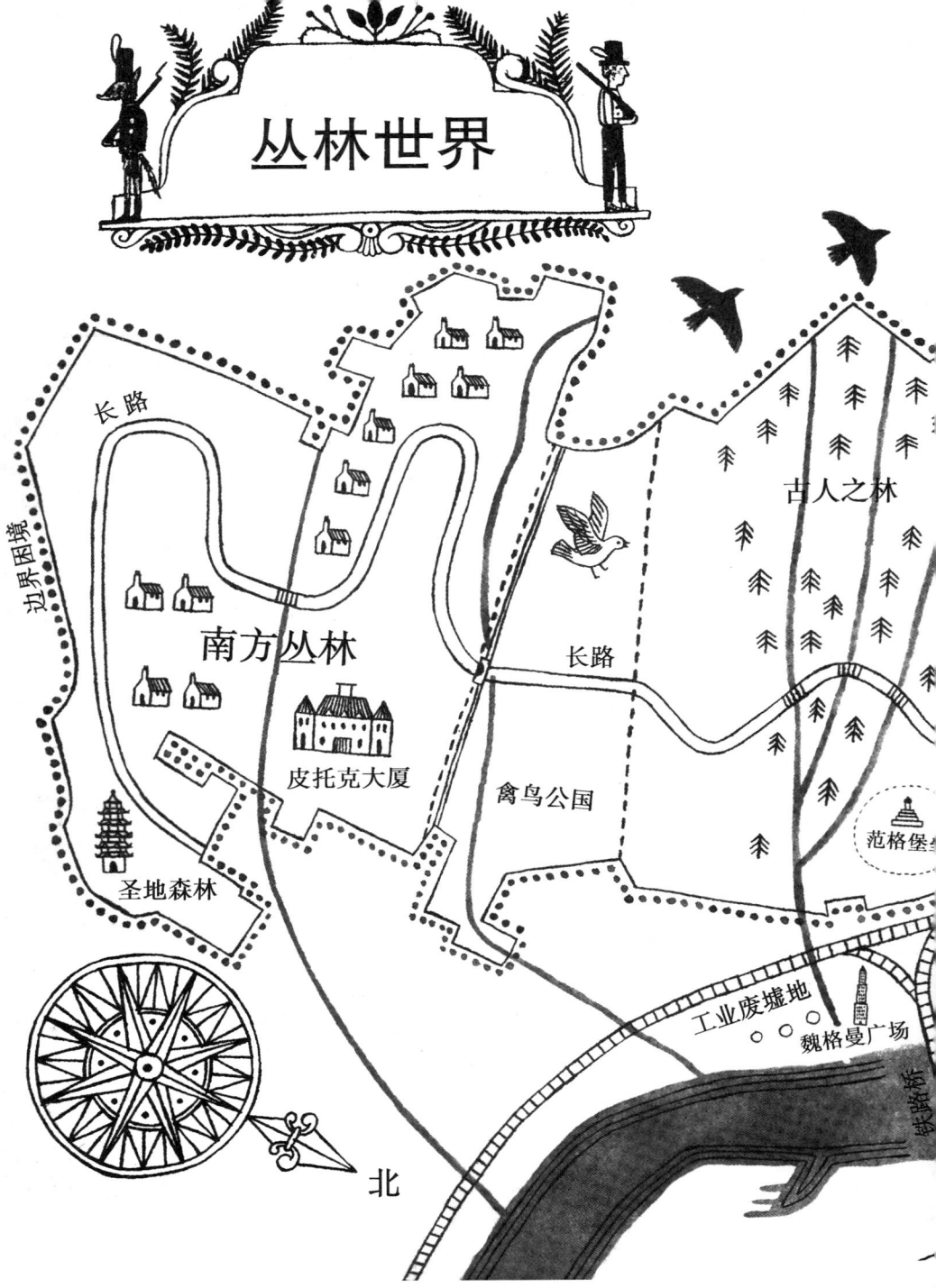

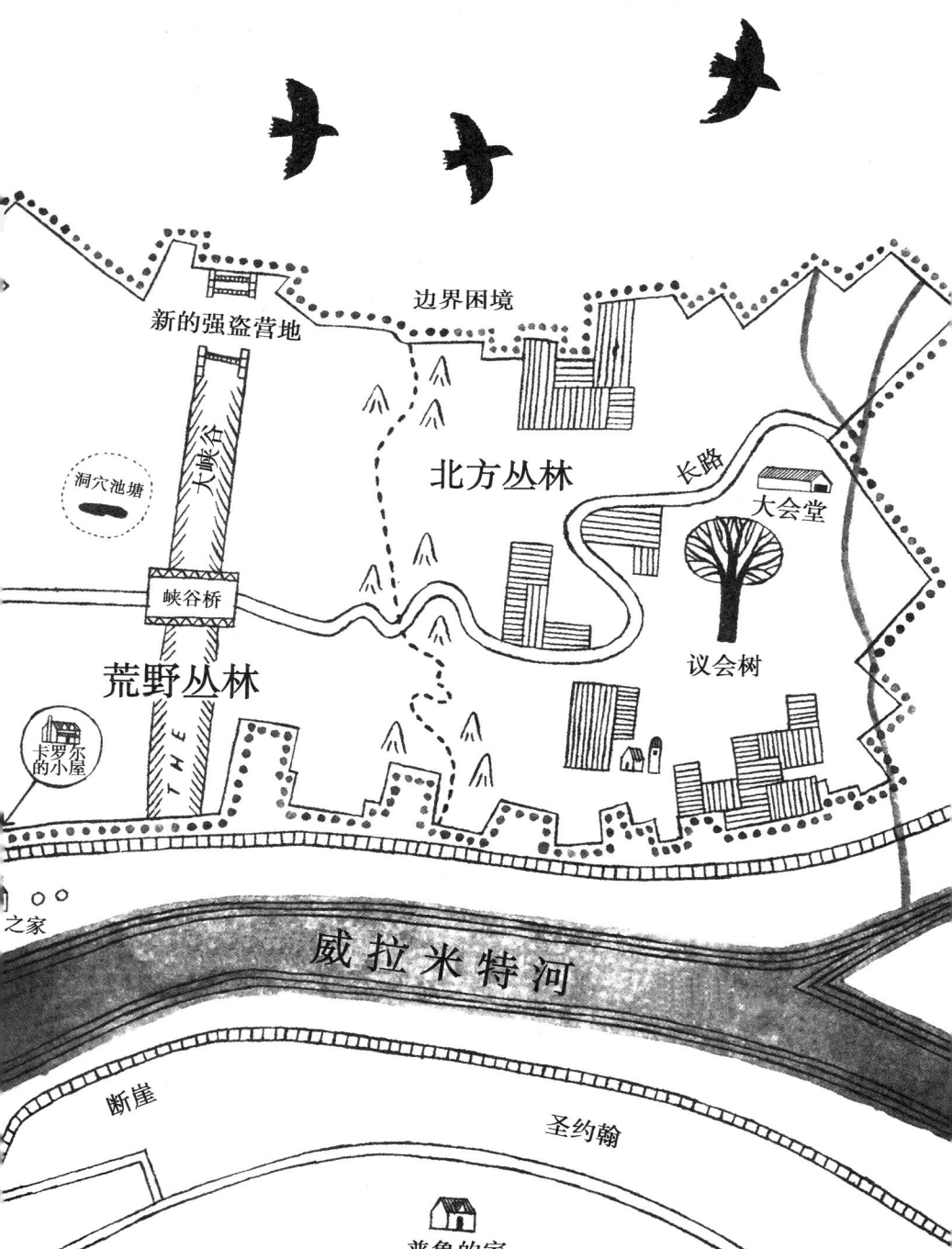

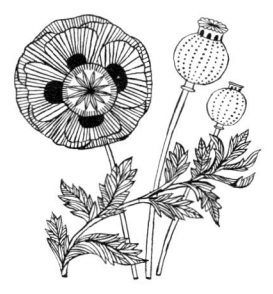

Under Wildwood
丛林之下

〔美〕科林·梅洛伊 著　〔美〕卡森·埃利斯 绘

陈元飞　黄忠廉　译

上海文艺出版社

图书在版编目(CIP)数据

丛林之下/(美)科林·梅洛伊著;(美)卡森·埃利斯绘;陈元飞,黄忠廉译.—上海:上海文艺出版社,2017
(荒野丛林三部曲)
ISBN 978-7-5321-6309-0

Ⅰ.①丛… Ⅱ.①科… ②卡… ③陈… ④黄… Ⅲ.①长篇小说-美国-现代 Ⅳ.①I712.45

中国版本图书馆CIP数据核字(2017)第070823号

Colin Meloy and Carson Ellis
UNDER WILDWOOD

UNDER WILDWOOD by Colin Meloy and Carson Ellis
Copyright © 2012 by Unadoptable Books LLC
Simplified Chinese translation copyright © (2017)
by Shanghai 99 Culture Consulting Co., Ltd.
Published by arrangement with Writers House, LLC
through Bardon-Chinese Media Agency
ALL RIGHTS RESERVED

著作权合同登记号 图字:09-2017-182

责任编辑:秦　静
选题策划:任　战　骆玉龙
装帧设计:汪佳诗

丛林之下
〔美〕科林·梅洛伊 著 〔美〕卡森·埃利斯 绘
陈元飞　黄忠廉 译
上海文艺出版社出版、发行
地址:上海绍兴路74号
新华书店经销　山东临沂新华印刷物流集团印刷
开本890×1240　1/32　印张13.875　字数313,000
2017年7月第1版　2017年7月第1次印刷
ISBN 978-7-5321-6309-0/I·5037　定价:52.00元

那匹古怪的灰狼默默地凝视着火光

一条闪亮的金银丝把坛场的所有物体连接起来，
一个接着一个，象征着丛林中事物的相互联系

三个女孩悄悄地靠近,爬上一座小丘,
发现下面有一道狭窄的山谷,山谷里有一座古朴的木屋。

为避免造成新的流血伤亡,她小心翼翼地踮着脚尖走向鼹鼠之城

昂桑科叛逆青少年之家的孩子们造反了

献给史蒂夫·莫尔克

目 录

第一部分

第一章　男孩和他的老鼠　　　　　　　　　　　　　　　　3

第二章　信使；另一个荒野禁地　　　　　　　　　　　　　20

第三章　植物的秘密语言；呵！北方丛林；

　　　　来自清洁工的警告　　　　　　　　　　　　　　　31

第四章　下士的故事　　　　　　　　　　　　　　　　　　50

第五章　杀手来了　　　　　　　　　　　　　　　　　　　67

第六章　世界轻快地向魏格曼走来；欢迎来到昂桑科之家　　79

第七章　重返丛林　　　　　　　　　　　　　　　　　　　101

第八章　梦的追忆；激动人心的比赛　　　　　　　　　　　124

第二部分

第九章　开除　　　　　　　　　　　　　　　　　　　　　153

第十章	迷失的羚羊；漫长之旅	*171*
第十一章	跨越边界	*191*
第十二章	不速之客	*204*
第十三章	一份让人想入非非的美差	*226*
第十四章	冰寒之水，水漫四方	*249*
第十五章	一处救助和安慰之地	*266*
第十六章	荒野丛林之下	*282*

第三部分

第十七章	地上居民归来	*301*
第十八章	围城之战；艾尔西偶遇奇路	*322*
第十九章	提摩太爵士的超度之礼	*340*
第二十章	顺着绿色电缆行进	*353*
第二十一章	重回童年；手里的齿轮	*370*

第二十二章	列队前进；最后的演出就在今晚！	*383*
第二十三章	走出边界；昂桑科的不速之客	*401*
第二十四章	反击！	*417*
第二十五章	季末	*430*

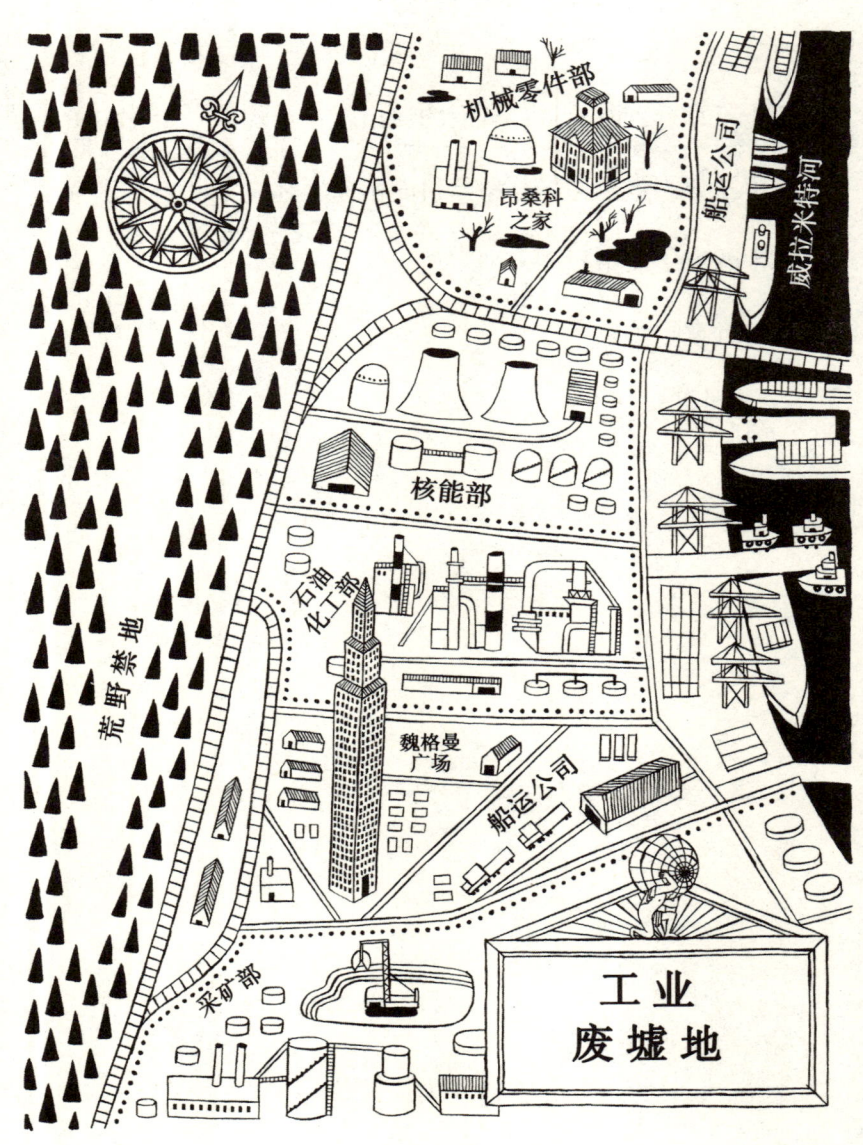

第一部分

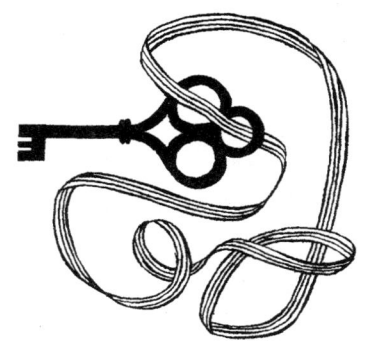

第 一 章

男孩和他的老鼠

雪一直在下。

洁白的雪花,白得像天鹅的羽毛,白得像延龄草的花。在四周棕绿色树林的映衬下,那一片雪,白得几乎让人目眩。雪花毛茸茸的,堆积在沉静的常春藤和黑莓灌木丛间,堆积在高大的冷杉树下,盖住了雪松盘根错节的根系——平日里雪松周围坑坑洼洼的土沟都已不见。

一条曲曲折折的路延伸到森林深处,这条路也已被大雪覆盖。四周静悄悄的,没有生物活动的迹象。

事实上,如果你不知道雪里埋着一条路,如果你不知道这条路上的脚步声和马蹄声已经响了几个世纪,如果你不知道埋在雪里的、饱受风吹日晒的石板路会绵延几英里之遥,那么,你可能会以为这条路经过的地方是一片林中空地,也不知为什么此处没有苍绿色的森林。

路上既没有车辙，也没有轮胎轧过的痕迹，更没有足迹，那片白雪精美而雅致，没有任何瑕疵。你可能会以为这是一条生死角逐之路，在这一小片狭长的地带上，沉默的走兽——鹿、麋和熊——永远都在上演着生命的奔流不息，由于踩踏，没有树木可以在此扎根。可实际上，即便是在这里——世界上最遥远的地方，也看不到任何动物的足迹。雪下得越多，这条路消失得也就越彻底，慢慢地与这广袤无垠的森林融为了一体。

听……

路上静悄悄的。

听……

远处忽然传来一阵声音，打破了这片宁静。那是马车的声音，混杂着马被驱策到极限时的嘶鸣。马蹄疯狂地敲击着路面，因地上积雪的缘故，蹄声有些沉闷。看，转弯处一辆马车飞奔而来，拐弯时两只轮子甚至还有片刻离地。两匹黑马拉着车子，汗流浃背，鼻子喷出缕缕白气，好像烟囱冒烟似的。体格壮硕的车夫坐在马车上，戴着一顶破旧的黑羊毛礼帽，不住地咆哮道："驾！再快点儿，快跑！"其频率几乎和两匹马奋力跨步的速度相当。同时，他玩命儿似的抽打着两匹马，一脸惊恐之色，挥鞭之余，还不时警觉地观察森林周围的情况。

近点儿看去：他座下的黑色马车样式简单，一个女人独自坐在里面。女人身穿上好的真丝长袍，脸上蒙着亮粉色的面纱，手上戴着戒指，戒指上面镶嵌着闪闪发亮的宝石，在指间熠熠生辉。她手中握着一把精致的纸扇，紧张地开开合合。和车夫一样，她也看着马车两侧墙一般的树林，好像在找什么人或东西。她对面摆着一个装饰华丽的盒子，盒子以金银线镶边，做工考究。一把锁挂在盒子的两个扣环上，锁住了盒子，而钥匙则用金色的细绳穿着，挂在女人的脖子上。她忧心忡忡，忐忑不安地用扇子敲打着马车顶篷。

车夫听到了女人的敲打声，于是愈加卖力，鞭子暴风骤雨般地落到了两匹马上下起伏的腹肋上。突然，路的正前方有东西闪现，吸引了车夫的注意力，不过四处是一片雪白，极为刺眼，他只能眯起眼睛一探究竟。

一个男孩站在了路中间。

这个男孩非比寻常，看起来着装优雅：一身军装式样的织锦外套，那样子就像克里米亚战争中的步兵，乌黑卷曲的头发从俄式毛帽的粗毛边下露了出来。他正漫不经心地甩着空无一物的弹弓，肩膀上还有只老鼠。

"**停下！**"男孩喊道，"**打劫！**"

"你听到他的话了！"老鼠大喊，"快停下，你这头肥猪！"

车夫鄙夷地骂了一句，把鞭子扔在一边，双手拿起缰绳，噼噼啪啪地抖动，两匹马便飞奔起来。车夫冷酷地一笑，冲着陷入困境的两匹马大喝道："驾！"

男孩原本充满自信的脸上顿时显得有些气馁，他用力吞咽了一下，结结巴巴地说道："我……我可是认真的！"

车夫皲裂的嘴唇向后一咧，露出一排黄得出奇的牙齿。他没打算减速。马车沿着雪路横冲直撞，车身倾斜时，车里的女人轻声尖叫了一下。男孩迅速弯下腰，从地上捡了块石头，在裤子上蹭了几下，擦干净上面的雪，把石头放在了弹弓架上。

"你可别逼我动手！"男孩警告道。不知道车夫有没有听到男孩的话，马车仍以惊人的速度朝着男孩和老鼠飞奔而来。

男孩用弹弓的技术还不熟练，很明显，他尚处在学习阶段。他把石头射向车夫，但车夫一弯腰便及时躲过了。石头飞过车夫的头顶，飞进马车后面幽静深远、大雪覆盖的森林里。男孩已经没有时间去捡石头射击了——马车已然逼近，他甚至都能闻到马身上的汗味了。

老鼠"啊"的一声溜进了路边的沟里。男孩紧随其后，滚进了雪堆，和老鼠待在一起。马车呼啸而过，差点儿撞到这两个强盗，情形非常惊险。两匹马有些受惊，嘶鸣着疾驰而去。

蒙着面纱的女人坐在马车里，紧紧地抓着脖子上的钥匙，吓得高声尖叫。车夫对自己的虚张声势有点儿洋洋得意，他回头瞥了一眼男孩和老鼠，喊道："下次好运哦，两个蠢货！"可这样一来，他的注意力就分散了，没看到前面的雪松树干像多米诺骨牌似的一棵压着一棵

倒地，一连三棵，砰，砰，砰，挡住了前面的路。

女人开始尖叫，车夫这才扭头向前看，发现前面情况不对。他猛地一拉缰绳，马一声长鸣，四蹄拼命地蹬着光滑的地面。马车一斜，摆动了几下，发出颤颤巍巍的吱嘎声。车夫飞快地思考了一番，继而激昂地大声喝道："驾！"倾倒的树木成了前进的障碍，可他灵巧地操纵着马车在路上穿行。一群男男女女从树后走了出来，他们和那个男孩的穿着差不多，只是制服并不配套：有些穿着破旧的衬衫，有些用大围巾蒙着脸。他们都是孩子，最大的可能也就十五岁。看到车夫赶着两匹受惊的马，拉着笨重的马车，竟然还能摆脱他们设下的陷阱，孩子们似乎觉得有些难以置信。不一会儿，车夫便避开了所有的障碍，再次挥鞭，策马前行。

与此同时，男孩和老鼠也从路边的沟里爬了出来，掸掉了沾在衣服上的雪。老鼠跳到男孩的肩膀上。男孩把手指放到嘴唇上，吹了一声尖锐的口哨。茂密的灌木林中跑出了一匹棕白相间的斑点小马。男孩翻身上马，老鼠则紧紧地抓住了男孩的肩章。男孩猛踢马腹，那马便飞奔起来。来到那三棵倒地的雪松树旁时，他纵马一跃，直接跨过了三棵雪松树，马蹄着地时，巨大的震颤使得雪和泥土在空中飞扬。树林里的孩子们也从震惊中清醒过来，纷纷呼唤他们的坐骑，一同加入到追捕的行列中。一时间，路上满是策马奔腾的骑手在追赶那辆逃跑的马车。

马夫注意到了自己身后的情况，遂大骂这群强盗简直是胆大包天。凛冽的寒风抽打着他的脸，雪花漫天飞舞，一片冰冷景象。

很显然，带老鼠的男孩位于追捕大军的最前列，还有很多人跟不上马车的速度，逐渐被甩得没影了。几分钟之内，就只剩下四个孩子还在紧紧地追赶着马车：那个带老鼠的男孩、另一个年龄比他稍大点儿的男孩和两个女孩。等追到离马车更近的地方时，他们便分开来，两两一组左右夹击马车。老鼠紧紧地抓着男孩垂在肩头的皮帽子耳朵，警告车夫道："交出金子，你就可以走了！"

车夫的回应是恶毒的咒骂，那些内容光想想都让人毛发倒竖。听到车夫的骂声，即便在这慌乱的时刻，男孩仍然涨红了脸。而此时，男孩已经追上了马车，看到了车里的情形：蒙着面纱的女人、她脖子上挂的钥匙，还有上了锁的精美盒子。女人脸上蒙着闪亮的面纱，从面纱上方能看到她栗色的大眼睛闪着好奇的光芒，正打量着男孩。男孩一时被眼前的情景分散了注意力，只听老鼠大喊一声："小心！"

车夫想把追他的人摔下马，便佯装驾车向左行驶，而男孩也几乎是沿着马车行进的路线跟了过去。随后马车又猛地回到了道路中央,男孩一惊,差点儿叫出声来。他急勒缰绳,让小马跑到了路边。马蹄踢到了路边柔软的灌木丛,踉跄了一下——路从这儿开始逐渐倾斜,陡峭地延伸到下面一处湍急的溪流。男孩迅速稳住自己,做好摔倒的准备,但他的马异常敏捷,电光火石间已调整了步伐,重新在路上站稳了。男孩在它耳边轻声道谢,又回到了追捕的行列中。

这时马车已距他们只有几匹马身的距离,也就是十几米远,另外三个强盗都拼命地想追上马车。其中一个骑手——那个暗金色头发的女孩——抓住了马车的顶部,想爬上去。这么做很冒险,她脸上的表情极为专注。另外两个强盗——一个男孩和一个女孩——也设法策马向前,与拉车的马并驾齐驱。金发女孩一咬牙一使劲儿,从马身上跳了起来,勉强抓到了马车顶部的那圈格栅装饰。她的马转了个方向跑了,女孩的身体靠着马车侧面摇晃,惹得车里的人又发出一阵尖叫。女孩稳住身子,爬到了马车顶部,得意扬扬地大叫起来。她扭头看到带老鼠的男孩已经落后了十米左右。

"愿最好的强盗——"她话还没说完就突然卡住了,此时马车正从生长位置很低的树枝下经过,女孩一不留神碰到了树枝,眨眼的工夫,原在马车上的女孩就被迫"挂"在了树枝上。带着老鼠的男孩追过来时,必须得弯下腰才能躲过女孩悬在空中乱晃的脚。

"胜利!"女孩吊在树枝上说完了她想要说的最后一个词。

男孩冲老鼠点点头,下定决心似的咬咬牙。现在只剩下他和另一个女孩还在追赶了,另一个男孩已经被落下了:他的坐骑马蹄一崴摔进了灌木丛。

"卡洛琳!"男孩喊道,"控制住那两匹马!"

此时那个女孩已经和右边的马并驾齐驱了，听到他的话后，便去抓马车右边那匹马的缰绳，但车夫每次都能挥鞭挡住她伸过来的手。"滚开，你这个恶贼！"车夫大喝。鞭子稍稍抽到了女孩的手背，留下了一道红色的鞭痕，女孩痛得一皱眉。

"塞普蒂默斯，"男孩嘶声对老鼠说，"你觉得你能帮上忙吗？"

老鼠笑了，说道："我想我可以做点儿什么。"此时，男孩刚好就在马车旁边，他能听见车里女人低泣的声音。老鼠从男孩肩膀上一跃而起，跳上了车夫的后颈，车夫惊恐地尖叫了一声。

"老老老……老鼠！"他大喊，"我最受不了的就是老鼠了！"

但这时老鼠已经爬进了车夫的衬衫里，忙着在他裸露的肩胛骨上练爱尔兰踢踏舞。车夫惨叫一声，鞭子和缰绳都落了地。拉车的马不知所措，放慢了速度，男孩和女孩抓住机会赶了上来，与它们并排驰骋。两个强盗相互使了个眼色，分别从各自的马上跳起来，骑到了两匹拉车的马上，一拉缰绳，马车猛地停了下来。

车夫跳下座位，双手拼命地抓着后背，跟跟跄跄地沿着路跑远了。女孩和男孩望着他哈哈大笑，又将注意力移回眼下的任务。女孩礼貌地示意说："你先请。"男孩点点头，自信满满地下了马，拉开了马车门。

"现在，夫人，"他得意扬扬地说，"如果您不介意，请交出……"

他突然支吾了起来——马车内，女人已经摘下面纱，露出了一张脸上布满了惊恐骇人、混乱缠结的红褐色毛发。

而且，还有一支燧发火枪指着男孩。

"我可不这么想。"车里的人说道，是沙哑的男中音，一点儿都不像女人的声音。

男孩垂头丧气地说："但是……"

"砰!"车里的人模仿着枪的声音,同时用枪管在男孩的额头上一敲,以示斥责。

男孩瞪大眼睛,挠了挠太阳穴,好像在回顾之前发生的一切。他用靴子踢了踢积雪。"强盗训练"的冬季学期已经开始,而柯蒂斯的初次测验也以失败而告终。

☙

上述暴力抢劫事件就发生在这儿,而事实上,距离此地只有几英里的地方似乎是另一个世界。在另一个世界中,普鲁正在二楼的窗边向外张望,看着雪花在乔治中学的草坪上落下,然后融化。她认为这是典型的波特兰式的冬天,落下来的雪都是处在一种半融化的雪泥状态。随着雪片的落下,她倍感无聊,下巴也渐渐埋在手心里。一对夫妻正沿着人行道走,小心翼翼地避开路上的积水,他们把外套上的翻领立起来,盖住了裸露的脖子。外面的天气看起来的确让人难受。来来往往的汽车上覆盖着难看的灰色雪层,沿着潮湿的街道"嗖嗖"地驶过,所到之处冰雪四溅,其形状就如同公鸡尾巴一般。

"普鲁!"

在普鲁听来,这叫喊声就像有人在遥远的地方呼唤她一样,若有若无,虚实难辨,又像是守塔人正在风暴中呼唤一艘落难的船舶。她选择对此置之不理,但那声音又传了过来:

"普鲁·麦基尔!"

声音听起来更近也更真实了,就像司仪在招呼明星演员上台表演,于是普鲁慢慢地把下巴从手心上抬了起来。

"普鲁·麦基尔终于回到现实中啦!"话音刚落,教室里就爆发出一阵笑声,喧闹声立刻把普鲁拉回了现实。她在椅子上转过身坐直,扫视了一眼教室，终于意识到自己正在上第三节生命科学课。班里的同学都盯着她，对她指指点点、哈哈大笑，普鲁觉得自己的脸涨成了深红色。

"对不起，"她终于说出话来，"我刚刚……走神儿了。"

达拉·赛尼斯女士皮肤呈橄榄色，穿着缀满花纹的宽罩衫。她站在教室前方的讲台上，正盯着普鲁。她轻扶自己的金丝边框眼镜，理了下乌黑的头发，然后一挥手，同学们便安静了下来。她问道："你的培养物呢，普鲁？"

接下来的画面接二连三地掠过普鲁的脑海：妈妈从上面的壁橱里翻出一个罐头瓶子；普鲁把剩下的一块法式长棍面包装到罐子里，然后把罐子放到了窗台上；某天早上，爸爸说要先走一会儿，去扔个罐子，罐子里装满了令人恶心的发霉面包，还问究竟为什么会有一罐发霉的东西堂而皇之地摆在家里。

"是我爸爸，"普鲁说，"我爸爸把它扔了。"

班里的窃笑声更大了。

赛尼斯女士的眼睛从眼镜上方露出来，审视着普鲁。"这样可不好，普鲁，"她说道，"非常不好。"

"我会和他说的。"普鲁答道。

普鲁的老师打量了她一会儿，显然想仔细判断她的回答是不是含着轻蔑的意味。赛尼斯女士是这个学期新来的老师，而此前一直任教的老师埃斯泰威兹太太因身体不适突然辞职了。达拉·赛尼斯是尤金市人，她确信自己时髦而又平易近人，并十分引以为傲。她无时无刻不在提醒学生她热爱流行音乐。除此之外，每次校长布里姆先生离开办公室，在弥漫着浓郁广藿香气的走廊上巡视时，她都要发出奇怪的嘟囔声。此刻她把眼镜推回到鼻梁上，在教室里扫视了一圈。

"贝瑟妮？"赛尼斯女士问道，"鉴于麦基尔小姐的爸爸扔掉了培养物，导致她现在无法展示培养成果，你是不是也没准备好展示呢？"

贝瑟妮·布鲁斯顿很享受这一刻，她屈尊俯就似的瞥了普鲁一眼，然后才起立站好。"我准备好了，赛尼斯女士。"她回答道。

"那就请上来吧，"然后老师又纠正道，"叫我达拉。"

贝瑟妮羞怯一笑，叫道："达拉。"

"如果你不介意的话，那么……"达拉·赛尼斯挥手示意贝瑟妮到教室前面来。

贝瑟妮用力拉了拉黑色翻领衫的下摆，走到了教室的远侧，那里有一张长桌，上面摆着学生们的培养物。贝瑟妮的培养物放在一个亮着灯的温室里，她打开温室门，拿出了一株高挑茂盛的番茄，带着它走到了教室前方。

"这个学期，我一直在做嫁接，"她轻轻地把那株番茄抱在怀里，说，"我的想法是培育出一种更能抵御病虫害的植物，这种植物还能长出绝对好吃的番茄。"

啊，普鲁想，太能炫耀了吧，你还能更炫点儿吗？在秋季学期里，她们一直都是搭档，但后来贝瑟妮故意在所有实验中都避开普鲁，而且把她们共同完成的树叶拼贴画都归功于自己的努力，虽然所有黄褐色的橡树叶都是普鲁独自收集的。

贝瑟妮一边说，赛尼斯女士一边点头。

"好极了。"达拉·赛尼斯说。普鲁看在眼里，气在心里，满脸恼怒。

"谢谢你，达拉。我可以很高兴地说一切进展得非常顺利，"贝瑟妮继续说，"嫁接的部分似乎已经在生长了，虽说到现在为止还没有结果，但我预计几周后，我们就能看到几朵漂亮的花了。"

"很好。"达拉鼓励她，想吸引更多同学上前展示。但在第三节生命科学课上，面对老师的敦促和要求，这群七年级学生只是一起轻声地"哇"了一声，明显缺乏热情。普鲁则始终缄默不语。

她在仔细聆听——那株番茄低沉而愤怒地"哼"了一声。

普鲁扫视周围，想看看是否有其他人听到，可大家只是无精打采地盯着贝瑟妮。

哼声越来越大，番茄随着渐大的音量颤抖了起来，其中痛苦不安、失望沮丧的情绪也随着哼声渐强而愈发地明显了。

真可怜，普鲁想，同时把自己的想法传达给了这株番茄。她当然会同情它，因为现在的季节并不适合种番茄，而出于科学课的需要，创造了温室环境，任何时间都可以被强制地定为植物生长的季节。她更不能想象的是把同类的枝干嫁接到一株番茄的根茎上，这简直太残忍了。

那株番茄似乎叹了口气。

普鲁想出了一个主意。你知道怎么做才好玩儿吗？她把自己的想法传达过去。

怎么做？番茄嗡嗡地问。

普鲁告诉了它。

刹那间，那株番茄顶端的叶片好像抽了贝瑟妮的鼻子一下。贝瑟妮向后缩了下头，皱了皱鼻子。看到这情景，同学们都倒抽一口凉气。

赛尼斯女士显然没有看到这一幕——她怒气冲冲地瞪着教室里的学生："现在，孩子们，快来展示吧。"

唷！班里的同学们又抽了口凉气。怪事又发生了：那株翠绿的小番茄伸出它最顶端的枝条，向上虚晃，然后迅速在贝瑟妮的鼻子上结结实实地抽了一下。贝瑟妮的脸上满是迷惑与惊恐，她伸直胳膊，把番茄移至一臂之遥。赛尼斯女士随着同学们的目光望向贝瑟妮，有些不解。只见贝瑟妮小心翼翼、一步一步挪回了小温室旁边。

"也……也许它还需要一点儿时间。"贝瑟妮好不容易才吐出这几个字。她脸色苍白、小心翼翼地把番茄放回玻璃温室里，后退了几步，说："今天早上它还挺精神的呢。"

番茄不再闷闷不乐地哼哼，而是心满意足地低声鸣叫了一下。

赛尼斯女士把目光移到了普鲁身上，震惊而疑惑地盯着她。普鲁笑了笑，不再关注教室里的事情，又开始看玻璃窗外簌簌落下的雨夹雪，以及街道上那些积聚的水坑。

来自乔治中学李·布里姆校长的信

日期：2/15/——

安妮和林肯·麦基尔

普鲁·麦基尔的父母

亲爱的麦基尔先生和麦基尔太太：

自从去年入学以来，你们的女儿已通过日常表现，证明了她天资聪颖，善于独立思考，我们都一致认为她前途无量。但现在我要忧心地说，最近她的前途有点不明朗了。上个学期开始，她的成绩急速下滑，课上的表现——据老师们反映——也全都异常。她对学校的功课不像从前那么感兴趣了，对老师们的态度也很失礼。送这张短笺给你们的人是达拉·赛尼斯女士，她非常乐意就这件事和你们谈谈。我们希望通过她的帮助，你们可以圆满地解决普鲁的问题。

你们家在这个学年初的糟糕经历——贵公子的失踪——一定扰乱了你们的安稳生活，我们对此深表理解，我们也明白这类打击会给孩子的内心造成一定程度的影响。然而，我们还是会把所有不恰当的退步行为的原因彻彻底底搞明白，把问题扼杀在摇篮里，以免恶化到难以解决的地步，造成一名前途大好的学生休学或者更糟的状况——她有可能会被开除。

您真挚的朋友，

李·布里姆

乔治中学校长

普鲁把信慢慢地移开了自己的视线，而三个大人严肃的脸庞渐渐地从信纸后露了出来，那场景就像几颗卫星围绕着某颗遥远的行星运行一样。屋子里一片寂静，只有摇椅还在有规律地吱嘎作响。摇椅在门框旁边，是给普鲁的小弟弟麦克架设的。

普鲁耸耸肩，主动说："我不知道你们想让我说什么。"

嘎吱。

她的父母忧心忡忡地互相看了一眼。"宝贝，"妈妈说道，"也许你应该……"

嘎吱。

普鲁的爸爸把目光从妻子身上移开，看向了穿着宽罩衫的老师。她正斜靠着冰箱，是"天体"三人组的第三位成员。

"老师……"普鲁的爸爸开口说道。

嘎吱。

"请叫我达拉。"老师说道。说话间，她的视线固定在了坐在摇椅里的小男孩身上，像是在等下一声响亮的——

嘎吱。

"达拉，"普鲁的爸爸继续说道，"我不得不说，这件事让我们非常震惊，我的意思是……"嘎吱。"我们这几个月过得确实很不容易，但还是觉得这件事好像必然会发生，考虑到那种……"嘎吱。"我们在年初时经历过的疯狂和……"嘎吱。他停了一下，注意到婴儿摇椅里的弹簧每收缩一下，达拉的注意力就会被迫转移到摇椅里摇晃的孩子身上。

"亲爱的，"普鲁的爸爸终于对妻子发话了，"你能不能把麦克从摇椅里抱出来，让他安静一会儿？"

等普鲁的妈妈把麦克抱出摇椅，又回到厨房后，讨论立刻重新开始了。达拉·赛尼斯说："听我说，我知道你们家发生的事，她这个年龄的孩子有这样的反应也很正常。我们不是责怪她，只是不想让她落下太多。"

普鲁沉默不语，专心致志地审视着眼前的大人们，看着他们随心所欲地谈论她，就像她不在房间里似的，这让她更不想加入讨论了。她用长筒靴踢着软木砖地板，努力幻想这三个审问她的人能够消失。她想象着突发地震，锯齿形的大缝在厨房中横穿而过，迅速一颤，吞噬所有的大人。

很显然，达拉发现普鲁脱离了讨论，所以开始直接和她对话："亲爱的，你上学期的期末考试成绩可不怎么样，你表现得甚至就像没在班里听课一样，你的脑子好像在别的地方漫游——在某个遥远的地方。"

的确如此啊，普鲁想。

"还有你缺课的事，我就先不说了。"达拉看了看普鲁的父母，说道。

"缺课？"普鲁的妈妈问，"缺什么课？"

达拉凝视着普鲁："你想自己告诉他们吗？"

"这个嘛，"普鲁把目光从自己的靴子上移开，"是有那么几天……"

"几天？"普鲁的爸爸疑惑地盯着女儿。

"那几天我没有及时赶到学校，我想，哦，那就意味着我错过了在指导教室考勤的时间，如果我错过了考勤，那就表示我没准备好上世界研究课，如果我连世界研究课都没准备好，那我怎能上好生命科学课和数学课呢？"普鲁在自己面前挥挥手，好像要变出令人晕头转向的迷雾一样，"这就像是一长串多米诺骨牌倒下一样，所以我决定把书装进书包，在咖啡店读书。"

普鲁的爸爸窘迫地一笑，看了看赛尼斯女士，说道："起码她在读书，对吧？"

他的妻子好像没听到这句话，问道："那么这个……这个……多米诺事件——发生了好几次？"她的眼睛盯着普鲁的刘海，那刘海现在恰好遮住了普鲁沮丧的面孔。

"五次，准确地说。"赛尼斯女士答道。

"五次？"普鲁的父母异口同声地说道。

"苇次！"麦克的声音从客厅传来，"噗！苇次！"

"呃……"普鲁应了一声。

但事实上她没有在咖啡店读书，甚至不是真的"没有及时"到校。事实是这样的：普鲁·麦基尔——一个十二岁的孩子，有时在舒适的床上和房子里，同让她感觉舒心的家人一起醒来时，会突然感到有一股力量在使劲地拉她。在那样的日子里，她会翻身下床，竭力重复日常活动，以此来忽视这股神秘的拉力，但有时候骑自行车骑到一定距离后，她会感到力不从心，被迫把自行车骑向与学校相反的方向。这股拉力会为她指路，拉着她沿朗伯德街行进，拉着她经过营业中的商店，拉着她走过威拉米特街，拉着她经过那所大学，一直到悬崖，这股奇怪的拉力才会放开她，连同她的自行车和其他一切都放开。在这里，她可以俯瞰横跨威拉米特河的广袤森林，"荒野禁地"就在那里。然后，她就会在这儿度过当天剩下的美好时光，一般什么都不做，只是凝视着辽阔的绿野，牢记眼前的一切。那段时间，去上学的想法看起来完全不值一提。

普鲁的妈妈打了一下响指，唤醒了沉思中的普鲁："喂！我敢说这情景就像你的脑袋被外星人或什么东西控制了一样。"

普鲁冷静地看着每个大人的眼睛，一个接一个地注视着他们。"妈妈，"她说，"爸爸，赛尼斯女士——抱歉，应该叫您达拉，感谢你们让我注意到这些需要关注的问题，很抱歉，我可能让你们失望了。还请原谅我，我现在想出去走走，你们刚刚说的一切我都会仔细考虑的。"

话音刚过，她便转身走出了后门。三个大人目瞪口呆，怔怔地看着她扬长而去。

第 二 章

信使；另一个荒野禁地

一群怪人聚集在一起：那两个小男孩、两个小女孩、一个戴高帽子的大块头、一个留着山羊胡子身着盛装的瘦子，还有那只老鼠。他们排成一列，站在冰雪覆盖的宽广道路中间，远远望着马背上的两个骑手，看着他们越来越近，直至下马。身着盛装的男人走上前去。

"布兰登。"瘦子打了声招呼。他显然被冻得瑟瑟发抖，整个人含胸弓背，双臂交叉抱在胸前，身上穿的绸袍也已磨损，随着寒风起伏飘荡。

"威廉。"那个叫布兰登的男人严肃地答道，同时点了点头。他的下巴上长满了红色的、浓密的络腮胡子，脸上蓝黑的刺青蜿蜒到了额头的一侧，身上穿的官员式外套很脏，下身穿着马裤，膝盖处打了补丁。他仔细地打量着那个浑身发抖、穿着鲑肉色长袍的男人，然后得意地笑了起来。"这种粉色,"他说,"的确……让你的眼睛更突出呢。"

大块头强忍住没笑,但刚好站在强盗威廉身后的柯蒂斯却笑了起来,布兰登狠狠地瞪了他一眼。

"谁说这好笑了?"布兰登朝着柯蒂斯开了腔,脸色又一次严肃起来。柯蒂斯脸上的微笑立刻消失了。风又刮了起来,把还在飘落的雪花卷到了路的一边,一些雪花牢牢地沾在了柯蒂斯的毛帽上。

"亨利,威廉,你们俩回营地去。"大块头和瘦子一听就跑了。瘦子跑得有点儿吃力,于是他把袍子的边抬到了苍白多毛的膝盖处,这才跑得顺当了些。布兰登把目光移到了剩下的强盗身上:"康姆,注意骑术,你策马时用力过猛了,要好好和你的坐骑配合。"他伸出带皮手套的手示范,"放松缰绳,去感受马的节奏,等你真正有能力策马时再奔驰也不迟。"

"是,布兰登。"康姆答道。

"现在回营地去吧,给那匹小马的腿敷上冰,然后再练两个星期的马术。"布兰登一边说着,一边看着这个男孩向远处一匹跛脚的马跑去。

回过头来,他又看了看排成一列的其余四人:"卡洛琳,干得不错,这说明你一直以来付出的努力没有白费,和上周的训练相比,你提高得很快。至于你,爱丝琳——"爱丝琳是那个被悬在雪松树枝上的追捕者,她的头发上还挂着一些嫩枝和青苔,脸上则满是树液。布兰登歪嘴笑了笑,"下次别这么自满了,嗯?"

"是,布兰登。"经历了这么一场磨炼,爱丝琳服服帖帖,一点儿脾气都没有了。

"现在,你们回营地去吧。"两个女孩飞快地跑出了队列,速度快得就好像她们一直在短跑赛场上等待起跑的发令枪。只有爱丝琳冒险回头看了一眼,她快速地冲柯蒂斯宽慰地笑了笑,但没等柯蒂斯有机会感受这一刻,布兰登鬈曲的络腮胡子——闻起来有股奇异的酒味——就已经移到了离他额头几英寸的地方。

"至于你,"布兰登低吼道,"至于你:我失去了太多优秀的强盗,他们都和你一样,犯了同样的错误,都认为已经胜券在握,一切都处理妥当,然后'砰'的一声,"布兰登手呈枪状,指着柯蒂斯的额头,甚至在那一声之后,还带着一点儿后坐力似的反弹,"一切都结束了。这是为什么呢?"

"他们没考虑乘客的因素,太掉以轻心了。"

"他们没**怎么样**?"

"**他们没考虑到乘客!**"

"没错,"布兰登说,"这是你犯的最大错误。乘客不仅很可能像其他人一样携带武器,还很可能是最危险的人。在我叱咤风云之时,我见过不止一个自大的银行家开着枪从马车里出来,打得枪管都发烫。他们无不惊慌失措,打死了自己的多个护卫,却没杀死几个强盗。永远不要去开门——甚至都别靠近那扇门——直到你确定,不管是谁在里面,出来时都不会反抗。明白了吗?"

"是,我明白了。"柯蒂斯紧张地调整着自己的毛帽,唯唯诺诺地答道。布兰登走上前,结结实实地拍了拍柯蒂斯的长耳帽,把帽子的边缘往下压,遮住了柯蒂斯的眼睛。

"好,"强盗大王说,他的声音缓和下来,"我可不想失去我们最有前途的队员。"

柯蒂斯笑了,这是他几星期以来,在大强度集训中第一次听到强盗大王这样夸奖自己。刚开始训练很艰难,不知为什么,光是训练成功上马而不跌倒在地,就花了他整整两个星期的时间。布兰登从不放过任何威吓他的机会,但柯蒂斯能感觉到自己的进步,他也知道布兰登不会轻易给出这样的表扬。

塞普蒂默斯——那只老鼠,清了清喉咙,插话道:"嗯,那我怎么样?你看到我那纵身一跃了吗?直接跳到了他的背上!"

布兰登低头看着那只老鼠:"很好,塞普蒂默斯,但你做的事很容易办到,因为你知道亨利受不了啮齿类动物。我看,这几个星期他都会有心理阴影。"

塞普蒂默斯掰着自己的脚爪说:"能对一个人有如此大的威慑力,我很高兴。"

强盗大王大笑,然后说道:"你们俩的确对打劫马车很在行,我对此毫不怀疑,"他的声音随着对话的继续变得冷酷,"尽管我认为你们真正实战的机会不会太多。"

他说得倒是真的:在过去的几个月里,营地派出去不少人,却经常空手而归。这段时间路上的马车越来越少,而那些勇于踏上雪路的货车里装载的东西也不怎么值钱,最多就是几蒲式耳干洋葱和冬菜。柯蒂斯也注意到了情况的严峻:年长的强盗总是抱怨现在是强盗事业的"旱季",而且是他们见过的最为"干旱"的旱季之一;他们还说这是苦难时期即将来临的前兆。

起风了,新一轮降雪又开始在林间咆哮穿行。隆冬时节,光线一直很朦胧,就算正午也是如此。但现在,就在夜幕初降之时,岔路口起了一阵浓雾,模糊了长路远处转弯的地方。布兰登冻得瑟瑟发抖,他向其余两个正在训练的强盗挥挥手,示意他们停下,说道:"今天的训练已经够了,我们回营地吧。有很多地方需要回去好好琢磨,还要准备好明天的……"他们已经开始向等待在一旁的坐骑走去,此时,布兰登的声音忽然沉了下来,显然是有东西吸引了他的注意力。他举手示意大家安静下来。"等等,"他说道,"有什么东西过来了。"

　　柯蒂斯和塞普蒂默斯愣住了,因为他们什么也没听见。塞普蒂默斯迅速吸了口气,顺着柯蒂斯的裤脚和外套向上爬,最后站到了他的肩膀上,又嗅了嗅空气,说道:"是只鸟?"

　　布兰登点点头:"大个儿的。"

　　突然,他们头顶的参天大树间发出了"轰"的一声,吓得林中的鸟儿惊慌失措地鸣叫,四散飞走。折断的树枝如阵雨般落到了路面上,马儿受了惊吓,连连嘶鸣。布兰登本能地把手放在随身携带的军刀刀柄上。天上落下一团扭曲的蓝灰色羽毛状物体,痛苦地嘶叫着,"砰"地落到了地上,泥土和积雪也四散飞溅开来。

　　接下来一阵沉默,只听布兰登说道:"谁在那儿?报上名来!"

　　那团羽毛状物体轻轻颤抖,终于,一根长脖子从身体里伸了出来,最上面是苍鹭那令人惊叹的喙,就像与月球探测车上的天线一样。大鸟晃了晃脑袋,抓弄着弄脏自己翅膀的泥土。

　　"你还好吗?"柯蒂斯问道,他刚从惊讶中回过神儿来。

　　苍鹭的回答出人意料——有一丝尴尬,也有很强的戒备心理。"还好,谢谢关心,"她冷冷地说道,"凑合吧。"

　　"你是谁?"布兰登问道,"你来荒野丛林干什么,水鸟?"

　　苍鹭好像对强盗大王的问题故意置之不理,她不紧不慢地把自己硕大颀长的身躯从雪里移了出来。柯蒂斯对苍鹭的庞大身躯很是敬畏,看着她舒展身体至其完整高度,这一过程就像她在变形一样——刚刚还是地上沾满泥土的一团灰色物体,刹那间就变成了柯蒂斯见过的最引人注目的大鸟,身形挺拔,姿态高雅:头上纤长的鸟喙,S形的脖子连接着巨蛋形的身体,身上覆盖着长长的鞭状的灰白羽毛,两条细长腿支撑着整个身体。此时苍鹭把脖子伸到最长,身形和柯蒂斯一样高,观察着周边的环境。

"我叫莫德,"苍鹭终于开口答道,"是禽鸟公国的国王派我来的。"苍鹭转过头来,径直看向柯蒂斯,"我为你而来,孩子。你的朋友,那个姓麦基尔的女孩,好像陷入了巨大的危险之中。"

🍃

车轮驶离了熟悉的石板路,开始在主干道潮湿的碎石路上吱嘎前行,车上所有的乘客都一言不发。九岁的艾尔西·梅尔堡摆弄着安全带上的肩扣,看到父母脸色渐渐发黄,表情也愈加忧虑。显而易见,他们还在艰难的抉择中,可他们似乎别无选择。艾尔西不怪父母。起初她姐姐蕾切尔知道这个计划时反对过,但最后也还是勉强同意了。

雪下着下着变成了大雨。冷冰冰的雨滴落在后车窗上,划出一道道粗重的条纹,把令人印象深刻的金属材料建筑物扭曲成突起和断裂的形状。他们进入工业废墟地有段时间了。艾尔西从未到过此地,此时只觉得这里既阴冷又不吉利。生锈的白色化工槽罐排列在碎石路旁,再配上蜿蜒曲折的楼梯和密密麻麻的金属管道,看起来就像是科幻小说中的另一个世界。艾尔西想象在当啷作响的机械巢穴深处,有大胡子小矮人在做工,只不过做的不是大砍刀和战斧,而是冰箱门和机动车凸轮轴。

艾尔西的父亲开着他们家的车穿过废墟地的窄路,她又把目光落在了父亲身上。他太阳穴边的鬓发已经花白,而艾尔西很确定父亲在夏天之前还没长白头发；还有那些深深的褶皱，在他眉间留下了如同峡谷风光般的痕迹——当然，那些褶皱也是在不久之前刚出现的。

这一切都发生在哥哥失踪之后。

起初，全家都十分震惊，愁云笼罩了整幢房子。无论之前家里是多么其乐融融，事发之后也都消失殆尽了，艾尔西把这种变化迁怒到了哥哥身上。先来的是警察，他们蹲坐在客厅家具上的样子很像涤纶布上的大象图案。他们草草记下父母的反复陈述，每次陈述时父母都眼泪汪汪的，内容是关于最后一次见到哥哥后发生的一切。记者和新闻摄影师也来了，还有好奇的邻居从他们家的观景窗前走过，向里窥视这个已经支离破碎、痛苦绝望的家。最后艾尔西的妈妈莉迪亚拉上了窗帘，以阻隔人们好奇的目光。此后几个月，家里的窗帘便一直拉着，整个秋天，客厅都被阴影笼罩着，异常昏暗，一如全家人的心情。艾尔西的爸爸大卫变得沉默寡言，一直把自己关在书房里，不眠不休地守在各种各样的网络公告牌前，恳求所有注意到寻人启事的人帮他找儿子。夜里，艾尔西常常躺在床上睡不着，听见父母在隔壁房间低声谈话。有时她会大骂哥哥，或祈求他回来。"求你了，柯蒂斯，"她喃喃自语，"不管你在做什么，快停下，回家来吧。"

有一天，艾尔西的爸爸从书房跑进厨房，宣布自己得到了一条线索，说有人在土耳其的伊斯坦布尔——竟然在那么远的地方——见过一个和柯蒂斯特征相吻合的男孩出现在古城街道上。全家都激动不已，简直要欢呼起来，但直到开始查询机票和住宿费用时，梅尔堡夫妇仍无法下定决心把艾尔西和蕾切尔两个女孩留在波特兰，自己飞去土耳其找儿子。若把两个女孩留下的话，她们要住在哪儿呢？梅尔堡一家在城里没有亲戚能收留她们，唯一的选择就是让两个孩子寄宿在当地的孤儿院。孤儿院的托管费用价格合理,在父母都无计可施时,无论时间多久,孤儿院都能帮忙照看孩子。

"贾米森夫妇在潜水度假期间就把孩子留在那儿了,也没什么事啊。"这是梅尔堡家的姑娘们唯一能得到的宽慰了。

所以他们就来到了这里,缓慢地沿着工业废墟地错综复杂的小路蜿蜒前行,目的地是乔弗瑞·昂桑科叛逆青少年之家。前方的霓虹灯闪着昏暗的光,同样打着广告——其下有一行由闪亮的细灯绳构成的字:**兼营工业机械零件**。这就起到了很好的补充作用,但细灯绳的供电比较弱,导致字有些模糊。

蕾切尔一路上都保持沉默,后来她终于抬起了头。看到大楼时,她一下子屏住了呼吸,苍白的脸庞迅速从她那窗帘般的长直黑发中露了出来,瘦小的肩膀在印有"侵蚀一致"乐队图案的旧运动衫里颤抖。"我简直不能相信。"她轻轻地说,同时双手不停摆弄着缠在左手腕上的一小团黑色带子。

"到了,宝贝儿,"莉迪亚在副驾驶座上说,"我们实在没有其他选择了。"她扭头看着坐在后座上的两个女孩,说道:"这样想吧,你们留在这儿就相当于帮着找柯蒂斯了。"

"好吧。"蕾切尔闷闷不乐地答道。

"嘿,"艾尔西的视线越过挡风玻璃前挥拂的雨刷,盯着前方,"那地方看着挺吓人的。"

没有人接话,因为车里的人都心照不宣——的确,你说不出什么来反驳艾尔西的观察结果。车继续在碎石路上行驶,终于驶离了无窗的金属建筑物和化工槽罐林立的区域,来到了一个开阔的地方。这个地方被一堵用钢丝网做成的墙围了起来。一幢简陋的楼房矗立在空地中间，看着像是上个时代遗留下来的东西。石板灰泥墙上遍布青苔和煤烟的污迹，镶着一扇扇间距规则的高框窗。屋顶是坡型的，由泥板岩瓦制成，顶端是一座钟塔，上面长满了色彩斑斓的苔藓，苔藓长势茂盛，异常显眼。一扇厚重的橡木门掩映在杂乱的黑莓灌木丛后面。霓虹灯就在这扇门的上方，闪得人头晕眼花。这幢楼的外观显然是十九世纪的风格，把它和现代感极强的霓虹灯放到一起显得很奇怪。

突然，艾尔西感到一阵紧张，她把手伸向双脚间放着的背包，拉开了背包上的拉链。她从里面看到了背包里那个叫"勇敢的蒂娜"的娃娃，勉强笑了笑。

"没事的，蒂娜，"艾尔西呢喃道，"一切都会变好的。"勇敢的蒂娜由硬质塑料制成，她的金发剪短至脖颈处。艾尔西的手指在蒂娜米黄色的"游猎"装背部摸索，依次向下，想找到隐藏在娃娃肩胛骨之间的那个小按钮。她终于按下了按钮，平心静气地聆听那让人坚定信心的声音——从蒂娜胸腔里的小录音机传出来，声调被压低了："**只要有机会参与一次新冒险，勇敢的女孩就决不会逃避！**"蒂娜的声音有些沙哑。

听见姐姐叹了口气，艾尔西扭过头去，发现蕾切尔正透过她的几绺头发不以为然地看着自己。艾尔西等着姐姐暴躁的指责，因为蕾切尔通常一听到艾尔西打开"勇敢的蒂娜"的音箱时就会这样做，但这次她什么都没说。眼下的情况真的很糟糕，艾尔西想，就连蕾切尔都受到了蒂娜的鼓舞。

梅尔堡家的车缓缓地停在了楼前，没有熄火。过了一会儿，大卫才拔下钥匙，发动机猛地没了声响。在建筑物间的空地上，大风呼啸

而过，即使在车里也能听到风声。大卫扭头看着坐在后座的两个女儿，说道："只有两个星期，"他试图用这种方法宽慰两个孩子，"就是这样，两星期后，我们就会接你们回家。"

艾尔西用手指缠绕着"勇敢的蒂娜"那头浅金色的头发。自出生以来，她从未觉得两星期是那么漫长。

第 三 章

植物的秘密语言；呵！北方丛林；
来自清洁工的警告

  普鲁把针织长围巾围得很高，遮住了大半张脸，这样可以暂时假装自己是贝都因牧民①，敢于面对撒哈拉沙漠某片广袤无垠的区域，但事实上她只是沿着朗伯德街漫无目的地行走而已。鉴于眼下的情况，像游牧民族那样生活似乎更为可取。普鲁很好奇，贝都因族的孩子们是不是也要被迫去学校念书，是不是也得记住谁发明了轧棉机、盘尼西林是从什么物质当中提取出来的这类无聊的问题。她猜想事实应该不是这样，她觉得贝都因族的孩子每天都要赛骆驼，还要学习如何在

---

① 贝都因人是以氏族部落为基本单位，在沙漠旷野过游牧生活的阿拉伯人，主要分布在西亚和北非广阔的沙漠和荒原地带。

荒漠中寻找绿洲，所以普鲁决定，回家后要用谷歌查找贝都因人的资料，看看是不是有什么方法能让她加入这个民族。

与此同时，普鲁发觉自己走到了圣约翰冰冷的街道上，这是她家所在的区，处于俄勒冈州波特兰市最北部。现在是二月，就算在这个时间——刚刚四点——阳光就已经开始逐渐消失了。街上遍地都是昨天早上下的半融雪，普鲁一边走，一边漫不经心地踏进水坑。天气太冷了，骑不了自行车，但她仍然拼命地想逃出家门。听着别人谈论她的前程和对她的期望，再想想自己令人泄气的言行举止，普鲁简直快疯了。这种压迫感让她离父母和师长的期望更远了。这是她生平第一次感到成人世界那种恼人的压力，她一点都不喜欢这种感觉。

普鲁抄近路穿过一片空地，一路向西，突然发现自己又来到了那个她经常不知不觉就会到达的地方——能俯瞰威拉米特河和远处荒野禁地的悬崖，她在这里无精打采地度过了漫长的几个星期。

她笑了起来，看着荒野禁地。在那里，无数棵参天大树聚在一起，朝两端延伸，像一层厚厚的毯子，盖住了这片广袤无垠的大地。薄雾似的云层低低地悬挂在树杈之间，一阵风从河流冲积而成的峡谷中冷冷地吹过。距离太远了，普鲁无法辨识出它们的声音——那是树的声音。

自林中归来后，自秋初被卷入大冒险后，普鲁的生活发生了很大变化。她原本期望自己的生活可以回归常态，恢复到原本波澜不惊的状态。麦克回家了，他们一家人团聚了，诸事顺遂，对吧？但没过多久，她就开始听到那些絮絮低语，声音很熟悉，和那个狂乱时刻她听到的声音有着相同的音色、音调。那个时刻出现在几个月前，当时贵妇总督正一手抓着麦克，差点儿就把他掐死了，也差点儿开始了对常春藤的控制。声音正是那时从普鲁周遭的自然界传来的，是树木和其他植物一起发出的。

一离开丛林的边界，普鲁就想把自己这项不可思议的新技能抛诸脑后，但很快她发现，即使是家里最默默无声、不爱炫耀的花花草草，只要受到恰到好处的刺激，也会乐意和她说话，即便她完全无法理解它们在说什么。它们的声音是低沉的、近乎无声的低语，在普鲁听来，几乎就像是从耳道深处传来的一样。虽然这些声音无法整理成可理解的话语，但过了一段时间，普鲁就发现自己可以凭借直觉去感知话里蕴含的情绪。她迅速调查了一下自家的多叶植物，发现它们展示出的性格种类多得让人晕头转向：多汁植物会发出冷淡易怒的"呼呼"声；厕所里的棕榈树会发出兴高采烈的"咔咔"声；客厅里的耳蕨会发出清冷的"哔哔"声，而放在餐厅书架顶端的长春花盆栽则一直很暴躁，一有人接近就会发出"哇哇"声，普鲁把这归结于父母总忘记给长春花浇水的缘故。有件事令普鲁很懊恼：妈妈圣诞节时把一盆常春藤带回了家，此后这盆植物就一直冲普鲁"嘘嘘"地叫，以示不满。

然而，总的来说，这些植物通常都无声无息，而且没过多久，普鲁也从断定自己精神错乱的想法中跳了出来，转而去面对出现在自己眼前崭新的、也更加古怪的现实。

普鲁把围巾往自己冰冷的面颊上裹了裹，看着薄雾在河对岸郁郁葱葱的树林之间四散开来。她想那里就是荒野丛林了。普鲁想知道自己离开后发生了什么事，是怎样不可思议的转折和改变推动了那个奇异之地的宿命之轮。她的目光沿着点缀着冰雪的山脊向下，穿过工业废墟地里摆放的化工槽罐，跨过河流，停留在悬崖正下方的黄褐色土地上。在那里，她看到了一些奇怪的东西。

起初普鲁觉得那只是一片古怪的阴影，是一阵烟雾或者是从一只高飞的鸟身上投射下来的，但随着雾气消散，她终于看清了那片阴影实际上是动物的形状。的确如此，她越眯着眼看，看得就越清楚。

那是一只毛色乌黑的狐狸。

它正好也在盯着她看。

普鲁听到一阵剧烈的响声爆发开来——是一丛长在悬崖边突出岩层中的金雀花发出了巨响。没有词语可以形容这声音，很抽象，听起来就像震耳欲聋的"嘘"声，十分刺耳。它好像能摧毁人类的听觉系统，像巨浪在横冲直撞，又像电视的随机噪声调到最大时发出的声音。普鲁本能地用手捂住了耳朵，即使这么做根本不能削弱噪声。她跌跌撞撞地后退了几步，感到自己无声地尖叫了一下。随着噪声越来越大，她的每根神经都被强烈冲击着。这时，有什么东西抓住了她的脚踝，她被拽得突然一转，在没有东西支撑的情况下，向后倒去，尾骨撞到了坚硬的地面，一阵剧痛瞬间蹿上了脊椎。

那阵噪声盖住了周遭的一切声音。普鲁失去意识，陷入了黑暗之中。

眼前一片漆黑。

☙

眼前一片漆黑。

这是因为柯蒂斯正竭尽所能地紧闭双眼。他一直咧着嘴笑，并尽力阻挡任何可见光照到他的眼睑上，只有这样做，他才可以假装自己没在天上飞，才能让他更容易假装正在发生的一切都不是因为他在飞：风吹皱了他长耳帽的软毛，吹打着他的衣服，冰冻着他的脸颊。不，不是因为在天上飞，只是刮了一场大风，毕竟现在是二月。那他正用手指紧紧抓住的毛茸物是怎么回事？也许就是个枕头吧——就是个温暖舒适的鹅绒枕头——撇开毛屑不谈。那些乱流现象又怎么解释呢？当然不是因为他在飞，而是因为……

他睁开眼睛偷看了一下。

他在飞。

"**猛冲加速！**"布兰登喝道，此时他的坐骑——与苍鹭作伴的身段纤长柔软的白鹭——突然俯冲，掠过柯蒂斯的毛帽。柯蒂斯受到惊吓，更紧地抱住了苍鹭的脖子。这时他们已经飞到了远远高于树的地方，从这个高度看下去，那些高耸的花旗松看起来就像多叶的、被雪覆盖的牙签一样，这番景象一直延伸到远方。太阳慢慢下落，渐渐消失在厚厚的云层里，用白天的最后一丝光线照耀着这群飞翔在高空中的人。

"哎哟！"苍鹭莫德喊道，"请别这么使劲抓我脖子！"

"对……对不起！"柯蒂斯喊道，眼泪流下了面庞。他分不清自己哭是因为风太大，还是因为打心眼儿里害怕，"我就是有点儿恐高！"

"我们走之前你怎么不说呢？"苍鹭生气地问。

"说出来不合适！"

"说出来怎么着？"风太大了，很难听清。

"说出来……"柯蒂斯开口道，但此时只听布兰登又一次高兴地大喊"哇哦！"他的话就又被打断了。白鹭和布兰登已经领先差不多有几只鸟身的距离，而且还翻了几个看着极其惊险的跟斗。他们又一次直接朝柯蒂斯的头顶迸发，惹得柯蒂斯把脸埋到了苍鹭的羽毛里。"我真希望他别这么做了。"柯蒂斯说。

"放松点！"莫德说，"你太紧张了！削弱了我的斗志！"

一群北美歌雀突然从薄雾弥漫的天顶中冲了出来，莫德因此急剧向右倾斜，柯蒂斯又尖叫起来。

"嗬！"柯蒂斯喊道，"你能别那么做吗？求你了！"

"你是说这样吗？"莫德问，同时再次倾斜，这次的角度更大。他们此时正从树的最高点——掠过，所到之处雪花飞溅，落满了柯蒂斯紧皱的脸。

"是的！就是这样，太可怕啦！" 柯蒂斯答道。

苍鹭玩累了，恢复到了适合飞行的高度，开始滑翔。乱流现象消失了，柯蒂斯慢慢地松开紧抓苍鹭的手，问道："我们要去哪儿？"

"去北方丛林大会堂，"莫德答道，"那里要召开秘密会议。"

"和谁开会？"

苍鹭叹息道："如果我知道的话，那也就不算秘密了，对吧？"

"但为什么要我们去？"柯蒂斯迷惑不解地问道。

此时白鹭飞了过来，和苍鹭并驾飞行。"是啊，水鸟，"布兰登叫道，"把我们都叫去干什么？为什么要把我们这群强盗叫去和北方丛林的人一起开秘密会议？"

苍鹭审视着布兰登，斥责道："你居然这么快就忘了柱基之战①的教训！你还是荒野丛林的游击队员吗？"她这么一说，布兰登就生气了，咆哮道："别和我说柱基之战！我可不记得在战场上见过你，也不记得你曾血染战场！"

"冷静点儿，强盗大王，"莫德答道，"我不是不尊重你，"她清了清嗓子继续说，"神秘人士长老想见见四国各自的代表，但严格来说，没人管理荒野丛林，所以她推测荒野丛林的强盗可以作为使节来参加

---

① 见第一部《荒野丛林》。

会议。"

前方,一座白雪斑驳的山峰从周遭的山峦中显现出来,峰顶笼罩在一片云雾中。"那是教堂峰,现在离我们不远了。"莫德想要舒缓紧张的气氛,岔开话题道。蜿蜒的小路在这片山峦中缓慢延伸,通向下风处,那里有一座和缓的山谷穿山而出。飞鸟身下的森林开始变得稀疏,出现了断断续续的草坪和田地,替代了荒野丛林中繁茂的树木。过了一会儿,柯蒂斯看到空地边缘出现了一些小房舍,房顶上矮墩墩的烟囱里冒出缕缕白烟,消融在蒙蒙的雾气中。一男一女从一个小屋的门廊里走了出来,用手半遮着眼睛,挡住了昏暗的阳光,好奇地看着飞在天上的两只鸟和骑在他们背上的人。

农场看起来却死气沉沉的,耕地处于休耕状态,里面没有种庄稼,大地一片萧条。苍鹭俯冲到低处,柯蒂斯看见了一群没穿鞋的孩子站在路中间。他瞥了一眼孩子们的脸,发现他们面色发黄、神情倦怠。

莫德猜到柯蒂斯定会对看到的景象产生疑问,便说道:"北方丛林的人最近过得不太好,我们很多人都和南方丛林的人有合作,但遭受的苦难却比预期中的要多。没有人需要我们出口的东西,冬天的日子也不好过,哪怕我们贮备更好一些,也不会知道该如何应对这个黑暗的季节。"

"我不知道。"柯蒂斯迎着呼啸的风说道。

"你需要知道吗?"苍鹭问道,"什么时候荒野丛林的强盗也开始关注北方丛林的人过得好不好了?"

柯蒂斯想了一会儿,说道:"我的意思是,我听人说最近运货的人少了,所以我们的日子过得有些拮据,年纪大点儿的强盗说现在是'旱季'。"

苍鹭冷冷地笑了，说道："强盗柯蒂斯，那还只是一种保守的说法，很多孩子今晚都会挨饿，很多父母的橱柜也都空空如也。"

"为什么会这样？"

"你会知道的，迟早会知道，迟早会知道。"苍鹭开始往上飞，说道，"我们离目的地更近了，看，那是议会树。"

苍鹭一说完，那棵枝干遒劲的巨树就突然出现在了远处。它耸立在田地和树丛交错地带的上方，一群小鸟在光秃秃的树枝上转圈、嬉戏，远远望去，就好像是笼罩在树冠上的一层光晕似的；动物和人围着粗壮的树干，和高耸挺拔的大树相比，就如同蚂蚁一般渺小。在更远的地方，柯蒂斯还能看见一座表面贫瘠的小山，山顶上有一座森林火警瞭望塔。再往远处看，越过一排灰色的枫树，有一座木质的长方形建筑坐落在两座小山之间的窄路上。看到眼前的景象，莫德伸了伸长长的脖子，动了动翅膀，准备降落。

离地面近些时，柯蒂斯端详起了离他们越来越近的木建筑。它的顶部覆盖着白雪，中间竖着一根大烟囱，楼身的深色木板经历了风摧雨蚀，布满了岁月的痕迹。巨大的房梁尖端从屋顶凸了出来，正好处于一扇宽大的木门之上；门框是由铁柱制成的。

莫德在空中优雅地画了一个数字"8"，然后降落到铺满落雪的空地上，空地从会堂入口延伸了出去。一只穿着长袍的獾正在扫石板路上的积雪，看见柯蒂斯和布兰登从各自的坐骑上下来，就停下了手上的活儿。柯蒂斯的双脚颤颤巍巍地落了地，刚刚结束飞行，他还没掌握好平衡，感觉脚下的地面就像海浪一样起伏不定。那只獾看了一会儿，又接着扫起地来。"到里面去，"莫德说，刚刚结束的飞行让她说话时有点儿气喘吁吁，"现在刚好宣布开会。"她用翅膀朝门的方向示意。

布兰登心神不宁地审视着周围的环境，他的手条件反射般地放到了体侧的军刀柄上。莫德看到他的反应后说道："放心吧，强盗大王，你用不上那把刀，你现在待的地方可是和平国度。"

"用不用得上我自有判断。"布兰登简短地答道。柯蒂斯感到塞普蒂默斯在他背上的帆布包里扭动，便打开了包盖，塞普蒂默斯用长长的鼻子嗅了嗅新鲜的空气。

"我们到了吗？"他问道。

"嗯，"柯蒂斯说道，"很喜欢飞行？"

"对呀，谢啦，"老鼠说，"但我想我们回去时还是应该走陆路，你说呢？"他说这话时伸出了一只爪子，顺了顺两耳之间的毛，"我倒不是害怕，只不过在天上飞的时候我吐了，虽然只吐了一点儿。"

"什么？"

"就吐了一点儿，大多数都吐到这个小袋子里了。"老鼠用另一只手拿出一个小皮包，皮包上松松地绑了根皮绳，说话间他随手把包扔到了地上，"别打开那个包！"

"塞普蒂默斯！那是我的午餐！"

塞普蒂默斯故意装作没听见，问道："我们现在在哪儿？"

柯蒂斯低声抱怨了几句，才回答说："大会堂，要在这儿召开一个秘密会议,所以我们就被叫来了。"

他话音刚落,门就"吱嘎"一声打开了。站在入口处的不是别人,正是猫头鹰雷克斯,他是一只大角猫头鹰,体形巨大,戴着眼镜。柯蒂斯已经好几个月没见过他了——初秋在"大厦"分道扬镳之后就再没见过面。雷克斯张开翅膀,面带微笑,沿着小路朝三个刚到的人走来,用低沉而带有回响的声音说道:

"我的强盗们,我亲爱的强盗们,希望你们没有飞得太累。"

"猫头鹰!"柯蒂斯微笑着说,"你来这儿做什么?这儿离禽鸟公国挺远的。"

布兰登把手从军刀上挪下来,趾高气扬地朝迎面而来的猫头鹰走去,微微鞠了个躬,说道:"亲爱的猫头鹰,很高兴再次见到你。"

"我也是,大王,"猫头鹰躬身回礼,他把两只大翅膀搭在了两个强盗的肩膀上,说道,"分别时,我还不知道我们三个何时才能重聚,没想到这么快就又见面了。"

塞普蒂默斯清了清嗓子,让猫头鹰注意到自己的存在。

"是我们四个,"猫头鹰冲老鼠眨眨眼睛纠正道,又皱着眉头说道,"回答一下我的强盗朋友柯蒂斯的问题——我也不想被监禁那么久之后,又这么快离开家乡。每年这个时候,鸟国的景色都异常美丽,所有的鸟巢都覆盖着一层积雪。"他叹了口气,继续说道,"但丛林的命运始终未定,我们正面临新的威胁。"他看向莫德和那只白鹭——他们还在收拾翅膀下的碎石,问道:"没人跟着你们吧?"

莫德摇摇头说:"没有,殿下,是我们自己来的。"

"很好,现在——"猫头鹰雷克斯转过身,领着布兰登和柯蒂斯朝大会堂走去,"会议要开始了。"

"我姓梅尔堡,"艾尔西的爸爸说道,"这周早些时候打过电话。"

一个女人坐在杂乱的桌子旁,桌上的电脑显示屏看起来很古老,散发的光线也很古怪。女人浓妆艳抹的脸上抹了好几层厚厚的化妆品,被光线一照,看着好像食尸鬼一样恐怖。

"梅尔泡?"女人慢吞吞地问道。

"不是,是梅尔堡,中间是个字母'B'。"大卫纠正道。

女人的注意力从电脑显示屏上移开,瞪了艾尔西的爸爸一眼,她的眼神令人畏惧。"我就是这么说的,"她冷冰冰地拉长声音又说了一遍,"梅尔泡。"显然,英语不是她的母语。艾尔西紧紧地抱着爸爸的裤腿和"勇敢的蒂娜"娃娃,对她来说,女人的声音就像来自遥远国度的回声一样,在那个国度里,到处都是洋葱形圆顶的宫殿和跳踢踏舞的哥萨克人。

大卫平复一下情绪,微笑着说:"哦,不好意思,我没听出来你有口音。"他清了清喉咙,又说,"是的,姓梅尔堡,名字是莉迪亚和大卫,我们要让两个女儿在这儿寄宿,她俩的名字是艾尔西和蕾切尔。"大卫没有得到回应,他局促不安地扭动着双脚,然后低头看见了桌上的名牌,就试着读上面写的名字:"小姐……玛德拉克小姐?"

女人还是没有回应他,一副懒洋洋、无精打采的样子。她端详了一会儿梅尔堡一家,随后用指甲修长的手指抵在桌上,把椅子向后推去。她舒展了一下身体,站了起来,霎时比面前的梅尔堡一家高了一大截。艾尔西原以为大卫算是高得出奇了,此时却发现爸爸只到这女人的锁骨。女人穿了一件闪闪发光的长袍,手上戴着好几枚颜色各异的戒指。她漫不经心地向大卫伸出一只手,展开手指的方式很有戏剧

性,就像一位女伯爵在接待追求者一样。

"请叫我戴斯迪梦娜。"她说道,唇边的微笑若隐若现,这些话就像一股糖浆从她红宝石般鲜红的嘴唇里流了出来。

大卫和她寒暄了一番,话说得乱七八糟,没什么意义。他伸手想去握戴斯迪梦娜的手,莉迪亚的动作却比他快。艾尔西的妈妈双目炯炯有神,紧紧地握了握女人的手。

她大声说道:"你好,玛德拉克小姐,我们想把孩子们寄养在这儿,两周以后我们就回来接她们。"

就算戴斯迪梦娜的脸上曾出现过光彩,在她把注意力转到梅尔堡太太身上并听完她说的话之后,也都立刻消失了。她慢慢地把手从莉迪亚手里抽出来,又悠闲地坐回到椅子上,说道:"我知道了,让我先找找,看电脑上有没有记录。"她开始缓慢地敲击键盘上某个印着箭头的按键,此时,她的脸又被电脑显示屏发出的光照亮了。"啊,是的,"她终于找到了,"我看到了,是两个女孩,艾尔西和蕾切尔。"她微微转了转头,锐利的目光对上了艾尔西的双眼,艾尔西吓呆了。

"你是……?"女人问。

"我——我是艾尔西。"

"很高兴见到你。"女人头也不动地说。她又看向蕾切尔:"那么你是?"

蕾切尔只是透过头发帘看着那女人,一言不发。她的双臂挑衅地抱在胸前,T恤上的莫霍克头像皱成一团。

莉迪亚插了句话:"这是蕾切尔。"见女儿没反应,莉迪亚便对她皱了皱眉,说道:"她有时可能不太懂礼貌。"

玛德拉克小姐笑了,涂着口红的唇间露出一长排牙齿。除了从正中开始数第三颗牙是金牙之外,这排牙看着几近完美,在电脑显示屏前闪闪发光。"这没问题,我们已经习惯处理这样的事了。"戴斯迪梦娜说道。

艾尔西大声咽了咽唾液。

"那么,梅尔堡一家,"戴斯迪梦娜·玛德拉克说,她把注意力转到了电脑上,用手指戳着按键,"首先欢迎你们来到乔弗瑞·昂桑科叛逆青少年之家。"(说这话时,她伸出一根修过指甲的手指,指向桌上相框里的照片,照片里的人露齿微笑,身上穿着一件花哨的菱形纹毛背心,下巴上留着山羊胡子,头发油腻腻的——艾尔西推测照片上的人应该就是昂桑科先生。)"它成立于一九八五年,是一家提供全面服务的孤儿院和少年感化院，有一百个品质良好却不幸的孩子住在这儿。"女人用低沉的声音说着这段已背诵多遍的话，就像一名经验丰富的空姐在谈论漂浮坐垫，语气很平静。

戴斯迪梦娜继续解说这里的管理细节，说话间她的眼皮始终半抬不抬。艾尔西的注意力被办公室的墙面装饰吸引住了。她原本一直以为只有在水平表面上才能积攒灰尘，但昂桑科之家却证明事实并非如此——墙面上一层薄灰微微反光，就快成第二层墙漆了。灰尘盖在一组铺开的纸上，似乎是陈旧的电影海报，艾尔西看不出海报标题写的是什么，对她来说，海报上的字看起来就像外星文。海报的男主角们都身穿燕尾服，抽着烟，慵懒地靠着白栏杆，和高挑美丽的女主角们进行意味深长的眼神交流。在一张褪色的海报里，一男一女的距离只有几英寸远，他们的眼里好似燃烧着火焰。海报上方印着一个字体优美、引人瞩目的名字，也是用"外星文"写的。走近点儿看，艾尔西认出海报上的女人不是别人，正是玛德拉克小姐本人，只是年纪轻了点儿。艾尔西震惊地低头看向桌后的女人，见她还在说话，就又看了看海报。眼前的戴斯迪梦娜和海报里的女人在外貌上极为相似，但她眼里的精神却不见了。艾尔西忍不住指着海报，脱口问道："那是你吗？"

戴斯迪梦娜不再自说自话，她看向艾尔西指的地方，淡淡地笑了笑，回答说："是的，就是我，那是一部老电影的海报，叫《哈瓦那之夜》，你听说过吗？"

所有人都沉默不语。

戴斯迪梦娜皱了皱眉，一挥手打破了沉默，说道："那是一部乌克兰老电影，不说英语。海报上面是男主角谢尔盖·哥查伦科，一位了不起的乌克兰演员,他如今在洛杉矶做出租车司机。"她气呼呼地接着说,"事情就是这样,我们来到美国,美国能让我们过得更好吗?不能。"说话间她把椅子往后一推,又从桌边站了起来,说道:"来吧,我带你们参观一下这儿的设施。"

戴斯迪梦娜从桌后迅速走了出来,示意梅尔堡一家跟着她去大厅。一条长长的走廊在他们眼前延伸开来,墙上刷着和办公室一样淡的灰绿色漆,天花板附近的墙漆大片大片地脱落。走廊两边有好几扇门,一个和艾尔西年龄差不多大的小男孩正站在那儿擦方块砖拼成的地板。他停下来抬头看看他们,腼腆地笑了。

"这儿是中央走廊,这扇门后是食堂,这扇门后是公共休息室。"她边讲解边推开对应的门,但是门关得太快了,梅尔堡一家没有多余的时间瞥一眼门后的房间。"这是贮藏室,这是游戏室,这是浴室,这孩子是爱德华。"擦地的男孩又笑了,冲他们挥了挥手。"走这段楼梯可以到宿舍。"此时她停了一下,懒洋洋地靠在打开的门上,招手示意他们向前走。梅尔堡一家穿过门,开始上楼,戴斯迪梦娜在一旁打量他们。

"玛德拉克小姐,"爬楼梯时,大卫开口问道,"这里和工业机械零件有什么关系?我在外面的牌子上看到了'工业机械零件'的字样。"

"那是我们的副业。"戴斯迪梦娜答道。

大卫等着她进一步解说,她却什么都没说。

他们爬完两层楼梯,戴斯迪梦娜推开了一扇双开门,里面是一个像体育馆一样大的房间,摆满行军床样子的床铺,整齐地排成了四长排。没有人在床上睡觉,每张床都很整洁,毛毯铺在薄薄的床垫上,拉得很平整。房间后部有一个大腹取暖炉,但它能释放的热量少之又少,几乎让人感觉不到。"你们以后就睡在这儿了。"梅尔堡一家的向导说。午后灰蒙蒙的阳光透过一排又高又脏的窗子照进寝室里。

"其他的孩子在哪儿?"莉迪亚问道,她有点儿担心,愁容渐渐显现出来。戴斯迪梦娜笑了,手指划过其中一张行军床的边缘。"他们出去了,"她答道,然后转向大卫,"现在,你们把押金给我,我们就可以说再见了。"

蕾切尔一直沉默不语,此时终于说话了。她转向自己的父母,说:"请别把我们留在这儿。"艾尔西从没见过姐姐这么脆弱的样子,而且说这句话时,蕾切尔还把自己两边像面纱一样的头发拨开,直盯着父母的眼睛。

"只有两周,亲爱的,"大卫安慰道,虽然他的表情流露出了忧虑,"只有两周,然后我们就回来接你们。"

艾尔西觉得自己此时应该说点儿什么。她知道她们什么也改变不了,父母当天下午就要赶飞机,所以她转而对姐姐微笑着说:"两周而已,蕾切尔,没什么大不了的,对吗?"一瞬间她来了灵感,按下了"勇敢的蒂娜"娃娃的语音盒按钮,希望可以有句恰当的口号鼓舞姐姐,但只听"勇敢的蒂娜"说道:"**别忘了睁开你的双眼,因为你不知道何时会看见野生动物!**"这话不太合适呀,艾尔西想,可效果不错——她看到姐姐脸上担忧的神色不见了,取而代之的是,蕾切尔眉头紧皱,恼怒地盯着自己。至少,那也算小有成效吧。

"这是什么?"戴斯迪梦娜问道,同时轻蔑地看了一眼艾尔西手里的娃娃,那眼神就像看死老鼠一样。她又问道:"它是不是总这样说话?"

艾尔西把蒂娜放到胸前,保护着她。

"这是勇敢的蒂娜,"莉迪亚解释说,"你在电视节目上见过她吗?"显然戴斯迪梦娜对此一无所知,所以她只得继续说道,"艾尔西很依赖她。从她五岁开始,蒂娜就像安心毯一样存在着,一直陪伴着她。"

玛德拉克小姐的脸上明显浮起一丝不屑的表情,说道:"一个孩子拥有其他孩子都想要的东西,这并不好,所以我们不建议孩子们带着玩具来这儿。"

艾尔西感到爸爸用手轻揉着自己的肩膀,一阵恐惧感顺着脊骨爬了上来。他们会把蒂娜从她身边带走吗?

"玛德拉克小姐,我们能破例一次吗?就这一次,毕竟她们在这儿住的时间很短,应该没什么问题吧。"大卫说。

戴斯迪梦娜不吭声。她思索了一会儿,终于开口道:"那好吧,就这一次。"艾尔西听罢舒了口气。

戴斯迪梦娜的手臂柔软地一挥,领着梅尔堡一家离开宿舍朝楼下走去,回到了底层的走廊上。那个叫爱德华的男孩还在擦地,看着好像没什么进展。一群人朝大门走去,经过男孩身边时,艾尔西听见他清了清喉咙,便停下脚步。她回过头,看见他手里握着一张折起来的小纸片,又听见他说:"打扰了,我想这是你掉的。"

艾尔西向四周看了看,想知道是不是还有其他人听见他说的话,却发现父母正专注地和玛德拉克小姐谈话,讨论和付款相关的进一步细节，蕾切尔则盯着她的匡威鞋看。艾尔西把目光转回男孩身上，问道："叫我吗？"

男孩点点头。

好奇怪，艾尔西不记得自己带了这么一张纸。她很困惑，但还是腼腆地伸手从男孩手里抽出了那张纸。就在这时，她听见妈妈叫她："艾尔西！干什么呢？"

艾尔西困惑地笑了笑，谢过男孩，把纸塞进了裙子口袋里。她蹦蹦跳跳地回到妈妈身边，在妈妈的百褶裙边站定，正好听到玛德拉克小姐说："你们就在这儿道别吧。"

大卫跪下用手臂抱住了两个女儿，紧紧地搂住了她们。他用平静而哽咽的声音说道："孩子们，孩子们，我们要去找你们的兄弟，我们一定会找到他的，愿上帝保佑。我们会把他带回来，这样我们就可以一家团聚了，全家人一个都不能少。"

蕾切尔哭了起来。艾尔西站在一旁，把脸埋进爸爸运动外套的灯芯绒布料里，闻着他身上麝香味的润肤水，奇怪自己怎么没哭。她感到妈妈的手搭在了自己的肩上，虽然莉迪亚没说话，艾尔西却感觉到一波波震颤顺着妈妈的手臂传了过来——妈妈哭了。

"乖乖听话，孩子们。"这是莉迪亚唯一能说出的整句。

大卫和莉迪亚放开了两个女儿，朝自家的车走去。蕾切尔却不愿轻易放手，她不顾一切地扯着爸爸的衣服，想努力抓住。大卫和莉迪亚还是走了，他们家的黑色轿车又嘎吱嘎吱地沿着碎石路，驶回了工业废墟地那黑暗的、满是落雪的小路上。艾尔西和蕾切尔站在楼前的台阶上看着他们远去，呼出的气体在头顶上方汇聚成了一缕缕白雾。这时艾尔西记起了男孩给她的那张纸，便把手伸进口袋里，把纸拿了

出来,慢慢地打开。她看到泛黄的纸面上潦草地写道:

"趁还来得及,赶快逃出去吧!"

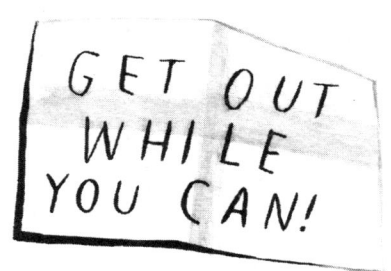

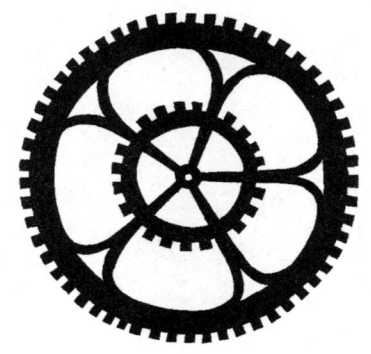

第四章

下士的故事

"普鲁!"

……

"普鲁!"

风在吹,树叶沙沙作响。

"普鲁·麦基尔!你能听见我说话吗?"

耳边响起的是女人的声音,普鲁对她的声音只有一丁点儿印象。听她说话的感觉,就像在喧闹的餐馆听见一首熟悉的歌一样。那个声音让她联想到了实验安全、细胞有丝分裂和广藿香水。

那是普鲁的生命科学老师达拉·赛尼斯的声音。

"你还好吗?"达拉问她,她的脸遮住了普鲁望向暗色天空的视线。

普鲁咕哝了一声,最终还是答道:"我……我想应该没事。"

老师把普鲁扶起,让她坐在雪地上——普鲁站不起来,她的腿失去了知觉,裤子又湿又冷,紧紧地贴在腿上。她猜自己并没有在地上躺很久,因为从天色来看,应该没过多长时间。她开始回忆昏过去前发生的事情,把先后连贯起来,找出昏倒的原因:她走到悬崖边,听见一声巨响,然后看到了某种生物,是吧?那是一种惊人的生物,此刻它的形象清晰地浮现在普鲁的脑海中:一只黑色的狐狸。然后她便听到了那阵尖锐、震耳欲聋的嘶鸣声。普鲁伸长脖子,扫了一眼悬崖下方的土地,发现那只狐狸不见了,于是她便朝赛尼斯小姐望了过去。

"您在这儿做什么?"普鲁问。

"我也想问你这个问题,"老师边回答,边搓手,她的指甲里都是黑泥。"来这儿走走挺有意思的,"她四处张望着说道,"正好可以好好看看荒野禁地。"

"我刚刚就是在闲逛,然后我……"普鲁说着,蓦地停住了,不知道自己应该告诉老师多少。她从未把植物会发声的事告诉任何人,因为她知道如果对别人说了,那人一定会把她当疯子一样看待,"然后我就觉得头很晕。"

"你今天过得很辛苦呀。"赛尼斯女士说话间不再蹲着,站了起来。她的短裙上粘了一些草,掸掉身上的草后,她把手伸向了普鲁,说道:"来吧,我给你买杯热腾腾的牛奶,你喝了暖暖身子吧。"

她们走进朗伯德街上的一家咖啡馆,坐到了前窗桌边的椅子上。侍者给达拉送上一杯卡布奇诺咖啡,给普鲁的则是一大杯加了蜂蜜的牛奶。牛奶的热气徐徐升起,温暖了普鲁面前的空气。她们聊了一会儿天,谈了谈雪和波特兰沉闷的冬天。达拉跟普鲁简单勾勒了自己的童年，讲了她对书籍和音乐的热爱，还有她那个一直四海为家的军人父亲。她又说自己高中的时候做过"真正的嬉皮士"，还跟着某个爵士乐队走遍全国。乐队表演期间，她就在停车场里卖麻工艺首饰。

"你喜欢音乐吗？"达拉问道。

"嗯，有些乐队我很喜欢，但我不怎么了解。我对音乐的爱好有点儿落伍。最近我听了不少卡津类的音乐，您了解这类音乐吗？"

"手风琴演奏的音乐？"

"对。"普鲁说，她觉得自己脸红了。

"哇，孩子，"达拉感叹了一下，喝了口咖啡继续说道，"你是挺落伍的。"

她们俩突然一起哈哈大笑了起来，笑声渐渐消散，气氛一片宁静祥和。她们都向窗外望去，看着马路上的车"嗡嗡"地驶过，还看到一个男人努力想打开报箱。普鲁静静地看着桌子对面的老师，看着这个女人优雅地端起咖啡杯送到唇边。

事实上，普鲁一直没把自己在荒野禁地探险的事讲给"外面世界"的同龄人听，她只把那些曾经发生的惨痛事件告诉过自己的父母，而他们一听到那个地名就会愁眉不展。整件事只会勾起他们关于走失孩子的惨痛回忆，让他们记起一个个因为担心孩子而失眠的夜晚。最后，在普鲁禁不住遐想丛林里还在发生什么事情时，麦克成了唯一值得她信赖的知己，因为每次她说着说着停下来时，就会发现麦克好像一直在听，却不会妄加评判——他几乎听不懂普鲁说的话，一见普鲁不说话了，便会含糊地发出一声"噗！"普鲁经常觉得自己身上的担子特别重，她渴望和世界分享自己的秘密。

达拉好像能读出普鲁的心声。她放下杯子，盯着对面的普鲁，眼神中充满了信任。"你好不好奇呀?"她问道。

虽然普鲁知道达拉说的是荒野禁地,但她觉得她和达拉的思维如此契合着实奇怪,于是她明知故问:"好奇什么?"

"好奇荒野禁地呀,比如,荒野禁地的另一边是什么?"

"我很好奇。"普鲁觉得自己的心跳加速了。

"从前我高中毕业时,常常和一群孩子一起玩儿。我父母住在希尔斯伯勒市,我们常常站在荒野禁地的边缘,然后就……盯着看,心里很好奇,我想就和你刚刚在悬崖那儿做的一样。原来我有个男朋友,他就是个疯子,常常反反复复地发誓,他在树林里见过一些东西。比方说动物,但那些动物是直立行走的。他甚至还说其中一只动物曾经想和他说话。"达拉说这番话时不屑地挥了挥手,无声地模仿着男朋友疯狂的精神状态。

普鲁再也忍不住了。

"我能告诉您一些事吗?"她终于说出了口。

达拉疑惑地看了看普鲁,说道:"当然可以。"

"说之前先提醒您,我说的事听着会非常古怪。"

"没关系。"

"而且您是除了我父母之外第一个听我说这件事的人。"

"老师就是干这个的,普鲁。"

普深吸了一口气,开口道:"我去过那里。"

达拉惊讶得瞪圆了双眼。

"我去过荒野禁地。"

"真的吗?"

"是的,您一定不相信我身上发生的事。"

说完之后，普鲁就感觉肩上的重压消失了。

※

柯蒂斯刚走进会堂大厅，就感到一股热气扑面而来，眼镜上立刻起了一层水雾。他感觉双脚正踩在石砌的地面上，跌跌撞撞地朝前走了几步，突然感到自己踩到了某个柔软的物体。

"哎哟！"柯蒂斯脚下的物体哀号了一声，原来是塞普蒂默斯。只听得塞普蒂默斯大叫道："注意着点儿，往哪儿走呢！"

"对不起！"柯蒂斯说道。他猛地把眼镜从脸上拽下来，拉开外套，用衬衫边角把镜片擦干净。因为没戴眼镜，柯蒂斯的视线非常模糊，但即便如此，他还是看到大厅的中央火炉里有一丛巨大的火焰正在剧烈燃烧，照亮并温暖了整个大厅。火焰像太阳一样闪闪发光，照得周围的事物都亮了起来。柯蒂斯看到了站在火炉旁的几个模糊身影，看见他们正朝自己走来。他把擦好的眼镜重新戴到鼻梁上，眼前清晰的景象让他微笑起来。

"依菲琴尼亚！狐狸先生！"柯蒂斯他认出了正朝他走来的人，立刻跟他们打招呼。

"你好，柯蒂斯。"狐狸含糊地说，齿间神气活现地挂着一根牙签。他伸出一只红色爪子和柯蒂斯握手，柯蒂斯愉快地伸手回握。

依菲琴尼亚看着柯蒂斯和狐狸彼此寒暄。当柯蒂斯转向她时，依菲琴尼亚便抓住了柯蒂斯的肩膀。她稻草一样的灰头发垂在粗糙的麻布针织长袍上。她眼神深沉，斑驳的绿眼睛迅速打量了柯蒂斯一番，说道："强盗柯蒂斯，你比上次我见你时长高了，但那怎么可能呢？"

柯蒂斯感觉有人狠狠地拍了一下他的后背，回头一看是布兰登，站在他身后微笑着说："这是几个月来我们对这个小伙子勤加训练的结果。"

"欢迎来到我们的领地，强盗大王。"依菲琴尼亚说话间依旧打量着柯蒂斯，等她终于看够了之后，才冲布兰登点了点头。

"嗯嗯，"狐狸斯特林粗声粗气地哼了声，说道："要是我爷爷彻斯特能活到今天就好了，就可以看到荒野丛林的强盗在北方丛林里。"他说话时脸上露出了一丝不易察觉的微笑。

"的确！"布兰登两手叉腰喊道，做出一副正在仔细探查大厅内部的样子，"希望你把藏起来的值钱东西都仔细记录过了，虽然我不想把你洗劫一空，但不能保证我的同伴也这么想。"他边说还边玩笑般地用手肘轻推了下柯蒂斯，接着说，"这可是我们最顶尖的扒手，就连苏丹侧妃的唇环都能拿到呢！"

"他开玩笑呢，我们没打算抢东西，"柯蒂斯尴尬地解释道，然后又停了停，纠正自己刚刚说的话，"但的确，那是可以做到的，我们很擅长抢东西。"

"不错嘛，孩子，看来你已经习惯了强盗的生活方式，而且还很喜欢呢。"依菲琴尼亚说。

"在我看来，他在马术方面还有待提高。"猫头鹰雷克斯说，同时用自己的一扇大翅膀搂住了柯蒂斯的肩膀。

"你怎么知道的？"柯蒂斯乖巧地问道。

"我们自己看到的，毕竟我们是可以在天上飞的种族。"猫头鹰说。

布兰登低头看看自己的手下，骄傲地说道："他会克服不足的，对此我毫不怀疑。"

"现在过来吧，去火炉那儿，我们有很多事要讨论，而时间所剩无几了。"依菲琴尼亚拉着柯蒂斯的手说，柯蒂斯不经意间看到她的眼睛里新添了几丝忧虑。自上次见过她后,她竟已衰老至此,真令人难以置信。握在柯蒂斯手里的手指脆弱得如同娇嫩的枝桠一般,好像稍微用力一握,就会消散成灰。

依菲琴尼亚猜到了他的担忧,哀伤地说道:"食品配给,我的孩子,给我这把老骨头造成了很大的负担。"她伸出枯瘦的手向大厅挥了挥,接着说,"这是个令人烦恼的冬天,我想这是你们那个世界的某位诗人写的吧。北方丛林的日子不好过,但我们并不是唯一受难的地方。"

"苍鹭莫德也说过这样的话。她还说普鲁有危险。到底发生什么事了?"柯蒂斯大着胆子问道,他的好奇心占了上风。

依菲琴尼亚的脸上满是皱纹,听完柯蒂斯的问题,她皱了皱眉,低语道:"的确,这是首先要担心的问题,但它只是个征兆,预示着会出现更大的麻烦。"

一行人朝中央火炉走去,那火炉是个石质的圆形炉床,边上围着一圈矮长凳。温暖的火光在昏暗的墙上照出了闪闪烁烁的黑影,柯蒂斯看到了几个身影在火光不及之处徘徊。

"这是什么地方?"柯蒂斯问道,他在猫头鹰翅膀的引导下,坐上了其中的一条长凳。这时,其中一个人影走进了柯蒂斯的视线,那是个男孩,身上的长袍和依菲琴尼亚的相似。他手里拿着一个玻璃杯和一个水罐。他一言不发地把水杯递给柯蒂斯,并在杯子里倒满了清水。

"这是北方丛林大会堂,"猫头鹰雷克斯回答,同时在火炉另一边的长凳上坐下,"我爷爷还在的时候,丛林各国的人都会来这儿聚会,他们想在'大厦'的耳目无法触及的地方交流意见。"

"现在又得这样了。"依菲琴尼亚说,同时挥手示意另一个怀里抱满柴火的长袍随从去火炉边,把柴火投入炉中。火烧得更旺了,火势汹涌,不停地燎着吊在大厅木椽上的铜质大排风罩。火光照亮了大厅,柯蒂斯终于看清了厅的大小——它的四角从炉床的中心向远处延伸,拱顶在楼内人群的头顶上方耸起。他还能看到几只燕子正在木椽间愉快地俯冲翻转。

"都到齐了吗?"斯特林问道,聚在一起的人们边低声附和,边在长凳上找位置坐下。柯蒂斯数着走上前来的人:他自己、布兰登、猫头鹰、依菲琴尼亚和斯特林。他们面对面地坐在缭绕的火舌上方,座位之间的距离都一样。只有一个人柯蒂斯没见过,那人像冥界的幽灵般从黑暗中走出来,是最后一个坐在这圈座位上的。那是匹灰色的狼,一身南方丛林守卫的装束:利落的军官羊毛外套,上面镶着铜扣。他左肩上戴着两枚肩章,似乎暗示他身居高位;右边的翻领上面别着一枚奇怪的胸针,看起来像是一枚小型的自行车链齿轮。他只有一只眼睛能正常视物,另一只眼睛上戴着黑眼罩,左耳看着也像被咬掉了一半。

依菲琴尼亚开口了:"我的朋友们,事态紧急,非常紧急。冬天已经占领了我们这个贫穷且腹背受敌的国家,迟迟不肯离去。即使是现在,就在我们讲话的当口,北方丛林的人民还在排队领口粮,而且他们还要从寥寥无几的口粮中挤出一部分储存起来,以应对突发事件。在我担任神秘人士长老之职的这段时间——哎呀,就算从我还是稚者时算起——我从未经历过如此令人绝望的时期。"

柯蒂斯注视着在场的人。猫头鹰严肃地点了点头,狐狸斯特林从他的陶烟斗里长长地吸了一大口烟,那匹古怪的灰狼默默地凝视着火光。

"我们能怨谁?"神秘人士长老继续说道,"我和议会树谈过了,但到现在为止都没有得到满意的答案。当然,严冬要背负起不可饶恕的责任,但我认为如果我不把自己的怀疑说出来,那就是玩忽职守。我怀疑在天气异常的背后,是这片土地上出现了令人不安的因素。南方丛林的动荡不安对我们所有人来说都是毒素,必须把这种动荡连根拔除。"

"动荡?"柯蒂斯脱口问道,"不是已经进行政变了吗?难道那场政变还没能解决所有的问题吗?"

神秘的灰狼咳了一声,对柯蒂斯的话哑然失笑,所有人的目光此刻都落在了炉火边的这个身影之上。

"柯蒂斯,布兰登,来见见唐那宾下士,他可是冒着生命危险来这儿的,我相信你们一定会觉得他要说的话很有意思。"依菲琴尼亚说道。

下士呼了一口气,从牙间的木烟斗里吸了长长的一口烟。一缕缕烟从他的灰鼻子里冒了出来。他把烟斗里的烟灰敲在爪子里,随手撒在地上,打了声招呼:"你们好,叫我杰克吧。"说完便身体前倾,把烟斗放在了火炉沿儿上。他的声音听起来很刺耳,就像有人拖着金属耙子走过砾石路。

"唐那宾下士是从南方丛林直接赶过来的,"依菲琴尼亚解释说,"他秘密步行了很远的路,他的上级指挥官并不知情。他不顾自己的岗位——事实上,他甚至不顾自己的生命安危——把这个消息带给我们,是他的好心肠促使他这样做的。"

"你就是那个男孩吗?你认识混血女孩普鲁吗?"杰克抬起鼻子问柯蒂斯。

"认识,她还好吗?"柯蒂斯说着,往前挪了挪身子。

灰狼沉默了一会儿才开口说道："今晚之前她一定会死，对此我毫不怀疑，"他扫视了一圈在场的人后，接着说，"他们已经派杀手去杀她了。"

柯蒂斯感到全身肌肉一阵痉挛，口干舌燥。坐在他左边的布兰登愤怒地咆哮起来。

"谁要杀她？我还以为你们南方丛林的人多少会把她看成英雄，会称她为自行车少女或给她其他类似的无聊称号呢。她不是和这个小伙子一起推动了你们的政变吗？"布兰登声音里的怒火节节攀升，"难道不是你们无缘无故地把那群鸟关进了监狱吗？才要我们这些非正规军抛头颅洒热血地保护你们的安全！现在你们又是怎样开始新生活的？！"布兰登盛怒之下差点儿把自己从长凳上掀翻下去，好在最后扶住火炉沿儿稳住了身子。

"放松，强盗大王，"猫头鹰雷克斯安抚道，"我们没有忘记你们做出的牺牲。"说完他又朝下士的方向挥了挥翅膀，后者对布兰登的演说显然并不感兴趣。等室内安静下来之后，猫头鹰继续说道："这位心地善良的下士是我们的朋友和盟友。现在请吧，唐那宾下士，告诉我们的强盗朋友'他们'是谁。"

"哦，这部分就有点儿棘手了，不是吗？"灰狼干巴巴地说，"谁都不知道是哪伙人干的，真的，我的意思是说，虽然我们有一个清晰的想法，却没有办法证明它。我怀疑的那伙人很善于推卸责任，而且已经推卸过了，自突发事件发生之后他们就这么做了。"

柯蒂斯舔了舔嘴唇问道："突发事件？那是什么？"

"我说过毒素，这就是毒素。"依菲琴尼亚插话说。

灰狼继续说："毒素就是你们让我们自主管理国家后，南方丛林政府残留下的东西。很多人不那么叫它，他们说那样叫太有煽动性了。但我呢？我认为这个叫法恰如其分，因为用这个词描述那个曾经辉煌的领地现在出现的问题正合适。"

"发生了什么事？"布兰登问，说话间又坐回了自己的位置。

"没发生什么事，这就是问题所在，"杰克答道，"实在是平静得过分了。很多人来要求赔偿，却没人愿意承担责任。一旦劳动人民从这次事件——自行车政变——的传奇色彩中醒悟过来，他们就会意识到没有政府可以照管他们了。"

"临时政府怎么样了？"柯蒂斯问，他还记得自己和如今围在火堆旁的众人一起签署过宪章，那个宪章确立了临时政府的架构。

"临时政府还在，"灰狼说，"只是越来越像一群阴险小人的每日集会，这种变化在猫头鹰殿下、强盗大王和神秘人士长老离开之后，几乎立刻就发生了。"说到这儿，他看着每个人的眼睛，吟诵着他们的名字，那语气就好像在念故事书里的名字一样，"里面的人开始做他们最擅长的事：陷害和行贿。突然，据'大厦'里的人说，某人不像从前那么有爱国热忱了，然后这个某人就反驳说至少他不是那种会在罂粟酒贸易上受贿的人。这件事激起对另外某个人的怀疑，于是所有注意力就会放在另外某个人的身上。突然之间，你身边的这个'临时政府'不再关心公共事务的运行了，他们最关心的是如何保证自己做的坏事不被发现。事态愈演愈烈，突然，据这个某人的敌人说，这个某人不仅没有爱国热忱，还是旧政权的余孽。这个某人会被人这么说，可能就是因为他没把行贿工作做好吧，所以他就——轰隆隆——被关进监狱了。于是你们应该可以料到——监狱开始变得人满为患。然后又是一个突如其来，一种新的'爱国情感'在领地内盛行，每个人都要表现得比别人更爱国，谈到政变的精神财富，人人都会泪眼婆娑。现在我们都开始佩戴政变的肩章了，我们都无法摆脱这些徽章。"他伸出爪子，指了指胸前的链齿轮胸针说，"它可以提醒你记住伟大的自行车政变和它带给人民的好处，但这不是命令——不，不，不是一个人告诉另一个人要做什么，是吧？因为现在是新社会了，对吧？现在我们都自由了。"灰狼低声笑了，胳膊横过胸前，庄严地敬了个礼，说道："但如果你和一个没戴这种胸针的人一起走在街上，哎呀，'公民唐那宾就是个山特维克①主义者，是个反政变分子！'

"所以我总是很低调，让我做什么我就做什么，我会佩戴肩章和徽章，和他人一同高唱《攻占监狱》和《血色单车》，就算我厌恶那些伤感得要死的歌，我也要唱。我为了自己，这样做完全没问题，是吧？但现在所有的法律都摇摇欲坠，还有很多坏小子无人管教，就连夜晚在街上走都不安全。"灰狼对着自己的爪子咳了一声，满眼哀求地望着依菲琴尼亚说道，"我可以再要一杯北方丛林上好的罂粟啤酒吗？我都说得口干舌燥了。"

神秘人士长老点了点头，叫了一个随从上前，给下士倒了一大杯气泡酒。下士大口大口地灌了几下，继续说道：

"这还不是最糟糕的情况，不，绝不是。来说说这座监狱吧，你们知道的，歌里唱的那座，就是我们冲进去释放所有被不公正监禁的鸟族的监狱。啊，现在那个地方又要挤满人了，不是吗？但这没什么好担心的——诽谤和陷害他人的人都到了这种境地，啊，而那些真正的恶意诋毁者、卖国贼和山特维克主义者，是的——他们……咔咔咔，"

---

① 山特维克是南方丛林在政变前的总督。详见第一部《荒野丛林》。

杰克从喉头深处发出了撕扯的声音，同时用爪子在脖子上一划，"处理得可真干净，对吧？

"最糟糕的是——哦上帝，最糟糕的是——是教会，"说完这句话，灰狼从杯子里喝了一大口酒，好像要用这种方式安神，"哈里发教会由南方丛林的宗教狂热人士组成，山特维克统治时期，为建立一个更世俗的社会而将其废止，现在这个教会正在卷土重来。"

柯蒂斯扫了一眼依菲琴尼亚，发现她脸上露出了担忧的神色。

灰狼继续说道："突然之间，不管你去什么地方，都会看到这些戴着兜帽的小丑站在街角，摇着小铃铛，读着宣扬避难和救赎的小册子。人们家里的橱柜没有食物时，唉，这些小册子和他们不切实际的许诺就格外吸引人了。信徒越来越多，教会卷土重来。你会看到一群真正的教徒，他们都戴着面罩和兜帽，穿着暗色的长袍，在南方丛林的街道上走过，敲锣打鼓，晃着香炉，所有人都会出去看他们，聆听他们的布道。在你们知道这件事之前——我发誓，我亲眼见过这种景象——我见过几个'哈里发'出现在皮托克大厦的议事厅里，他们愉快地和政客握手，和传教士、议员一起召开秘密会议。"

柯蒂斯听到布兰登发出了一声呻吟，把头埋在了手里。

"他们的影响力越来越大，"依菲琴尼亚严肃地说，"我们知道这种情况已经持续一段时间了，是议会树让我们意识到有问题出现的。毒素在树的根部作祟，我的朋友们，如果不能除去它，我们的处境将会更加糟糕。"

"但普鲁怎么办？"柯蒂斯问，"是谁派人去刺杀她的？那些哈里发吗？"

灰狼一口气喝光剩下的罂粟啤酒，把空酒杯重重地放在了炉床上，舔干净嘴上的泡沫,开口道:"有可能,有可能,虽然也有可能是大厦的某个小集团——真正拥护旧制度的山特维克主义者。虽然这帮人在新制度下只能被迫秘密进行谋划,但其实他们手上还有点儿权力。"

"你是怎么知道这些的?"布兰登双手托着下巴问。

"就像我说的,我名声清白,头脑清醒。"他用一只黑爪子敲了太阳穴三次,接着说道,"我很低调,在大厦的情报部门工作,负责整理材料,这是很重要的文书工作,对吧?所以要是我看过几份报告,上面写着要把一个人关进监狱或者判处死刑也不足为奇吧?为了保护自己,我会特别留心。不管怎样,有因特人在大厦里工作。这些因特人和北方丛林的人一样有能力——你懂的,能听到植物说话——于是他们就整天坐在外面的花园里,听树叶和树聊天,从中寻找信息。他们每天都要向我的办公室汇报听见的消息,刺杀就是他们中的一个人听到的——他是个非常出色的因特人,消息内容竟然是一只狐妖被派去刺杀自行车少女。这件事看起来挺大的,对吧?我的意思是,她是政变的英雄!但我一把这个消息告诉我的上级,他们就把这件事列为机密,放到档案柜里,由着它在大厦地下室的最深处腐朽损毁。"

"但是为什么?"柯蒂斯问。

"我不知道,"灰狼答道,"而且也没时间仔细思考,因为办公室里的局势变得紧张了。有天我突然见到了另一份因特人送上来的报告,上面说了一些关于清理情报部门的事,我想报告里说的就是我——他们想除掉所有知道自行车少女暗杀情报的人。不管怎样,这些都是我的猜测,于是我做完下午的工作,说要出去吃点儿东西,就离开了大厦,尽可能快地挥动四肢,向北飞奔过来了。当终于穿过北之墙,跑进荒野丛林时,我可算松了口气。这种感觉你们一定无法体会,从那罪恶之地逃出来真是彻底解脱了。"下士说完便又伸手去拿酒杯,忘了自己已经把杯里的酒喝光了,还想着豪饮一通。他发现杯里没酒之后,就凄惨地看了眼空空的白镴杯,恳求地冲依菲琴尼亚笑了笑。

"稍后,下士。"依菲琴尼亚回答。

猫头鹰雷克斯接着问他:"有没有人发现你?大厦的人知道你带着这个消息离开了吗?"

灰狼耸耸肩,说道:"我不知道。我没费什么力气就溜出门了,但有天晚上在荒野丛林的古人之林边上被一群土狼袭击了,他们把我的耳朵咬成了这样。"他边说边指指自己撕裂的耳朵,"除此之外,谁知道呢?"

"你回去已经不安全了,"依菲琴尼亚说,"你必须藏在这儿。"然后她扫视了一圈在座的人,总结道,"我们也要躲起来,因为对南方丛林的人来说,我们是自行车政变的领导人物。如果他们——无论他们是谁——想要对付普鲁,就会想要对付我们。"

"普鲁怎么办?"斯特林问。

"我们得把她带到一个安全的地方,而且动作要快。"猫头鹰答道。

"哪里才算安全?"狐狸追问。

猫头鹰凝视着柯蒂斯和布兰登,说道:"安全的地方就在最遥远的堡垒里,也就是荒野丛林中新建的强盗营地,如果你们愿意带她去那儿的话。"

"当然愿意!就让她来强盗营地吧!"柯蒂斯大声说。虽然普鲁有可能会被刺客追杀,这件事让柯蒂斯很担心,但想到能和朋友再次见面,他还是感到自己的身体兴奋地一震。

"等等,小伙子,"布兰登插嘴说,然后冲依菲琴尼亚问道,"你是怎么知道我们强盗营地在什么地方的?"

"没有秘密可以瞒过北方丛林的神秘人士,"老妇人回答说,随后又补充道,"因特人可能不知道你在哪儿,但议会树什么都知道。如果你带上那个女孩的话,知晓她的藏身之处对我们来说就很重要。在此处我们都是兄弟姐妹。"

听了这番话,布兰登似乎有些犹豫。"说到兄弟姐妹,"他说,"没有人事先问过强盗的意见,就把重担强压到他们身上。普鲁处境危险,可我们是在拿整个营地冒险。"

"她无处可去。"依菲琴尼亚镇定地说。

厅内一片沉默,只有炉火在大声地噼啪作响。布兰登沉思着,在场所有人的目光都集中到了他身上。

"好吧,"最后他勉强应允,"我们会带上她,老天爷知道她还救过我的命呢,我们起码得收留她才能报恩啊。"说到这儿,他朝神秘人士长老摇了摇手指,说,"但如果那只狐狸精嗅到了我们营地的气味,四处打听……"

"狐妖。"猫头鹰纠正他。

"管它是啥,只要它一接近——就轮到你们要派人把'少女'带走了,同不同意?"

神秘人士长老和猫头鹰雷克斯一起点了点头。唐那宾下士看起来好像要在长凳上打起盹来,柯蒂斯往前跑了几步,凑到他身边对他说:"杰克,狐妖又是什么?"

"嗯?"灰狼问道,他明显刚从一阵恍惚中惊醒过来,"狐妖?哦,荒野丛林的边缘地带有一片圣地森林,狐妖就住在那里,是一种会变形的生物。"

"变形？你的意思是？"

"有些人说它是丛林魔法的古老变异，有些人说它们是半神，但其实都不是。狐妖就是黑狐，"灰狼回答说，"拥有不可思议的能力，可以随心所欲地变成人形，那是最可恶的地方，最可恶的地方。"说着说着，灰狼的声音变得越来越轻，鼻子也渐渐地抵在了外套上，然后便睡着了。

第 五 章

杀手来了

一位扎辫子的咖啡师向赛尼斯女士致歉,同时伸出胳膊越过她的头顶,拉了一下霓虹灯牌上的细绳。霓虹灯牌挂在咖啡馆的前窗上,上面写着"营业中"的字样。灯牌熄灭之前闪动了几下,普鲁这才意识到咖啡馆就要打烊了。她抱歉地抬头望着女咖啡师,说道:

"不好意思,我们马上就走了。"

咖啡师笑了笑,挥挥手说:"没事,别担心,你们俩的谈话看着挺严肃的,我还有很多清洁工作要做,你们可以慢慢聊。"

咖啡馆外的大街上光线暗淡,红色的交通灯变成了绿色。汽车驶过时,车前灯发出的光在咖啡馆的前窗上一闪而过。最后一丝微光也消失在河对岸的树林间。普鲁瞥了一眼挂在吧台上方的钟,发现已经五点半了。

"啊，我真得走了。"普鲁说，直到这时她才发现，赛尼斯女士坐在了一件剥制的驼鹿头装饰物下方。

"是啊，是啊，"赛尼斯女士恍惚地说，她还没喝自己的卡布奇诺咖啡，咖啡里的奶泡已经冒得像圣诞树一样了。

普鲁想等自己的老师说点儿什么别的话，她却什么都没说，普鲁只好开口道："抱歉，我的话好像给您造成负担了，我知道这听起来太疯狂了。"

"是啊，"赛尼斯女士回答道，她轻晃了下头，用手指摩挲着下巴，手上小木珠串成的手链啪啪地敲击着她的手腕，"那么，也就是说，你的朋友柯蒂斯，那个失踪的孩子，他还在那儿。"

"嗯。"普鲁回答。

"和一群强盗在一起。"

"对，我的意思是，他现在也是个强盗了。"

"哦，"赛尼斯女士答道，然后又问普鲁，"对了，那他的父母呢？"

"他们不知道这件事。"

赛尼斯女士听完这话脸色好像都白了："好吧。"

"您要发誓保守秘密，赛尼斯女士。"普鲁提醒自己的老师。

达拉在椅子里局促不安地扭着身子说："好吧，哎呀，我不知道你的故事里还包括一个失踪的孩子呀，"她顿了顿，又问道，"柯蒂斯就在那儿对吧？在强盗营地？"

"是的，他非常安全，我甚至可以说他可能在那儿过得十分愉快。"

"这个地方在哪儿？强盗营地在哪儿？"

"那不重要，赛尼斯女士，"普鲁说着，用手指刮了一点儿溢出杯沿的奶泡，"就像我说的：毕竟您不可能进到那里去。"

"也是，有魔法屏障拦着呢。"

"嗯。"

"但他现在安全吗？"赛尼斯女士身体向前倾了倾，问道，"还有这个所谓的强盗大王，这个布兰登——他也在强盗营地里吗？"

"是的，那儿是他的家。"

"唉，我告诉你，这些事，哎呀，我的确需要一段时间才能接受，当然是指在心理上接受。"说完，赛尼斯女士坐回椅子上，用她花朵图案的薄纱短裙擦了擦手。屋子里安静下来，偶尔能听到咖啡师拿着一堆水罐和杯子走过时发出的咣啷声。

"当然。"普鲁说，"听着，我知道您需要一段时间消化这一切，但我必须告诉您，除了爸爸妈妈之外，我竟然还能找到听我倾诉这些事的人，感觉真的太好了，这个秘密快把我逼疯了。"

达拉笑了笑，说道："举手之劳而已，但你得走了，对吧？我送你回家吧。"

"嗯，谢谢了。"

她们沿着潮湿的人行道走着，缩起肩膀抵御严寒，一路上沉默不语。普鲁在咖啡馆里主动说的那番话和宣泄的情绪此刻却变成了她的困扰。这种感觉就像你不假思索地吞掉了一块味道过于甜腻的糕点，但在吃最后一勺时才感到后悔。普鲁现在就是如此，她在想，自己把在荒野禁地的冒险经历告诉赛尼斯女士到底是不是个好主意。想到这里，普鲁偷瞥了一眼达拉，发现她正沉浸在自己的思绪中。普鲁内心一阵忐忑。接下来会发生什么呢？达拉会尊重普鲁的意愿，替她保守秘密吗？她会告诉警察吗？或者会告诉柯蒂斯的父母吗？寒风刮得普鲁的鼻子生疼，于是她把围巾又往上拉了拉。赛尼斯那么做也许更好，也许普鲁才是那个有错的人,毕竟是她没把柯蒂斯的下落告诉梅尔堡夫妇,任由他们因儿子的失踪日渐绝望。

柯蒂斯。普鲁给他带来了什么?和强盗生活在一起的荒野生活会是什么样的?他们能对一个孩子尽到父母的责任吗?布兰登对一个男孩来说是一个合适的父亲角色吗……

突然,普鲁想起了什么。她感觉就像揭开了某道谜题的谜底一样,而这道谜题她已经冥思苦想了几个小时,却没找到最简单的解决办法。一阵寒意顺着她的脊椎爬了上来。

"嘿,达拉。"普鲁说。

"嗯?"

"我们刚刚在那儿聊天时,就是在咖啡馆里,您说了他的名字。"

"谁的名字?"

"布兰登的名字,强盗大王。"

"嗯哼,怎么了?我说错了吗?"

普鲁把手往厚呢短大衣的口袋里插了插,开口道:"名字没错,但……"

"但什么?"

"但我不记得我告诉过您他的名字。"

一阵沉默,此时一辆车驶过,车内回荡着切分节奏的低沉音乐,模糊地透过车壁传了出来。

"你一定告诉过我。"达拉·赛尼斯说。

"我不觉得我告诉过您。"

达拉笑了笑,说道:"哦,普鲁,你经历得太多了,都有点儿糊涂了,我非常理解你这种感觉。看,是不是到你家了?"

普鲁顺着她的话向前看，看到熟悉的自家门廊出现在前方的人行道上。

"是的，"普鲁说，"也许您是对的，我可能需要冷静一下。"她迎上达拉的目光，路灯下，那双眼睛乌黑而空洞。她伸出手说："谢谢，谢谢您听我说这么多话。"

达拉用双手抓住普鲁的手，紧紧地握住，说道："应该的，明天见。"

和赛尼斯女士握完手，普鲁迈上了通往自家前门的台阶。房内的灯光从客厅倾泻到院中，和台阶栏杆上还没来得及摘下的圣诞节灯饰发出的亮光交织在一起。普鲁上台阶时心里一直惴惴不安，走到前门时，她停下来，转过了头。她看到赛尼斯女士还站在人行道上，她的脸在漆黑中一片模糊。那个人影挥挥手，普鲁也朝她挥挥手，进了家门。

普鲁内心的纷乱和不安在她走进门厅时就立刻消失不见了。一股刺鼻的、似乎能吞噬一切的气味扑面而来，让普鲁根本无暇顾及别的事。她皱了皱鼻子，喊道："什么味儿？"

普鲁的爸爸从厨房里走出来，戴着长长的橡胶手套，手里拿着一团好像长着苔藓的绿色物体。"哦，嗨，亲爱的。"他说完，又迅速溜回了厨房。普鲁脱掉厚呢短大衣，踢掉长筒靴，跟着爸爸进了厨房，问道："这是什么味儿？"

厨房里，爸爸妈妈正盯着地板中央的那个棕色大罐子看。

"是泡菜，我们忘记很久的泡菜。"妈妈解释说。

普鲁的爸爸腼腆地笑了，说道："还记得九月底我们在农贸市场上买回来的那些黄瓜吗？我都不太记得了。现在它们要么是人类有史以来最好吃的泡菜，要么是厉害的毒药。"说到这里，他用戴着手套的手把一块诡异的绿色物体举到空中，问道："想尝尝吗？"

"好恶心，"普鲁说，然后又问，"我们什么时候能进行烟熏消毒？"

"马上。"妈妈说完便抓起罐子，把里面剩下的东西倒进了水槽的污物处理器中。看着泡菜被倒掉，普鲁的爸爸表现得很沮丧。

"再见了，魔法泡菜。"他哀痛地说。

"我来帮忙。"普鲁说着，伸手拿出水槽下的苏打柠檬水，在房间四处喷了起来。

"走得怎么样？"普鲁的爸爸边摘下橡胶手套边问她。

"挺好的，很好，但有点儿古怪。"普鲁说。

"为什么古怪？"这次是普鲁的妈妈问的，她正在擦餐台上泡菜罐里流出来的咸菜汁。

"我碰到了赛尼斯女士，就是达拉。"

"真的吗？那可真有意思，你走之后她也走了，说是得赶回学校。"

悬崖不在去学校的必经之路上，赛尼斯女士怎么会在那儿？真是奇怪。普鲁思索着，开口道："是啊，我碰巧遇到了她，她在咖啡馆给我买了一杯热牛奶。"她没提自己昏过去的事——她觉得这件事太严重了，不能说，而且提起这件事就一定得提到金雀花丛发出的尖叫声，那样就太诡异了。

"她看起来是个特别酷的老师。她是这学期新来的吗？"普鲁的妈妈问道。

"是啊，我想应该是从尤金市来的。"普鲁答道，说话间目光一动不动地凝视着爸爸放在餐台上的那块疙疙瘩瘩的泡菜。

"啊，这就能解释她为什么这么酷了。"她妈妈说。

"埃斯泰威兹太太怎么不教你们了?"她爸爸问道。

"不知道,退休了吧,可能是身体出了问题,还有人说是我们把她逼疯了。"

"呵!"普鲁爸爸一听便做了个鬼脸。

普鲁转身往楼上走,边走边说:"随便怎样,我回房了,饭好了叫我。"

"马上就好!做了你最喜欢的咖喱扁豆!"妈妈在她身后喊道。

爸爸禁不住插话道,"别以为我们忘了学校给的那张便条,"说到这里他停了一下,然后继续说,"因为我们真的没忘!"

普鲁关上了身后的房门,很庆幸自己可以独处。地板上有块带花纹的小地毯,和打翻的洗衣篮里的衣物堆在一起,在桌上的动植物培养箱的黄光照射下,勉强看得到。普鲁循着光亮倾身过去,敲了敲玻璃培养箱,她的箱龟埃德蒙正在培养箱里爬动,被它啃了一半的叶子稳稳地搭在它的小脑袋上。她伸手打开可旋转台灯,打量着摊在桌面上的几本教科书,漫不经心地把书堆最上方那本薄薄的平装书抓过来,迅速翻到了折角的那页。她读了一会儿,想慢慢进入艾迪克斯和斯科特·芬奇的世界,过了一会儿却发现自己只是一直在反复读同一段文字。普鲁感到很挫败,于是便放下书,倒在了床上的层层被褥之间。她仰面躺着,看着天花板上的怪影,那是邻居家的灯光穿过光秃秃的树枝投射过来的影子。风又刮了起来,树枝随风摇摆,看起来似乎在用像蜘蛛腿一样细长的手指互相抽打。就在她凝视那些怪影时,突然有什么东西挡住了它们,一瞬间就让它们变得一片漆黑。

那是什么?普鲁心里犯着嘀咕。她从床上跳起来,跑到窗前,刚好看到某种黑色的东西消失在邻居家的杜松树篱之间。她把额头抵在冰冷的玻璃窗上,向窗外望去,想看清地上到底有什么。这时妈妈的声音从楼下传来。

"普鲁!"妈妈喊道。

普鲁离开窗子,把头伸出门外,问道:"什么事?"

"我搞砸了印度面包,"妈妈的声音听起来有些沮丧,"你能去外卖的地方买点儿回来吗?"

普鲁一边想着院子里出现的黑影,一边漫不经心地下楼,妈妈正在厨房里仔细阅读速发酵母盒背面的说明。"你们打电话问过了吗?"普鲁边问边把脚伸进长筒靴里。

"问了,这儿有十美元,顺便再买点儿酸辣酱回来。"妈妈说。

"我不明白为什么不干脆把食物都从那儿订回来。"普鲁咕哝着。

"喂,家里的饭是妈妈亲手做的,那可是你妈妈的特色菜。"爸爸正在客厅里看杂志,一听普鲁这么说便开口责备道。

麦克坐在他脚边的地板上,咬着筷子磨损的一端,发出"噗噗"的声音。

"马上就回来。"普鲁翻了个白眼说。

普鲁在卧室时就感到外面的风越刮越大,气温好像骤降了好几度。她不断调整围巾的位置,想尽量围住脖子和面颊,有效抵御寒风,但无论怎么调整,还是无法挡住寒气的侵袭,最终只好把大围巾在下巴处打了个结,然后把手深深地插进外套口袋里。印度餐外卖的地方离他们家只有八个街区,但此时天上下起了冰冷的小雨,普鲁身处凛冽的寒风中,觉得那个外卖餐馆简直遥不可及。她估计现在只有六点半,四周却一片黑暗。她边走边警觉地留意路边的矮树丛,担心里面有异动。走到一个交叉路口时,普鲁停住了,她集中精神去听一排橡树发出的声音,想了解它们的思想。她听到的声音和一群蜜蜂发出的声音很像，就像这群蜜蜂共鸣着，在大而浓稠的泥洼里游动。声音传播得很慢，但不知怎么地就给了普鲁信心，让她得以继续前行。此时她突然想到：金雀花尖叫是不是要警告她呢？但警告她什么呢？让她提防那只狐狸？

突然从头上传来"噼啪"一声，普鲁闻声猛地抬头，看见一根大树枝从树干上断了下来，掉到了其下的枝丫上，树枝上的雪不多，可见不是雪压断的。那棵树清晰地呻吟了一声，普鲁感到十分惊讶，她感觉有股电流发散到自己的四肢各处。又走了半个街区之后，她才摆脱这种感觉。

普鲁的前方一片漆黑，她距离餐馆还有几个街区的路（她能看见远处透着温暖灯光的窗子），但这几个街区的路灯似乎都坏了。她停了一会儿，深吸一口气，踏进了深沉的黑暗之中。就在这时，旁边的树木开始尖叫起来：

呵呵呵呵呵呵呵呵！！！！！

噗噗噗噗噗噗噗噗！！！！！

普鲁的心开始狂跳，她本能地朝餐馆的方向跑去，现在只有几个街区就可以到了。有什么东西从空地上的矮灌木丛中冲出来，追在她身后，她能听到粗重的喘息声和疯狂的脚步声。追赶者冲她愤怒地咆哮，但普鲁没有回头去看追她的是谁，只把目光集中在餐馆明亮的窗子上。树还在狂吼，它们的声音就像是冲破束缚喷出来的蒸汽一样在普鲁心里翻腾，令她无法思考，就和那次在悬崖边的遭遇一样。普鲁唯一能做的只有尽力保持清醒。那些树可能是在保护她，但它们完全没意识到声音中蕴含的力量和给普鲁造成的影响。

普鲁浑身无力，终于倒下了。

那东西一下子就控制住了她,把她按在人行道上。

是一只黑色的狐狸,空气中湿冷的雨水让它的毛发缠结在一起。它的嘴贴在普鲁的脸上,身上闻起来有种腐叶的味道。

还有广藿香。

"抓住你了。"黑狐嘶嘶地说,它的声音很女性化,很熟悉。

"老师……"普鲁喘息着说,因为狐狸用爪子按住了她的胸口,所以她的呼吸不太顺畅,"赛尼斯女士?"

狐狸微笑了,如果说狐狸可以笑的话。"请,"只听它用冷静而狡诈的声音说,"叫我达拉。"

树还在尖叫。

"很抱歉我必须杀了你,孩子,"狐狸说,"我会尽量让你感觉不到痛的。"

普鲁闭上了眼睛。那一刻,时间似乎停滞了,她等着狐狸尖利的牙齿咬破她的喉咙,无情的爪子撕碎她的皮肤。

突然一阵狂风刮过,树霎时安静下来,好像惊呆了一样。只听天际突然传来一声大喝:"嘎!"普鲁胸口的重量立刻消失了,空气如潮水般涌了回来。她朝旁边瞥了一眼,发现那只黑狐被撞到了人行道的另一边。普鲁气喘吁吁地爬了起来,狐狸也不顾一切地想摆正身形。

"那是什么?"狐狸愤怒地吼道。话刚说完,另一个不明物体就从天而降撞翻了它,让它滚到了空旷的街道上。普鲁双手放在胸前,看着两只巨鹭落在了面前的人行道上。

"普鲁!"一个男孩在叫她。说话的正是柯蒂斯,他骑在其中一只灰色大鸟上。普鲁此时已无法言语了。

"小心!"另一个声音传来,普鲁看向声音的来源,发现是布兰登,他也骑在一只鹭上,只听他说,"它要回来了!"

狐狸已经从地上站了起来,想一个飞身跳到普鲁身上。普鲁向后踉跄了几步,抬起手臂遮住了脸,她感到狐狸全身的重量都压到了她的肩膀上,撞得她向旁边倒去。狐狸大声地磨着一排阴森森的白牙,距离普鲁的耳朵只有几英寸,但她们倒下时,普鲁的脚就在狐狸的腰旁,所以她狠狠一踢,狐狸闷哼一声,滚到了混凝土地面上。

"快跑,普鲁!"柯蒂斯朝她喊道。普鲁抬头向他看去——苍鹭从高处向下俯冲,扑向躺在地上的狐狸,柯蒂斯紧紧地抓住苍鹭的脖子。两个强盗的坐骑都在狐狸暂时无力反击时向它的后背发起攻击。狐狸在苍鹭的爪子抓进自己的皮肉时痛苦地哀号,但恢复过来后,就立刻转了个身,猛击布兰登所骑白鹭的鸟喙。普鲁站起

身，沿着黑暗的街道向前跑去，她能感到身后那只狐狸已从小战斗中脱身，再次对自己紧追不舍。

布兰登咒骂起来，白鹭也咯咯地抱怨着。普鲁感觉狐狸距离自己又近了些，她不确定是不是还能逃过另一次攻击。她感到有什么尖利的东西抓进了她短外套的厚呢布料里，于是开始放声尖叫，下一秒，她的脚就离开了地面。

她抬头向上张望，发现自己正被一只苍鹭抓在爪子里，苍鹭的身体因为重量而紧绷，翅膀强有力地大幅度扇动着。普鲁看到柯蒂斯的脸出现在苍鹭的翅膀上方。狐狸跳了一下，扑向普鲁，却只抓到了她的靴子边。苍鹭发出一声响亮而痛苦的哀号——那是一种沙哑的号叫声——普鲁发现自己的脚又落到了人行道上。

"加油，莫德！"柯蒂斯在苍鹭的背上喊道。

普鲁别无选择，只能跟着苍鹭凌乱的脚步前行。她的靴底在人行道上敲打，速度快得就像在跑步机上疯狂跑步一样。她只盼望苍鹭能积蓄足够的冲力再次飞上天空。她扫了一眼身后，发现自己和狐狸的距离已经很近了，就在狐狸又要跳过来时，布兰登驾驭的另一只鸟从暗处现身，狠狠地给了狐狸一击，打得它滚到了旁边。普鲁的双脚又一次离开地面，脚下的街道也开始慢慢变小。布兰登的坐骑又和狐狸缠斗了一会儿，但一看到普鲁逃脱了，鹭就最后抽了狐狸的鼻子一下，飞回了天上。狐狸大吼，但随着两只大鸟飞到比树冠还高的地方，慢慢隐匿在低悬的云层中，狐狸的声音也很快就听不见了。

普鲁的双手紧紧握住苍鹭抓在自己肩膀上的爪子，她终于能开口说话了："你要带我去哪里？"她发现在呼啸的风中必须大喊才行。

柯蒂斯叫喊着回答她："去荒野丛林！"

第 六 章

世界轻快地向魏格曼走来；欢迎来到昂桑科之家

  一个男人坐在沙发上，膝盖上稳稳地摆着一顶矮墩墩的浅顶软呢帽。他手里拿着一瓶绿色的西普柠檬汽水，文雅地抿着。面前的咖啡桌上摊着一排杂志，他扫了一眼杂志的标题：《实业家周刊》《抛售》《现代矿业》和《百分之一月刊》。除了他订阅的《实业家周刊》之外，他对其余的杂志都毫无兴趣，但他面前的这本《实业家周刊》还是二〇〇六年十月的那期，他已经从头到尾读过了。这一期的《实业家周刊》封面上用加粗的字体写道："**烟嘴：真有用的必要吗？**"他又呷了一口汽水，从沙发对面墙上的窗子望出去。他在一座高塔的顶楼上，在这里可以俯瞰那一大片烟囱、仓库和化工槽罐。一层厚厚的霾像半透明的面纱一样笼罩着这片风景，让整个世界都变得朦朦胧胧。你可能会想象这片景致向远方永无止境地延伸下去，但事实上它在遇到一堵绿色植被形成的墙时便戛然而止了，而那里恰好也是这个男人视线所及最远之处。看到那堵墙，男人胃里一阵翻搅，他每天都会看到这样的景象，可还是会感到沮丧。

"叮！"的一声传来，男人抬头看向房间对面的电梯。电梯门打开，一个身穿灰色工作服的胖男人从里面走了出来。他走到房间中央的圆桌边（远处的墙上有两扇大而华丽的铜门，门和沙发之间只有这张圆桌），在秘书递给他的一张纸上签了名字。签完名之后，他走到沙发旁边，找了张椅子坐下。

"昂桑科！"胖男人打招呼说。

"希格斯！"沙发上这个叫昂桑科的男人说道。

他们俩沉默地坐着。希格斯拿起《现代矿业》，快速翻了起来，他身上散发着人行道的味道。昂桑科抿了一口西普柠檬汽水。

又一声"叮！"传来，又有两个男人走进了房间。他们都非常非常高，昂桑科想，他们可能会被人说成"像柳树一样高瘦"。其中一个男人穿着白色实验服，另一个则穿着一件松松垮垮的黄色防辐射服。他们也在秘书给他们的纸上签了字，然后在希格斯和昂桑科旁边找位置坐了下来。

这四个男人互相点头致意了一番，他们打招呼的方式就是互相重复对方的名字："希格斯。""汤姆逊。""昂桑科。""汤姆逊。""杜贝克。""希格斯。""昂桑科。""杜贝克。"杜贝克是那个穿防辐射服的人，汤姆逊是那个穿实验服的人。

乔弗瑞·昂桑科抿了口汽水，再次向窗外远处那片暗绿色的植物带看去，那里仍然让他很烦恼。他轻扭了下手腕，迅速看了一眼表，发现已经是上午九点四十五分了——他告诉戴斯迪梦娜十一点回去。

他瞥了一眼房间另一侧的金色铜门，门上有一艘巨型驳船的浮雕，横跨两扇门，昂桑科对于门的奢华感到吃惊。昂桑科刚收回目光，门之间的缝隙就变宽了，浮雕一分为二，门被推开了。一个高大而健壮的男人身穿三件套西装，得意扬扬地走进了房间。

"先生们！"他用深沉的声音说道，另有两个高壮的男人分别护在他身体两侧，两人戴着一模一样的栗色便帽。

坐在椅子和沙发上的四个男人一起站了起来，乔弗瑞的浅顶软呢帽掉到了地上，他尴尬地弯腰捡帽子，起身时才意识到自己还拿着汽水，便把汽水瓶放到咖啡桌上。穿西装的男人饶有兴致地看着乔弗瑞的动作，笑了笑。"你好，魏格曼先生。"乔弗瑞打招呼说。

"请吧，请进。"魏格曼先生说道。

华丽是唯一可以形容双开门后面那个大房间的词语：其中一面墙全部由玻璃窗构成，其他三面墙贴满了魏格曼船运公司的各式广告，广告的高度和房间里最高的男人身高一样。广告间还点缀着镶框的杂志封面，封面人物都是面带微笑的魏格曼先生本人，四周围绕着诸如**"年度实业家！"** 和 **"世界轻快地向魏格曼走来！"** 等宣言。由闪亮金属制成的短圆柱成排地分布在房间里，让这里看起来有点像障碍赛场，每根柱子上都放着某个授予这位伟大实业家的奖项和看起来很古老的艺术品，乔弗瑞猜想这些艺术品都是魏格曼肆无忌惮地抢夺回来的。房间中央摆着一张长长的会议桌，看形状一定是从一棵庞大的古树上砍下来的，经过高强度打磨的表面仍然显示着粗糙的纹理。四个男人等候着魏格曼的指示，魏格曼站在桌子一端，挥手示意他们坐下。乔弗瑞把帽子放在面前，理了理菱形纹毛背心的前襟。大家就座之后，魏格曼转过身，透过镶满窗子的墙凝视外面的景色。除了视野的边界

有所不同,这里看到的景色和休息室里看到的差不多——光怪陆离的大楼喷出斑驳的气体、烟云和火焰,在这儿还可以看到一条宽阔的河流,河的另一边就是波特兰市。

"该死!"魏格曼先生喊道。

魏格曼先生的两个随从——那两个戴栗色便帽、像猿人一样粗壮的人——猛地立正站好。魏格曼的语气听起来很不悦。

"我说,**该死!**"他又重复了一遍。

桌边的四个男人都向前坐了坐。

魏格曼先生深吸了一口气,在紧身西装里挺起了他宽阔的肩膀,低声说:"这难道不漂亮吗?"

房间里的每个人都叹息着松了一口气。

魏格曼先生突然转过身来。他的头发鬈曲乌黑,在右侧头皮处完美地分开;下颌刮得很干净,牙齿长而洁白,下巴像崖壁上突出的海角——给最有热忱的登山者设下的挑战。"这些都是我们的,先生们。"

杜贝克先生用拳头敲着桌子,说道:"听听,听听。"

其余人也都小声附和。

"装卸工!"魏格曼先生喊道,其中一个戴栗色便帽的随从迅速立正站好。魏格曼先生拍了拍手,那个跟班就从口袋里掏出一个壁球,抛给魏格曼先生,后者用单手轻易接住。他开始使劲攥手里的球。

"让我们五巨头开始开会吧!"魏格曼先生宣布说,"先让我们回顾季度业务,好吗,先生们?"

除了乔弗瑞,桌边的其他几人一听到命令,就各自把公文皮包从地上拿了起来,放到桌上,"啪"的一声打开,开始在里面翻找。乔弗瑞不安地望了望四周，把手伸进自己的灯芯绒夹克里，拿出一张折起来的纸。他小心翼翼地打开那张纸，发现上面的字是用铅笔写的，已经有点模糊了：鸡蛋。灯泡。与此同时，其他人都从他们整洁的公文包里拽出了整齐扎在一起的厚文件册，魏格曼先生说话时他们便开始快速翻页查找。

"自然，正是这多变的自然创造了季节。人类数千年来一直被季节制约，只能在特定的时候吃特定的东西，特定的活动也要等合适的季节来临才能开展。但后来伟大的工业时代到来了，季节再也无法制约人类，除了偶然情况，嘘！取而代之的是，我们通过伟大的财政季度来计算时间——我们可以做我们喜欢的事，想什么时候做就什么时候做。我们可以吃我们想吃的东西，而且还吃得很好，对吧，先生们？"

他话音刚落，其他人就低声附和。

"在这里，我们这些工业巨头创造了这个理想国度。外面的人叫它工业废墟地，对吧？哼！要我说，哼！我要叫它工业梦幻岛！在这里，我们的工业理想得以实现。一代代梦想家——惠特尼、爱迪生、摩根——他们的成就还不及我们在此处成就的一半。我们五巨头：四个强大的工业公司在主导企业——魏格曼船运公司——的精心掌控下，已经向世界证实了我们是一股不可忽视的力量。我们在这里建立的是一个城中国——伟大的公司王国！"

他深深地陷入自己的情绪中，脸色像甜菜根般殷红，笑容咧到了嘴角："现在，我伟大的巨头同仁们，看看你们给我带来了什么？我先听提要。"他扫视了一眼桌对面，大喊道："采矿部！"

希格斯，那个穿着工作服的人，把椅子向后推了推，站了起来，说道："我们把产量提高了百分之二十，先生！"

"非常好。石油化工部!"

汤姆逊也站了起来,抓着实验服的翻领自豪地说:"韩国市场已是我们的掌中之物,先生!"

"很出色,核能部!"魏格曼先生反复抛着手里的壁球。

"条例规章被废除了,先生,我们可以随便往河里倒废物了。"这是杜贝克先生说的,他站起来时,身上的防辐射服发出了刺耳的"沙沙"声。

"这消息听着真是悦耳!"魏格曼开始质问乔弗瑞了,"机械零件部!"

屋内一片寂静,乔弗瑞清了清嗓子,把椅子向后推了推。在向后推椅子的过程中,他不小心撞到了从调椅子高度的装置下方突出来的横木,只听椅子突然发出了"嘶"的一声,高度便大大降低了。乔弗瑞的脸涨得通红,他的手指摸索着横木,想把椅子调上来,却不清楚具体该怎么做,于是接下来发生的事就和小孩子胡闹没什么区别——乔弗瑞想把椅子调回原位,可惜事与愿违,椅子总是忽高忽低,一直在变动。最后,他终于放弃努力,从座位上站了起来。

"唔,"他开口道,又看看房间里的其他人——他们正得意扬扬地站着,盯着他。他清清喉咙,接着说道,"我觉得我离走进那里又近了一步。"他指向休息室的方向,指着那片长满树木的广袤山林。

一片沉默。

乔弗瑞觉得自己听到有一个人在窃笑。

胖胖的希格斯先生是第一个说话的:"什么?荒野禁地?"他看着魏格曼先生,希望得到解释。

"乔弗瑞,乔弗瑞!"魏格曼失望地摇了摇头。

乔弗瑞"砰"地敲了一下桌子,说道:"听我说,我不管别人怎么叫它,也不管别人怎么说它,一定有办法可以进去的!"

身材瘦长的汤姆逊先生不自在地在扭动着身体,说道:"昂桑科,那是荒野禁地,是不可逾越的。"

"最好别管它。"身材同样瘦长的杜贝克先生说。

"你怎么回事,昂桑科?"希格斯先生插嘴道,"好像着了魔似的。"

"你们没看到吗?"乔弗瑞恳切地喊道,"如果我们可以到里面去,铲掉那些树,夷平那些山丘……为什么要这样做?因为这样做我们的财产就能至少翻三番,不,是至少翻四番!汤姆逊先生,想想吧,想想你可以在那座山上建多少个化工槽罐!还有水!那些水能冷却一森林的反应堆!还有希格斯先生,亲爱的希格斯先生,你就不想看看那些小丘下面埋的是哪种矿石吗?"

魏格曼简单的一句话就打断了乔弗瑞的激烈演说:"昂桑科,坐下。"

"但——"

"坐下。"

乔弗瑞乖乖坐下了,继续上下调整了一会儿椅子,最后终于把椅子稳定在了合适的高度。

"你的季度报告呢?"魏格曼先生问道。

"什么?"

"季度报告,机械零件部的报告。"魏格曼先生一问起各个巨头负责的产业时,旁人就知道他严肃起来了。

"啊,当然有,就在这儿。"乔弗瑞说,同时最后一次用双手抚平手里的纸,把它朝魏格曼的方向滑了过去。魏格曼先生朝一名装卸工点点头,示意他把桌上的纸拿过来递给自己。

"这就是季度报告?"魏格曼先生问道,他手上攥着的那张纸就像一张用过的纸巾。他扫了一眼上面的笔迹又开口道:"这看着像是一张食品杂货的购物清单,机械零件部。"

"往下看,在最下面。"乔弗瑞动了动手指告诉他位置,于是魏格曼仔细地看了看纸张底部的那几行字。

"这上面写着'第三季度:看着不错。'"

"嗯,"昂桑科先生说,"没太多事需要报告,真的,和上一季度差不多。混合销售,有升有跌。我就喜欢机械零件部这一点,没什么惊喜,发展很稳定,对吧?"他看着自己的工业家同仁们,希望他们点头表示理解。可每个人都只盯着魏格曼先生,而魏格曼先生的面部肌肉已经开始抽搐了。只听"砰"的一声响,房间里的每个人都在椅子上震了一下。魏格曼先生冷静地松开手,他手中的壁球已经被捏烂,碎片撒到了地板上。

"昂桑科先生,"魏格曼先生稳稳地开口道,"我不会假装自己确切地知道你的机械零件工厂和孤儿院的情况,对此我也毫不关心。把孤儿当作劳力?做得好,你会有更大的自主权。"

乔弗瑞笑了,向他的工业家同仁们摊开手。他边晃着手指头,边用唇语说:小意思。

"但若我看不到业绩增长……"说到这里,魏格曼先生的音量提高了。

"增长!"他重复道,声音更大了。

"**增长!**"魏格曼"砰"地一拳打在桌子上,"如果再这样下去,很快,我就要去你那个小部门瞧一瞧,还会带上几个这里的弟兄——"

他点头示意他的随从们,"而且,我一定会动手让业绩**增长起来**,明白吗?"

乔弗瑞像被钉在椅子一样一动不动,额头上冒出了细密的汗珠。

"空闲时间你想做什么都可以,但最好不要妨碍你为五巨头做贡献。比如,我不想再听到任何有关这个荒野禁地的事情。明白吗,机械零件部?"

"明白,先生。"

"我说,明白吗?"

"明白,魏格曼先生。"

"好。"魏格曼说完,坐回椅子上。他拍拍手,向一个装卸工示意,那人又恭顺地扔给他一个蓝色的壁球。魏格曼先生又开始捏球了。"现在,我要听其他几位的汇报,他们可以给我看一些真实的数据,等你也有这样的数据时再回来吧。"

乔弗瑞感到自己的椅子突然被向后拉了一下——是一个戴栗色便帽的装卸工把他的椅子从桌边拉开了。乔弗瑞顺从地站起来,向在场的人点头致意,走出了房间。走进休息室时,他又戴上了浅顶软呢帽,竭力阻挡自己的视线,不去看窗外的景象。乔弗瑞的脸涨得通红,直到电梯门在他面前缓缓合上,他才最后瞥了一眼那堵绿色的树墙。那堵墙在工业废墟地的迷雾中几不可见,尽管如此,这一瞥还是让他心情沮丧。

☙

艾尔西和蕾切尔打开行李箱,把自己的东西放到床脚的灰色小储物柜里,做完这些便没什么可做的了。蕾切尔等艾尔西在偌大的宿舍里挑完床后,便挑了一张离她最远的。看到蕾切尔这么做,艾尔西很懊恼,她抱膝坐在床上,小声呜咽着,蕾切尔看到后只好抓起外套,回到艾尔西旁边的床上。几个小时过去了,她们相互间说的话连三个词都不到。挂在宿舍门上方的老旧扬声器偶尔会含糊地发出一些令人费解的嘎嘎声,两个女孩便借这阵噪音开始交谈。

"里面说的什么?"艾尔西问姐姐。

"不知道。"蕾切尔答道。

过了一会儿,蕾切尔躺回床上,把薄薄的枕头塞到脑后,用白色小耳机听 iPod 里的音乐。艾尔西跪在床边,用蓝色的毯子搭了一个顶部有火山的岛屿,给"勇敢的蒂娜"娃娃探索。蕾切尔的耳机里不断传出金属打击乐的悠远声音。她俩就这样各做各的将近一个小时,直到艾尔西厌倦了自己的游戏,拽了拽蕾切尔的裤腿。

蕾切尔拽出一个耳机,音乐声立刻冒了出来,她问道:"什么事?"

"孩子们都去哪儿了?"艾尔西问。

"不知道。"说完又把耳机塞了回去。

艾尔西又拽拽姐姐的裤脚,蕾切尔翻个白眼,拿掉耳机,显然被艾尔西惹恼了。她问:"怎么了?"

"我是说,只有我们在这儿不是很奇怪吗?我还以为这里是,你知道的,一家孤儿院。"艾尔西边说边环顾宿舍,"孤儿们都去哪儿了?"

"只有我们两个孤儿。"蕾切尔刻薄地说。

艾尔西努努嘴:"我不是孤儿。"

"你怎么说都行,你要是觉得爸爸妈妈会回来,就是自己骗自己。他们走了。"

"别那么说。"

"柯蒂斯走了，他们一开始很难过，但之后就会这样想：嘿，挺好的嘛，没这么多孩子了。所以他们就抛弃了我们，就这么简单。"她说完又把耳机塞回耳朵里，随着外人几乎听不到的鼓点声敲打着自己的膝盖。

艾尔西对蕾切尔怒目而视，她不假思索地跳起来，揪出蕾切尔耳朵里的耳机，还把她帽衫口袋里的iPod拽了出来。播放器掉在地板上，发出清脆的响声，蕾切尔尖叫一声。

"收回那句话！"艾尔西吼道。

"你疯了！"蕾切尔喊回去，"你怎么了？"

"我让你收回说爸爸妈妈的那些话。"艾尔西边说边走上前，抓了一把姐姐的黑头发，用手拽着，疼得蕾切尔尖叫连连。作为还击，蕾切尔想狠狠一拳打在艾尔西肩膀上，但就在这时，门上方的扬声器嗡嗡地响了起来，首先是一阵难懂的吠叫声，然后才有人说了两个女孩能听懂的一句话：

"宿舍内不许打架！"

两个女孩僵住了，艾尔西放开了蕾切尔的头发，蕾切尔的手臂垂到了身侧。她俩都凝视着扬声器——在恢复寂静之前，它又不祥地噼噼啪啪地响了几次。艾尔西缓缓移到床边，抓过"勇敢的蒂娜"娃娃，抱在胸前。蕾切尔则明确表现了自己的反抗精神，她走到门前，站到扬声器下方，盯着它看。她环顾宿舍，记下了墙壁和天花板连接处四个角落的位置。

"你在做什么？"艾尔西低声问道。

"找摄像头，"蕾切尔说，"否则他们又是怎么知道我们在做什么呢？"蕾切尔试着拉了拉门，发现门没锁。她探头偷看了一眼走廊，转身示意艾尔西："来吧，外面没人，我们出去看看吧。"

她们踮起脚，走上铺着棋盘图案油地毡的走廊。艾尔西低声对姐姐说："你看见摄像头了吗？"

"没看见，如果有的话，也一定是绝对机密。"

走廊上非常安静，只有一排荧光灯挂在天花板上，闪着昏暗的光。她们左边是通往一楼的楼梯，右边有一扇关着的门。她们专心地听着脚步声，可什么也没听到，于是艾尔西把"勇敢的蒂娜"娃娃紧紧地抱在胸前，跟着姐姐朝右边的那扇门走去。门响亮地"吱嘎"一声开了，门后是一段通往楼上的楼梯。走上楼梯后，梅尔堡姐妹发现自己身处一间巨大的阁楼房间，里面的布置和她们的宿舍极为相似，同样有大概三十张床整齐地摆放在地板上。房间天花板与大楼的楼顶、房檐和悬垂物的轮廓一致，一个个灯泡挂在中央房梁上，外面罩着小巧的金属罩，散发出的光亮微乎其微。房间里寒气弥漫，入口处挂着一块牌子，上面写着"HERREN[①]"。艾尔西指着那块牌子低声问道："上面写的字是什么意思？"

"男孩，"蕾切尔答道，"我觉得是。或者是女孩。是它俩其中的一

---

① HERREN 是德语中的"男士"，下文 DAMEN 是"女士"。

个,我分不清这两个词。"

"一定是男孩的意思,"艾尔西明白了,"我们住在楼下,我们是女孩,所以这里一定是男孩的房间。"

"走吧,福尔摩斯。"蕾切尔说。

"谢谢。"艾尔西没听出姐姐语气里的嘲讽。

一阵噪音从房间最里面传来,把她们吓了一跳,那似乎是金属在隆隆作响。她们朝着声源处走去,蕾切尔走在前面,艾尔西紧跟其后。她们很快就找到了声音发出的地方:在最靠里的床后面,有一个金属孔盖覆盖着地面上的通风管,断断续续的隆隆声就是经由通风管从大楼的某个地方传来,又被放大。再走近一点,艾尔西听出隆隆声实际上是金属碰撞的很多小噪音混杂在一起。那声音着实吓着艾尔西了,她抱紧"勇敢的蒂娜"娃娃,心里十分希望她俩从未离开过宿舍。听到姐姐在她身后小声说"走吧",她才松了一口气。

她们轻轻走下楼梯,回到一开始的那条走廊。艾尔西一看到宿舍门,就开始加快脚步,但蕾切尔拦住了她,小声问道:"你要干什么?"

"回去。"艾尔西边说边指着女生宿舍。一块牌子挂在门的侧柱上,上面写着"DAMEN"。

"我还以为我们要再看看呢,那噪音怎么办?"

"蕾切尔!"艾尔西恳求道,"我不想管什么噪音,我就是想……我就是想……"

"坐下等爸爸妈妈回来?那你可有的等了,艾尔西。"

艾尔西双臂交叉抱在胸前。

"别这样,"蕾切尔的脸掩藏在粗硬的头发后,微笑着说,"'勇敢的蒂娜'娃娃会怎么做?"

楼梯上铺着一条绿色地毯,地毯中部已经严重磨损了。两个女孩每走一步,木质台阶都会吱嘎作响。蕾切尔走在艾尔西前面,来到一处平台,楼梯在此处一百八十度转角。刚踏上平台,她就紧急挥手,示意妹妹停下脚步。一个女人正在楼下说话,她的语气坚定而严厉。艾尔西也学着姐姐的样子,靠在平台的栏杆上仔细听着。

"爱德华,"那女人说,毫无疑问,说话人正是玛德拉克小姐,她的口音和含有大块甜菜的汤一样厚实,"你才做完吗?收工的时间就快到了。"

"抱歉,小姐,"男孩说道,艾尔西猜测他就是自己见过的那个扫地的男孩,"下次我会加快速度,我保证。"

"你一定会加快速度的,否则就回工厂去吧。"

"是的,小姐。"

一阵大门开合的声音打断了这段对话。接下来,她们就听到有人踩在楼下走廊的旧木板上。艾尔西和蕾切尔听到戴斯迪梦娜让那个叫爱德华的男孩离开,然后对刚进来的人说:"亲爱的,你看起来累坏了。"

男人的声音很疲惫,不需要再用言语肯定戴斯迪梦娜的判断。他说:"真是漫长的一天,别问我发生什么事了。"

"你和魏格曼先生说了吗?"

"亲爱的,"男人听起来很挫败,"魏格曼先生不太想谈,我们先放一放吧。"

"哦,乔弗瑞,乔弗瑞,"此时艾尔西和蕾切尔对视了一眼,心想那个男人一定就是孤儿院的主人了,戴斯迪梦娜继续说,"你得好好歇歇,我帮你把外套脱下来吧。"一阵窸窣声过后,大衣挂在了钩子上,

"但你和他提过电影的事了,是吧?"

乔弗瑞顿了顿,说道:"啊,电影,没,我没提。"

"可是亲爱的,如果我们想要改变生活,我们必须……我们必须……争取主动?"

"是主动争取,戴斯迪梦娜,"乔弗瑞说,"这个词叫主动争取,而我已经在尽可能地主动争取了。"

两人的交谈声在门厅里移动,迫使梅尔堡姐妹扶着楼梯栏杆,缓缓挪动到最底层那段楼梯。艾尔西透过栏杆仔细瞧着,她看到戴斯迪梦娜和乔弗瑞两个人正慢步走向门厅另一头的一扇大门。戴斯迪梦娜长长的胳膊揽着乔弗瑞低垂的肩膀,他可能比戴斯迪梦娜矮了差不多有六英寸。

"签证怎么样了?"戴斯迪梦娜问道,"我们什么时候能拿到签证?"

"签证?"

"就是给伯哲克的签证啊。"

"啊,对了,伯哲克,那位受人尊敬的名导演。再告诉我一次,他自己为什么拿不到签证呢?"

戴斯迪梦娜的声音如同樱桃糖浆般缓缓流泻出来:"亲爱的,真的,你记得的。他是拍艺术片的,在自由女神像上洒了一桶发光涂料。那画面美极了,他却被驱逐出境。这是美国人的损失,他是位伟大的艺术家,是乌克兰的斯皮尔伯格。"

"啊,是啊。"

"你说过会和魏格曼先生提这件事的,他在移民局有点影响力。"

"是的,我说过,这件事在我的待办清单上。"

他们到达那扇门前。艾尔西和蕾切尔跟着他们走到了楼梯的最后一阶，栏杆遮住了她们的部分身体。她们看到乔弗瑞把手伸进裤子口袋里摸索，掏出了一大串钥匙。他用其中一把钥匙打开锁，推开了门。艾尔西刚好可以看清门后，那是一间像办公室一样的房间，里面有一排排和天花板等高的书架。奇怪的是，书架上没摆几本书，反倒摆满了尺寸怪异的瓶瓶罐罐，那些瓶瓶罐罐里面装着不同颜色的液体和粉末。戴斯迪梦娜和乔弗瑞站在门口，看着对方。

"在你的待办清单上……"戴斯迪梦娜重复道，明显很不以为然，"亲爱的，这是你的机会，把机械零件部的事放一放吧，实现你童年的梦想：做个电影制片人。这是你一直以来珍视的梦想，是吧？"

"是的，戴斯迪梦娜。"乔弗瑞说。

"谁要做经济巨头？做电影巨头吧！"

"是的，戴斯迪梦娜。"

"所以你会和魏格曼先生说吧？"

"是的，我会和——魏格曼先生说的。"

"而且你还会拿到签证吧？"

"是的，我会拿到的。"

"亲亲我吧，小卷心菜。"

男人按照她说的做了，戴斯迪梦娜亲切地拍了拍他的脸颊，转身准备离开："现在，你要工作了，对吧？"

"是的，每天都在接近目标。"

听他这么说，玛德拉克小姐停了一下，开口道："上次的酊剂不起作用吗？"

"嗯，不起作用，一点儿作用都不起。"乔弗瑞说。

"啊，真遗憾，那样本呢？"戴斯迪梦娜问道。

"没了。"

戴斯迪梦娜又顿了顿,然后说:"啊,真是遗憾,哎呀,那就再从头开始吧,亲爱的乔弗瑞。"

"好吧,再从头开始。"乔弗瑞说完便转身走进了那个摆满书架的房间,关上了身后的门。

戴斯迪梦娜转身沿着走廊朝她们走来,艾尔西和蕾切尔吓呆了。她们刚刚偷听两个大人的谈话,听得过于专注,忘了计划如何逃走。如果她们现在贸然行动,一定会被发现,可玛德拉克小姐看起来是直接朝她们的方向走过来的。艾尔西不清楚在孤儿院里偷听别人谈话会受到怎样的惩罚,但她猜测后果一定很严重。她能感觉到站在她身后的姐姐也很紧张。"蕾切尔,"艾尔西嘘声说,"我们该——"

此时一阵洪亮的钟声响了起来,铿锵的金属碰撞声回荡在走廊里,盖住了艾尔西这句话的最后一个词。艾尔西和蕾切尔可以看到钟高高地挂在走廊中部的那面墙上。就连戴斯迪梦娜也被钟声吓了一跳,而且钟声似乎一响起来就没完没了。玛德拉克小姐双手叉腰站在走廊上,盯着那座钟,好像这样就能让它停下来一样。她的注意力被吸引到了别的地方,梅尔堡姐妹得以成功脱身,她们飞奔上楼,回到了女生宿舍。

她们刚爬到床上,装出若无其事的样子(艾尔西把"勇敢的蒂娜"娃娃摆回毯子搭成的山上,蕾切尔则把耳机紧紧地塞进耳朵),就被一阵有节奏的脚步声吓了一跳:那是许多只脚连续踩在楼梯上发出的声音。宿舍门打开了,一群面容憔悴的女孩走了进来,她们头发凌乱,脸上满是一道道黑色的油污。这些女孩年龄各不相同,有些看着比艾尔西还小,有些则明显已经十几岁了,但她们的姿态都和饱经沧桑的成人一样：垮着肩膀，眉毛在蜡黄的脸上紧蹙着。她们穿着一模一样的连衫裤，上面相似地布满一道道油渍，手都是烟黑色。她们对宿舍里新来的两个室友毫不在意，直接走到各自的床边，重重地坐了下来。每个女孩手里都拿着一个小小的金属饭盒，是用来装午饭的，她们顺手把饭盒滑到了床架下。有几个女孩衣服也没脱就躺倒在床上，好像立刻睡着了；有些坐在床上，把头埋进手里；其他人则小声和旁边的人说着话。走廊里的脚步声并没有减弱，艾尔西看到一长列男孩穿着同样的连衫裤，排着队经过女生宿舍的门，朝他们楼上的宿舍走去。蕾切尔和艾尔西对视一眼，感觉这屋子就像被幽灵侵占了一样。

"嘿。"

这声"嘿"声是从艾尔西隔壁的床上传过来的，床上的女孩是个亚洲人，和艾尔西差不多大。她把一副塑料护目镜从眼睛推上额头，护目镜绑过的皮肤露出白印子，没被油污染黑。汗水打湿的头发缠结成一团，护目镜橡皮绳周围的头发则翘着。"你叫什么名字？"她问道。

"艾尔西，"艾尔西本能地伸出手，想和那个女孩握手。女孩笑着摇摇头，举起手：她手上一寸干净地儿都没有。艾尔西见此便收回了手。

"我叫玛莎，玛莎·宋，欢迎来到工厂。"她的声音很疲惫但很有自信。

"你是说孤儿院？"

玛莎笑了，说："啊，是啊，我忘了他们也把这儿叫孤儿院。"

"你是这里的孤儿吗？"艾尔西迷惑不解地问道。

"孤儿？哈，没人会在这儿领养。"

"真的吗？但我以为——"

此时门上方的扬声器响了起来:"嘶嘶……嗞嗞……呼呼……宿舍内保持安静。"

女孩们照做了,屋内顿时安静下来。扬声器嗞嗞啦啦地回响了一小会儿后,里面传出了声音,但这次是另一个人在说话,是戴斯迪梦娜:"女生宿舍注意了,今天我们有新成员加入。她们是蕾切尔·梅尔堡和艾尔西·梅尔堡,睡在二十三床和二十四床。"话音刚落,便传来一声响亮的"咔嗒",扬声器又沉寂下去。

所有人的目光都落在了蕾切尔和艾尔西身上。蕾切尔头发遮住了大半张脸,紧皱眉头,手上紧张地摆弄着耳机。

又传来一声"咔嗒",然后是刺耳的声音:"请对她们致以昂桑科之家最热烈的欢迎。""咔嗒",又没声了。

艾尔西环顾四周,周围的女孩冲她们有气无力地挥了挥手。

扬声器又吼叫起来:"值得注意的是,工厂的季度产量必须提高,从明天起,我们要重新延长工时。"

一听到这个消息,女孩们都抱怨起来。

"现在你们的主人乔弗瑞·昂桑科先生有话要说。"

女孩们等着乔弗瑞训话,房间内一片安静。艾尔西感觉有人拉了一下她的衬衫袖子,转头一看,发现是玛莎。"嘿,"她神秘地压低声音,"你该告诉你姐姐,在听通知时不要戴耳机听音乐,听了就犯错了,会被记过的。"

艾尔西困惑地看着她。一声响亮的"咔嗒"从扬声器里传出来,预示着要爆出别的消息。在扬声器里的人开始说话之前,艾尔西终于把耳机从蕾切尔的耳朵上拽了下来。"我们得听听。"她低声说。蕾切尔瞪了她一眼,但还是按妹妹说的话做了。

扬声器里的声音显然出自男人之口，他说道："你们好，孩子们。昂桑科之家的孩子们，我知道你们都盼着休息，我也理解又让你们延长工时听起来是件多么痛苦的事。然而，我想让你们记住，所有善良的男人和女人——那些可能成为你们爸爸妈妈的人，他们都在指望你们制造出为生活增添便利的机器，他们生活质量的高低都取决于这些机器。没有你们，亲爱的孩子们，就不会有洗衣机，不会有交流发电机，不会有电子表，更不会有制造新鲜意面制造机。正是这些东西让社会得以运作，我们给市民生活增添越多的便利，他们就越可能去考虑关爱孩子。"

"咔嗒"一声，男人的声音停止了。在艾尔西看来，他这一连串推论似乎有待推敲。

"而市民对关爱孩子这一问题考虑得越多，你们就越有可能得到温暖舒适的家庭，拥有关心你们的家人，享受现代生活带来的便利。现在，在你们洗澡和吃饭之前，我想让你们打起百分百的精神，投入到背诵中去。美国那些无儿无女的父母正指望着你们。"

宿舍里的女孩们挺直脊背，跟着那个看不见脸的声音一起念诵，重复着灰绿色的扬声器里传出的每一句话。

"机械零件部制造机器。

机器创造便利。

便利即是自由。

自由即是家。"

"很好，孩子们，"那个声音温柔地说，"明天再让我们一起念吧。"

响亮的"咔嗒"声（放下听筒的声音）传来，随后就是艾尔西和蕾切尔早些时候听到的那个声音。

"嘶嘶……嗞嗞……脱衣服洗澡，下午六点吃晚饭。"

宿舍里爆发出一阵活力，女孩们迅速行动起来。她们脱掉肮脏的连衫裤，连衫裤下穿的是一模一样的红色羊毛长内衣，脱完后便向房间另一端的一扇门冲去，那扇门大概通往浴室。艾尔西和蕾切尔震惊地坐在床上，惊讶地看着片刻内就清空的大宿舍。浴室里响起一阵嘈杂喧闹的声音，在铺了瓷砖的墙壁间回荡。就在那时，一个人走进房间，朝梅尔堡姐妹走来。那是个上了年纪的男人，穿着一身在这儿必须穿的灰色连衫裤，手上拿着两个塑料袋包裹。他走到梅尔堡姐妹的床边，一言不发地把包裹放在她们脚下，然后转身，弯腰驼背地走出了房间。艾尔西看着蕾切尔把包拿起来，撕开外面的塑料袋，看到里面放着两件叠好的衣服：一件浆过的灰色连衫裤和一件红色长内衣。

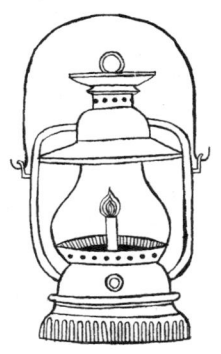

第七章

重返丛林

苍鹭穿过茂密深邃、银装素裹的丛林，落在了地上，而此时的普鲁仍惊魂未定。在此前的飞行中，普鲁紧紧地搂着柯蒂斯，几乎一句话也说不出来。他们已经飞得很高了，越过了低垂的白云，穿过了漆黑的苍穹，还看到了闪烁的点点繁星，可普鲁的心是麻木的。之前的袭击让她大为震惊，盘旋在她脑海中的是一大堆悬而未解的问题：为什么自己是攻击目标？赛尼斯女士到底是谁？更重要的是，她将如何向父母解释自己的再次失踪？苍鹭喘着粗气，两个孩子从鸟背上爬下来，柯蒂斯转向普鲁，伸出一只手。

"嗨，我的老搭档。"柯蒂斯说道。

在街头的混战之后，这是普鲁第一次微笑。他们相互握手，拥抱了很久。拥抱过后，普鲁望着柯蒂斯的眼睛，问道："柯蒂斯，这到底是怎么回事?"

布兰登早已乘着另一只鹭来到他们旁边。他们站在白雪覆盖的林间空地上,四周环绕着高耸入云的杉树。一丝月光透过飘移不定的云层照射下来,照得地上的白雪泛起斑驳的光芒。强盗大王走近普鲁,把手搭在她的肩上。他的红胡子表面浮着一层霜。

他说道:"为了安全起见,你必须跟我们待在一起。"

"那是谁?那到底是什么东西?"普鲁问道。

"能够变成人形的狐狸,"柯蒂斯解释道,"这听起来很疯狂。是专门来杀你的,普鲁。"

"谁派来的?"普鲁疑惑地问道。

这时布兰登说道:"我们也不清楚。重要的是你得一直藏着。我们有力地回击了狐狸,但我猜测狐狸离这儿应该不远,她快要追上来了。"

"赛尼斯女士呢?她发生什么事了?"普鲁继续问道。

柯蒂斯与布兰登面面相觑。"我并不认为赛尼斯女士真的存在,"柯蒂斯小心翼翼地回答道,"她是狐妖——一只可以化作人形的黑狐。"

普鲁心不在焉地揉着自己的颈背,回想几周前发生的事情:学校的埃斯泰威兹太太被解雇,素未谋面的赛尼斯女士突然出现,接替了她的工作;赛尼斯女士在悬崖边上找到普鲁后,指甲里竟残存着泥土。她无法理解这些奇怪的事情。"为什么?"普鲁问道。

"一言难尽,"柯蒂斯说道,"我们去个暖和点儿的地方吧。"

和筋疲力尽的两只鹭告别后,三个人穿过空地上的灌木丛。布兰登在树木密集的丛林中择路而行,柯蒂斯与普鲁紧随其后。行走的过程中,普鲁问了他俩许多问题。

"你的家人应该是安全的,"布兰登回答了普鲁最迫切想知道的问题,"我们已经告诉过你,狐妖——一种邪恶致命的动物——很少改变自己的目标。它的目标是你,不是你的父母和弟弟。"普鲁想象着:此刻,爸妈一定正注视着火炉上炖着的咖喱扁豆,不时焦急地看看时间。如今他们应该已经猜到女儿失踪了。

"我得让爸妈知道我现在是安全的。"普鲁说道。

"已经有人替你告知你的家人了。"柯蒂斯边说边举起圆叶枫低垂下来的树枝,以便普鲁能从下面走过去,"猫头鹰说过这事他来处理,他会派一名信使把消息传达给你的家人。"

"那太好了。"普鲁说道,她想象着一只鸟儿落在妈妈的膝上,向她解释这一切——她的女儿被强盗救了并被带回荒野禁地,现在安然无恙——妈妈听后该有多吃惊,"我猜我的家人应该对此习以为常了吧。"

"没错,"柯蒂斯说道,"麦基尔家见多识广。"

一棵高大的雪松像桥似的把地上的一个隘口连了起来,他们三人小心翼翼地踩着盖满雪的树皮,到达了隘口的另一侧;隘口下面是水流湍急的小溪。"现在我们去哪里?"普鲁问道。

"去营地,"布兰登答道,"那里很安全。"

"然后呢?"

"然后我们以静制动,让狐妖不战自败。"

柯蒂斯插话道:"也许你可以参加强盗训练。"

布兰登嘟囔道:"对她而言,冒险越过营地边界可能不安全。实际上,对我们任何人都不安全。"

"对,"柯蒂斯说,"这是灰狼说过的另外一件事:狐妖可能会盯上

'自行车政变'的重要人物。"

"自行车政变?"普鲁不解地问。

"哦,你不知道这个说法,"柯蒂斯说道,"推翻南方丛林政府后,他们就一直这么叫。我们让鸟儿重获自由,把雷克斯放了出来。当时我没有考虑太多,但我猜许多人一定记着整件事情——自行车以及其他一切,所以他们称你为自行车少女。"

"自行车少女。"普鲁安静地重复道。事实上,她觉得这个称呼听起来还不错。突然,普鲁想到了什么:"等等,如果那些变形狐狸要追杀参与政变的人,那依菲琴尼亚和猫头鹰岂不都是目标?"

"嗯,有可能,"布兰登说道,"我们不知道这些狐狸杀手们幕后主使的具体打算,也不清楚到底有几个杀手。也许它们在追杀每一个人。也许它们只追杀你!无论怎样,我们的任务就是保护你的安全,而在外面的世界,没人能保证你的安全,普鲁。"

他们沿着林间小道一字排开走着;对普鲁来说,从丛林的地面上分辨出这些路是很难的。柯蒂斯告诉了普鲁灰狼——也就是唐那宾下士——在北方丛林秘密会议上报告的一切:围绕政变兴起的爱国主义,教会会议的崛起,临时政府的边缘化,由于动荡以及寒冬引发的物资匮乏。这些信息让普鲁头晕目眩。

"难以相信短短几个月来竟发生了这么多事!"他们绕过草甸的边缘时,普鲁大喊道,"我的意思是,到底发生了什么事?他们全都搞错了!"普鲁突然安静下来,背着手,"我们为什么不直接去那里呢?我是说,毕竟我是自行车少女。难道我们不能直接进入南方丛林大厦,去恢复一切吗?"

"普鲁,这太危险了。"布兰登说道:"我们的职责是帮你摆脱意图伤害你的人的监视。快走,继续前进,我们离营地很近了。"

差不多走了十五步,他们来到盘根错节、高耸繁茂的沙龙白珠树丛下,这些树形成了一面墙,朝左右无尽延伸。布兰登停下,仔细研究起来。"这是新设的屏障。"他解释道,"还在适应……在哪里……啊哈!"一片网状构造的编织物隐身于树墙之中,布兰登把它拨到一边,一条通道便显现出来。普鲁第一个走,她低头弯腰,以免低垂的枝叶钩住头发。穿过这面巨大的树墙时,普鲁突然感觉脚下的土地滑开了,她尖叫着急忙向后倒退。月亮躲进云后面,前方的地面也在夜色中笼上了一层黑纱。布兰登拿着火把从后面赶了过来。"在这里一定要小心,"他提醒普鲁,"注意脚下。"强盗大王在他们前面挥动着火把,普鲁看到自己正站在山石嶙峋的悬崖边上。

"我们在哪里?"普鲁大喊道。

"大峡谷,"布兰登说道,"我们的新家。"他边说边将火把递给柯蒂斯,自己走到附近的一块岩石后面,拿出之前藏好的一大团绳子。布兰登快速地吹了一声口哨,把绳子甩下悬崖,普鲁听到了绳子碰击崖壁的声音。然后,他把绳子绕在皮腰带的金属环上,打了个结,并试了试绳子的牢固程度。绳子是固定在一棵大树底部的,很牢。他朝普鲁打了个手势。"爬到我背上。"他说。普鲁紧紧搂住布兰登的脖子,布兰登背对峡谷,爬下悬崖,普鲁的心一下子悬了起来。绳子支撑着他们;布兰登戴着手套的手顺着绳子下滑,慢慢走下崖壁。普鲁的脸紧紧埋在他的肩头,双眼紧闭;强盗身上闻起来是汗水混杂常青树叶子的味道。

片刻之后,他们上方的天空已被巨大的山谷吞噬,两位攀岩者落在了紧贴崖壁的木台上。一只小红灯笼散发出微弱的亮光。布兰登把普鲁轻轻地放下，然后使劲拉了两下绳子。普鲁四下看看这里的环境。峡谷底部仍被深不见底的黑暗笼罩着。连着木台的是一座通向黑暗的绳桥。远处可以看到星星点点的灯光在闪烁，看上去像一群萤火虫。很快，柯蒂斯就在木台上和他俩会合了，他将绳索和皮带上的八爪钩分开。普鲁惊讶地望着他："你从哪儿学来的？"

"绕绳下降，"他笑着说，"强盗培训第三期里学到的。"

峡谷的另一侧传来了口哨声，普鲁看到绳桥的对面有人在晃动灯笼。布兰登快速吹了两次口哨，他们三个人便开始过桥。风在峡谷中呼啸而过；他们到达中间时，绳桥被压弯且摇晃不止。普鲁紧紧抓住充当扶手的绳索，集中精力不向下看。到达另一端的木台时，有一个强盗已经等在那儿欢迎他们了。

"埃蒙！"布兰登喊道。

"大王！"强盗应道。

普鲁现在意识到，她刚才看到的绳桥另一端那些难以捉摸的、跳动的灯光究竟来源于哪里：灯笼点缀着陡峭参差的岩壁，照亮了凹陷处由多节树木搭建的粗犷结构，有些地方覆盖着鹿皮帘子。可以看到更多绳桥连接着许多洞穴入口，远处还有几条横贯峡谷的绳桥，那里能看到有灯笼光在闪烁。木质台阶通往峡谷更深处，普鲁看到令人眼花缭乱的灯笼光一直向下延伸至她看不到的地方。听到他们的口哨声，岩壁缝隙中出现了强盗们表情严峻的脸庞，他们注视着新来的人。

"你们换地方了。"普鲁只说出了这句话。

"嗯，"布兰登应道，"认定营地不再安全时，我们会变换藏身之处。土狼已经探到了我们的行踪，除了转移，我们别无选择。"他站在木台上，骄傲地巡视着往岩壁各个方向延伸的营地，"在这里扎营非常

不容易，不过我认为我们能在这里待一段时间。"

普鲁往下面看，试图看清最远的灯光和它们照亮的洞穴入口，灯光下面却是无尽的黑暗。"往下有多远？"她问道。

"没人知道，"布兰登说道，"在下面更远处，我们发现了一些古代居住者——悬崖居民——的遗迹，但再往下的话，路就太难走了。所以别弄丢任何你觉得有价值的东西，因为你不会再看到它们了。"

摇摇晃晃的木台阶沿着岩壁延伸到一个类似登船码头的区域：长长的平台一直伸进峡谷，周围有木扶手环绕。平台的一侧凿了一个洞，以便一棵从岩壁上生长出来的树伸出铺板。那棵顽强的树上固定着一根绳索，伸向远处的黑暗。一副滑轮组系在绳索之上，用来承担一个大箱子的重量，箱子大到可以容纳四五个人。布兰登挥手向前，普鲁小心翼翼地爬了进去。"抓紧了。"和柯蒂斯一起爬进箱子里，站到普鲁旁边后，布兰登说道。柯蒂斯解开系在箱子上的一根绳子，它就开始迅速下降，一路掠过令人眼花缭乱的被灯笼照亮的小屋和洞口，平台和过道。

箱子停在了一个更低的平台上，另一个强盗在那里迎接他们。普鲁看到岩壁上一个宽阔开口的后面，一群穿着五颜六色衣服的强盗围聚在巨大的火坑旁。烹制鹿肉的味道在空气中弥漫着。普鲁一踏上洞穴的石地板，所有人的注意力就立刻转向了她。

"普鲁！"一个人说道。

"外面世界的女孩！"另一个人说。

很快，布兰登就满足了人们的好奇心："同伴们，欢迎我们的朋友和伙伴普鲁·麦基尔回到营地。她现在正处于巨大的危险之中，我们奉命保护她的安全。"

一阵耳语声响起,普鲁听到有人低声嘟囔又要多养活一个人,不过这个人很快就安静了下来。突然,有人高声问道:"什么危险?"

布兰登把他知道的一切告诉强盗们。他详细讲述了离开北方丛林的绝望飞行以及在外面世界街道上的混战。他讲完之后,众人陷入了沉默。这时来了更多强盗,普鲁看到一群脸上脏兮兮的孩子正站在父母身边盯着自己看。最后,一个衣衫褴褛的年轻男人走上前来,普鲁并不认识他。她猜想,在与贵妇总督交战之后,他们大概新招募了一大批强盗。

"但是,布兰登,"他迟疑地问道,"如果它冲着我们来呢?"

一个女人也插话了。"是啊,"她说,"我们刚刚在这里安定下来,还要再转移吗?"

"它不会冲我们来的,"布兰登说道,"它甚至都不会靠近这里。这是我们本世代以来最好的藏身之处,我希望能长留于此。如果大家有顾虑,我们就加强防范,派人监视周围的一切动向。即便一只狐妖能进来,它也没法活着出去,明白了吗?"

"明白了。"大家纷纷说道。

强盗大王继续说道:"对于你们多数人来说,这也许只是需要多养活一个人罢了,这种想法也很合理。我知道我们库存不足,我知道我们没抢多少东西,但我们是强大的集体,我们经历过比这更糟糕的时期。我爷爷的爷爷——本恩,在强盗之战中存活下来,当时他们仅靠野草和苔藓维持生命,最终仍然获得了胜利。我们骨子里流着他们的血液,一定能够挺过去。"

人们开始讨论,一会儿便达成了一致:普鲁可以留下来。普鲁感激地朝大家笑了笑:"谢谢你们每一个人。"经历了这漫长的一天,她的嗓音疲惫沙哑。柯蒂斯用胳膊肘碰了碰普鲁,说:"走,我带你去训练营。"

这对好朋友向其余强盗告别,走上一条沿着岩壁蜿蜒盘旋的木头小道,离开了公共区域。柯蒂斯举着一盏红灯笼照明。普鲁边走边打量柯蒂斯,灯笼光中的柯蒂斯似乎与之前普鲁认识的柯蒂斯有所不同。现在的他脸看起来更长一些、老一些,肩膀也似乎撑满了破旧的制服。他的镜架是金属材质的,左镜片靠近鼻子的地方有一道细小的裂痕。他的眼睛看起来更成熟、更深邃了。

他注意到普鲁在看他,尴尬地笑着问道:"怎么了?"

"我也不知道,"普鲁说道,"你看起来和之前不一样了。"

"我现在是个一流的新手强盗。"

柯蒂斯的措辞使普鲁笑了起来:"柯蒂斯,谁知道你会不会一直当强盗呢?"

"普鲁,我属于这里,这就是我现在的生活。"

小道上有一座横过峡谷的绳桥。他们上了桥。

"那你的父母呢?你的姐妹呢?"普鲁问道。

"他们很好。最近,我说服一只迁徙的鹤去打探一下情况。那只鹤说它看到他们提着大包小包好像要去度假,所以我觉得没有我,他们照样可以过得很好。"

普鲁点点头,情绪平复了一些,尽管她觉得她的朋友对自己的话并没有完全的信心。她问:"你想过要告诉他们吗?"

"我不知道,"柯蒂斯答道,"也许有一天会吧。这很复杂。我不想让他们来这里找我,他们会在'边界困境'里迷路的。"

"你和我一样是混血儿,"普鲁提醒他,此时她已走下绳桥,跟着柯蒂斯沿着另一段木台阶向下走,"这不就意味着你的父母可以进来吗?"

"谁知道这血缘是从哪里来的呢?"柯蒂斯说道,"也许一个人有,另一个人没有。"想了一会儿,柯蒂斯说道,"我觉得我的姐妹很可能也是混血儿,是吧?"

他们走到台阶尽头,另一个木头平台伸向峡谷。一根金属绳缠绕在高高的杆子顶部,消失在他们前方的空无之中;远处的营火隐约可见。柯蒂斯把手指放在唇边,吹了一声口哨。没多久,某样东西沿金属滑动的声音便传了过来。一个木质十字架用铜线固定在滑轮组上,沿着金属绳滑了下来,大声地撞到杆子上。柯蒂斯一把抓住它,问道:"普鲁,你想先上吗?"

"好吧。"普鲁有些不安地说道。她用手抓住木头把手。

"抓紧就行。"柯蒂斯告诉她。

"你觉得呢?"普鲁笑了起来,"听着,我是个天生的强盗,也许我还可以教你一两件事情呢。"说着,普鲁双脚离地,以惊人的速度穿过大峡谷。谷中的寒风吹打着她的脸和手,她能感觉到自己的脸冻得通红。最初的恐惧消失了,她发现自己在开怀大笑。

🌿

宿舍里的闹钟大响起来时,艾尔西觉得自己好像才闭上眼,刚迷迷糊糊睡着似的。紧接着扬声器里重复喊道:**起床了!有氧健身开始!**房间里立刻充满了女孩们的抱怨声和羊毛毯子被扔到一边的沙沙声。艾尔西穿上衣服。她发现蕾切尔没有听从命令,还在嘈杂声中继续睡觉。艾尔西压低声音对蕾切尔说道:"蕾切尔,快醒醒!"蕾切尔没反应。

一个身着灰色便服的小个子老妇人从双扇门外走进来。她用一根长木棒将东面墙上的白色屏幕拉了下来。然后,她走到房间的另一边,拿掉某个矮基座上盖着的布,一台样式古老的放映机露了出来。打开之后,一束不断抖动的光线落在屏幕上,上面出现了一个身穿紧身连衣裤的女人。这段黑白影像看起来很古老了。屏幕上的女人动时,宿舍里的女孩们就跟着模仿她的每一个动作。艾尔西也跟着学:屏幕上的女人弯腰触碰脚趾,艾尔西也跟着做;屏幕上的女人做了一系列的跳跃动作,艾尔西也跟着做。运动大约进行了十分钟,满屋子的女孩都在木地板上移动跳跃。蕾切尔仍在睡觉。运动过程中,艾尔西不时用腿去踢蕾切尔的床腿,可是一点儿用也没有。最终,运动结束,放映机伴着噼里啪啦的声响关上了。扬声器里传来愤怒的声音:"二十三床。"

仍然没有反应。艾尔西拖着脚走到床边,再次小心翼翼地踢着床架,低声喊道:"蕾切尔。"

"嗯?"蕾切尔哼了一声,脸依然埋在枕头里。

"二十三床,立即起床!"

蕾切尔把手从薄薄的毯子里伸出来,摸索着并不存在的闹钟。"妈妈!"她咕哝着,"再睡十分钟。"床边的女孩们一阵窃笑。

"**塔尔伯特小姐?**"扬声器里大喊道。

刚刚负责操作放映机的那个头发灰白的女人,蹒跚着走到蕾切尔床边。她深吸一口气,抬起金属床架,把蕾切尔揿到了木地板上。蕾切尔迷迷糊糊地爬起来,完全弄不清究竟发生了什么事。周围的女孩停止了窃笑,都低头看着自己的脚。

"**七点整早餐开始,然后所有工作人员到机械工厂报到。**"

女孩们开始把带有油渍的灰色连衫裤套在羊毛长内衣外面。一些人低声和旁边的人说着话,另一些则一言不发地准备着今天的工作。蕾切尔和艾尔西一动不动地、充满敬畏地看着她们。玛莎踢了踢艾尔西的脚,嘟噜道:"穿上你的工作服。"

"什么?这些衣服吗?"艾尔西指着昨晚给她的连衫裤问道,衣服还在塑料袋里放着。

玛莎翻了个白眼:"是的,"她又补充道,"还要我亲手给你穿上吗?"

一个年龄稍大的女孩在玛莎旁边的床上坐下,一边小心翼翼地系着黑色钢头靴的鞋带,一边说:"对新手慈善些,玛莎。"

"我可是一个和蔼的人。"玛莎阴阳怪气地说道。

"我们也要去工作吗?"艾尔西问。

正在穿靴子的女孩忍住没笑出声。

玛莎说:"是的,你们要工作。我们所有人都要工作。"

艾尔西环顾房间,不知所措:"但是我之前从未工作过。我的意思是，我帮忙做过家务什么的，但是从未有过一份工作。"

"那么，欢迎来到工作周。"玛莎说道。

蕾切尔仍昏昏欲睡，默默地听着这一切。"戴护目镜的，"她终于说话了。

玛莎瞅了她一眼。

"我不知道谁告诉了你什么，但我们只在这里待两周。我们不是真正的'孤儿'。"她用手指比了个引用符号，"谢谢你的提醒，但我不认为我们需要工作，尤其不会到机械工厂工作。"

"她们都这么说过。"玛莎旁边的女孩说，她刚刚把鞋带系好。

"谁都这么说过？"蕾切尔问道。

"新手，新来的人。她们都是这样：'我不去工作，我的父母随时会来接我。'或者：'我今天就会被领养，才不去什么机械工厂。'都一样。你会服从的，我保证，你会服从的。"女孩说起话来有气无力，死气沉沉。

"否则呢？"蕾切尔挑衅地问道，"我不去又怎样？让孩子在这里工作是违法的。"

玛莎插话道："你会被记过的。"

蕾切尔笑了："哦不！记过？"她把手背放到额头上，假装很害怕，"那我该怎么办？"

"记过是怎么回事？"艾尔西小声问道。

玛莎没理艾尔西，继续对着蕾切尔生气地说："记了几次过之后，你就被开除了。"

"开除？"蕾切尔的手从脸上拿下来，问道。

"开除，你知道吗？没有人来领养你。"玛莎说。

"你在说什么?我根本不是孤儿!我不需要被领养!"蕾切尔不再用讽刺回击,开始真的变得恼怒起来。

"这里的每一个人都是孤儿,"玛莎说,"其实我们从来也没见过来领养的人,但你若被判定为不可领养,就会被送到老板的书房,我们以后就再也见不到你了。"

艾尔西结结巴巴地说:"真的吗?再也见不到了?"

"再也见不到了。"玛莎说。

蕾切尔来回看着这两个女孩,试图让自己彻底从睡梦中清醒。"这太荒唐了,"她说道,"他们不能这么做。我们只是寄宿在这里,两个星期后爸爸妈妈就会来接我们。"

"蕾切尔,你之前说过他们不会来的。"艾尔西说道。

蕾切尔瞪了艾尔西一眼,说:"我那是开玩笑的,不是认真的。他们当然会回来接我们。"

玛莎开始穿她的灰色连衫裤了。她从护目镜的镜头里揩了些油,抹在自己的头发上。"嗨,那样的话你们会没事的,"她说道,听起来似乎对姐妹俩的境遇漠不关心,"只要别记过就行。"

蕾切尔越来越生气,她的脸涨得像夏天的西红柿一样红。艾尔西之前见过她这么生气——妈妈偷偷溜进她的房间,把她的黑色口红全扔掉的时候,她也这么生气。艾尔西把"蒂娜"搂在怀里,像是要保护她免受伤害。

"他们……不能……这么……做,"蕾切尔一字一顿地说着,声音越来越大,"我们是……美国人!"伴着这最后的宣言,她走到房间最前面。她的红色羊毛长内衣有些大,走路时不得不提着裤子。她走到扬声器下面,开始生气地喊话。

"喂?"她喊道,"你知道的,我只是暂时住在这里。妹妹和我,我们不是孤儿。我们不去机械工厂工作。"

没有回应。

"正式声明,我认为这里的孩子没有得到公正的待遇。我认为让孩子去工厂工作是违法的。我确信。"

仍然一片沉默。

"这不公平。我要打电话。"

宿舍后面传来两个女孩窃窃私语的声音。

"好吧,接下来,"蕾切尔轻蔑地说道,"这样说如何:我拒绝在你们那愚蠢的机械工厂工作。"说完,她吐了吐舌头,自豪地向自己的床走去。房间里的每个人都默默地看着她。玛莎站在原地一动不动,手依旧放在前额的护目镜上。艾尔西不知道该说什么,她拍拍"勇敢的蒂娜"的后背。**"美好的一天从早餐开始。"**娃娃充满希望地说道。

在蕾切尔走到床边之前,扬声器发出嗞嗞的声音。接下来,扬声器里传出的话让她猛地停下脚步:**"二十三床,"**紧接着,**"记过一次。"**如果机器人的声音可以用"泰然自若"来形容,那么扬声器里的声音就是如此。

听到扬声器里传出的责难,所有人都倒抽了一口冷气。几秒钟之内,蕾切尔的面部表情从自豪变为震惊,又回到愤怒。这些变化,艾尔西都看在眼里,没等蕾切尔转身回击,艾尔西就一把抓住了她的胳膊。

"求你了,蕾切尔,"她恳求道,"什么也别做,保持安静就好。"

蕾切尔盯着妹妹的手,她的胳膊在妹妹的手下一阵抽搐。最终,怒气像一团消散的云,从蕾切尔脸上渐渐消失,刘海下的眼睛也变得柔和起来。艾尔西感觉到姐姐胳膊上的肌肉放松下来，便松开手，直直地看着姐姐。

"只有两个星期，记得吗？"艾尔西问道，"我们只要坚持住就行。"

"好，艾尔西，"蕾切尔说，"好。"她像被打败了似的重重地坐到了床上。

几分钟之后，这一戏剧性的氛围消失了。艾尔西察觉到，自己和姐姐乖乖地穿上灰色连衫裤时，大家都在注视着她俩。塔尔伯特小姐要把她俩刚来时穿的衣服收走，允诺有领养者时，再把衣服还给她们，尽管并没有任何迹象表明真的会有领养者来。姐妹俩和其他女孩缓缓走进自助餐厅，那里早已准备好了湿软的薄煎饼和掺了水的橙汁。很快，男生宿舍的孩子也加入了进餐队伍：一群身着灰色连衫裤的男孩涌进餐厅，静静地大吃起来。艾尔西姐妹没和其他孩子坐在一起，而是坐在由薄板制成的长桌子末端。这并非她们的选择，只是因为没人愿意挨着她们。蕾切尔只吃了一点点食物，从一开始到无奈地放下叉子她都没吃两口。艾尔西在宿舍里看到的火花已经熄灭了，她之前熟悉的蕾切尔又回来了：脆弱而沉默。

她们吃完饭，把金属托盘放进肮脏的收纳盆，餐厅里的扬声器就大声地指挥孩子们靠墙站成一排。孩子们排成一列纵队离开餐厅，走下宽阔的楼梯。每隔一会儿，蕾切尔就听到远处传来嘶嘶的声响。楼梯通往另一条长廊，孩子们沿着长廊往前走，脚步声循着墙壁回响。最后他们来到两扇高大的双开门前，门是自动开启的，孩子们刚到，门就呼哧一下开了。看到里面的景象，艾尔西的心往下一沉。

这个房间很大，非常大。事实上，来孤儿院之前，艾尔西从未见过这么大的房间。但毋庸置疑，这样的房间真的存在，里面全是奇巧的设备，有大有小，有黄铜的，有青铜的，还有木头的；有的吐着蒸汽，有的冒着烟和火。壶状设备的边上有刻度盘和计量表，方形盒状的设备边上则有铁质凸出物和伸出的铜管。有旋转的设备、静止的设备、鸣笛的设备、放气的设备。所有设备用各种颜色的电线和电缆连接在一起，让这个巨大的房间看起来像拆开的电视机一样——艾尔西的爸爸曾经让柯蒂斯在卧室里拆过。一旦无数的螺丝被拆开，让人眼花缭乱、毫无头绪的电路和电线就会露出来。说来也奇怪，整个房间有股树莓的味道。一条长长的传送带在众多设备间来回传动，大多数孩子沿着这条传送带就位，擦擦手，准备开始一天的劳动。

乔弗瑞·昂桑科站在房间中央，拱形天花板上的灯泡发出亮光，照在他身上。孩子们沿着传送带站好时，他手里握着一个杯子，正心不在焉地喝着水。艾尔西和蕾切尔进来后，他向姐妹俩走去。

"我想，你们是新来的？"他问道，"梅尔堡姐妹？"

艾尔西还没来得及回答，蕾切尔就保护性地往前一站。"是的，"她说，"你是谁？"

在回答蕾切尔的问题之前，他又喝了一口水："乔弗瑞·昂桑科，你们要称我昂桑科先生。我是孤儿院的主人和工厂负责人。"

"我认为你这样做是违法的。"蕾切尔说道。

"亲爱的，你会大吃一惊。"乔弗瑞说道。

"我要打电话。"蕾切尔说。

"被记过就不能打电话了。"乔弗瑞说道，"你还想再被记过一次？"

艾尔西用胳膊肘撞了下蕾切尔。见蕾切尔不再发难，乔弗瑞说：

"请把手伸出来。"

"什么?"蕾切尔问。

"我能看一下你的手吗?"

蕾切尔老老实实地把手伸出来,乔弗瑞观察了一下。"传送带,第三站。"他指着挂着木牌——上面刻着罗马数字三——的那段传送带说道,"你旁边的人会帮你跟上节奏的。"

蕾切尔失落地看了艾尔西一眼,不情愿地走了。乔弗瑞走向艾尔西:"看一下你的手?"

艾尔西把手伸了出来,没有了"勇敢的蒂娜",她感觉两手空空的。她已经把"蒂娜"安全地藏在了床下一个带锁的箱子里。

乔弗瑞瞪大了眼睛。"漂亮!"他喊道。他放下杯子,开始仔细观察艾尔西的手。"好小啊!"他惊叹道。他看着艾尔西说:"亲爱的,你应该以你的手为荣,它们最适合做机械零件。我好几年没见过这样的手了。"

艾尔西讷讷地说道:"谢谢。"

乔弗瑞用一条胳膊搂住她的肩膀,带她走到一台设备前,上面有一个光滑的铝制桶状物,连着它的是一些红色和蓝色的塑料管。设备前面有三个计量表,一个标有 ACK,另一个标有 UZ,最后一个上面的图案在艾尔西看来宛如一个倒置的冰激凌蛋筒。"这台小设备,"乔弗瑞拍着机器的侧面说道,"是罗博雷菱形抛光振荡器 2.0,简称 RBO。"

"干什么用的?"艾尔西问道。

"哎呀,振荡,抛光,振荡的时候抛光。'菱形'么,就是大家都知道的意思。"

艾尔西并不知道振荡是什么意思,可是她什么也没说。

乔弗瑞说道:"这台设备使用起来非常简单,比 1.5 版改进了很多。现在我来告诉你怎么使用。你按下这个按钮,十秒之后再把这根杆推到这里,这时你会听到轻轻的'咔'一声。"乔弗瑞在她面前来回走了几步,"咔"的一声后,机器发出了柔和的旋转声,"一听到这种声音,你就打开控制板……好了!"越过底座上的一个小门,艾尔西可以看到机器内部一个小小的八角金属螺母,就像小螺栓上常见的那种。"快抓住它!"乔弗瑞指挥艾尔西。艾尔西按照他说的,把手伸进小门里,拿出螺母交给他。乔弗瑞用拇指和食指捏着螺母,继续说道:"很好,这是一个高合金菱形振荡器螺母,每一台自动调酒机上都有。尽管制造商对之前的版本做了改进,但在我看来还是远远不够的,所以我要自己再熔铸一下。不用说,这样就无法享受保修了。"

金属齿落在螺母原本所在的位置时,机器发出了很大的噪音。乔弗瑞笑了。艾尔西盯着他。

他清了清嗓子继续说道:"事情就是这样,为了让机器效率达到最高,我必须要牺牲些……安全保障。也就是说,我们不是等机器自己吐出螺母,而是要手非常小的某个人亲手把它们拿出来,就像你刚才做的那样。"

"好的,"艾尔西说道,"我想我应该明白了。"

"现在你要知道一件事……"他停在那里,面无表情地看着她,"不好意思,你叫什么名字?"

"艾尔西。"

"很好听的名字。亲爱的艾尔西,有件事你要知道,如果机器在重新校准分配器时,你的手没能拿出来,那么机械零件部可能会痛失这一时代最好的小手之一。"

"什么?"艾尔西不明白他最后这句话是什么意思。

"或许是二十多年来最好的手之一,反正肯定能排到前十。美丽的小手。"

"它会割断我的手?"她倒抽一口冷气。

乔弗瑞又清了清嗓子,笑着说道:"是的。**但是**:在金属齿落下来之前,你有五到六秒的时间伸进手去把螺母拿出来。你的手那么灵巧,两秒之内一定会完成的,顶多三秒。"

艾尔西想象着自己动作迟缓的后果。那时她才真正意识到双手的珍贵。她试图去想象没有手的生活——也许多年以后,她在厨房里用钩子手做花生酱和果冻三明治。甚至在她的想象中,这工作都不容易。

乔弗瑞把手指掰得嘎啪响："亲爱的艾尔西，集中注意力。还有一件事你要知道，这些螺母很贵重，非常非常贵重，如果损坏一个螺母——相信我，如果在装配线启动之前，你不能把螺母拿出来，螺母就会卡在机器里面，机器会把它碾碎——我们、工厂、孤儿院、全世界就少了一枚高合金菱形振荡器螺母。这会非常糟糕，非常非常糟糕。明白了吗？"

"明白了，昂桑科先生。"艾尔西说道。

"如果你不小心损坏一个螺母，也就是说在装配线启动前没有把它拿出来，那么非常抱歉，我将不得不给你记一次过。"

恐惧占据了艾尔西的内心，她说道："是，昂桑科先生。"

"你知道被记过三次是什么后果吗？"

"我会被开除？"

"正确，"乔弗瑞窃笑道，"你学得非常快。我想你是个聪明的女孩。通常，聪明的女孩会长期而又开心地从事机械零件制造工作。"

"谢谢你的夸奖，昂桑科先生。"

"那么我就把这项工作交给你了。记住：按按钮，等一下，推杠杆，声音响起。明白了吗？"他一字一字地重复着这句话，"按按钮，等一下，推杠杆，声音响起。"他从艾尔西身旁走开，单调地唱着刚才重复的话，手指不停地摆动，好像在指挥管弦乐队一样。他走到厂房中间，开始巡视早上的生产。所有机器都开动了，当啷声、嗡嗡声、轰鸣声组成了一首交响乐。孩子们都在辛苦工作，一些孩子像艾尔西一样操作机器，其他孩子则像蕾切尔一样在长长的传送带边挑拣小的螺栓、螺母、齿轮。

"孩子们，音乐响起来，"乔弗瑞大喊道，"音乐响起来。记住：机械零件能……干什么？"

"**生产机器**。"孩子们异口同声地应道。

"机器能创造……？"

"**便利**。"

"便利能创造什么？"

"**自由**。"

"自由能创造……跟上来，孩子们，我数到三。一、二、三……"

"**家庭**。"孩子们说，乔弗瑞也加入了他们。

"对，就是家庭。"乔弗瑞说道，"如果你们任何一个人需要帮助，我就在那里——"他指指可以俯瞰厂房的一扇大窗户，"我会时时留意你们这些小家伙的。回头见！"说完，他拿起咖啡杯，走出门去。

艾尔西转向 RBO2.0。双胞胎似的 ACK 和 UZ 计量表就像两只眼睛一样盯着她。她回想了一遍刚刚乔弗瑞重复的那些话，开始操作机器。几个简单的步骤过后，机器发出"咔"的一声轻响，一个闪亮的小螺母落进机器内部的小洞里。艾尔西的心提到了嗓子眼，她快速地把手伸进小洞里，趁着机器的铁牙还没落到自己手指上，把螺母拿了出来。艾尔西小声说了声谢天谢地，把螺母放在从振荡器上引出的传送带上。艾尔西看到玛莎在她旁边的一台机器边工作，她戴着护目镜，越过刚生产出来的螺母，把机械臂上看起来像荧光灯的东西推到新做的螺母上方。看到艾尔西在看自己，她一摆手。"继续干活啊！"玛莎在机器轰鸣中大喊道，对艾尔西跷起大拇指，又接着工作起来。艾尔西也重返工作。她按下机器中间的红色按钮，等待从机器腹腔发出新的一声"咔"。

第八章

梦的追忆;激动人心的比赛

依菲琴尼亚坐在床边揉着疼痛难忍的脚踝。日子一天天过去,她的脚踝也越来越痛。衰老给神秘人士长老带来了沉重的负担,对此,她可一点也不喜欢。陈设简单的卧室里燃着一盏煤油灯,灯影摇曳,投射在墙壁上。一大清早,窗外一片漆黑。老妇人深吸一口气,穿上了一条羊毛紧身裤,外面套上长袍。寒气侵入她那脆弱的骨头。她听到楼下传来一阵声音:门被推开了,房子的入口处传来跺脚的声音。

"喂?"依菲琴尼亚叫道。没人回应。她呻吟着从床上下来,步履蹒跚地走到楼梯口。"谁在那儿?"她又叫道。

来人咕哝了几声,然后回答说:"打扰了,神秘人士长老,我是来生火的。"

依菲琴尼亚叹了口气。她听出是侍僧的声音,便说道:"早上好啊，巴尔萨泽。"她走到楼梯口，看着他把一捆木柴放在炉边的金属架上。侍僧如释重负地叹了口气，抬头看着站在楼梯口的依菲琴尼亚。

"要给您烧些开水吗，依菲琴尼亚？"他问道。

"嗯，巴尔萨泽。"依菲琴尼亚一边说着，一边轻轻走回床边。她给双脚套上一双旧拖鞋，伸展了一下身体。她的背发出了一声长而痛苦的断裂般的声音。她笑着摇了摇头。有些事情做起来大不如从前了，尤其是早上醒来这件事。她走到楼梯边上。

依菲琴尼亚慢慢走下楼梯。巴尔萨泽问："您睡得怎样？"他正拿着一根长长的火柴去点壁炉里捆好的引火柴。很快，温暖的火光从壁炉里散发出来。

"不怎么样，"依菲琴尼亚答道，"一点儿都不好，不过这是预料之中的。我发觉自己的睡眠质量越来越差了。"

"神秘人士长老，听了这些我深感难过。"巴尔萨泽看着渐旺的火焰说道。炉盘上放着一把黑色的铁壶，壶底的火焰烧得正旺。依菲琴尼亚慢慢地坐到壁炉前的椅子上。等着水开的同时，侍僧跑开去拿更多的木柴。神秘人士长老开始思考自己做过的梦，一个把她惊醒的梦。她熟睡时做的梦曲折复杂，让她感到困惑。她梦到自己在森林的空地上迷失了方向，手里捧着一件物品，不知道也不想知道那物品到底是什么。似乎是什么紧急的、难以捉摸的原因，促使她紧紧握着那个东西。空地的另一侧，有几个黑色的影子在她周围打转。有人跟踪她！她仿佛重新获得了孩童的速度和耐力，把手里的宝贝紧紧贴在胸前，迅速跑进丛林。她跑到山坡的一条窄沟前，突然停了下来。影子离她越来越近，加之黑暗笼罩着陡峭的沟壑，危机四伏，令人生畏。突然，理性进入了梦境，促使她迫不及待地想知道紧紧抱在胸前的是什么东西。她慢慢张开手,发现自己拿着的是某种明亮的金属环,内部复杂的缠绕结构令人难以置信。金属环和一块小石子差不多大,边缘有轻微的隆起。身后的影子离她越来越近,她再次把手攥紧,投身到窄沟的黑暗之中,沿着一条岩石小道一直往下走,直到什么也看不见了才停下。

梦到这里时,神秘人士长老就醒了。现在的她正坐在壁炉前的椅子上,思索着这个梦境。追她的那几个影子不难搞懂,她知道是谁。令她感到困惑的是那条窄沟——这是通向地下的洞穴。站在神秘人士的角度去理解这些事,那就是千万不要低估梦境的力量和智慧,因为每一个标志物都有其蕴含的意义。根据对梦的解读,地面上出现的洞穴明显意指死亡,做梦人自己的死亡,她对此不寒而栗。

她手中奇怪的物品有什么含义?它到底是什么东西?就像一个人常常挂在嘴边的词,此刻却想不起来到底是什么。挨着书架的大钟低沉地敲响,门嘎吱一下开了,是巴尔萨泽抱着木柴回来了。就在他把木柴往炉火旁的柴堆上放时,依菲琴尼亚眼睛亮了。"我知道了!"她惊叫道,眼睛盯着钟表及其内部构造:齿轮、链条和发音装置。

巴尔萨泽感到非常惊讶。"怎么了,神秘人士长老?"他问道。

"齿轮!"她说道,"机器的齿轮,那正是我手里拿的东西!"

侍僧疑惑地盯着她。依菲琴尼亚略带歉意地挥了挥手,试图解答巴尔萨泽的困惑。"在梦里,"她解释道,"仅仅是一个梦。"

"嗯,神秘人士长老。"听到水烧开的声音,巴尔萨泽似乎松了口气。他把水壶从炉盘上拿下来,往茶杯里倒了一些热水,再把茶杯递给依菲琴尼亚。火势渐旺,屋子里变得既暖和又亮堂。

"巴尔萨泽,"依菲琴尼亚慢慢地呷了一口茶水,说道,"今天中午我要和议会树商讨一件事。你去通知一下其他的神秘人士。"

"是，依菲琴尼亚。"巴尔萨泽说着，急忙离开了屋子。

神秘人士长老依旧盯着火焰，壁炉里的木柴慢慢地燃烧着。尽管对梦境有了一点儿了解，可对老人而言，这梦依旧是一个谜。她觉得议会树了解梦境的内在含义，在一定程度上，她认为是议会树把这个梦传达给了自己。依菲琴尼亚确定，这个梦一定与一件很重要的事息息相关，非常非常重要的事。

☙

普鲁感到非常惊讶，可事实就是事实：强盗营地确确实实有一个图书馆。来到这里的第五天，在迷宫般的走道和索桥组成的摇摇欲坠的悬崖营地上徘徊时，她意外地发现了图书馆。图书馆位于一个高而窄的洞穴里，里面有五个不太结实的临时书架。图书管理员体格魁梧、面善、皮肤黝黑，正坐在木桌前读书。馆内安置了一个大腹炉，管理员离炉子很近，他读书时，会时不时停下来往炉子里添柴火。看到普鲁进来，他眼睛一亮。

"你就是那个外面世界的人吧？"他问道。

"我猜是这样，"普鲁答道，"可我更喜欢普鲁这个称呼。"

"好，普鲁，"管理员说道，"欢迎来到强盗图书馆。你随意浏览就行。"

"书都是从什么地方来的？"普鲁问道。

"哦，你知道的，"管理员说道，"各个地方都有。我们不会刻意去抢人们的书本，不过有时候某本书会引起一个小伙子的注意，明白了吧。图书馆已经通过合法渠道获得了很多书，我们会省下一些钱，书贩来时，就从他那里买。"他停顿了一下，皱了皱眉头，"但我们已经很久没有买过新书了。日子并不好过,对图书管理员也一样。"想到自己的工作,他看着普鲁问道,"你想找什么书吗?"

"只是随便看看。"普鲁说道。她在那排书架前漫步,开始浏览书籍。普鲁从小就喜欢待在图书馆里,尽管眼前的这个图书馆不同于以前她去过的任何一个,可也算是给了她安慰。架子上的书摆放很随意,有些摞着,有些工整地排成一列。有些书看起来很新,光滑的平装封面上印着亮字,其他的书看起来似乎有些老旧,硬封都已经磨损了,露出了下面的木板。普鲁开始浏览书名,发现自己一本也没听说过:《丛林法则》《施利普霍德先生的奇幻王国》《南方丛林的十种亲獴行为》《一个生活在外界的丛林人》。最后这本显然被借阅过多次,它

吸引了普鲁的注意,被她从书架上取了下来。普鲁猜测,这本书可能是几十年前出版的,这点可以通过封面上的黑白图片来判定:一位年老的绅士面带微笑,身穿华达呢西装,戴着平顶礼帽,身后显然是波特兰街景。照片背景中有几辆汽车,看起来像二十世纪五十年代电影里出现过的。这个封面激起了普鲁的好奇心,她随意翻到一页读了起来:

这儿和南方丛林里更加富裕的城镇相比有着天壤之别。看起来,中心城区的许多居民并不怎么使用附近茂盛的、茁壮生长的树木作为装饰物。我遇到了一个骑自行车的年轻人,问了他一个问题:通常情况下,为什么外面世界的人会选择砍伐茂盛的原生

植物，用令人厌恶的混凝土建筑物来取代它们？哦，亲爱的读者，我简直无法描绘他的眼神有多困惑。他把这个东西描述成"停车的建筑物"，我的理解是指没有窗户的建筑，有很多层，很明显是用来停放汽车的。我感谢年轻人提供了这个信息，又急匆匆赶路了。我的肚子咕咕直叫，渴望着下午的巧克力慕斯，而你们想必记得，因为头天晚上的"麻烦"，我已经不让它吃这种东西了。

普鲁把书放回书架，正想去翻看另一本书，上面的书名很诱人：《丢失的信：路易斯和克拉克在荒野丛林》，却被突然响起的声音打断。

"普鲁！"柯蒂斯喊道。

普鲁转过脸看着她的朋友，后者满脸通红、面带微笑地站在洞穴入口。那天一大早，他们两个就分道扬镳了，柯蒂斯动身去参加训练。因为普鲁没有宣誓加入，所以不允许跟着，对此，普鲁并不感到失落。早上起床号响起时，她听到营房里孩子们的呻吟声，心里偷偷感谢上天能让自己再多睡一会儿。下午休息时间，他们会回营房碰面。自从她来到这儿以后，日子几乎天天如此。

"他们让我们早出来了。"柯蒂斯边说边朝图书管理员挥了挥手，"我听说你在这儿。想也知道，你这个书虫。"

"真神奇，"普鲁说，"整个图书馆的书都是在丛林写作并且出版的。我的意思是，看这本书。"她从书架上拿出最后看到的那本书，"路易斯和克拉克！他们都在书上面！"

柯蒂斯夺过她手里的书，迅速看了一眼，就把书放回书架。"哦，管他呢，"他继续说道，"快来吧，他们正在穿越峡谷！"

"他们在干什么？"

"穿越峡谷,"柯蒂斯不耐烦地重复道,"一场比赛,每周四都有,受训者都要参加,算是某种障碍训练。快开始了!"

柯蒂斯抓起普鲁的手,从图书馆飞奔出去。普鲁匆匆忙忙地向管理员挥手道别,下一秒就被拽到了洞穴外面。薄雾蒙蒙的日光让她不禁眯起了眼睛。早上短暂的降雪给营地的木建筑表面及岩壁上的沟壑都盖上了一层白毯子。风呼呼地吼着,普鲁把厚呢短大衣的领子竖了起来,跟着柯蒂斯爬上一段之字形的台阶。

在营地西头的岩石上建了一座圆塔,差不多十二个年轻的受训强盗在那里集合,布兰登站在队伍中间。普鲁和柯蒂斯沿着环绕塔身的台阶爬上塔顶时,强盗大王即将结束相关指示。

"你迟到了,强盗小子。"布兰登冷冰冰地说道。

柯蒂斯累得上气不接下气,结结巴巴地说道:"我必须让普鲁也带过来,我想让她观看这场比赛。"

"什么?想让她看你出丑?"这话出自一个和柯蒂斯差不多大的女孩之口,她倚在由粗木制成的塔墙上,一头金发用皮发夹别在脑后,穿着掷弹兵的外套,两根饰带在身体中间交叉。

"爱丝琳,"柯蒂斯反驳道,"如果我是你的话,我就会当心伸出来的树枝了。"

女孩仿佛一下泄了气。其余的受训者不顾爱丝琳的怒视,轻声窃笑起来。布兰登正色道:"我为新来的人重复一遍比赛规则。绿旗插在东塔上,沿着路标前进,参赛者之间不许打斗。除此之外,每个强盗都要各自为战!第一个拿到旗子的人就是胜者。明白了吗?"

"明白,布兰登。"柯蒂斯答道。

"另外,作为主人,如果我不邀请这位年轻的客人参加此次比赛的话,似乎不太恰当。"布兰登对普鲁说。

"什么?"普鲁惊道,所有孩子都盯着她,"不,我不愿参加。"

"如果你赢了的话,就可以一周不用做饭。"一个戴旧高顶帽的小男孩提议道。

对于没有体验过做饭义务的普鲁来说,她很难判断这是否可以成为她参加比赛——似乎要冒生命危险——的理由。她支支吾吾地不知该如何决定。

柯蒂斯的眼睛亮了:"来吧,普鲁!"

"听着,我很感激您的邀请,"普鲁说道,"但是我真的不想接受。我很久没有像样地奔跑过了,参加也只能是拖后腿。如果可能,我还是更想做一名观众。"

"可以。"布兰登说道。

"是啊,"柯蒂斯重复道,"听起来似乎很有道理。我是说,你说自己是个天生的强盗时,并不是当真的。"

普鲁一言不发,柯蒂斯将普鲁的沉默视为进一步激将的邀请:"我的意思是,我意识到,作为外面世界的人在这里生活的确不容易。只要你离开了荒野丛林,就很容易变得软弱。"

普鲁双臂交叉放在胸前,就是不上钩。

"管你是不是混血儿,如果你问我,到底你的哪一半血液里充满了勇气,我可无法确定。"

最终,普鲁爆发了。"好!"她嚷道,"我参加你们的小比赛。我不害怕。"

塔顶的人们都笑了起来。布兰登拍拍普鲁的后背:"很好,自行车少女,但是我要提醒你:今天下午,平台上的木头很滑。只要踏错一步,你就会在麻雀扇动翅膀的一瞬间不知道掉到什么地方去。现在记住我的话:路线是用红旗标示的,有一些看得很清楚,另一些却不容易被发现,尤其是刚下了一场雪。我想说的是,走这条路需要直觉,而有时候直觉是一个强盗首要的、唯一的朋友。你懂我的意思吗?"

普鲁点了点头,突然变得不安起来。她用靴子踩了踩脚下的木板,橡胶鞋底发出吱吱的尖叫声,在雪上画上了一小道污痕。

"好的,"布兰登现在是面向集合的所有强盗讲话,"太阳升到中午的高点时,我会下令让你们出发。"他从腰带上抽出一把短剑,让它在脚下的地上投下阴影。普鲁饶有兴趣地看着,不明白为何他可以用这样的方法来判定时间。不出片刻,布兰登说道:"中午到了。各位做好准备:比赛开始!"

据说,议会树是丛林里的第一棵树。事实上,很多人相信当世界还是一片火海时,它就是第一棵幼苗;同样,世界被积雪覆盖时,它依然坚挺。巨洪来临时,巨大的冰坝被冲垮,哥伦比亚盆地被洪水淹没,议会树却幸存下来并茁壮生长。议会树孤孤单单地见证了周围的生命大爆发:大量物种萌发,全都充满了魔力。通常认为,这种魔力源自议会树本身的木质肌。准备召开会议时,依菲琴尼亚总是会冥想议会树的由来,但故事的大部分仍充满神秘的不解之谜。就连议会树自己也无法说出它的真实起源,那些事情都发生在远古,深埋在树的记忆中难以提取。让问题更复杂的是,议会树并不像丛林里的许多年轻植物那样可以说话,它只能通过印象和影像、隐喻和象征来诉说,它交流的方式比语言还要古老。作为神秘人士长老,依菲琴尼亚的任务就是解释这些有意义的图像并且传达议会树想要表达的信息。

到达林中空地时，她看见其他十位神色肃穆的神秘人士围坐在议会树周围。她热情地和他们打了招呼。和依菲琴尼亚一样，他们也谈到了晚上做的令人不安的梦，可梦中抽象的影像稍纵即逝，没人能够把梦境描述出来。他们无法回忆起梦境，这似乎与他们无法理解议会树的沟通方式极为相似。通过这一点，依菲琴尼亚更加相信梦的确是由议会树发出的。她看了看聚在一起的神秘人士，又看了看议会树高大、多瘤的枝干。它们宛如枯瘦的骨骼，光秃秃的，没有叶子。

你想表达什么？她问道。议会树没有吱声。

你为什么召唤我们？

一阵笑声传来，依菲琴尼亚环顾四周，看到一群年轻的侍僧——被称为稚者——在雪地里玩耍，这是训练中的休息时间。他们正在扔雪球玩，移动闪躲一阵又一阵飞来的雪球。太阳冲破云层，升到了最高处。神秘人士长老转向其他十个人说道："让我们开始吧。"

听到起跑的声音，受训强盗们就沿着环绕西塔的台阶跑了起来，毫无把握的普鲁也在其中。慌乱中，普鲁差点被挤下台阶，幸好有人及时抓住了她的胳膊。她回头看了看，发现柯蒂斯正冲着自己微笑。"现在，加油吧，"他说道，"万事开头难。"普鲁站稳之后，柯蒂斯松开手，全速奔跑起来，在剩下的台阶上冲刺，有时一步跨过好几阶。普鲁深吸一口气，跟着他跑了起来。

奔跑的强盗们到达了一个平台，大家都在寻找路标。普鲁也挤进人群，开始搜寻。有人大叫道："在那儿！在另一边！"是的，峡谷的对面，可以看到一面红旗被固定在木桩上，在微风吹拂下，发出啪啪的声音。一队人脱离了整体，冲向平台远端的索道。其他人，包括柯蒂斯，则奔向另一边的绳桥。普鲁为了不让人觉得自己在跟着朋友学，便跟随先前那队人到了索道那边。队伍中有人不守规矩地乱推，刚好把普鲁挤到了队伍前面。就在她伸手去抓滑轮把手时，感到有人在后面推了她一把。

"走开，外面来的人。"一个声音传来，是爱丝琳。没等普鲁站稳脚步，爱丝琳已经上了索道，抬腿准备穿越峡谷。

"那是我的！"普鲁叫道，她把理性判断抛在一边，在爱丝琳离开台子的一刹那，抱住了女孩的腿。

缆绳在两个人的重量下猛然下坠，爱丝琳尖叫不已。她俩以惊人的速度穿越峡谷，普鲁惊恐地瞪着下方的深渊。到达另一端后，普鲁松开女孩的腿，跌跌撞撞地站起来，发现自己竟是第一个到达路标的人。她拍拍柱子，看了看右边，见柯蒂斯挤在一群推推搡搡的受训强盗里，正从绳桥的台阶上下来。普鲁来不及为自己的初战告捷高兴，她要继续寻找另一个路标，却怎么也找不到。她听到其他孩子走了过来，更加绝望了。"到底在哪儿？"她焦急地自言自语。

"往下看！"柯蒂斯从上面看到，位于他们正下方的铁梯底部有一个小平台，红旗就插在上面。他灵巧地从普鲁身旁跃下，滑到梯子底部，他的腿动起来就像制动器在杆上动似的。孩子们一个接一个地跟了上去，很快，普鲁发现自己成了最后一名。

参赛者们沿着一条步道全速奔跑，步道在一堆巨齿般从岩壁上伸出来的乱石中蜿蜒。普鲁尽全力跟上大家的节奏，可年轻的受训强盗们显然比她更擅长做这种运动。这段时间，普鲁在体育课上总是懒洋洋的，一位有同情心的老师就让普鲁负责管理运动器械，她的身体状态一直不太好。强盗们，有孩子也有大人，开始出现在岩壁的裂缝和开口处，为参赛者加油呐喊。

"在那儿！"一个参赛者大喊。在一道由短绳桥连接的小裂隙对面，是又一面飘动的红色旗帜。两个男孩冲出重围，先于他人跑过了绳桥。他们站在路标旁边咧嘴大笑，随后，每人从夹克里掏出一把刀子，开始割固定绳桥的绳子。

"嘿！"普鲁旁边的一个女孩喊道，"那样做犯规！"

"任何事情都可能发生！"其中的一个割绳子的男孩说道。一条绳子断了。

"每个强盗都要各自为战！"另一个割绳子的男孩喊道。这时，绳桥终于断开，绳索落下，响亮地拍到岩壁上。

正当多数人在大约十英尺宽的裂隙边犹豫时，柯蒂斯冲了过来。"到左边去！"他叫道，随后毫不犹豫地跳过裂隙，安全落到另一边。在他的激励下，其他几个参赛者也向后倒退，纵身一跃。几个精疲力竭的参赛者喘着粗气，根本没有力气起跳。普鲁没有望而却步；她曾亲眼见过这位同学在小学体育课上连引体向上都做不好，既然现在他可以跳过去，她自然也能做到。想到这儿，普鲁精神一振，她向前冲刺，奋力一跃。

离开地面时，她脚底打滑，一个侧翻，坠到了裂隙之中。

❧

依菲琴尼亚看见了一个洞穴，一个黑色的洞穴，一条裂缝。过了一段时间，她意识到这就是她梦中的那个洞穴：山坡上的一道裂缝，通往一片深不可测的黑暗之中。她心灵的眼睛看不见任何东西，却依然能感受到有生物在那片空无里生长、呼吸。大大小小的生物已经在那里存在了不知多少世纪。黑暗吸引着她，她听从召唤。

眼前的黑暗中突然出现了亮光，宛如一粒发光的沙子，她伸出手去触摸。三个金属环相互环抱，围绕着一根中心轴旋转。随着亮光的出现，她恢复了视力。她意识到发光的东西是钟表齿轮，她梦见过它。

然后依菲琴尼亚看出这个金色物体其实处于某个更大的图案中间，猛然间，她的视角转变了：她不再是旁观者，不再是这个物体的观察者，而是坐在了发光的坛场中间，扮演着指挥者的角色。她盘腿而坐，使物体和她的心脏呈一直线。围绕这个中心的是四个物体，依菲琴尼亚的心灵之眼立刻认出了其中的三个：它们是丛林的三棵大树。议会树的树干纹理以暖色调为主，矗立在依菲琴尼亚的左边；右边是枯树，枝干既弯曲又干瘪；她的正上方是遗骨树，所有神秘人士死后都会升到这棵树上，柔和的光线在树冠处有节奏地闪现。她不知道正下方的是什么。那也是一棵树，神秘人士长老却不知道它的名字。一条闪亮的金银丝把坛场的所有物体连接起来，一个接着一个，象征着丛林中事物的相互联系。依菲琴尼亚意识到，处于中心位置的正是她拿在手里的物体。就像在梦中一样，她摊开手掌，看见的是有生命的、跳动的心脏。

一个男孩的心脏。

就在这时，她眼前一片漆黑，坛场消失了。她能够感觉到阴影正渐渐侵占此地，似乎意在破坏她手里的物体——或者，更糟糕的是，想利用这个物体达到邪恶的目的。阴影在她周围旋转，拍打她，试图分散她的注意力。她用尽所有的力量，渐渐从幻象中抽身，恢复清醒的意识。

黑暗紧随而至。

普鲁放声尖叫，手臂胡乱挥动。

在桥的锚定结构处，根断裂的绳子晃悠着，终于被她抓住。一转眼工夫，她重重地撞在了岩壁上，吃痛大叫，觉得自己的手臂就像猛地一下脱了臼。她双眼紧闭，不敢直视脚下的深渊。她腾出一只手，抠住岩石上的一条细缝，待抓稳之后，她爬到裂隙顶部。这时有人向她伸出了友好之手，原来是一个男孩，一个年轻的受训强盗。她万分感激地握住男孩的手，他俩一起跌倒在木头平台上，暂时安全了。

男孩很快爬起来，拔腿就跑，试图追上领先者。普鲁也拍拍手，抖掉手上的砂砾，向前追去。

包括柯蒂斯在内，现在大约还剩下六个参赛者，他们正在一串平台间跳跃——对于住在岩石里的强盗来说，这些平台就是他们的露天门廊。跑在最前面的参赛者是那些甘愿冒险绕过梯子、直接跳跃的人。普鲁此刻已是气喘吁吁，刚才差点坠入深渊极大地挫伤了她的锐气。她刚爬上第三个平台，眼看着领先的参赛者消失在拐角的岩石后面，突然听到有人叫她。

"嘿！"传来一个声音。

她朝声音传来的方向看去，发现一个五六岁的小女孩站在一道长拱门的隐蔽处。小女孩摆手示意普鲁跟着自己。考虑到跟着小女孩应该没什么损失，普鲁就快步追了上去。拱门是崖面上的一个开口，连接一条短隧道——隧道很窄，普鲁只能侧着身子穿过去。通过隧道，可以到达岩石的另一侧。到达隧道尽头时，小女孩指向岩壁上的一条木步道，这条步道沿着一道裂隙延伸至远处的石阶。普鲁看到石阶顶上有什么东西在风中摇曳：'第四个路标！她谢过小女孩，小心翼翼地踏上木步道。

说是步道，其实就是两块连在一起的木板，每块木板的两端都用小钩子固定在岩面上，并不是很稳，所以她必须谨慎地一步一步走。两块木板的年代似乎比强盗营的很多建筑物都要久远，上面覆盖着光滑的青苔，弯曲得也很厉害。她每走一步，木板就会发出一阵令人不安的吱嘎声。顺利到达另一端后，她朝石阶——一排蜿蜒曲折的台阶蚀刻进岩石里——奔过去，愉快地发现自己是第一个到达第四个路标的人。剩下的参赛者正一个挨一个地攀爬着高得无法想象的梯子，以求到达普鲁所在之地。他们离普鲁还很远，普鲁可以停下来休息一下，欣赏一下风景。

站在这个高度，可以看清大峡谷的全貌：它不仅仅是地面上一道笔直的、空旷的裂口，而更像是干涸的、深不见底的河道，有干流、支流，还有小水湾，水湾处飘动着营火冒出的朦胧炊烟。她所在的高度位于岩石的尖顶上，靠近峡谷岩壁与长满青苔的地表接壤处。她向下望去，注意到走过的石路以急转的之字形路线通向岩石塔的另一侧。她忽然想到石阶肯定不是由强盗们完成的：这项艰巨的任务需要精湛的工艺和庞大的劳动量，要完成此任务，需要花费好多年的时间。强盗们临时修建的木质建筑仍能长出绿叶来，石阶上却覆盖着鲜亮的绿苔，被很多人走过的某些地方磨损得相当严重。看起来，这些石阶已经存在好几个世纪了。石阶弯弯曲曲，引向无边的黑暗之中，对此，普鲁颇感兴趣，她几乎想要放弃比赛，顺着石阶一探究竟。

不过，待到确定第一个爬到梯子顶部的孩子看到她的优势后，她还是离开了，顺着一条狭窄的岩石带回到峡谷的深处。普鲁简直不敢相信，在岩壁的一条窄缝中，第五面旗子正在随风飘动，看来她是走对路了。

✦

"神秘人士长老!"

"依菲琴尼亚!"

声音充满了绝望和不安。老妇人决定查明他们担心的事情究竟是什么,于是她睁开眼睛,才意识到自己正仰面朝天地躺着,这似乎有些不合常理。一群——准确来说是十个——神秘人士围成一圈,低头看着她。

"您昏倒了!"

"我从没见您这样过。"

依菲琴尼亚躺在雪地上,脊背冰凉。雪很快就融化成了水,她的背又湿又冷。她恳求地伸出手去,旁边的神秘人士把她扶了起来。

"发生什么事了?"一头叫麦碧恩的母鹿问道。

依菲琴尼亚用手指揉了揉太阳穴,她的头痛得厉害。这阵骚动让原本在雪地里玩耍的稚者们也安静下来。她看到他们站在旁边,注视着神秘人士。她的心里突然萌生出一种忧虑。

"我看到了,"她说道,"我看到了必须去做的事。"

聚在一起的神秘人士疑惑地看看彼此。

依菲琴尼亚沉重地叹了口气:"我担心这是一项无法完成的任务,一项我们都没有做好充分准备的任务。"她擦掉麻布长袍上的泥和雪,盯着议会树。然后,她的视线转移到空地边缘的一排树上,黑暗逐渐在这片空间弥漫。"我可能无法活见证它的完成。"

"我们能做些什么?"一头瘦瘦的、毛色灰白的狼问道。

依菲琴尼亚打定主意,她转向其他神秘人士:"我们一定要保证孩子们的安全。麦碧恩、道恩、安纳托利亚和达米亚诺斯召集稚者，确保他们不要让人看见。尼克诺尔、希德朗尼和伊拉斯德斯让老百姓远离空地。无论发生什么事，他们都不能到这里来。"被点到名的神秘人士按照指示分头行动；依菲琴尼亚转向留下的三个神秘人士。

"拜昂，"她对着灰狐狸说道。

"优特罗庇亚，"她对着焦糖肤色的女人说道。

"泰蒙，"她对着轻盈的羚羊说道，"我们要一起对付刺客。"

那是一种视觉上的错觉。第五面旗子的确在普鲁的视野里飘动着，可是想把旗子拿到手却绝非易事。她和旗子之间隔着一道岩石裂缝，可能有二十多英尺宽，显然跳不过去。

旗子插在石缝另一端露出地面的岩层上。普鲁屏息思索了一阵儿。那里当然是能够到达的，她想，否则旗子是怎么放过去的？她朝四周看了看：没有桥，也没有索道，就像是有人飞进来，把旗子丢在了那里——但这显然不符合常理。难不成是借助鸟类的帮助？这也是不可能的事，受训强盗是不能够独自飞行的。正当她冥思苦想之时，剩下的参赛者赶上了她。只剩下五个参赛者了：割断绳子的两个淘气男孩、柯蒂斯、爱丝琳和另一个女孩。他们累得上气不接下气。

"在那儿！"其中一个男孩叫道。

柯蒂斯盯着普鲁。"我以为你早就退出比赛了呢！"他说道，"你怎么——"

"事实上，我天生就是适合做强盗的人。"

爱丝琳把手臂交叉放在胸前，对着旗子噘了噘嘴："我们无法到达那儿。旗子是怎么放过去的呢？那似乎有违规定。"

"没有规矩可言。"柯蒂斯提醒道。

"等会儿见,大笨蛋!"一个男孩边叫边沿着岩壁上的突出部分向下走,渐渐远离其他人站立的地方,他的同伴紧跟其后。

"他们要去哪儿?"那个年龄小点儿的女孩问道。

"我不知道,"爱丝琳说,"但我猜他们知道自己在做什么。让我们另一侧见吧!"说完,她赶紧去追那两个男孩。小女孩看了普鲁和柯蒂斯一眼,也跟在爱丝琳后面跑了起来。

"怎么办?"普鲁说道。

"呃……"柯蒂斯说道。

"你有什么想法吗?"

柯蒂斯摸了摸下巴:"不算什么想法,我只是相当确定走那条路不对。我之前走过大峡谷的这一带,那条路通往食堂。"他把手放在屁股上,看了看岩壁,"不,他们肯定要折回来,从另一个地方过去。噗!"他往地上吐了一口痰,动作相当笨拙,痰液慢慢从他嘴角垂下来。

"你真利索。"普鲁讽刺地说道。

柯蒂斯脸红了,他擦掉嘴边的痰液。"正在练习。"他说。

"你听到了吗?"普鲁突然问道。

柯蒂斯呆住了:"什么?"

"那是……呻吟声。"普鲁说,她看见柯蒂斯耸了耸肩。

"我什么也没听见。"他说。

普鲁咧开嘴笑了,表示理解:"你当然听不到!"她意识到了声音的来源。她在峡谷中寻找,发现在一块巨岩另一侧的急拐弯处,有一长条狭窄的突出绕过崖面。她小心翼翼地爬过巨岩,背靠在崖面上,沿着突出的岩石带往前走,直到看到一棵年幼的大叶枫树从石壁上伸出来,在石缝的窄处形成了天然的小桥。枫树正凄凄呻吟着。

"一定是有人推倒了这棵树,把它当桥用了,可怜的小家伙。"普鲁来到树边,伸手安慰性地摸了摸树皮。

柯蒂斯跟了过来:"什么?你听到……听到树说话了?"

"是的,我能听到它说话。自从柱基之战后,我就能听到……嗯,我能听到植物说话。"

柯蒂斯拍了拍额头:"真的吗,普鲁·麦基尔?你可以和植物说话吗?"

"它们说的并不是我们能理解的语言,"普鲁纠正道,"我却能听到,很奇怪吧?我很少和别人说起这事。"

"好吧,管他呢!"柯蒂斯说道,"下一站,第五个路标!"刚要爬树,柯蒂斯想了想,又停了下来。他转向普鲁,示意普鲁领路。"我在你后面,"他说道,"毕竟是你发现的这条路。"

"你真好。"普鲁说道。她轻轻地踏上了树桥,心中默默地向树表达了自己的谢意。

✿

下午,天空变得昏暗起来,这似乎是一种不祥之兆。依菲琴尼亚一边看着稚者们由其他神秘人士领着安全离开,一边看着逐渐变黑的天空。其中的一个稚者——一个小男孩,在听从依菲琴尼亚的安排时,用探究的眼光打量着她。"他们来了?"他脸上毫无表情地问道。

神秘人士长老惊讶于这个问题。她不动声色地看着小男孩。

"我听见他们来了,"男孩说道,他把一只手放在依菲琴尼亚的胳膊上,"坚强些。"

她冲着男孩点了点头,目送他和一个神秘人士手拉手离开了。他们前往由侍僧们守护的安全地带。尽管情况不容乐观，依菲琴尼亚依然露出了笑容。稚者们已经展现了强大的力量，她相信，下一代神秘人士一定能真正令人生畏，这无形之中给她增添了力量。她一直看着孩子们，直到他们消失在那排树的后面，这才转过脸来，望向天空。

他们来了。

她看着道格拉斯冷杉树的高大躯干，从高耸入云的顶端直到树间的阴影。这时，她看见三个身形在黑暗处闪现。他们是人类：两个男人和一个女人。显然，他们不是来自北方丛林。两个男人身穿西服套装，中间的女人穿着花哨的罩衫。

"下午好，"依菲琴尼亚说道，"你们看起来已经走了很长的路了。我们没有太多东西款待你们，但若你们愿意成为我们的客人，在大厅里有一个暖和的壁炉和简单的饭菜可供你们享用。"

"安静，神秘人士，"女人说道，"我们是来找你的。"

依菲琴尼亚平静地点了点头。

"嗯，我知道，"她说道，"我已经感觉到你们要来了。"她正视眼前这个女人："你一定就是达拉吧！"

女人不屑一顾地笑笑，露出一排犬齿，很明显，她并非人类。"你们——你和你的朋友们——曾折磨过我。我希望这次能顺利完成任务。"站在女人两侧的两个男人正了正鲜红色的领带，伸了伸脖子。三个人穿过覆雪的空地，慢慢靠近依菲琴尼亚。依菲琴尼亚招手示意留下来的三位神秘人士跟着她。他们围着议会树粗壮的躯干，站在前面保护这棵树。风吹过，枯黄的草叶动了一下，上面的雪也飘散到空中。

"你不会找到孩子们的，"神秘人士长老说道，"他们隐藏得很好，你们找不到。"

"不要小看我们。"达拉说道。

"我可不这么想，我了解你们这一族。"

他们慢慢地靠近，动作无声而谨慎。几位神秘人士仍原地不动。

"谁派你来的？"依菲琴尼亚问道，她的双手轻轻打着手势，敦促其他三位神秘人士坚守住各自的阵地。

"这和你无关，老太婆。"其中的一个男人说道。他穿着整洁的三件套，作出抖肩的动作。

"一个人面对杀手时，会本能地想知道是谁派人来杀自己的，"依菲琴尼亚说道，"我觉得你们应该满足大祸临头之人的好奇心。"

其中一个男人哈哈大笑，达拉瞪了他一眼。"事实和你所说的大相径庭，"她说道，"真正的杀手从来不会暴露自己的雇主。"

"好高尚的职业啊，"依菲琴尼亚说道，脸上露出似笑非笑的表情，"虽然我十分怀疑杀害孩子能给你们带来多少荣耀！"

达拉对于神秘人士长老的评论不屑一顾。她龇牙咧嘴地咆哮道："你的死期到了，老太婆！赶紧投降吧！"

她一抖手腕，向两个同伙发出信号。三个人仿佛遭受痛击一般，忽然蹲下身去。他们的身体开始颤抖，衣服也像波浪般起伏。眼前的景象令其他神秘人士震惊，只有依菲琴尼亚依然平静地看着。几秒钟之内，三个杀手已经褪掉衣服，从人形变化成黑色的狐狸，颈部的毛竖在背上，钢针一般。

依菲琴尼亚也有所行动了，她把手举向空中，准备向丛林里的绿色生灵祈愿。

✿

"准备好了吗？"

"是的，你准备好了吗？"

"嗯。"

他们短暂的停战宣告结束。普鲁和柯蒂斯差点儿绊倒对方，他们两个踏着倒下的枫树全速冲回去，使得枫树又发出一阵呻吟。然后，他俩沿着岩壁上狭窄的突起缓缓地走着。他们顺着一段石阶爬下来，用肘互相推挤，跑过一条步道，来到了一处露出地面的岩层前，在这里可以看到最后一个路标在营地的西塔上方尽情地飘动着。普鲁猜想其他受训强盗已经在峡谷的不知何处迷失了方向，现在就只剩下他们两个了。

他们飞快地彼此对视一眼，立刻拔脚飞奔起来。他们跑过晃动的绳桥，到达了环绕木塔的石阶。此刻，两人之前的礼貌全然消失不见：普鲁使劲抓住柯蒂斯肩章下垂的流苏，柯蒂斯也抓住一切机会用胳膊肘顶普鲁的脖子。他们动作不雅地到达了塔顶，都跌倒在地上，两人彼此拉扯和推搡，最后慢慢地爬到了飘动的旗子边。

普鲁最后突破了，她奋力推开朋友，距离最后一个路标只有一指之遥了。可就在胜利在望之际，奇怪的事情发生了；她无法理解和解释到底发生了什么。一股彻底的恐惧感和绝望感在她全身蔓延，她僵住了。

✿

三只黑狐扔掉了之前穿的衣服，小心翼翼地朝着神秘人士移动。

所有神秘人士都伸开了双臂，好似在接从石板灰色的天空中落下的洋洋洒洒的雪花。这种行为令杀手们感到奇怪，他们已经习惯了受害者在生命尽头的满腹牢骚和卑躬屈膝。不管怎样，既然受害者如此冷静，想必会减少很多混乱。达拉快速瞅了一眼其他两只狐狸，示意现在是时候下手了。

就在这时，大地动了起来。

突然，他们爪子底下的草变成了一层颤抖的、滑溜的生物，像蛇一样在他们的脚趾之间和脚踝周围悄悄地爬行。杀手一活动他们的双腿，地上的草就会迅速缠住。两个男杀手猛扑、乱吼，试图让自己重获自由。他们其中一人离一种小灌木杨梅很近，其掌状的叶子把狐狸的皮毛缠住。达拉也被几丛翻动的草紧紧缠住，她恶声恶气地朝着神秘人士狂吼。

依菲琴尼亚向杨梅伸出双手，闭上眼睛。泥土里传来一阵撕裂声，植物幼小的白色根蔓破土而出，缠住了一只雄狐狸的身体。根系把地表顶开一条大缝，试图把雄狐狸拉进地里。雄狐狸一开始龇牙低吼，到后来只发出一阵阵绝望的尖叫。转眼之间，雄狐狸原先站立的地方只剩下几个松松的土堆和一片黑色的狐毛。

达拉和另一只狐狸眼睁睁地看着自己的同伴被活埋。他们重新振作精神，弯腰咆哮着。突然，他们脚底的草分开了，两只狐狸挣脱了束缚，咬牙切齿地跳起来，朝神秘人士的喉咙扑去。

"快跑，长老！"灰狐拜昂边喊边冲过去挡住来犯的狐妖。他们的身体撞在一起，牙齿、皮毛和肌肤仿佛瞬间炸开了。依菲琴尼亚被从冥想中抛出，痛苦地叫了一声，向后倒在了地上。她倒下的时候，若不是脚底下的草叶升起来给她做垫子，她或许就再也站不起来了。正当两只狐妖与神秘人士苦斗之时，优特罗庇亚扶住依菲琴尼亚的胳膊，帮她站了起来。

"到树林里去！"依菲琴尼亚艰难地说道，"那是我们唯一的希望。"

两个忠实的神秘人士护卫着长老，跑向空地边缘的树丛，可以听到身后传来三只狐狸殊死搏斗的声音。拜昂冲着撤退的神秘人士们大叫道："**快跑！**"

依菲琴尼亚回头看了看拜昂，他已经被击倒了，口鼻部贴在泥泞的地面上，血从他的鼻孔里流出来。两个杀手露出牙齿，咬了下去。优特罗庇亚松开神秘人士长老的胳膊，转身面向狐妖杀手。

达拉见状，忙冲着同伴嘶嘶地说道："小心植物！"

优特罗庇亚伸出双手，冲着脚下的土地张开手掌。在她的指挥下，黄褐色的草叶获得生命般跳了起来，开始鞭打渐渐靠近的杀手的四肢。但是杀手们已经更好地看清了敌方：他们避开大的枝叶，在草叶丛里迅速移动，颤动的绿叶困不住猎物。神秘人士正准备瞅准机会进攻，狐妖们已经以令人吃惊的敏捷一跃而起，将优特罗庇亚扑倒在地，牙齿霍霍作响。

依菲琴尼亚和羚羊泰蒙向安全地带逃去时，听到了同伴的尖叫声，但是他们不敢冒险回头看一眼，生怕稍一停顿，就会被敌人追上。"快，长老，"泰蒙说道，"爬到我的背上。"依菲琴尼亚这样做了，用胳膊抱住羚羊那细长的脖子。泰蒙轻哼一声，飞奔向空地的边缘。他们能够听到狐狸在身后抓草、开道的声音。

依菲琴尼亚骑着羚羊，竭尽所能去牵制杀手，调动草地里的各种植物对飞奔的狐狸大打出手。直到进入树丛，依菲琴尼亚才终于能够制造出更大的障碍物。她望着树——冷杉、枫树、铁杉——的高大枝干，乞求大树能够帮助他们逃脱。

两只黑狐到达空地边缘时，树枝从上空快速地鞭打他们。他们疼得哇哇叫，身上留下了红色的伤痕。羚羊泰蒙跳过铁杉树那倾斜着弯向地面的枝干，落地时，依菲琴尼亚吃痛哼了一声。

雄狐妖向低处回避、在下面爬行，达拉却灵巧地闪躲弯曲的雪松树干、跳过铁杉树。依菲琴尼亚见状，继续施咒督促植物更猛烈地进攻。雄狐妖爬到一半时，树木迅速而又愤怒地朝它猛压过去，把它压趴在粘质土壤上。他痛苦地大叫，可是达拉却没有停下来救助。她没有看到自己的同伴被压在了地上，也没有看到植物根部的指状物在雄狐妖的头部缠了一个白网，把他拽进一道沟里，那道沟就像嘴巴似的将雄狐吞噬。

尽管树丛有一定的战略优势，树木和灌木可以一前一后阻止杀手的追击，可达拉还是渐渐赶上了两位神秘人士。泰蒙载着神秘人士长老无法飞奔起来，只能靠着一排柳树蹒跚地走着。依菲琴尼亚从他背上滑下来，在他耳边轻声说道："快，找到那两个混血孩子，警告他们要小心！"泰蒙担心地看了一眼神秘人士长老，然后以极快的速度消失在了树丛深处。依菲琴尼亚转过脸来面对自己的敌人。她让颤抖的绿叶平静下来。树丛的颤动停止了。

达拉并不信任老人，她放慢自己的步伐，故意轻轻地、缓缓地绕着老人移动。"你死到临头了，老太婆。"达拉说道。

"是啊。"依菲琴尼亚说着，在脚下厚厚一层沙芭叶上坐下。她熟练地把腿盘成莲花状，平静地闭上了眼睛。

狐狸跳了起来。杀手击中目标时，周围的树林在没有接到命令和要求的情况下，痛苦地剧烈抖动起来。

普鲁突然被从未经历过的巨大痛苦淹没,瘫坐在塔的木地板上。她感觉身体里的血液静止了,每一个神经末梢都像着了火。她张开嘴大叫,却发不出声音。周围的植物朝着她大声吆喝,声音在她的颅腔里回旋,好像所有的植物,小到苔藓、大到高树,都目睹了一场可怕的灾难。她用手捂住耳朵,不让声音传到耳朵里,可那根本无济于事。

她狂乱地看向四周,试图弄明白为什么会发生这样的事,以及事情的前因后果。她看到柯蒂斯在和她说话;他的嘴唇在动,她却听不到他在说什么。她感到柯蒂斯抓住自己的胳膊摇晃着。她全身又寒又虚,感到自己快要晕过去了,然而叫喊声要比那天在断崖边上听到的更加强烈。就在那时,叫喊声戛然而止。

她瞪大眼睛看着柯蒂斯,抓住他的胳膊。突然,她的声音又回来了。

"是依菲琴尼亚,柯蒂斯,"她哽咽着说道,"她……她……"但她到底怎么了,普鲁无法知道。

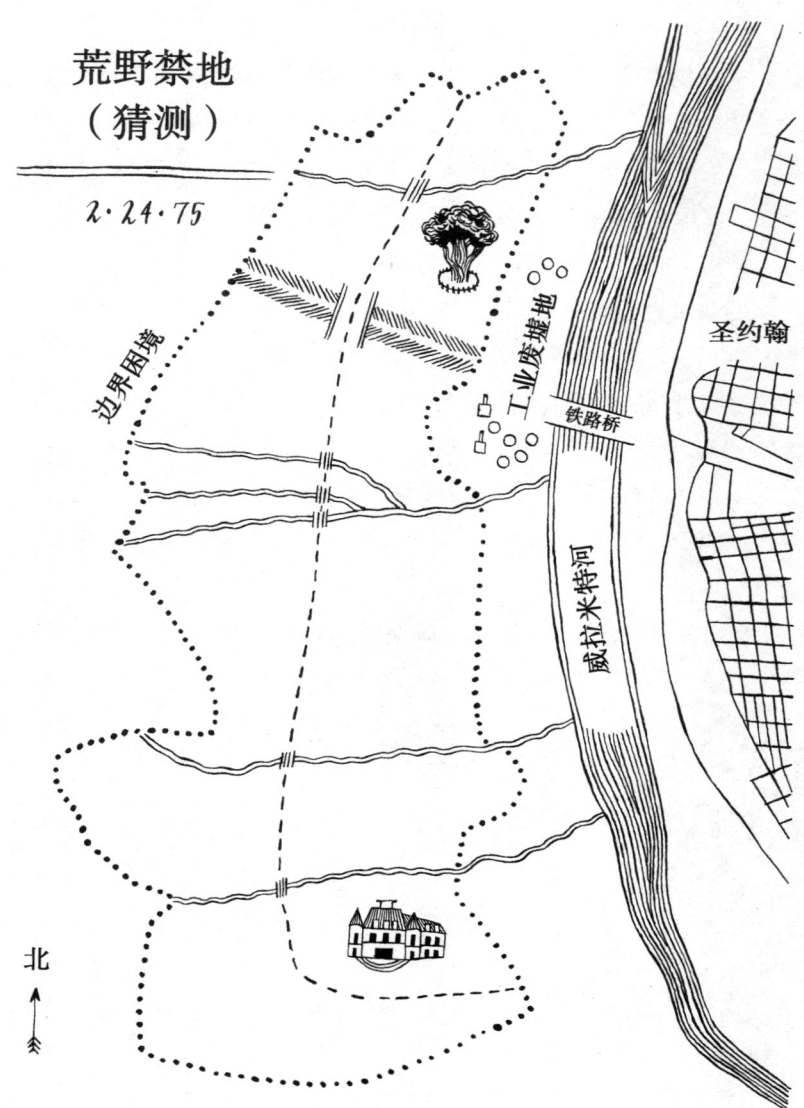

第二部分

第九章

开除

孩子们都目睹了事情始末。显然,老板有意把男孩的事作为典型,让其他人引以为戒。事发突然,但很快便烟消云散。事情发生后,工厂里的其他孩子表现很漠然,各归各位继续工作,厂房内机器依旧哐当作响。对他们来说,这种事早已司空见惯,习以为常了。

男孩名叫卡尔。艾尔西在餐厅和他说过一次话。他比艾尔西大一岁,体格健壮,留一头红色鬈发。男孩很友好,他注意到艾尔西拿着"勇敢的蒂娜"娃娃,还告诉她自己也是该电视节目的粉丝。当年,还未发生那场可怕的摩托艇事故,他父母都还在世。这是艾尔西和卡尔的唯一一次交流。

这件事始于一阵啜泣声,一阵整间厂房都可以听到的啜泣声。那是卡尔的声音,他正站在自己的岗位操作一台十分庞大的机器。机器名叫两分叉U形螺栓弯曲机，正如名字一样，它能弯曲两分叉的U形螺栓。卡尔显然有些心不在焉，本该按下黑色按钮，却按成了紫色。他心知事情不妙，立刻吓哭了。刹那间，机器停止常规工作，机身开始扭曲。机器里传出刺耳的爆破声，随后咔嚓咔嚓地停了下来，接缝处喷出一缕黑烟。

从厂房内其他机器的反应可以看出，电源的紧急制动已被触发：所有机器突然停止运转，往常照亮整间厂房的暗白色变成了闪烁的魔鬼红。每个人都左顾右盼，想找到机器停转的原因。最后，他们的眼睛齐刷刷移向了卡尔。此时，他正站在那台冒烟的机器面前，愧疚不已。传送带边的玛莎摘下护目镜，脸色变得惨白。"噢，天啊！"她小声说道。

"怎么搞的？"艾尔西从她停止运转的机器边往后退了几步，不满地说道。那个倒置的冰激凌蛋筒图案不停地闪烁，这是艾尔西第一次看到它有反应。

"这是他第二次了。"玛莎神秘兮兮地说。

"什么第二次？"艾尔西问道，尽管在问题说出口的时候，她就反应过来了，"记过吗？"

玛莎点了点头。

整间厂房都被红色灯光覆盖，机器发出奇怪的嗡嗡声。从楼梯上传来沉重的脚步声，是昂桑科先生，他重新启动了厂房的电源。昂桑科怒气冲冲，蓄着胡须的脸上阴云密布。看起来，这场事故扰乱了他享用午餐的美好时光。他的上嘴唇有一道汤渍，很可能是喝番茄汤时沾上的，看上去像是第二层胡须。

"怎么回事？"他质问道。没有人回答。昂桑科转向嫌疑最大的卡尔和他的机器,气呼呼地瞪着他。

"你怎么回事?"昂桑科问。

"真的很抱歉,昂桑科先生,我不是故意的,只是……"他停顿了一下,在厂房另一边的艾尔西都听到了他吞咽唾液的声音,"我把紫色键当成了黑色键。"

"紫色,黑色。"昂桑科重复道,似乎重复可以帮助他理解卡尔的话。

"是的。"

昂桑科边捋胡须边思考。碰到番茄汤残汁时,他迅速缩回手指,看了看,将手上的残渍舔去,再把手在带有菱形图案的毛背心上擦干。"你叫什么名字,小伙子?"

"我叫卡尔,先生。"

"卡尔,你知道买一台这样的机器要花多少钱吗?"

"不……不知道,先生。"

"**得花一大笔钱!**"昂桑科突然大喊一声。之后,他深吸

一口气,渐渐平静下来,"不仅如此,卡尔,我们还要花时间去修理它,这些时间本可以生产更多的零件。"这些话从他口中说出来如此轻松。

"是的,先生。"卡尔答道。

"看来要给你记过一次了,卡尔。"

这时男孩又开始哭了,小滴的泪水顺着他的脸颊流了下来。昂桑科对此并不意外。"玛德拉克小姐。"他大声叫道。

扬声器嗞嗞地响了,"是的,乔弗瑞。"戴斯迪梦娜应道。

"请帮我查一下卡尔之前有几次记过。"他停顿了一下,望向那个男孩,"卡尔……?"

"卡尔·伦奎斯特,先生。"

昂桑科点了点头,试图摆出同情的样子。随后,他对扬声器重复道:"卡尔·伦奎斯特。"

厂房里一片死寂。机器缓慢重启,打破了寂静。

"他已经有两次记过。"扬声器里的声音说道。

卡尔哭得越来越厉害,昂桑科眉头紧锁:"这么看来,卡尔,你的记过已经达到三次了。你知道这意味着什么吗?"

男孩边哭边试着从嘴边挤出答案,"嗯……"他终于说了出来。

"意味着什么?你来告诉我,卡尔。"

"开除。"卡尔平静地说。

"能不能大声点儿,让其他人都听见?"

"开除。"卡尔说道,比刚才的声音大了点儿。

"好,"昂桑科的目光在整间厂房逡巡,"听好了,孩子们。你们弄坏了我的机器,就用你们的自由偿还。明白了吗?"

厂房里响起了附和的嘟囔声，表示他们心知肚明。

"卡尔，如果可以的话，"昂桑科将手搭在男孩的肩膀上，指挥他离开厂房，"我希望你现在上楼，把东西收拾干净。玛德拉克小姐会带你到我的办公室。有问题吗？"

"没有问题，先生。"

昂桑科转向厂房里其他人："继续工作，孩子们，他就是你们的教训。"就这样，卡尔·伦奎斯特——这位孤儿机械工、"勇敢的蒂娜"的粉丝，被赶出了机械工厂，告别了昂桑科叛逆青少年之家。

那天晚上，蕾切尔仔细回忆这场事故。她坐在床上，曲着腿，前胸抵着膝盖，凝视着昏暗的宿舍。其他女孩则与同伴们谈天说地，享受漫长工作日后难得的闲暇时光。

"真不敢相信，"她说，"他就这么走了？他们对他做了什么？"

艾尔西耸耸肩膀。她正给"蒂娜"娃娃梳理头发，这是她睡前必做的事情之一。每次焦虑时，只要给"蒂娜"梳头，她就能渐渐平静下来，而她如今几乎天天焦虑，这个夜晚尤其如此。她神经紧张、心烦意乱，连给"蒂娜"梳头都那么慌张、不专心。梅尔堡姐妹已经住进这里一个礼拜了，艾尔西并不喜欢多问问题。

"我的意思是，你不觉得奇怪吗？"蕾切尔问。

"我觉得挺奇怪。"艾尔西停下，看着姐姐，"你说他们会不会把卡尔带去了别的地方？比如其他的孤儿院或者寄养家庭？那样不是很好吗，我倒宁愿那样。"

"可能是吧，我也不知道，"从艾尔西床的另一边突然传来玛莎的声音，她正躺在床垫上，头枕着手臂，"他们被昂桑科带到办公室，之后去了哪里？谁知道呢……但我从没见过被开除的人走出这栋楼。"

"这就是问题所在,护目镜,"蕾切尔说着,翻身坐起,脚放在地板上,神秘地看着艾尔西和玛莎,"他们没有再回来,知道为什么吗?"她用手指在喉咙上比画了一下,"我想,他们可能已经被切碎,让附近的流浪猫给吃了。"

玛莎做了个鬼脸,艾尔西脸色发白。真的吗?她用唇语问姐姐。

"你姐姐真怪。"玛莎说道。

"不是才怪呢,你们就等着瞧吧,"蕾切尔答道,"难道你觉得昂桑科的办公室里有个魔法通道,他把那些人放进去,哗啦一下,他们就全都出去了?"

"但是,"艾尔西又说,"不管怎样,我们再过一周就可以离开这个鬼地方了,对吧,蕾切尔?只要小心点儿就行了。"

蕾切尔躺回床上:"反正我已经被记过一次了,可以说被他们记录在案,随时都有可能落得像那个卡尔一样的下场。"蕾切尔声音低沉严肃,身体颤抖着。

"别这样,蕾切尔,"艾尔西安慰道,"振作起来,我们很快就可以离开这里了。"

"是啊,"玛莎也加入进来,"为自己祈祷吧。"

突然间谁也不说话了。蕾切尔打破沉默:"我要去那里一探究竟。"

"哪里?"艾尔西和玛莎齐声问道。

"去昂桑科先生的办公室,"蕾切尔说,"我要去找那个男孩卡尔,或是他留下的东西,我要揭开这个疯狂工厂的秘密。"

"蕾切尔!"艾尔西声音颤抖着,悄悄对她说,"你这样、你这样会被记过的!"

"两次或者五次!"玛莎补充道,然后又小声地自言自语,"不知道超过三次记过以后会怎么样。"

蕾切尔不理会她们说些什么，她跳下床，在艾尔西床前跪下，招手让旁边的玛莎靠近："我要悄悄溜进去。你们睡着的时候，我一直在观察。两天前，晚上我起床去厕所，回来的时候发现门口没有人，后来发现是塔尔伯特小姐半夜换班，而大约十五分钟以后，接班的人才会来。我一直走到昂桑科先生办公室的门口，结果太害怕，就回来了。"

"难道门不会一直锁着吗？"艾尔西问。

蕾切尔胸有成竹地笑了笑，从身后的枕头下掏出一把小铜钥匙，钥匙上系着一根黄色丝带。她顽皮地拿着钥匙在两个女孩面前晃来晃去。

玛莎倒抽一口凉气，问道："你从哪儿拿到的？"

"放清洁用品的橱柜里，"蕾切尔答道，"在回宿舍的路上。塔尔伯特小姐没关门，我就忍不住进去拿了。那里有每个房间的备用钥匙，比如我手上这一把，上面贴着办公室的标签。"

"哇哦！"玛莎有些惊讶。

艾尔西没有表现得很欢喜，反而有些心烦意乱："蕾切尔，你偷了钥匙，你不该偷东西。"

"我只不过是借来用一下。"

"那也不应该。"

"你打算什么时候行动？"玛莎问。

"今晚，"蕾切尔把钥匙抓回掌心，握紧拳头，接着，她快速瞟了一眼门上方的扬声器，"只要等到熄灯的指令发出，塔尔伯特小姐换岗，就可以行动了。"她轻声说道。

为了清楚地听到蕾切尔的计划，玛莎爬下自己的床，跪在艾尔西床上，尽量把身体往蕾切尔那边靠。"我也想去。"她说。

艾尔西瞪着她俩："你们一定是疯了吧，这样会被记过的！蕾切尔，你想再被记过一次吗？"

蕾切尔用胳膊肘顶了玛莎一下。

"我可是一张白纸，"玛莎继续说，"一次记过也没有。我来这里已经五年了，一直都安分守己。其实，我再也不想这样下去了，记过就记过吧。"

蕾切尔伸过手，玛莎将她的手紧紧握住。

"就是今晚了。"蕾切尔说。

"噢，我的老天爷。"艾尔西感叹。

☙

当玛莎·宋和蕾切尔·梅尔堡蹑手蹑脚走在黑暗的走廊里，开始向昂桑科上锁的办公室进发时，玛莎突然想起她第一次走进昂桑科叛逆青少年之家宿舍时的情景。那是大约五年前的事了。很奇怪，从那以后她从这条走廊经过许多次，却从未经历过这样的记忆闪回。但此刻，她能感觉到自己正握着爸爸粗糙的手，闻到妈妈用的香水里那股柑橘花蕾的味道。爸妈解释道，他们即将被遣返韩国，但一定会及时回来接她的。

玛莎陷在记忆的漩涡里，没注意到蕾切尔突然停了下来，结果重重地撞在了蕾切尔身上。也可能是因为她戴着护目镜，没注意到。

"嘿，"蕾切尔生气地小声吼了一下，"看着点儿。"

"对不起！"玛莎说。

"为什么要戴护目镜？"

"只是希望能有好运。"

"如果你把它从眼睛上拿下来,戴在额头上,它还能给你带来好运吗?"

"或许可以。"

"试试吧。"

"好的。"她们继续沿着空荡荡的楼梯往下走,很快便到了办公室门口。玛莎负责把风,紧盯长长的走廊,蕾切尔则从连衫裤口袋里掏出钥匙,对准锁孔。锁轻响一声,打开了。玛莎听到了锁开的声音,看到蕾切尔缓缓推开办公室的门。咯吱,门开了。屋内发出微弱的光,照亮走廊上的棋盘格瓷砖,投射出一道长长的光束。蕾切尔屏住呼吸,朝里面望了一眼。

"怎么样?"玛莎边问边将脖子伸过蕾切尔的肩膀,想透过门缝一探究竟。

"这都是什么呀?"蕾切尔不由自主地轻呼一声。

"什么?我看不见!"玛莎轻声说。

蕾切尔把门开得更大一些,发出咯吱咯吱的响声。玛莎凝视着房内的一切,眼前的景象令人震惊。这是个很大的房间,轻松放下一张巨大的木桌,桌子对面是几把皮椅。桌上堆满了一沓沓纸,还放着一些玻璃小瓶。最特别的是沿墙摆放的那些高大的架子,架子上摆着各式各样的瓶瓶罐罐,令人眼花缭乱。这让玛莎想起巫师的药柜和传统中医的药房。然而,其中一个架子上并没有类似的瓶罐,而是放着三十多个白色的金属盒子。每个盒子上都有一个小小的红灯在闪动,明明灭灭,此起彼伏,就像是出了毛病的圣诞灯饰。

办公室的正中间,在放金属盒子的架子的前方,有一把年代久远的牙医椅。这把特殊的椅子由许多看起来颇为硬实的白色衬垫制成,用一个黑色的金属框架连缀起来。每一边的扶手上各有一个半开的手铐,给人一种诡异的感觉;与此同时,两个类似的扣环也从椅子的脚踏上伸出来。似乎不管以前牙医用这把椅子做什么,都会让病人戴上这些镣铐。似乎出于恐惧,玛莎把护目镜戴回眼睛上。

"天啊!"玛莎惊讶地说。

蕾切尔一言不发。两个女孩都明白一个事实:无论乔弗瑞·昂桑科的办公室里塞满了多少惊悚物件,有一样东西显然不在这里,那就是卡尔·伦奎斯特。

蕾切尔挥了挥手,示意前方安全,两个女孩才一起悄悄走进办公室,安静地带上门。房间里唯一发出微弱亮光的是一盏台灯。玛莎踮步来到桌子后面的三扇窗子前:从窗口望出去,就是沉睡中的厂房。

这时候，蕾切尔看了看表："我们还剩十分钟。"

那桌子让人想起学校校长的桌子：绿色，由抛光的金属制成。玛莎往桌上的小玻璃瓶里望了望，发现里面空空如也。之后，她又开始观察放在桌子正中的那沓纸，看上去像是一摞地图。她快速翻阅，发现这些是不同年代的地图：有的看起来很古老，纸张有些泛黄，边沿也长了霉点；另外一些看起来则像是当代的地形图，图上布满了密密麻麻的等高线。玛莎识别不出图上的任何一个地方。一幅画了一片广阔的大陆——很像欧洲，一段山脉从中央山峰蜿蜒至大陆东南部。另一幅是一座狭长的半岛，其北缘标记着一道岩石峡谷，穿过峡谷的铁轨似乎是这个奇怪的国家与其邻国的唯一联系。忽然，玛莎被一张地图吸引了——从那沓纸底部露出地图的一角，十分醒目，她把这张地图从最底下抽出来，发现它的年代比之前那些更为久远，上面标注的日期是02.24.75，地图名为"荒野禁地（推测）"。玛莎注意到，地图的一侧是精心绘制的圣约翰街道网格，旁边是慵懒流动的威拉米特河，以及工业废墟地那些小小的烟囱和化工槽罐。但是地图的大部分都用来描绘"荒野禁地"，一条用虚线标出的"禁越边界"把它与外界分隔开来。玛莎曾在别处见到过"I. W."这一标记，但伴随这一标记，她看到的往往只是一个不知名的、平淡无奇的绿色长方形。而在这张地图上，有人做了一些详尽的标注。一条类似峡谷的沟壑将荒野一分为二。其南部，中心位置画着一幢奇特的大楼；而在其北部，绘图人画了一棵虬曲老树，几个草草绘就的小人围着这棵树站成一圈。一条随意勾画的道路连接着荒野禁地的南方和北方地区。在玛莎看来，这张地图像是某人精神错乱后的异想天开之作。

离开桌边后，玛莎开始绕着那张牙医椅转来转去，心情压抑地研究扣环的用法。之后，她又逛到架子前，观察上面的瓶瓶罐罐。瓶罐上贴有整齐的标签，她轻声读出标签上用漂亮的连体字书写的名字："牛肾上腺、没药树脂、颠茄制剂、马钱子……这是什么？"她从架子上取下一个广口瓶，拧开瓶盖，凑近瓶口，快速闻了闻。她的鼻子里立时充满了一股气味，就像是在一个腋下除臭剂工厂里举行的狗展上那些浑身湿透的宠物狗发出的，于是她又快速拧紧瓶子。"对不起。"她小声说。

蕾切尔蹲着，研究那些发出红光的小金属盒子。玛莎在她旁边跪下。每个盒子的表面都有一个用玻璃罩保护起来的仪表。这让玛莎想起汽车的油量表，但在每个盒子的仪表里，指针都稳稳地指向"空"位。仪表上有一条黑色弧线，上面标着几个数字：1、1.5、3、5、10。一些指针时不时会轻微摆动一下，仪表下方的红灯便会发出微弱的光。在每个盒子的仪表上方，都贴着一小块方形的白色胶带，上面写着两个字母，其中一个上写着"H. K."，另一个上写着"G. W."。

"我完全被搞糊涂了。"玛莎说道。蕾切尔则保持沉默，手指点着自己的上嘴唇，用力思考。突然，她眼睛一亮，用手指着其中一个盒子。

"看这个！"她叫道。那个盒子上标着"C. R."字样，字迹明显比其他盒子上的要新，像是最近才写上去的。

"怎么了？"玛莎想弄清楚究竟发生了什么。

"你觉得'C. R.'代表什么？"

玛莎迟疑了一下："古怪机器人 (Cranky Robot)？"

蕾切尔转了转眼珠，"它们应该是姓名首字母。"她用手指敲敲那条胶带，"这一定是指卡尔·伦奎斯特！"

玛莎吓得打了个冷战。她又看了看其他盒子，它们的指针抖动着，红光也微微闪烁。她开始破译盒子上的字母所代表的名字。"哈罗德·克莱因，"她缓慢而郑重地说着，"莱斯利·布鲁曼，乔……乔希·丁尼生，格雷格·惠勒，辛西娅……史密斯？不，施密特，辛西娅·施密特。"她记起了他们，他们所有人的名字，"啊，我的天啊，蕾切尔，他们都是被开除的孩子，起码是我来这里以后所有被开除的孩子。可能在我来之前还有许多人。"

突然，走廊里传来声音。听到门把手转动后，玛莎和蕾切尔飞快地看了对方一眼，一起冲到房间另一头的木桌下。开门的声音在一定程度上掩盖了挪动的声音，她们才得以成功躲到桌子下面，没被发现。她们抱成一团，听到有人走进房间，停了下来。"有人吗？"有人说话了，是守夜人老格林布尔先生，"昂桑科先生？"

玛莎和蕾切尔尽力屏住呼吸。

格林布尔先生边巡视房间边嘟囔着什么（这是他的标志性动作，孩子们称之为"格林布尔式嘟囔"，听起来就像是一头冬眠中的熊呼吸暂停时发出的呼噜声）。最终，他什么也没发现，满意地转身离开，大声地关上了身后的门。直到他的脚步声完全消失，两个女孩才松了一口气。

"我们快离开这里吧。"玛莎说。

蕾切尔点点头："我们在大厅见。"

玛莎蹑手蹑脚地走到门边，慢慢打开门，眼睛注视着办公室外的空间。外面空无一人，走廊一片漆黑。她推开门，踮脚走在棋盘格地板上。过了一会，她才发现蕾切尔不在身后。

"蕾切尔！"她小声说，"你过来了吗？"

蕾切尔这才从办公室里跑出来,默默关上门,用钥匙把门锁好。她朝玛莎点了点头:"我们走吧!"于是她们轻手轻脚回到了宿舍,玛莎随即用毛毯把自己盖住,如释重负地感谢上帝。匆忙之中,她没有留意到蕾切尔离开办公室时把一个小小方方的东西藏在了腋下。

☙

艾尔西从 RBO 的开口处灵活地取出一个螺母,在工厂干了一个多星期后,这已经成了她下意识的动作。这时,昂桑科风风火火地冲下楼来,手里拿着一个奇怪的白盒子。戴斯迪梦娜·玛德拉克穿着高跟鞋,战战兢兢地跟在他身后。艾尔西起初并未意识到有什么问题,但随后便猜到了可能发生的事情。无论是玛莎还是蕾切尔,那个早晨都相当安静,她们在自助餐厅匆匆吃完早饭,谁也没有谈论昨晚的秘密行动。

她们保证今晚会告诉艾尔西,前提是要像玛莎说的那样,"周围没有人盯着"。

"男孩女孩们!"戴斯迪梦娜大声喊道,"你们竖起耳朵听仔细了!"

昂桑科大步走向厂房中间,把手里的盒子高高举起,好让每个人都能看到。黑色的电源线从盒身垂下,如同一条长长的尾巴。戴斯迪梦娜站在他身旁,手里拿着木制的写字夹板。

艾尔西急忙看向玛莎,玛莎将护目镜取下,目不转睛地盯着蕾切尔,蕾切尔则低头看着地板。

"这个东西你们有谁认识吗？"昂桑科问道。为了盖过机器的轰鸣声，他不得不提高音量。他的声音在洞穴般的厂房里回荡不已。

没人吭声。昂桑科摇了摇手里的金属盒，盒子发出咔嗒咔嗒的声响。

"我们可以谈谈条件，"他说，"如果你主动站出来，坦白一切，那我就不会给你们所有人增加每天三个小时的工作量。虽然这次违规很严重，完全可以立刻开除，但因为你的诚实，我会仁慈地放过你，只给你记过两次。好，现在告诉我，谁动了这个盒子？"他看着那些面露关切的孩子，发现他们在听到可能面临更长的工作时间时，都不约而同发出咕哝声。

艾尔西望向蕾切尔和玛莎。玛莎正盯着蕾切尔，一双大眼睛流露出责备的神色。

但没有人说话。除了咕哝声，房间里一片沉默。

在这样的无声氛围中，玛莎·宋走了出来。

"是我，"她说，"我悄悄潜入您的办公室，从架子上取下了那个盒子。很抱歉，昂桑科先生。"

艾尔西大吃一惊，同时，她注意到蕾切尔也向玛莎投去震惊的一瞥。

昂桑科微微一笑，他的山羊胡被两片嘴唇一分为二，活像一对被拉伸过的猫鼬。"很好，宋，看在你主动承认错误的分上，我就给你记过两次。我没记错的话，这是头两次吧。"

玛莎有些沮丧地点了点头。

昂桑科停止讲话，扫视整个厂房一圈。随后他更加大声地说道："可是我知道，实际上你并不是那个偷东西的人。"话音刚落，人群中传出嘀咕声；蕾切尔始终低着头。艾尔西感觉自己心跳加速。"我只能说，对于那些不承认自己罪行的真正的行窃者，我感到很失望。"昂桑科继续说，"或者应该说，是对'她'感到失望。这件东西非常昂贵，"他摇了摇手上的金属盒子，"它是在二十三号床的脚柜里找到的，二十三号床属于……"

"蕾切尔·梅尔堡。"戴斯迪梦娜冷冷地说。

艾尔西顿时惊叫一声。她看了看蕾切尔，后者的肩膀轻轻颤抖，头低垂着，看起来十分沮丧。

"我不知道是出于什么原因，梅尔堡小姐想欺骗'叛逆青少年之家'的所有人。她潜入我的办公室，偷走了这台贵重仪器。我想问问你们，孩子们，有哪个家庭愿意领养会偷东西的女孩子？"

"我没打算被领养。"蕾切尔突然抬起头来反驳道。

"没错，你现在是没法被领养了，"昂桑科说，"事实上，我还得继续往下说，你已经被判定为……不可领养了。"他被自己的话逗乐了，戴斯迪梦娜也在旁边发出轻轻的笑声。

蕾切尔的头发垂在脸上，肩膀垮着。

"不！"艾尔西大喊道，眼泪夺眶而出。

乔弗瑞对眼前情景视而不见，相反，他开始指责玛莎，后者仍旧定定地站在原地。"宋小姐，你的不诚实让我们心痛。因为你的谎言，我决定再给你记过一次。这下你就有三次记过了。"随后，他斩钉截铁地宣布："开除。"玛德拉克小姐在她的夹板上写了些什么。

艾尔西盯着玛莎看，发现她的脸已经变得惨白，与脸颊上的黑色油污形成鲜明对比。一个男孩紧挨着玛莎，愤愤地窃窃私语："他在玩你！"戴斯迪梦娜狠狠地瞪了他一眼。

昂桑科示意蕾切尔和玛莎走到厂房中央。她们心情低落,僵硬地走到昂桑科和戴斯迪梦娜身边。他把手臂搭在两个女孩的肩膀上,看着其他孩子。

"在昂桑科机械工厂,我们主张团结一致,竭尽全力做最好的机械零件。如果有人违反规定,撒谎、偷窃,与这一核心主张唱反调,为了工厂的利益,我们必须做出公正的裁决。"

站在昂桑科身旁的两个女孩表现得截然不同。玛莎昂首挺胸,只是脸上写满了恐惧;蕾切尔的头发如窗帘般垂下来,遮住了她的眼睛。

"我坚信,"昂桑科继续说,"这一不愉快的事件只会提高我们的生产效率。当我们记录更多的过失,开除更多的人,我们的纪律就会更好。今天到此为止。"

话音刚落,他就领着玛莎和蕾切尔离开了厂房。

艾尔西转身面对自己的那台机器,拉动控制杆,机器口随即吐出一枚金属螺母。她再次拉动控制杆,机器开口闭紧,当啷一声,咬碎了那枚刚刚造好的螺母。

昂桑科在楼梯口停下,转身问道:"发生了什么事?"他扫视整间厂房,最后,他的目光落在艾尔西身上:"你做了什么?"

"哎哟。"艾尔西说着,再次扳动了控制杆。机器又吐出一枚新的螺母。随后,她又让机器的开口闭紧,再次压碎了那枚螺母。

昂桑科的脸唰地红了。他抛下玛莎和蕾切尔,走向艾尔西,说道:"小女孩,记过两次。"

艾尔西继续操作控制杆。蕾切尔终于将埋在发丝中的头抬了起来,"艾尔西!"她叫道,"别这样!"

"对不起,姐姐,"艾尔西说,"我不能让你一个人去。"她扳动控制杆两次。一个高合金菱形振荡器螺母问世,又在顷刻之间被毁坏了。

"**记过三次!**"昂桑科唾沫四溅地大喊,"**开除!**"他大步流星地走向艾尔西,抓住她的肩膀,把她带到楼梯口,推到玛莎和蕾切尔的队列中。随后,他扭头看看厂房,问:"还有谁想加入吗?谁想继续挑战我的耐心?"

厂房内鸦雀无声。

昂桑科抚平他那件菱形纹毛背心的前襟,后者在一番动作之后变得皱巴巴的。他捋了捋眉边的头发说:"没有就好,都继续工作吧。"他的语气不再像来时那般轻松惬意。

昂桑科的耐心几乎已被耗尽,他没有让玛莎、蕾切尔和艾尔西回宿舍收拾个人物品,而是粗鲁地将她们推上楼梯,强迫她们走过棋盘格走廊,到他的办公室去。

第 十 章

迷失的羚羊;漫长之旅

无论如何,这位女士的样子都会勾起路过行人的同情心:她身穿肩部破损、沾满泥污的花罩衫,如同迷路的流浪汉。一位吉卜赛马车夫甚至停下马车,递给她一件针织披肩,她接过披肩,咕哝着说了声谢谢。的确,看到她的少数路人都会认为,她必定经受了惨重的灾祸,才不得不在寒冷的天气里,穿着如此寒酸的衣服在长路上游荡。一个旅行者经过她身边时想给她几枚硬币,可一看到她那张布满血迹、伤痕累累的脸便退缩了。他把硬币扔在地上继续前行,而她并未驻足将其拾起。

大雪在空中肆虐,女人将他人赠予的披肩紧紧地裹在颈间。这里地势陡峭,无处可避风雪。积雪愈来愈厚,能见度越来越低,女人决绝地咬了咬牙。最后,她终于走到一块褪色的木牌前,这里是北方丛林和荒野丛林的交界点,她在此离开大路,踏上一条通往树林的小道。没过多久,她来到山腰的一个山洞里,洞里温暖的篝火噼啪作响。她走进山洞,简单地向里面的人打了个招呼。

"结束了吗,达拉?"坐在篝火旁的一人问道。他是个黑发男子,身穿三件套的黑色西装。

她点点头,坐到篝火边,伸手靠近篝火取暖。她的手指脏兮兮的,还有暗红色的污迹。

"很好。"篝火另一边的一个女人说道。她的头发非常短,身穿一件毛圈运动衣。

洞穴的温暖包裹着达拉,她如释重负地呼了口气,抖去黑色长发上的几片雪花,随后望向洞穴里的第四个生物:一只被蒙住眼睛的狼。

"现在,下士,"达拉说,"如果你能好心告诉我们强盗营地的确切位置,我们就可以把报酬给你了。"

狼愤愤地从鼻孔里哼了一声,算是同意,随后拿起一大壶啤酒开始豪饮。

☙

"普鲁,我不知道这是不是个好主意。"柯蒂斯说道,眼看着他的朋友发了疯似的往背包里塞了够用几天的物品。他们此刻正站在强盗们的厨房里,普鲁从简易食品柜向外倾倒食物,厨房的工作人员则在一旁看着。"我的意思是,我们要保证你的安全,也就是把你藏起来。"

"抱着这个,"普鲁说着将半满的背包塞进他怀里。她把一个苹果塞进嘴里,紧紧咬住,接着在一篮子褪了色的银餐具中间翻找着什么。她找到了一把橡木手柄的折叠刀,打开试了试刀刃。她对这把刀很满意，转身将它扔进了柯蒂斯手中的背包里。

她将苹果从嘴里取出,说道:"我必须去,我必须见到她。"

"但她不见了,普鲁,"柯蒂斯皱着眉头说,"这是你自己说的。"

"那我也得去。我得去看看发生了什么。我得看看议会树。"

"什么树?"

"议会树。"普鲁边说边在背包里翻拣,盘点物品,"我恢复意识之后,尖叫声停止之后,我感觉有一种奇怪的力量在牵引着我。这种感觉有点像思乡之情,但又不是,因为我一点也不想我的家。这就好像是,如果我不这么做,我就无法看到前方的路。除此之外,她说不定还活着,或许我可以帮上忙。"她把背包从柯蒂斯手中抓了过来,一把挎到肩上。

"可是布兰登怎么办?"柯蒂斯说道,他压低嗓音,以免引起太多的注意。厨房里的强盗们已经回到各自岗位,有的削土豆,有的将胡萝卜倒进热气腾腾的锅里,锅底的火烧得正旺。"我们收到的指示怎么办?如何保证你的安全?你知道的,这可是依菲琴尼亚亲自给我们下达的命令。"

"再见。"普鲁说。

柯蒂斯追随普鲁走出山洞,直到一座摇晃的绳桥边。"马上给我站住。"他说道。

"我没法解释,柯蒂斯。"普鲁说着,继续快步往前走。

"你只是听到了尖叫声……"

"是的。"

"还差点儿晕倒。"

"是的。"

"即便你知道自己的生命正遭受变形杀手的威胁,你也要暴露自己;不管在暴风雪中走多少路,你都要去和一棵树说话!"

"是。"

"那我和你一起去。"柯蒂斯说。

于是他俩一起穿过强盗营地的各种通道和桥梁。很快,他们到达了进来时的入口。岩壁上方悬挂着两根缆绳,缆绳终端系在一个环上。柯蒂斯和普鲁互相帮忙,将对方系在攀岩的绳索上。到达顶端后,他们听到了一个熟悉的声音。

"怎么了,孩子们?"老鼠塞普蒂默斯问道,他站在和他们视线齐平的低树枝上,正用一根细枝剔着牙。

"你刚从北方丛林回来吗?"柯蒂斯问道,由于攀爬,他还有点儿上气不接下气。

老鼠点点头:"飞行对于我们这个物种而言可不是什么易事。除此之外,旅程倒是不错。在路上绕了点路,帮几个百姓做了点儿好事,我去了最需要我的地方。"他骄傲地挺了挺胸脯,接着就注意到了普鲁的背包,"你们要去哪儿?"

"回北方丛林。"柯蒂斯说。

"回去?"老鼠质疑道,"你不是应该藏起来吗?"他拿着树枝指向普鲁。

"我想碰碰运气。"她说道。

"布兰登知道吗?"老鼠问。

"不知道,"柯蒂斯说,"我们打算瞒着他。"

塞普蒂默斯把树枝塞进嘴里,若有所思地咀嚼起来。"嗯……"他说道,"我可不擅长保守秘密,所以估计我得跟你们待在一起。另外,东窗事发时我可不想在布兰登身边,那人脾气不好。"他敏捷地从树枝上跳到柯蒂斯的肩上。"前进!"他喊道,像举马刀一样举着树枝指向北方。

一行三人沿着沙龙白珠树丛中的小路前进。地面上覆盖着一层薄薄的积雪,他们走过时,积雪发出轻响。天气很冷,他们甚至可以看到自己呼出的热气,不过,只要他们一动起来,身体很快就暖和了。三个人一言不发地往前走,普鲁忙于思考之前接收到的那奇怪的共鸣——树木尖叫,世界好像在她脚下崩塌——是怎么回事。对她而言,回到北方丛林的吸引力非常强大,虽然这么做可能会将她和朋友们的性命置于危险境地,可是她根本顾不上那么多了,她只能相信自己的直觉。偶尔,她会边走边听丛林中植物群落喋喋不休的声音,但她总是沮丧地发现,它们的喧闹仍然是一种她无法听懂的语言。

终于,一种她能听懂的语言传了过来。"为什么呢,到底是什么原因促使我们去北方丛林?"塞普蒂默斯开口了。说实在的,他能这么长时间保持安静也真是令人吃惊。

"有种召唤叫我们去。"普鲁说得很含糊。其实,这是她能想出的最好解释了。

"哦,"塞普蒂默斯说,"类似于……电话的召唤?"

普鲁思忖片刻后回答:"有点像。但……更像是一种灵魂的召唤。"

"好吧,"塞普蒂默斯说,"一个灵魂电话。"

天色暗了下来,他们正要攀爬一面陡峭的山坡时,下起雪来。在普鲁眼里,那就是纯白色的火焰,从树木顶部徐徐飘落。她能感觉到细小的雪花落在她的脸颊上,燃烧殆尽。她戴着深绿色的针织帽,是一个强盗给她的,她把帽子拉低,盖过眉毛。到了一处平坦开阔的地方,她停下了。"我觉得,"她说,"我们应该一直待在树林里。在路上我们可能更容易被发现,不是吗?"她警惕地四处看看,"不过,从这儿通往哪里呢?"

"少安毋躁,"柯蒂斯说,"让本地人来解决吧。"他自豪地从普鲁面前大步走开,从平地另一边的陡坡滑了下去。普鲁跟在后面。不一会,柯蒂斯拨开厚厚的荆棘,后面露出了蕨丛中的狩猎小道。"在上一季的荒野丛林地理测试中,我可得了个特优呢。"他边说边笑了笑。

他们安静地沿着小路往前走,两个孩子在曲折的路面上迂回前行,塞普蒂默斯则待在树顶厚密的枝叶上负责侦察。在普鲁和柯蒂斯听到他从头顶树枝间发出的嘶嘶声之前,他们已经走了几个小时了。

"伙计们!"塞普蒂默斯喊道,"快藏起来!有人来了!"

二话不说,普鲁和柯蒂斯钻进了小路旁边的灌木丛,躲在古老的肾蕨里。小路前方通向一片空旷的绿草地,两个孩子目不转睛地盯着草地。普鲁混入肾蕨的叶子中时,一些雪落在了她外套的后背上,一阵凉意袭来,她下意识地缩了缩身子。

草地远端的两边立着几棵树,前面的矮树丛中传出噼里啪啦的响声。在普鲁听来,走来的是一个四只脚的家伙。她把头压低,更靠近地面,想象着会有一只黑狐出现,龇着牙,胸口满是战斗后留下的伤口。

但事实并非如此:那是一只羚羊,看起来疲惫不堪。它停在空地边缘,在结冰的地面上嗅了嗅。等它转过头时,普鲁发现羚羊穿着北方丛林神秘人士的粗布长袍。好像是身不由己似的,普鲁一下子从肾蕨里蹿了出来,吓了羚羊一大跳。

"你好!"她对羚羊说道,"是我,普鲁!"

羚羊吓了一跳，四肢抵住地面，准备迅速逃离，但看清是普鲁后，表情立刻转惊为喜。

"你是那个混血姑娘！"羚羊说道，"见到你真高兴！"

普鲁挥手招呼躲在肾蕨里的柯蒂斯出来。"你在荒野丛林做什么？"她问。

"我以为我再也找不到你了！"羚羊继续说道，"我本打算把整个荒野丛林翻个遍！"

"你是来找我们的？"柯蒂斯一边问，一边拍打裤子上的雪。

"是的。"羚羊说，此刻，他脸上的惊喜已逝，取而代之的是沮丧蹙眉，"我叫泰蒙。神秘人士长老叫我来找你们，给你们提个醒儿。"

普鲁愣住了，瞬间明白了什么。不需要泰蒙开口，她就已经知道他要说什么。这就是她所预料到的，是树木传达给她的信息。

"依菲琴尼亚。"普鲁说。

羚羊悲伤地点点头，弯了弯膝盖，蜷坐在地上。"噢，上帝啊！噢，上帝啊！"他摇着头低吟道。

"她还好吗？"

"哦，普鲁，"羚羊沉浸在悲伤中，说道，"哦，亲爱的普鲁……"

她和柯蒂斯对视一眼，向羚羊走去。她单膝跪下，抚摸着羚羊脖子上刷子般的毛发。"冷静点儿，"她试着用慰藉的口吻说道。她想用父母安慰自己的方式去安慰泰蒙——每当她为走失的宠物或是遗失的玩具伤心时，父母就这样亲切地抚摸她的背。"没事的，"她说，"一切都会好起来的。"

羚羊抬起蹄子，擦去脸颊上的泪水："我只是不知道该说些什么；直到现在我都不愿去想发生了什么。我把全部心思都放在找到你，完成神秘人士长老交代的任务上。虽然这个任务看上去是不可能完成的，但它好歹能让我暂时不去想那可怕的场面。"

"什么场面？"普鲁问。柯蒂斯也走到他们身边，长长地、探究地看了普鲁一眼。"依菲琴尼亚——她还好吗？"

"我不知道，"羚羊说，"我离开她的时候，达拉还在追她。她命令我找到你，这是她最后对我说的话：'找到那两个混血孩子，警告他们要小心！'但我没走多远，就从树林里感知到了一种不祥的气息。恐怕她已经不在了。"他又一次呜咽起来。

柯蒂斯生气地用靴子踢地："是那只狐狸吧？一定是那毒妇变的狐狸。"

泰蒙恢复了平静，点点头。"她是个可怕的敌人，"他说，"我们打败了她的同伙，但她太强大了，躲开了我们给她设置的障碍。"

"他们共有多少人？"普鲁问。

"三个，两个男的，一个女的。"

"是达拉，"普鲁说，"达拉·赛尼斯。"

"你们见过？"泰蒙问。

"对，她之前是我的科学老师。"

泰蒙困惑地看着她。

"她活下来了？"柯蒂斯问。

"是的，"泰蒙说，"可能还有更多的人。狐妖从来不会安排多于三个人的行动。他们的训练向来是围绕战略三角概念进行的。即便她失去两个同伙，毫无疑问，她在别处还会有更多的同伙。"

"嗯，那是肯定的了。"柯蒂斯说，听上去他得知了这个消息后很释然，"咱们应该回营地去。"

普鲁没理他。相反，她转向羚羊："你呢，力量智者？你能安全回到北方丛林吗？"

羚羊用鼻子轻出了口气，站了起来。"是的，没问题，"他说，"我很有把握。"

"你认为你能驮得了两个孩子吗？"

"等一下，普鲁，"柯蒂斯打断她，"你听到他刚刚说的了吗？狐妖们在北方丛林。他们正在找我们。你想自投罗网吗？"

"我告诉过你了，我别无选择，"普鲁说，"不管我的科学老师在不在，我都决定要去那儿。如果你想留下的话就留下吧。"接着，她转向羚羊："你会载我去吗？"

羚羊不确定地哼了哼，踢了踢地面。"普鲁，如果这是你的意愿，我会带你去，"羚羊说道，"但你可能真的是把自己置于严重的危险之中。"

"是这样的，我知道。"

"很好。"羚羊说完，压低身子，让她可以跨骑在他纤弱的背上。柯蒂斯站在一旁，焦躁不安。

"你来不来？"普鲁问。

他伸手指着普鲁，控诉道，"你！"他说，"你太气人了！"指责完毕，柯蒂斯仍然让步了，爬到了羚羊背上。他搂住普鲁的腰，刚调整好坐姿，羚羊便小跑起来，朝北方奔去。老鼠敏捷地在他们头顶上方的枝杈上跳来跳去，领先于行进的队伍。

🌱

离议会树越近，普鲁就越能确定自己开始这趟旅程的决定是正确的。那感觉就像是，当你口渴的时候，若你手里有了一杯水，饥渴感反而会变得更强烈——当她跨过荒野丛林和北方丛林的边界后，想靠近那棵树的愿望就越发强烈得难以忍受了。旅途充满艰辛，即将来临的风暴包裹了群山的峰顶，他们不得不多次停下，等待肆虐的狂风过去。羚羊很强壮，步履稳健，驮着他们小心而又平稳地跃过山腰的一个个小裂隙。

住在山间小屋的獾给了他们一些新鲜的水和食物；在北方丛林的山谷中迷路后，一只散步的白天鹅——白得像地上的雪一样——给他们指明了方向。所有动物看见羚羊的长袍后，都竭尽所能地帮助他们。这一路非常艰辛，每当他们发现自己正靠近有人踩过的小路时，都下意识地避而远之，宁愿躲进茂密树林以求掩护。有时，两个孩子会步行，以便让一路驮着他们的羚羊休息一下。

走到丛林中的大空地时，他们刚刚再次骑到羚羊背上。议会树的引力非常强大，令普鲁分心，她简直在羚羊背上坐不稳。有两次她差点儿从羚羊背上摔下去，柯蒂斯只得紧紧地把她抱住。穿过一排树后，他们看到了洋溢的阳光，这才发现自己正处于围绕着议会树的那片大草地的边缘。

自前一天起普鲁就感觉到的那股神秘力量的牵引，如同一缕青烟，瞬间就消散了。她已经到达了引力的源头。

柯蒂斯之前从未见过议会树，他屏住了呼吸。太阳正在落下，灰白色的光投射在广阔的空地上。虬曲而古老的议会树在逐渐消失的光线中屹然挺立。它的枝条已经没有叶子了。树干的底部，有一个铺满苔藓的石台。看到这一幕，羚羊悲伤地呻吟起来。普鲁和柯蒂斯从他背上滑下来，看着他跌跌撞撞地向议会树走去。他们毫无意识地跟在后面。普鲁大概猜到了石台存在的原因。她跟在羚羊后面，加快了脚步，嘴里说了声"不"。

　　石台放置在议会树暴露在外、最为庞大的树根上，就像婴儿在父母的臂弯里寻求保护。石台表面覆盖着厚厚的苔藓，上面点缀着色调简单的冬季植物：雪果灌木的柔软小白球、长着亮红色浆果的冬青，还有淡绿色的蓟，所有这些可爱的植物组成了一张床。走到石台跟前，普鲁绝望地看着泰蒙，哑着嗓子问："它是不是……？"

　　泰蒙眼含热泪，点了点头。

　　就在这时，空地边缘闪烁的光芒吸引了他们的目光。一队身影正在靠近，他们穿着长袍，手里拿着火把。涌入草地后，他们排成一列，走向那座铺满青苔的石台。在队伍中间，有几个人抬着硬担架，担架上好像是一具女人的尸体。普鲁和柯蒂斯看到这般庄严的行进，愣在了原地。第一个人到达石台后，队伍向外散开，绕着石台组成一个半圆。他们默默地走着，眼睛低垂。

　　担架被放在了石台的苔藓床上。尸体上只简单地盖了床被，一个神秘人士将被子掀开，下面露出了依菲琴尼亚的脸。

　　神秘人士长老眼睛静静地闭着。她的脸苍白而又平静，带着一丝宁静的优雅。她看上去就像是刚刚享用了一顿美餐，正在回味余韵。看着仪式进行，普鲁的泪水瞬间夺眶而出。

　　尸体放到石台上后，举着火把的神秘人士就散开成扇形，将其包围起来，又一群哀悼者——侍僧——出现在了空地边缘。他们从周边的森林赶来，手里都拿着东西：毯子和长袍，纸张和草木。普鲁猜测这些东西都属于神秘人士长老，是从她家里拿来的。每个人都小心翼翼地将东西放在依菲琴尼亚的尸体周围。许多去放东西的人都满怀深情地摸了摸裹尸布的褶边，又退回到群体之中。

"我不相信，"柯蒂斯喃喃道，此刻，他们正和集聚的神秘人士以及侍僧站在一起，"我才跟她见过面。她还……活着。"

普鲁用夹克袖口擦去眼角的泪水。"我希望还能有机会再见到她，"她说，"我希望还能跟她再说说话。"

柯蒂斯搂过普鲁的肩膀，他们抑制不住地泪流满面。

其中一个神秘人士是位年长的男士，他编着长长的辫子，留着花白胡须，走上前来。他走向石台，温柔地将手放在依菲琴尼亚的尸体上，转身面向人群，开始说话。

"今晚，我们将依菲琴尼亚还给丛林，她的灵魂已为宇宙所吸收。同她一起，我们将把她在尘世间的躯壳还给大地。"他的声音平静而安详。

接着，他冲周围的神秘人士点了点头，他们开始绕着依菲琴尼亚的尸体围成半圆状。一个小男孩侍僧在半圆的中心坐下，其余人也依次坐下，腿盘莲花。他们开始冥想。普鲁本能地用手捂住嘴，眼中满含热泪。

此刻，从石台底部传来一阵声音，那是大地哭泣的声音，石台周围的草叶和蕨类也都情绪激动起来。普鲁感到有股电流通过她脚下的土地；现在，她能听到植被的悲伤恸哭。

呜呜呜呜呜呜呜呜呜呜呜呜呜呜呜呜呜呜呜呜……

哭声来自每一片草叶、每一根树枝和荆棘。石台在摇晃，脚下的地面在颤抖。根系的藤蔓从石台一侧伸展开来，形成一个网状的茧，大地像打了个哈欠似的张开嘴，依菲琴尼亚——北方丛林的神秘人士长老——就这样被大地吞噬了。

整个世界一片寂静。

侍僧和神秘人士从冥想中醒来。普鲁却站在那儿像浑身瘫痪了一样,只盯着刚刚石台所在的那块土地。柯蒂斯抓住她的胳膊。"啊!"他说道。

那个本来处于冥想者中心的男孩已经站在了稍远些的地方,刚好在外沿火炬的光圈外。普鲁注意到男孩好像正看着她。

过了一会儿,聚在一起的侍僧和神秘人士开始走出圆圈,混入人群中。普鲁发现很多当地的居民和农夫也到了,他们都礼貌地站在离仪式一定距离的地方。现在,他们也加入人群,欢乐的气氛取代了之前忧郁的氛围。人们脸上展露出了笑容。大家都亲切地握手,温馨地相拥。普鲁转过身来,看到泰蒙就在不远处,正和一些年轻的侍僧交谈。她用手拍了拍泰蒙的侧腹。

"啊,普鲁,"泰蒙面带微笑地说,"我实在是无法用言语表达我内心的痛楚,可不论情况如何,我很高兴我们能赶得上这个仪式。"

"是的,"普鲁说,"非常感谢你载着我们走了这么远。"她停顿了一下,不知道该如何表达。接着又说:"我很疑惑,这一路走来,我一直在跟随某种奇怪的力量,某种呼唤。我确定她就是那个,就是那个——不管是什么——那个一直吸引我的事物。我不敢相信她已经走了,而我在这儿。我是说,现在我该做些什么呢?"

"你会知道的,"泰蒙说,"我肯定你一定会知道的。"

柯蒂斯出现在普鲁身边。"我们该去哪儿啊?"他问道。

"大会堂里将举行聚餐,"泰蒙说,"即使在定量配给时期,这也是守灵的必要环节。你觉得出席这次聚餐安全吗?"

站在柯蒂斯肩上的塞普蒂默斯开口说话了:"我猜这是他们最不可能来找你的地方了。没人能想到你会这么做。我是说,脑子坏掉的人才会来以自己为目标的暗杀现场。"

"谢谢。"普鲁说。

"我只是实话实说罢了。"

"也许这是个陷阱,"柯蒂斯说,"他们可能猜到我们会来,但说真的,这样是讲不通的,他们不可能知道我们为什么来。"

"没错,"普鲁说,"这也正是我一直想弄明白的地方。"她的目光越过草地上的人群,望向那棵树。火把的光芒在多节的树干上投下闪烁的暗黄色光斑。

你为什么召唤我来这儿?

吊唁的人陆续离开草地。手中举着火把的人领路,朝东边走去。"你们先走吧,"普鲁说,"我马上就来。我会找到路的。"

塞普蒂默斯、泰蒙和柯蒂斯三人跟着参加聚餐的队伍向草地边缘走去。普鲁看着他们离开,一股忧伤涌上心头。她离开葬礼举行的地方,绕到树的另一边,到了一个小角落里——那是议会树暴露在外的根系形成的。在角落里,她将双手放在冰冷、沉默的木头上,闭上了眼睛。

到底发生了什么?为什么我会在这儿?

没有回应;即使现在议会树正在跟她交流,她也无法读取它的想法。

你想让我做什么呢?

"你走了很长一段路。"

普鲁睁开双眼。这声音不是从她脑袋里传来的,而是从她身后。她转过身,看见一个七岁左右的小男孩站在那儿,手里拿着一小截蜡烛。他身穿神秘人士的棕色麻布袍子。

"而且你让自己身陷险境。"他说。普鲁认出他正是冥想时位于中心的那个男孩。显然,他的职位肯定很高,才会担此重任。男孩慢慢走近,普鲁发现他总是看着她身体的一侧,好像正盯着她肩膀后面的什么东西。

"你是神秘人士吗?"普鲁问。男孩点了点头,她说,"你也太年轻了吧!"

"我是个稚者,"男孩说,眼光还看着别处,"这是他们对我们年幼侍僧的一种称呼。"

"你叫什么?"

"我叫艾利斯德,而你是普鲁。"

普鲁点点头,不知为何对稚者的举止有些烦躁不安。他似乎无意以自我介绍来缓和一下气氛。

"你认识神秘人士长老?"他问。

"对,我认识,"普鲁说,"她……嗯……我把她当作朋友。我并不是很了解她,也认识她没多久,但对我而言,她真的很重要。"

"我也是,可现在她已经去世了。"男孩说。突然冒出这么一句话,他的脸上没有露出丝毫表情。他的眼神游离到议会树上。他默默地站了一会儿,研究树干的纹理。"它有事想告诉你。"

普鲁震惊了:"什么?谁?"

"议会树,"艾利斯德说,"是它把你叫来的。"

"你怎么能——你怎么能听到?"

男孩耸了耸肩:"我一直都能听到,我也不知道为什么。我从来没告诉过我的前辈,那些年长的神秘人士。他们说我不该有这个能力,但我并没想过要反驳他们。"

普鲁向男孩靠过去:"它在说什么?"

男孩没回答她,普鲁不确定他是否听到了自己问的话。她又重复了一遍,男孩仍旧没有回答。

最终,他的注意力转移到了普鲁的脚上,他说:"它说你可以将分散的三部分合在一起。"

"我不知道这是什么意思。"普鲁快速地眨了眨眼睛。

"那是北方丛林的三棵树,"艾利斯德解释道,"你可以将它们聚合在一起。但是……"他顿了顿,眼睛望向天空,表情好像是在接收什么。过后,他若有所悟,平静地点了点头:"但是,那也太遥远了。"他朝着普鲁左脸边的空地热情地笑了笑,"你将会声名显赫,可能会成为一代君主。"

普鲁目瞪口呆。

男孩接着说道:"不过首先,真正的继承人必须得……得……"此刻,艾利斯德眉头紧皱,他与议会树交流的内容实在难以言表。他让普鲁想到正在慢慢翻译某种困难语言的人,就像她学校里某些英语是第二语言的孩子。他们满脑子奇思妙想,只是需要花时间学会需要使用的语言。他的眼神一变,意味着他已找到了满意的翻译。"复活,"他说,"对,就是复活。真正的继承者必须被赋予新的生命。"不管他多么肯定就是"复活"这个词,可在普鲁看来他似乎和自己一样困惑。"你知道那是什么意思吗?"他问。

"复活,就是重新活过来?死而复生?"

"不,不完全是,"艾利斯德说,"更像是要修复一台机器。我不知道对于人类而言有没有这么一个词。"

"让真正的继承者复活,像一台机器。"普鲁茫然地说,"谁是真正的继承者?"

男孩耸了耸肩。

在她思想的末梢,有东西在打转,像灯泡外的蛾子一样拍打着她的意识。答案就在那儿,就在某个地方。

男孩继续断断续续地讲述着交流的内容。"那是——唯一——能够带来和平的东西,而且可以拯救你和你朋友的性命。但是你不是——不是唯一一个。他们知道的。其他人知道。他们会竭尽所能。如果他们成功了,一切就会变得毫无意义。"他接着又说:"让真正的继承者复活。那个死过两次的男孩。"

普鲁几乎没听到最后一句话,她正忙于在头脑中搜索可能解答这一神秘话语的线索。让真正的继承者复活。像一台机器。死过两次的男孩。这到底是什么意思?接着她想到了。"阿列克谢!"她喊道,"少年王子!"

"议会树无法识别文化指称。"男孩说,普鲁皱着眉头看着他。

"不管怎样,"她说,"那一定是阿列克谢,贵妇总督亚历山德拉的儿子!他死后,贵妇总督便令人将他起死回生,就像机器一样!后来……"她记得那是个古怪、可怕的东西,跟牙齿有关。那是很久以前的事了,是听猫头鹰雷克斯说的。那天晚上,她从大厦溜出来,去了雷克斯在南方丛林的住所。他们坐在燃烧正旺的炉火前,喝着茶。他告诉了她很多不可思议的事情,有关贵妇总督和她丈夫,已故的格里高·山特维克。还有他们的儿子,阿列克谢,他丧命于一次——什么来着?——打猎事故?她不太记得具体细节了。不过,没错,伤心的亚历山德拉将阿列克谢复活,就像一个——猫头鹰用什么词形容他?机器人。就是这个词。她用机械复制了儿子的身体,把预先保存好的儿子的整套牙齿放进机器嘴里,这样就可以让儿子复活。母亲和儿子重聚了。但是,故事仍在继续,不久后,阿列克谢发现了自己的秘密,他无比绝望,取出了某个东西并毁了它,那个东西对于他的金属之躯至关重要。他死了,这一次是永久地死去了,不能再被修补。这就是死过两次的男孩。南方丛林的人们奋起反抗亚历山德拉,她被驱逐到了荒野丛林。现在,议会树希望有人能使阿列克谢复活?男孩看着普鲁的时候,所有这些想法出现在了她的脑海中。

"是的,"他说,"没错。"

"等等,"普鲁说,"你刚刚对我使用读心术了吗?"

"我没有。是议会树。"

她抬头望向议会树高大、扭曲的枝干,长春花低音号,她想。

"这太可笑了。"男孩说。

"我只是测试一下而已。"

"哦。"

"我们该怎么做……"她开口说道,在普鲁的大脑中,这个问题随即变成了:我们该如何让他复活呢?

男孩答道:"找到制造者。制造者必须重新制造出继承者。复活真正的继承者——那个死过两次的人,这将带来和平。但是你需要知道:你要走的路将会与众不同,想攀高就必须先就低。"在说完这一指令后,男孩的脸变得毫无表情。他沉默了一会,眼睛一直盯着树干,好像在寻找丢失的东西。"就这些了,这就是它说的所有内容。"

"就这些?没有说怎么做吗?"普鲁焦急地问道,"或者谁是制造者?怎么找到他们?"

男孩摇了摇头。

"这真让人发疯。"普鲁说道。为了把话说得更明白,普鲁又转向议会树,心想,这真让人发疯。疾风掠过草地,现在,唯一的光来自议会树另一边的几根火把。光在树干上投射出幽灵般的剪影。男孩踱步离开了,眼睛仍留恋于远处的某个东西。

"等等!"普鲁喊道,小心地跟在他后面。

"找到制造者,"男孩说,好像是在跟自己说话,"复活真正的继承者。"

"我不知道这是什么意思!"普鲁喊道。男孩已经走到火把的光芒外,消失在黑暗中。

"找到制造者,"男孩的声音在普鲁耳边回荡,"复活真正的继承者。"

现在,就剩她一个人了。

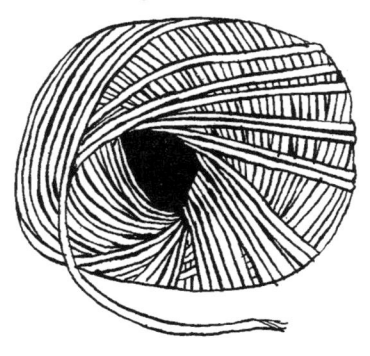

第十一章

跨越边界

昂桑科领着三个女孩走进办公室，随手关上了身后的门。对艾尔西而言，那关门声像雷击般爆裂，她听到时，不禁身体一缩。更糟糕的是，她不能回宿舍取她的"勇敢的蒂娜"娃娃，手里没握着蒂娜，她心里空落落的。自从他们离开工厂，就没有人再开口说话。沉默的气氛十分压抑，让人不安，只能听到他们的脚步声在走廊里起伏交错。进入办公室后，一系列奇异的景象映入艾尔西的眼帘：房间中央有一把怪异的金属椅子，书架上堆满了小玻璃罐和玻璃瓶，还有一堆闪烁着灯光的白色小盒子，和昂桑科在机械工厂谴责孩子们时拿的小盒子一样。

当时昂桑科情绪就很激动；现在，他看上去几乎要晕过去了。带着三个女孩走进办公室后，他就关上门，让艾尔西、蕾切尔和玛莎在他的书桌前站成一排,兴奋地搓着双手。

"你们三个,"他说,"三个活生生的实验品,像这样的机会可不多。"

玛德拉克小姐站在三个女孩旁边,脸上带着蔑视而冷漠的神情。

"你对卡尔做了什么?"蕾切尔问昂桑科,她的声音里透出一股罕见的勇气。

"还有其他人呢?"玛莎接着问。

昂桑科应道:"嘘,女孩们。从这个角度想想看:你们正在为科学做出巨大的贡献。实际上,不仅仅是为科学,而且是为全人类。你们将被铭记、被歌颂。当人们谈论太空飞行时,那些冒险者是最被人们感怀的。虽然我们对俄罗斯科学家所知甚少,但我们肯定知道是谁第一个进入了太空,不是吗?"昂桑科没有等她们回答,便脱口而出:"莱卡!"

"那是一条狗。"玛莎说。

"没错,一条有名的狗。"

"它不是死了吗?"玛莎追问道。

昂桑科只是盯着她看。

"你什么意思?"蕾切尔问,"你打算让我们做什么?"

昂桑科怔住了,似乎要梳理一下他的思绪。在三个女孩面前,他仿佛是一位自豪的父亲,在一场成功的假日演奏会后,弯下膝盖,打量着他的孩子们。"女孩们,"他说,"女孩们。"

昂桑科先前的失望和愤怒似乎彻底消失了,艾尔西对事态的发展甚是怀疑。

昂桑科继续说:"我有一个梦想,一个远大的抱负。我想借你们的帮助去实现它。"他向右边望去，冬日灰白的阳光正从一排高窗泻下。透过模糊的窗格，远处的几棵树木隐约可见。他站起身，走到那排窗户前面，向外望去。他指着那些树说："在那儿，那儿是一大片丰富的资源，未被触及，也无人监管。树木、矿产和土地，成千上万公顷。这就是所谓的'荒野禁地'。这片野生区域，迄今为止，没有任何一个家伙有足够的勇气和智谋能够征服它，无论是男人还是女人。我想做个这样的人：书写历史的时候，我将是那个最终战胜所有挑战、将那片土地收为己有的人。"他的脸色愈发红润，情绪也变得愈发激动。他快步走到书桌那儿，桌上的纸张堆得高高的。他从上面拿起几张地图，在三个女孩面前挥舞着。

"看这儿，"他说，"我的意思是：这里没有契约，没有纳税记录，没有土地管理调查局。这个地方似乎不存在！然而，就是在这儿，在我们城市的角上，这地方在嘲弄我们，戏耍我们，似乎正向我们吐出又大又绿的舌头。"

女孩们目瞪口呆地看着这个男人。

"嗯，我离它这么近了——这么近了！"他把拇指和食指分开，相隔几英寸，"上周我想到了几个好主意，用我们科学家的话来说就是'灵感突现'。我想，我必须等待，花些时日好好研究一下这些好主意，等待更多的孩子被开除。但是现在我一下子有了三个，三个货真价实、不可收养的孩子，我可以用他们试验我的研究成果。"

艾尔西再也不能保持沉默了。"先生，昂桑科先生，"她恳求道，"一周后，我们的父母就来接我们。求您了，先生，放了我们吧。他们希望我们在这儿能够安全。"

"父母，"他停顿了一下，好像在努力回忆这个词的意思，"来接你们?"他看着戴斯迪梦娜。

"的确如此。"玛德拉克小姐冷冷地说道。

蕾切尔也附和道："真的,他们仅仅是把我们寄养在这儿。他们去土耳其找我们的兄弟了,很快就会回来的。而且,我爸爸十分强壮,还会持刀搏斗。"

"他会持刀搏斗?"艾尔西情不自禁地问道。蕾切尔瞅了她一眼。

"好吧,"昂桑科说,"听起来好可怕呀。那你呢?是不是我们也应该害怕你的父母?"他回过头望着玛莎。

戴斯迪梦娜替她回答："这个中国人是个孤儿。"

"我叫玛莎,"女孩生气地纠正道,"我是韩国人。"说完,她的声音降低了八度,"我的父母不会回来找我的。"

"嗯,这倒省了不少事。"昂桑科说完,回头看向梅尔堡姐妹,"至于你们两个,我很抱歉地告诉你们,关于孩子寄宿在昂桑科之家的协议条款和条件,你们的父母都很清楚。我这就拿给你们看。"他走回书桌旁,在一个塞得满满的文件柜中翻找,然后拿着一张纸回来了。看上去是某种申请表,最上面写着艾尔西和蕾切尔的名字,那是妈妈写的。父母都签了这份文件。昂桑科用手指着文件中署名线下方的一个段落,那段话印得很小,几乎看不清楚。

"在这页的底部写着(并且我引用):'当认为孩子对自己或更多的人产生威胁时,院方有权自行给予惩罚。违纪三次,就成为不可收养的孩子,届时,院方有权将孩子从昂桑科之家的收养名单中除名。'"他抬起头,"很清楚,真的。是不是,玛德拉克小姐?"

"像干净的挡风玻璃一样,清清楚楚。"戴斯迪梦娜说。

"你将看到首字母签名,就在底部,十分清楚……"昂桑科眉头紧锁地去解密这些字迹,"D.M.——你的父亲,我猜测?"

"大卫,"艾尔西干巴巴说,"是的。但我真的不知道那究竟是什么意思,他又怎么会知道?"

"况且,他们急着赶飞机,"蕾切尔说,"他们根本不可能同意这项条款。你们会明白的。"

"嗯,"昂桑科不急不慢地说,"我们会明白的,不是吗?我们会知道证据在法庭上多有说服力。"在把文件放回文件柜之前,他在她们面前摇晃了几下。回到女孩们面前的时候,他轻轻拍了拍手。

"现在,"他说,"我们开始吧。我需要一名志愿者。"

女孩们仍旧保持沉默。昂桑科站在牙医椅旁边,若有其事地掸了掸坐垫上子虚乌有的灰尘。"谁?"他问道,"很好。"他用手指着女孩们,开始计数:"挑挑拣拣,我挑到谁,就是谁——"

最后一个字落在玛莎身上,她打起精神,说:"我去!"

"很勇敢,"昂桑科说,"确实很勇敢。现在,如果你不介意爬上这把椅子,我们就可以开始了。"

戴斯迪梦娜看守着蕾切尔和艾尔西,玛莎则照那个男人的指示做了。玛莎一坐到椅子上,焦虑的神情就爬上了她的脸颊。昂桑科用扣环扣住她的手脚。他面带歉意地笑了笑。"只是一个预防措施,"他解释道,"常言道,一朝被蛇咬,十年怕井绳。要是有人逃跑的话,后果可就太严重了,简直不堪设想。"把玛莎绑在椅子上后,昂桑科走向那一排排架子,开始查看那些瓶瓶罐罐的内容,还不时喃喃自语。他手里拿着一个折角的黑色笔记本,迅速翻查着,手指划过笔记本上的一个个词语。他抬起头,从架子上抓了满满一把瓶子,回到了书桌旁,用研钵和杵把瓶子里的东西混合起来。

"他在干什么?"艾尔西小声问,声音小得只有她自己能听清。她立即就被玛德拉克小姐的嘘声制止了。

制作了一些闪亮的绿色糊糊后(他放下杵,端详着制成的混合物,似乎对自己的大作——在艾尔西看来是和鼻涕颜色很接近的牙膏——很满意),昂桑科回到了被困在椅子上的玛莎身边。"现在,"他说,"我要在你的耳朵里放进这些东西。"

玛莎害怕极了,眼里流露出狂乱的神色。她被绑在那里,瑟瑟发抖:"这是什么东西?"

"别紧张,"昂桑科说,"这只不过是糙梅、植物根茎和松鼠胆汁的混合物。外加一点花生酱,让它黏稠一点儿。"

"松鼠胆汁?"玛莎问。

艾尔西听到蕾切尔害怕地哽咽了一下。

"安全,"昂桑科说,"绝对安全。那难以逾越的边界总是蚕食我的试验品,我怀疑它从根本上来说是某种生物功能。药膏作用于耳道,以便跟鼓膜相连。你无疑也知道,鼓膜是平衡的中心,起导航和指示作用。这种药膏应该能赋予你穿越边界的能力。"他边说边把药膏涂到玛莎的耳朵上;玛莎一脸无可奈何。

"什么边界?"蕾切尔问。她的话刚一出口,戴斯迪梦娜就立刻让她安静,昂桑科却向玛德拉克小姐伸手示意。

"这个问题问得好,"他说着,从研钵里刮了更多的药膏,"这个问题也是我的心头大患,一直困扰了我多年。我觉得,自从远古以来,所有人都想当然地认为,荒野禁地只是一片片杂草丛生的树林,没有人愿意探索其中的奥秘,更别提去开发它。我们都被自己的无知所蒙蔽。那些怀着强烈好奇心进行探索的人,得到的回报是永远迷失在丛林之中。要不然就是发现自己多日来总在同一个地方绕来绕去,最终仍回到出发点。"他在玛莎的另一只耳朵上加涂了最后一团药膏,后退几步,欣赏自己的杰作。"我听过一些故事,甚至还问过一些幸存者。是的,还有活着的人,但已经为数不多了。让他们吐露衷肠得费些口舌,但我有自己的方法。"显然,他对涂在玛莎耳朵上的药膏甚是满意,他回到书桌旁,取了一把亮闪闪的金属枪。"现在,"他对玛莎说,"不要动。"

玛莎瞪大了眼睛。昂桑科举起枪,对准她的耳垂,扣下了扳机。随即听到一声轻响,与此同时,玛莎尖叫了一声。昂桑科放下金属枪,孩子们发现玛莎的耳朵上多了一枚银饰钉,下面挂着一个黄色的小标签。

"下一个!"昂桑科说。

扣环打开了,玛莎跟跟跄跄地从椅子上爬下来,回到艾尔西和蕾切尔的身边。她摸了摸耳朵被钻孔的地方,问:"这是什么?"

"看起来像价格标签。"艾尔西说。

"小心点儿,"戴斯迪梦娜说,"它可能会感染。千万别碰!"

昂桑科示意艾尔西坐到椅子上。"小姐,请吧。"他摆出一副和蔼的样子。

蕾切尔把艾尔西推到一边:"我来。"

"好姑娘。"昂桑科说着,帮蕾切尔坐到椅子上。调制新药膏时,他继续着他的独白:"结果是,每一位从荒野禁地回来的幸存者,都有相同的感受:无论在丛林中走多远,他们都觉得自己事实上哪儿都没去。很奇怪吧?"

这个问题抛向了被绑在椅子上的蕾切尔。昂桑科从书桌边回来,带着一研钵的棕色糊状物,他边说边拿起涂药器,凑到蕾切尔的脸上。"嗅觉,十分重要,"他用鼻孔深深地吸了一大口气,"我们却把它视为理所当然。与人类的其他感觉相比,嗅觉可能会显得苍白无力。然而,我碰巧做过许多关于嗅觉重要性的研究,这使我明白了,鼻腔是通向大脑的直接渠道。我们全部感觉的百分之九十三都依靠嗅觉来实现。你知道这些吗?我敢肯定,你不知道。但是,基于这些研究,我有了个大胆的设想:我们可以将荒野禁地自己产生的自然元素加诸这个渠道之上,束缚感就可能会发生戏剧性的变化。足够幸运的话,能够使试验品越界,我称其为'禁越边界'。"

做完以上陈述后,他立即挖了一勺棕色的黏糊,粗鲁地涂在了蕾切尔的鼻子里。蕾切尔无助地呻吟着。

蕾切尔的鼻子被塞满了,她带着浓重的鼻音问:"这东西是什么?"

"纯天然的,百分之百有机产品。"昂桑科答道,"捣烂的平菇,鼻涕虫残渣,加上树皮屑。"

蕾切尔的脸上露出了惊骇的表情:"鼻涕虫残渣?"

"现在,"昂桑科说着,拿起了打孔枪,"我有第一手的资料——这资料基于多少有点儿模糊的猜测——说明,在边界的那一边,还存在另一个世界。一个每寸土地都生气勃勃、生机盎然的世界,一个只要我们睁开双眼就能看到的世界。我不知道究竟是怎么回事,或者是谁主宰着那个被遗忘的世界,但是,我强烈渴望把它引向'现代化的奇迹'——资本主义自由市场。不大可能会有反对者;如果身为工业大亨的经历教会我一件事,那就是人们崇尚资本主义。"没有任何预兆,他把枪对准了蕾切尔的耳朵,只听见"啪"的一声,一枚带黄色标签的银饰钉刺穿了她的耳垂,这饰钉和玛莎的一模一样。蕾切尔吓得身体一缩。"只要给予他们合理的刺激。"说完,他松开牙医椅上的捆绑设备,让蕾切尔回到玛莎和艾尔西身边。她的鼻孔里塞满了带有咸味的棕色浆糊,右耳上还挂着一个黄色标签,看起来十分痛苦。

然后,就像理发师整理店铺,准备迎接他的下一位顾客一样,昂桑科把椅子转向了艾尔西。她感到有人朝她肩上推了一把,正是戴斯迪梦娜所为。艾尔西乖乖地爬上了座位。此时,昂桑科背对着她,正在摆弄架子上的瓶子。他挑选了一个蓝色小药瓶,带到艾尔西坐的地方。他拧开盖子,倒出一个小白球,蛋糕彩珠大小的样子,把它举到与眼睛齐平的高度。

"我从羽毛的小羽枝上取了一粒微尘——那羽毛是从荒野禁地带回来的——把它的精华用无菌水稀释了一千多次,又从中取出一滴水,滴到这颗小糖丸上,赐予它这粒微尘关于故乡的记忆。这是最严谨的科学,我有信心,就算我其他实验都失败了,这颗糖丸也将赐予你力量,让你跨越边界,进入丛林中心。"他把药拿到艾尔西嘴边,"张开嘴,亲爱的。"他说道。

艾尔西乖乖听命。昂桑科把糖丸放到她的嘴里。几秒钟之内糖丸就融化了,触及舌头的香甜转瞬即逝。同样地,她的右耳也被打了个洞,仿佛被人狠狠地戳了一下般刺痛,然后她回到了玛莎和蕾切尔身边。

昂桑科边用抹布擦着手,边说:"戴斯迪梦娜,麻烦你给我搭把手。"

玛德克拉小姐走到架子旁,拿了三个无标记的白盒子,递给昂桑科。昂桑科摆弄了几下盆子表面的小黑钮。然后,他拿了一卷白色胶

M.S.　　　　R.M.　　　　E.M.

带,在每个盒子上贴了一小块,又用黑色记号笔在上面写了些字母。接着,他小心翼翼地把盒子放在女孩们身边的桌子上。

"我知道那是干什么用的,"蕾切尔说,"你刚刚写下的是首字母缩写。"她鼻子里塞满了棕色的药膏,听起来好像害了严重的鼻伤风。

"你猜得可真准。"昂桑科说。

"卡尔·伦奎斯特在哪儿?"玛莎问。

"卡尔·伦奎斯特?"昂桑科一时反应不过来。

"对,你知道的,就是 C. R.。"

"对,卡尔。那是上周的事,不是吗?"他盯着架子上的白盒子,好像在用它们来唤醒自己的记忆。"铜,"他终于说道,"一种铜线编织的皇冠。他把那皇冠戴在头上。很不幸,起不到任何作用。"他拿起黑色笔记本,翻到后面几页:"辛西娅·施密特:松脂吸入剂,很有希望。再让我们看看:威廉·哈特菲尔德。噢,是的,这个不错,葡萄叶制的内衣,有点冒险。珍妮·特麦尔,加重的鞋子。本来特别有把握,费了很大功夫去造那双鞋子,结果根本行不通。"他猛地把书合上,放到桌子上,"每一次失误,都会让我离正确答案更近一步。"

"非常勇敢,亲爱的。"戴斯迪梦娜说。

昂桑科勉强微笑着附和这赞美,他像一名军官检阅士兵一样,审视着三个女孩。"你们这些女孩,"他骄傲地说,"正处在科学探索的前沿。我向你们致敬。"他突然挺直了背,在额前伸手敬礼,"现在,出发!"

☙

他们排成一列纵队,昂桑科在排头领路,戴斯迪梦娜在排尾紧随。三个女孩走在两个成年人之间,拖着她们沉重的脚步,闷闷不乐地在昂桑科之家门外的碎石路上跋涉。路两边是成排的化工槽罐,怪异扭曲的水管从中延伸出来,像蜘蛛腿一般。偶尔,远处的排气管会向空中喷射巨大的火球,女孩们也会被喷射声吓一跳。空气中弥漫着浓浓的烧焦塑料的味道,化学霾宛若一张厚厚的毛毯裹着他们。艾尔西发现她每走十来步就咳嗽不止,烟雾如此浓重,她感觉自己的肺像被保鲜膜包裹着,呼吸极为困难。

最后,他们走到了一面高高的篱笆前,篱笆用钢丝编成网状,顶部还用蛇腹形铁丝网缠得紧紧的。昂桑科打开门栓,推开门,让队伍穿行而过,然后在身后把门锁上。具有显著人造特征的工业废墟地在篱笆处戛然而止,篱笆的另一侧是一面绿晃晃的树墙。他们站在了荒野禁地的边界上。

树木葱郁,遮天蔽日,艾尔西无法想象生物可以长这么高。树与树之间长满各式各样的植物,像个植物园,所有你能想到的深深浅浅的绿色,在这里都能看到。它们都浸在亮白的雪中,肆意生长,互相缠绕,整个森林仿佛被热情过头的家人抱了个满怀。

昂桑科走到一条水沟旁,那水沟就在第一行树前面。他手放在屁股上，凝视着丛林。艾尔西觉得，他可能正在寻找丢失的其他试验品——那些他献祭给丛林及其所谓"禁越边界"的孩子们。可事实上，他又低下头看看脚边的欧洲蕨，拨开叶片，露出一个钉在冻土之中的木桩。他从口袋里掏出一个线球，把线放开，并用前臂丈量好线的长度。按这样的方法，他缠了三个小线球，每捆线的末端都系在了木桩上。他回到戴斯迪梦娜旁边，拿起三个白盒子中的第一个，调了调刻度盘。"R. M.——蕾切尔·梅尔堡，"他说，"请上前。"

她遵从了，胳膊却在专为此次行动而发的军用风雨衣下发抖。

"这次实验需要试验品完成一项任务：你们走入丛林五十码后，就要试着回到出发的地点。你们可以用这捆细线测量距离，同时利用它指引你们往回走。我将通过异频雷达来追踪你们。一旦你们愚蠢地尝试逃跑，我会找到你们，并让你们付出代价。你们不再属于外面的世界，而只是失踪的孩子。你们的寄宿证明已销毁，档案也已清除，逃跑并不是明智的选择。不过，只要你们在走出规定的五十码后，能利用细线回到我身边，我就心甘情愿地赐予你们自由。"

蕾切尔和艾尔西彼此对视了一眼。玛莎深深地吸了一口气。

"对，你们将摆脱昂桑科之家的枷锁，不再被迫清理、刮擦、装配微小却极其昂贵的机械零件。加入另一所孤儿院！寻找你们失散多年的姑妈迈拉！怎么做都随你们。此外，我从这广阔的自然资源中无论能收入多少钱，都将把百分之十五的钱留给你们。建立信托资金，存在你们名下，由你们管理。若是依靠你们的帮助，我们能在科学和文化上取得重大突破，那便是你们应得的。你们觉得怎么样？"

女孩们没有作声。她们都直直盯着前方的丛林。

"那我就把你们的沉默当作默许了，"他说道，举起白盒子，"现在，蕾切尔·梅尔堡，请抓住一捆线开始走。祝你好运！祝你成功！"

走之前，蕾切尔望了妹妹最后一眼。艾尔西透过蕾切尔乌黑的发丝，凝视着她的眼眸，那眼眸清澈明亮又充满恐惧。"蕾切尔，"艾尔西说，"我会找到你的。"蕾切尔颤抖着，从伙伴们的面前转过脸去。她拿起末端已磨损的细线，开始向丛林走去。

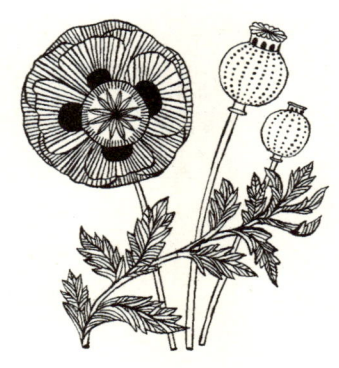

第 十 二 章

不速之客

　　普鲁到达聚餐地点时,大会堂的边边角角都挤满了狂欢的人。一支坛罐乐队已在角落里简单支好了乐器,正在演奏一首疯狂的曲子:洗衣盆贝司奏出低沉激进的旋律,拿班卓琴的女孩歌唱着长而缓的巴尔奇河。普鲁在门口站了一会儿,之后有人招呼她进去,给了她一大杯热气腾腾、加了香料的苹果酒。与议会树和那个奇怪的稚者的会面仍让她感到困惑不解。柯蒂斯来到她身边,关切地拍了一下她的肩膀,她才摆脱了这种感觉。

　　"嘿,"他说,"欢迎参加聚餐。现在来庆祝一下这不可思议的生活吧。"他举起手中的一大杯酒。

　　为了腾出跳舞场地,几个人正在大厅一侧收拾桌子。一群年轻人兴奋地聚在一起说说笑笑,一个男孩在磨花了的木板上撒着木屑。普鲁微笑着,呷了一小口杯子里的酒,温热的苹果酒似乎浸润了她的每一根血管,给她冰冷疲惫的四肢带去了急需的热量。突然,她听到有人喊她的名字,转过头一看,发现一脸不高兴的狐狸斯特林就在眼前。

"普鲁·麦基尔,"他说,"你在这儿干什么?"然后他看了一眼柯蒂斯,"还有你,强盗柯蒂斯!你应该让她藏在强盗营才对!"

柯蒂斯无言以对,只好向普鲁求助。

"很高兴见到你,斯特林。"普鲁说。

狐狸对她怒目而视。

"没关系,"她安慰道,"我们很安全。我们很好,我们必须来这儿看一眼依菲琴尼亚,看一眼议会树。"

听到神秘人士长老的名字,斯特林脸上显露出悲伤,低下头看着他手里拿着的白锡杯子。"上帝让她的灵魂安息,"他说,"我知道她不信这些关于上帝、诸神的话,但无论如何,我还是要说。上帝让她安息,她是一个可爱的女人。"

"是的,她是。"柯蒂斯说,他希望狐狸悲伤的情绪可以转移他的注意力,不再回到原来那个话题。

然而,斯特林又恢复了他那严厉的腔调。"但是有些事情该怎么做就得怎么做,"他脸上露出担忧的神情,然后悄声说道,"这是她的命令,让孩子在强盗营地待着,就这么简单。"

普鲁打断他:"这不是柯蒂斯的错,是我的错,我不能一直藏着。有些事情我无法解释清楚,但是我感觉到依菲琴尼亚正……正面临死亡。我能感觉到。我有一种强烈的冲动要到北方丛林来一趟,看一眼议会树。"

"好吧,那你去了吗?"狐狸问道,"你看到议会树了吗?"

"我去了,看到了。"

"那么就回强盗营地,立刻,如果需要,我会给你俩备马。"

"我们会回去的,"柯蒂斯说,"我们保证。返回之前让我们先调整心情、休息一会儿吧。"

狐狸瞅了瞅两个孩子。最后,他妥协了。"那么,好吧,"他说,"就今晚。我希望你们明天一早就离开这儿。"

"好的!"普鲁说。柯蒂斯朝狐狸摆了摆手,然后把普鲁拽到了温暖的篝火旁。

"过来,"他说,"你看起来精疲力竭。"

"我只需要坐一下。"普鲁说。

篝火在石炉中燃烧着,普鲁在石炉周围的一张长凳上坐下,柯蒂斯一屁股坐在她旁边。在这里,聚餐的狂欢气氛被打破,取而代之的是人们用温柔的低语互相安慰,眼含泪水静静微笑。房间另一端的宴

会桌上，放着一幅用铅笔描绘的神秘人士长老画像，画像旁边摆放着用这个季节生长的第一批白色和绿色的植物编成的花环。篝火的另一边，塞普蒂默斯正在款待某位老鼠淑女，向她讲述自己版本的柱基之战，鼠淑女害羞地笑着。普鲁和柯蒂斯凝视着黄色的火焰。

"怎么了？"柯蒂斯问。

普鲁揉了揉双眼："我不知道，我只是刚刚经历过一次奇怪的交流，现在正试着把一切搞清楚。"

"发生什么事了？"

"我和议会树谈话了，或者说，它和我谈话了，通过一个孩子跟我谈的。"

"真的？它说什么了？"

"唤起真正的继承者。抱歉，应该是复活真正的继承者。"

"好吧，"柯蒂斯喝了一小口杯子里的酒，说道，"是很奇怪。"

"你知道是什么意思吗？"

他的眼神转向别处，似乎在头脑里琢磨这句话。"我不知道。"最后他说道。

"阿列克谢，"普鲁说，"我们需要复活阿列克谢。"

"噢，"柯蒂斯说，然后又说道，"**噢**！你的意思是，亚历山德拉的儿子，死了的那个？"

"是的。"

"但是为什么呢？这是要做什么？"

"我不知道。好像跟带来和平有关，联合三棵树什么的。"

"有三棵树？像议会树一样吗？"

"显然是，"普鲁看着杯子里赤褐色的液体说，"它还说这样做能拯救我和朋友们的性命。"

"好的，我赞成这件事！"柯蒂斯说。

"我也是。"普鲁说道，勉强挤出了一丝微笑。

乐队改为演奏一首中速的华尔兹舞曲，小提琴也开始演奏高昂的旋律。在木屑地板上扫过的脚步声给这支乐曲增加了一种庄严的节奏感。两人谈话的间隙，柯蒂斯思考了片刻。"我是说，如果这是它告诉你的，那么就必须做这件事，对吗？我们该怎样做呢？"

"'找到制造者，'"普鲁说，"议会树是这样说的。需要有人找到他们，这样才能修补机械王子。"

柯蒂斯用手擦了擦困惑沮丧的脸。"它还真是一棵爱指挥人的树，"他说，"阿列克谢现在在哪儿？我是说，尸体。"

"我猜可能在某座地下墓穴。"

"呃哦，"柯蒂斯做了个恶心的表情，接着说道，"算了，至少他是一个机器人，不会像真正的尸体那样腐烂。我觉得只需前往南方丛林并告诉那里负责的人需要做什么，我们的任务就完成了，对吗？"

普鲁摇了摇头："我不这样认为。议会树还说，其他人也会试图这样做，如果他们成功，那我们就失败了，议会树也就失败了。从你告诉我的南方丛林的形势来看，我猜就这样去那儿告诉别人我们的打算，并不是一个好主意，我认为可能会有很多人阻碍我们。"

"但你是——"柯蒂斯充满爱国热情地把手放在胸前，说，"自行车少女！让乱世重入正轨！人们肯定会不遗余力地完成你安排的工作的。"

普鲁尴尬地拍开他的手："我可没这么确定，我的意思是，有些人也许会这样，但我敢打赌我在那儿早已树敌众多。"

柯蒂斯同意她的观点。"呀,"他说道,"大人们啊,明明拥有一个神奇的王国,却仍然会把事情搞砸。"

"而且,还有变形杀手追杀我们。"普鲁说。

他们沉默了一会儿,一起痛饮加香苹果酒。塞普蒂默斯的那位鼠淑女正被他的话逗得哈哈大笑。角落里的坛罐乐队宣布一起跳对舞,情侣们开始排队等候。柯蒂斯看了看他的朋友。"想跳吗?"他问道。

"什么?"

"有时候,你周围的世界分崩离析,你能做的事只有跳舞,不是吗?"柯蒂斯站起来,弯下腰伸出手去邀请她。

普鲁害羞地笑了笑。她从长凳上站起来,行了屈膝礼,尽管之前她从未行过此礼。"我很乐意。"她说,他们两个人手拉手,一起走向舞池。

舞池中挤满了热切的舞者,拿小提琴的年轻人向前跨了一步,琴在他右臂下,弓在另一只手中。"女士们,先生们,"他声音洪亮,"动物们,下面是一首吉格舞曲《科尔顿的幻想》,请找好你们的舞伴。"他把小提琴拿到颈部,开始演奏一首生动的快节奏乐曲,他身后的人群迅速感受到了这欢快的曲调。熊使劲拨弄着洗衣盆贝司的单弦,熊爪让乐器发出的低音恰到好处;弹班卓琴的是一个梳着金色发辫的少女,她拨弦时盯着自己旋转的手指。这些节奏被一把木吉他的声音调和——一个长着小胡子、穿着连衫裤的年轻人正坐在倒立的苹果箱子上疯狂地弹奏。乐声飘过人群,在厅椽之间迂回行进,犹如精灵发出的低沉怨言。自第一个音符响起,人们就活跃起来。普鲁与柯蒂斯也跳起了舞。所有舞者都由乐队引导,那位小提琴手会时不时地拨弄一下自己下巴底下的小提琴,并发出指示。

"方形舞步!"

"换位舞步!"

"让你的舞伴转圈,一圈又一圈。"

他们两个人以前在体育课上用了足够的时间练习对舞,所以现在能跟上这些基本舞步。他们步调不一致时,身边有足够多舞者可以带上他们。音乐停止时,他们满脸通红,普鲁的几缕刘海汗涔涔地贴在前额上。他们几乎没有时间喘息,小提琴手就站出来宣布另一支舞开始。

这时,大厅后方一阵骚动。

大门附近爆发了某种争斗。乐队兴致勃勃地试着在骚动中演奏,但过了一会儿,每个人的注意力都转移了,他们不得不停了下来。外面刺骨的寒风吹进大厅,雪花疯狂地打着旋在空中飞舞,一群不速之客冲进了房间。普鲁和柯蒂斯看到一头灰白色的老狼,一只眼戴着眼罩,还有两位当地的治安官——其中一位是野兔,头上戴着滤锅。

"别动,毒蛇!"狼喊道,"把你的手拿开!"

今晚的大多数时间,斯特林都待在宴会桌边,他立刻站了出来。"这是干什么?"他质问两个治安官,"为什么要这样对待这头狼,塞缪尔?"

野兔向前一步,正了正头上歪了的滤锅,整理了一下自己的仪表:"长官,我们发现这头狼在长路边的沟渠里大声地自言自语。据我观察,他的行为举止与在公众场合应有的表现极不相符。他浑身臭气,胡言乱语,说的事情全不着调。我觉得他应该是喝了太多罂粟啤酒,已经出现幻觉了。不管怎样,我认为在拉他去醉汉监禁室醒酒之前,需要向您汇报。"

狼一下子跪在地上,两位治安官尽力压住他的两条胳膊。这时,狼哭了起来,他抽泣的声音一轮接着一轮,大滴大滴的眼泪从他没戴眼罩的那只眼里流了出来。

斯特林突然认出了这个醉汉,他极力遏制住自己的愤怒,一把抓

住狼的军装,把狼举到和眼睛齐平的高度。"唐那宾下士,"他说道,"你有什么要为自己辩解的吗?"

狼遭到治安长官的质问后,哭泣一下子变成了一阵奇怪的大笑。"哈!"他大声说,"使出最恶劣的手段啊,朋友,亮出你拿手的酷刑吧。"他的话含糊不清,说话时唾沫星子从嘴里喷出来,"我才不怕你这只变形的狐狸。"他推开斯特林,摇摇晃晃地向后退了几步,举起双手好像要挑战狐狸,准备出拳。

"你到底在说什么?"斯特林问道,"你真的是精神错乱了。"

"等一下!"这次是普鲁开口了,她已从舞池跑了过来,看着这场骚乱,"变形狐狸,狐妖!关于他们你知道什么?"

柯蒂斯也跟着她走了过来。他满脸怜悯地看着下士:"就是这头狼提醒我们有杀手的。问题是——他来这儿干什么?"

"快回答,"斯特林命令道,"你为什么返回北方丛林?"

狼对斯特林的命令充耳不闻。他突然盯住普鲁和柯蒂斯,一脸惊恐。他脚下踉跄,伸手去扶旁边的桌子,打翻了一盘银杯子。"你们!"他喊道,"你们——孩子们!"

"怎么了?"柯蒂斯向前迈了一小步,问道。

"**不!**"狼尖声大喊道,"**不!**你们——你们——应该死了啊!"

普鲁和柯蒂斯脸上露出不安的神情。"你在说什么?"普鲁问道。

"走开!"唐那宾尖叫道,"都走开,污秽的鬼魂!回到你们来的阴曹地府里去!"他从桌子上拿起一把漏勺,把它像剑一样挥舞着。在他攻击范围内的宾客都一跃跳到安全距离之外。斯特林从腰带里拔出一把修枝剪,塞缪尔则拿起一把小园艺铲。

"冷静,"斯特林说,"放下勺子,老家伙。"

唐那宾仅剩的那只眼睛还一直盯着普鲁和柯蒂斯,瞪得很大,布满血丝,眼神狂乱。他冲着他们龇牙低吼,毛发纠结的嘴巴露出黄牙。然后,有什么东西突然改变了,他脸上露出一种领悟的神情,嘴紧紧合了起来。眼泪从他眼中涌出。他再次埋头趴在地板上。

"噢,我太对不起你们了,"他又胡言乱语道,"真的,真对不起。"

尽管斯特林反对,普鲁还是跑到了狼的身边。她把手放到他的肩上。"发生什么事了?"她问道。

狼泪眼汪汪地抬头看着她:"去他妈的,都怪我。我以一品脱罂粟啤酒的价格把你卖了。"

"你什么意思,把我卖了?"

"你和这个男孩,还有那个老妇人。他们所有人。我感到非常抱歉。"他的话淹没在又一阵啜泣中。

"说清楚点,伙计!"斯特林喊道。普鲁生气地向他摆了摆手。

狼又开始说:"那该死的液体,甜美却有毒。那就是我得到的所有东西。你能责怪我吗?那些黑色狐狸,在我最需要的时候朝我走过来,当时看来似乎就是一件小事:和他们谈谈话。所以我跟他们谈了话,把他们想知道的告诉了他们。我告诉他们,男孩和女孩去了营地,营地在大峡谷中,他们藏在那儿,还有强盗大王。"

普鲁听了震惊得说不出话来。

"你都做了些什么啊?"柯蒂斯低声说道。

"就是这件事!"狼呻吟着,他的声音减弱为一种疯狂、单调的喃喃自语,"这就是他们需要我做的所有事,那时候看起来微不足道。可是现在酒干了,而我在这里,一个可悲的家伙。再没有罂粟啤酒激起我口渴的欲望,只有我的爪子上沾满了鲜血。"他举起爪子,满脸悲伤地看着它们。"看!"他喊道,"血!最鲜红的血!孩子们的血!"然而他爪子上有的只是灰白的皮毛,夹杂着泥土。

他们一刻也没耽误,立即出发。斯特林设法从附近农民的马厩里找了两匹马,但他还是一刻不停地向两个孩子表示反对。"这太疯狂了!"不一会儿又来一句,"你们简直是羊入虎口!""你们将踏上失控的火车,进入隧道,到达一个车站,噩梦中所有最可怕的魔鬼举行派对来欢迎你们。"这是比较长的一句。

"最后这句话我倒是挺喜欢。"塞普蒂默斯说,他仍然尽职尽责地站在柯蒂斯的肩膀上。

事实上,不听斯特林的反对意见的主要还是柯蒂斯,他执意要尽快回强盗营地一趟,警告布兰登和其他强盗。他已经违抗了强盗大王的命令,这样做不仅有可能暴露来之不易的营地,而且让整个强盗家族都处于危险之中。老鼠也支持他这么做,尽管他并没有宣誓加入强盗阵营。事实上,没人能够告诉他们那些变形狐狸为取得猎物会做出什么,而任何一个称职的强盗都不会透露普鲁的藏身之处,他们宁愿去死。正是这点令人担心。

在准备动身的过程中,柯蒂斯几乎没对普鲁说什么话。虽然他极力克制,没有向她发火,但她能从他眼中看出怨恨。毕竟,是普鲁的错,让他们离开躲藏之地。但不管怎样,这并不能改变唐那宾已经暴露他们位置的事实。那么又是为了什么呢？不，她觉得，柯蒂斯生气是因为在营地最危急的时刻，他没能待在那里。舍弃家人不是合格的强盗，而现在强盗们就是柯蒂斯的家人。

在远处教堂山顶的上方，一场暴风雪正在酝酿之中。乌云悬浮，遮盖了山顶。他们骑上马，迅速告别了大会堂外聚集的人群。他们都披了厚厚的披肩——是一个农民送的。此时临近午夜，一轮银色的月亮出现在乌云中，就像一只苍白的眼睛。他们踢了一下马的侧腹，向长路疾驰而去。

他们疾速穿过白雪覆盖的道路，路上没有任何行人。普鲁落在后面，每当她试着和柯蒂斯并驾而行时，后者总是策马向前。这一路他们都没说话，只停了一次，让马饮了水，他们也吃了些装在普鲁背包里的干粮。可就在这一过程中，他们也就这样沉默、尴尬地站在那儿，柯蒂斯的两只眼睛一直盯着地面。

"柯蒂斯，"普鲁打破沉默道，"没关系，我们会及时赶到的。"

他没有回应，但是突然把吃了一半的苹果扔到了旁边的树林里，紧接着骑到了他的栗色马上。"快来，塞普蒂默斯。"他说道。老鼠看了一眼普鲁，耸耸肩膀，跳到柯蒂斯的马上。普鲁黯然神伤，只能默默地跟上。

暴风雪席卷分割北方丛林和荒野丛林的山脊，这大大阻碍了他们前进的速度。能见度基本降到了零，前面的路淹没在浓厚的白色云雾中。他们用披肩把脸裹起来抵挡狂风暴雪。路的一旁有间看似温暖的小屋，一座高高的石冢立在门口，窗户里透出光亮。他们经过时，一个男人请他们进去避寒。然而，当普鲁建议柯蒂斯接受男人的邀请时，他的表情却冷若冰霜，一副拒人于千里之外的样子。于是，普鲁谢绝了那个男人，把披肩往脸上拽拽，继续他们的行程。

他们一整夜都在飞速驰骋。普鲁正在马鞍上昏昏欲睡，前方侦察的塞普蒂默斯突然在树枝上叫喊起来——他找到了强盗们的一条二级供应路线。他们悄悄驶离主路，穿过树木跟上塞普蒂默斯。黑暗逐渐褪去，一层诡异的薄光罩住了周围披挂白雪的世界。清晨到来后，柯蒂斯看上去更着急了。很明显，马儿急需休息，可他仍踢着马腹，催马快跑。

"那是什么？"普鲁疲惫地喊道。柯蒂斯没有回答。他们沿着小路走了一会儿，来到了一面由沙龙白珠树和黑莓藤组成的墙前，这里掩藏着强盗营地的入口。塞普蒂默斯站在那里等着他们。

"看这里。"他说。

有人已经在这绿叶棕茎缠绕的地方撕开了个大洞，柯蒂斯看到洞后，立刻从马上跳了下来。一种强烈的、呛鼻的烟味弥漫在空中。三个人都明白发生了什么，但一句话也没说。他们来晚了。

一穿过灌木墙，原来长满青苔的平地就变成了陡峭的悬崖。可以看见并闻到黑色刺鼻的烟雾从峡谷深处飘出来。他们立刻滑到低层平台，有道绳桥把峡谷两侧连接起来，远处的一侧没有灯光。

"发生什么事了？"普鲁哑着嗓子问，"大家都去哪儿了？"

他们跑过桥，发现之前用来引领访客的灯笼扔在地上，变成了一堆弯折的金属和玻璃碎片。普鲁用手指摸了摸平台木栏杆的一片划痕：磨损的木头表面有一道道裂纹，上面沾了血渍。步道远端的营地没有一点声音。

"不，不，不，不。"柯蒂斯不停地重复着。

他们沿着步道往前走，不确定前方有什么在等着他们，可是他们只走到了东塔。那里的绳桥断了,没有其他路可走。夜晚的降雪覆盖了峡谷每一寸地方,也覆盖了所有脚印。站在他们的位置,可以看见岩石表面飘浮着从山洞里冒出的黑烟。远处,火舌舔着一座木建筑,楼梯子烧成了黑色的一堆,在寒冷的空气中闷燃。一阵断裂声传来,普鲁看到峡谷间的一条索道断开了,伴随着巨大的哗啦声落了下去。火苗一直烧着它最后一根固定轴,最后,整条索道都掉进了空旷的峡谷里。

"布兰登!"柯蒂斯把手拢在嘴边大喊,却没有得到任何回应,"爱丝琳!有人吗?"四周仍是一片寂静。

塞普蒂默斯沿着麻绳滑到崖面低处的建筑物上。"都走了,一个人都没有!"他的声音带着回响传了过来。这是普鲁第一次听到老鼠真正为什么事情担心。

"也许他们在狐狸来之前就离开了。"她提出一种可能性,柯蒂斯仍然没理她。"听着,柯蒂斯,"她说,"你一定要相信他们比那些狐妖聪明。他们必定已经知道狐妖们要来,也许这只是一个障眼法。"

"一个障眼法?"柯蒂斯转向她,"你在和我开玩笑吗?你知道建立这样的营地要花多长时间?要很多个月一直不停地工作。这不是障眼法。这是斗争后的残骸。这场战争毁了这个家——我的家。"他坐靠在塔的栏杆上,双臂抱在胸前,下巴埋到披肩里,好像要用披肩把自己藏起来。普鲁本能地与他保持了一段距离。

"对不起,"她说,"真的对不起。"

"是我的错,"柯蒂斯说,"我应该留在这儿,我应该和他们在一起的。"

"我不应该让你离开。我应该待在这儿,待在依菲琴尼亚让我待的地方。"

柯蒂斯非常生气,脸涨得通红:"是的!你应该好好待着。这都是你的错。我告诉你要留下,也向你解释过我们应该怎么做,你却偏要走,不是吗?"

"你本可以留下的,"普鲁反过来质问他,"我没有强迫你跟着我或做任何事。"

"但你并没有给我什么选择的机会,不是吗?"他站了起来,与她对峙,"你,每件事总是关于你,不是吗,普鲁?厉害的普鲁·麦基尔总是知道发生的事,总是掌管一切。你从来不关心其他人怎么想,不是吗?"

"不是这样的。"

"哼!"柯蒂斯轻蔑地笑了一声,"自我们走入这个地方开始,我就一直生活在你的阴影里。你不顾一切地前进,把所有东西都毁在你的脚下。"

面对这样的指责,普鲁的眼睛里涌出了泪水,但柯蒂斯没有心软。"我们总要迁就你。在这里我有家人、朋友,普鲁,现在他们都不见了,是我抛弃了他们。"他边说边用手狠狠地拍着自己的胸膛,"说得好像你明白那意味着什么。你的朋友呢,普鲁?你有其他的朋友吗?我是你唯一的朋友吧,普鲁,是不是?"她没有回答,这时他又说:"怪不得呢。"

普鲁被刺痛了,她用满含泪水的眼睛抬头看着他。"你还说呢,强盗营地不是你抛弃的第一个家。"她说道,尽管说完后她立刻就后悔了。

柯蒂斯盯着她,沉默不语。

她意识到已经到了不可挽回的地步，索性大声说道："你真正的家人呢？啊？你的姐妹，你的父母呢？你何曾考虑过他们？你只考虑你自己。"普鲁边说边擦眼泪。

柯蒂斯噘起了下唇。"收回那些话，"他用手指着普鲁，"你给我收回那些话。"

"冷静！"一个声音传来。塞普蒂默斯的鼻子从栏杆探了出来。"有和自己朋友打架的规则吗？强盗法则里有这条吗？"

"说得好像你什么都懂，老鼠。"柯蒂斯抱着胳膊，怒气冲冲地说。

"那你来吧，冲我来，我可以承受。"

柯蒂斯似乎克制住了，他静静地站着。普鲁目不转睛地看着他，眼睛红肿，似乎要流出更多的泪来。老鼠站在开垛口悲伤地望着冒烟的营地废墟。他用手指轻敲着牙齿。"糟糕，"他说，"十五只狐妖都无法做到，更不用说三个了。"

普鲁看了看柯蒂斯："我们必须离开。"

柯蒂斯依旧保持沉默，塞普蒂默斯仔细打量着他。普鲁又重复了她之前说的话："我们必须找到制造者，柯蒂斯。那棵树——"

"噢，别提什么树了，"柯蒂斯使劲一挥胳膊，"我的家在这儿，和强盗们在一起。"

"强盗们都离开了，柯蒂斯。"她走上前去，想把手搭到他胳膊上，男孩却往回一缩。

"让我自己待一会儿。"他说。

这时不远处传来一个声音，女人的声音。

"孩子们，"声音说，"不要吵架。"

普鲁和柯蒂斯看见对面有一只黑狐，她的毛随风飘着，上面沾着血。她从一个洞口走了出来。另一只狐狸跟在她后面，露出黄色的牙齿。

普鲁跌跌撞撞地向后退去，柯蒂斯伸手摸腰带上的弹弓。

"我不是有意偷听的，但我必须说这些琐碎的争吵毫无意义。"从黑狐口中传来的声音让普鲁感觉非常熟悉——她记得就是这声音曾描述过花蕊的构造。"不要把你们的最后一口气浪费在谁做了什么和谁抛弃了谁的问题上。"普鲁、柯蒂斯与两只狐狸之间有一条狭窄的石隙，曾经用绳桥相连。那两只动物轻而易举地跳过石隙，站在沿塔的外表面攀援而上的台阶的底部。柯蒂斯把一块石头放在弹弓上准备射击。

"退后，"他说，"你们敢靠近，就让你们好看！"塞普蒂默斯站在他肩上，抓着他肩饰上的布。

达拉冷笑了一声："噢？你要干什么？朝我扔石头吗？"

两只狐狸绕过第一层台阶时，柯蒂斯精确瞄准，射出了石头，正好击中了第二只。这只狐狸跳起来，呜咽地叫着，差点失足掉下台阶。

"打得好。"塞普蒂默斯大声喝彩。

"别再打了，小男孩。"达拉说。柯蒂斯从腰带上的袋子里拿出另一块石头放到弹弓上。他走上前去迎战攻击者。

"会有更多的石头从这儿出去，"他挑衅地说道，"在你大功告成之前，你还要对付一个强盗才行。"

普鲁拽着柯蒂斯的衣袖把他拉到了后面的步道上。这条步道在塔墙的另一侧，走下去就是他们发现破碎灯笼的平台。他们仍然有时间逃跑，她理论道。她想象不到整个强盗营地发生了什么，但她并不想见证这两只阴险的狐狸能对两个不到十三岁的孩子下怎样的毒手。

两只狐狸在盖满白雪的台阶上留下了清楚的爪印。柯蒂斯又发射了另一颗石头。达拉躲开了,她颈部的毛竖了起来。

"我说了,"她咆哮道,"不要再打了!"

说完,她弯腰发力,跃上了最后几级台阶。她跟在两个孩子后面,用一种缓慢且有技巧的方式逼近他们。普鲁谨慎地在结冰的步道上后退,并试图拽走柯蒂斯。柯蒂斯正试着把另一颗石头放到弹弓上。然而,他的手指冻得僵硬,手一滑,砰的一声,石头飞到了塔顶的木地板上。

"快走,柯蒂斯!"普鲁嘘声说。

"不要忙着走啊,孩子们,"达拉说,很明显,她很享受捕猎的最后阶段,"你们真的已经无处可逃了。不管你们走哪条路,都逃不出我们的手掌心。我们历经千辛万苦才找到你们,如果你们在这最后时刻乖乖认命,我会感激涕零的。"

柯蒂斯低声咒骂了几句,同时在袋子里摸索另一块石头。普鲁在步道木板上滑了一下,差点掉下去,不由尖叫一声。听到叫声,柯蒂斯连忙转身,抓住普鲁。他扶她站了起来,两个人继续后退,两只狐狸步步紧逼。

"强盗们都怎么了?你们对他们做了什么?"柯蒂斯放弃了用弹弓战斗的想法,因为这似乎没能阻止狐狸前进。

"噢,一些死了,"达拉漠不关心地说道,"一些逃跑了。我得承认,他们是一群好斗的家伙,但是最后,我凭借聪明才智赢了他们。柯蒂斯,很抱歉地说,他们很快就把你们出卖了。你的家人就如此忠诚吗,啊?"

"你在说谎。"柯蒂斯回答。他们已经站在平台上了,在他们和峡谷另一边之间只剩一座绳桥。迈上摇摇晃晃的木板条后,他们加快了步伐。风呼啸着吹过峡谷,吹得桥晃来晃去,咯吱作响。塞普蒂默斯从柯蒂斯肩上跳下,开始沿着其中一条锚索跳跃。眼看就要到达另一端时,他突然尖叫了一声:只见一个身穿绿色运动服的女人从绳索另一侧的悬崖上跳下,正从桥的另一侧向他们靠近。

"啊,卡莉斯塔,"达拉看着那个女人说,"真高兴你能加入我们。"

"别动!"塞普蒂默斯转身对两个孩子小声说,"我们被包围了。"

三个杀手减慢了步伐,其中两个在桥的一侧,第三个在桥的另一侧,他们静静地、从容不迫地挪着步子。柯蒂斯和普鲁背对背紧紧地靠在一起,盯着向他们逼近的杀手。

"要结束了,普鲁。"柯蒂斯说。

"嗯。"普鲁说。

"我对我之前说的那些话感到抱歉。"

"我也是。我觉得你一点都不自私。其实,我认为你是一个真正伟大的人。"

"真的吗?你那样认为?"柯蒂斯问。

"嗯。"

杀手越来越近。

"我也觉得你是一个伟大的人。"

"谢谢。"

杀手现在在一步距离之内。普鲁在绝望中迅速扫了一眼周围的环境。要想从包围他们的敌人手中逃走,唯一的出路就是跳下去。

她从桥边望下去,峡谷里一片漆黑。峭壁上的石头隐没在完全的黑暗中。这时,她偶然发现手边的缆绳磨损严重,只剩几条纤维把绳子连在一起。她在背包里找到了之前放在里面的折叠刀。她打开刀,动作夸张地朝绳索挥舞着。

"你们要是再靠近,"她喊道,"我就把桥砍断!"

"什么?"柯蒂斯说。

"什么?"塞普蒂默斯说。

穿运动服的狐妖卡莉斯塔停下脚步。她怀疑地看了看普鲁。"你不会的!"她说。

"是的,"柯蒂斯声音颤抖地表示赞同,"你不会的,对吗?"

"你试试看。"普鲁说。她回过头去看了看达拉,后者停在了桥的第四块木板上。

"你在吓唬我们。"达拉说。

"不,我没有。"普鲁回答道。

"你确定你不是在吓唬他们吗?"塞普蒂默斯问道。

普鲁把刀刃放到磨损的绳索上。达拉聚精会神地看着她。她向卡莉斯塔点头示意,这个女人开始后退。

"把刀子放下,亲爱的,"达拉说,"这样做是非常愚蠢的。你看这样如何:乖乖投降,我们可以考虑放你们一条生路。"

普鲁嘲笑了一声:"这是我听过最垃圾的废话。你们杀了依菲琴尼亚。你这个邪恶的女人,或是狐狸,管你是什么,你怎么可能不杀我们呢?"

"哎,那么我们陷入僵局了,对吗?"达拉叹息道。她向前伸出一只爪子,向孩子们靠近。普鲁看到她的腰开始抖动,显然是要扑上来。

"抓住,伙计们!"普鲁深吸一口气,割断了绳索。

有人在尖叫。电光火石之间,普鲁分辨不清到底是谁。听起来像是女人的尖叫,但她以前曾听柯蒂斯也这样叫过。不管怎样,绳桥断开的瞬间,他们脚下的世界天翻地覆般旋转,木板条也快速、猛烈地翻向一侧。她又听见有个人大喊一声"不!"就像哀悼失去了最爱的人,就像正在见证一生中最惨痛的经历。她突然意识到那是达拉,不由对这只母狐狸产生了同情之心。普鲁的手好像被别人而不是她自己控制一样,伸出来抓住了断桥的一根绳索,她的身体像断了线的木偶一样晃来晃去,吊在疯狂摆动的绳索下方。她看见卡莉斯塔尖叫着,掉进了空荡的峡谷中。

普鲁的背包猛地在她脖子上拉了一下,她看见是柯蒂斯,塞普蒂默斯还紧紧地贴在他肩膀上。柯蒂斯抓住了背包,只揪着一条背带悬挂在峡谷上方。男孩和老鼠齐声尖叫,这时普鲁意识到,刚才是塞普蒂默斯发出了那声女人般的尖叫。她同时还意识到自己的手指在一秒钟内从鲜红色变成了白色,她和柯蒂斯的重量让她手里的细绳不堪重负。

"柯蒂斯!"她歇斯底里地喊道,"我抓不住了!"

她看了看达拉,后者已经变回了人形,正双手交替摇摇晃晃地向她靠近。达拉花罩衫的袖口被撕破了,上面粘着泥土和血渍。她的脸愤怒得变了形。她似乎跨立在人类和动物的世界之间,仿佛在一瞬间强力的作用下,她冻结在了变形过程中。她伸手去抓普鲁,普鲁可以看到她手腕上的一圈黑色细毛,还有她爪子上的指甲。世界似乎变慢了。

就在这时,整座桥断了,普鲁和柯蒂斯向一边甩去,达拉则被甩到相反的方向。塞普蒂默斯紧紧抓住柯蒂斯肩章的边穗,他女性般的尖叫声变为重复不断的宣告:"噢,噢,噢,噢。"普鲁看到达拉重重地撞击在对面的崖壁上,然而她并没有机会高兴,因为紧接着她也撞在了岩石上。她的手指顽强地抓了这么长时间,在这一刻终于不听指挥地松懈了,他们三个——普鲁、柯蒂斯、塞普蒂默斯,旋转着跌落下去,坠入了漆黑一片的深渊中。

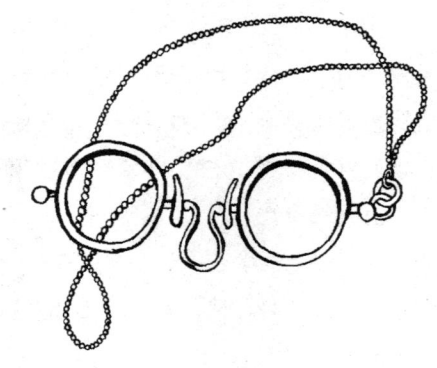

第 十 三 章

一份让人想入非非的美差

昂桑科身后的门重重地关上了。他站在门边,平静而绝望地凝视着乱糟糟的办公室。接着,他向后靠到了木门上,这个动作使他头顶的帽子前倾,掉到了地上。他气冲冲地一把抓起帽子,朝桌子走去,然后重重地坐在了椅子上,压得椅子发出咯吱咯吱的声音。他试图将帽子扔到衣橱旁的帽架上,却不走运,扔偏了,帽子滚到了旁边的垃圾桶里。昂桑科一动不动地坐了一会,然后把手捂在脸上,头靠在桌子上。

门口有人敲门。"乔弗瑞,亲爱的?"门外是戴斯迪梦娜。

"亲爱的,稍等。"他回应道。他坐直身体,擦干脸上的几行泪水,说道:"进来。"

门开了,穿着光鲜亮丽的玛德拉克小姐走了进来,手里拎着一个公文包。"你还好吗?"她关切地问道。

"嗯,很好,"乔弗瑞回应,"我只是在休息。"

"设备在我这儿。"

"哦,好。给我看看。"

戴斯迪梦娜把公文包拿过来,解开上面的搭扣,把里面的三个白盒子放在架子上,盒子上依次写着 R. M.(蕾切尔·梅尔堡)、E. M.(艾尔西·梅尔堡)和 M. S.(玛莎·宋)——架子上还放着其他很多几乎一模一样的盒子。在转身面对昂桑科之前,她近乎母亲般慈爱地看了一眼那些盒子。

"她们会再次出现的,我认为。"她说。

昂桑科从鼻子里发出笑声:"也许吧。"

"我觉得那个中国人的信号在屏幕上停留的时间最长,她的信号并没有很快消失。"

"你真这么认为?"

"我是这么认为的。"

"那么,亲爱的,我的宝贝儿,"昂桑科说,"你可就错了。"他用手狠狠地拍着桌子,"她们三个消失了,就这样消失了。一旦她们走出二十码的距离,她们就永远消失了。"

戴斯迪梦娜被他突然的爆发吓到了。"不要为难自己,"她说,"也许下次就不会这样了。"

"下次?"昂桑科听后更生气了,"那上次呢?嗯?叫什么名字来着……卡尔。卡尔·伦奎斯特,那个胖小子。我花了几周的时间来研究那个铜……那个像皇冠的东西。关于铜的属性、铜对磁场产生的影响、饱和度、铁磁性,我做了那么多研究,都是徒劳的!"

"冷静下来，亲爱的。"戴斯迪梦娜安慰他。

"为什么，"他边问边起身，朝装满白盒子的架子走去，"为什么她们都没有再出现？我是说，即便药膏、软膏或者假体起不到任何作用，你也许会认为他们中至少有一个人能找到出路吧？那些幸存者呢？那些设法逃出来的人呢？那些我辛辛苦苦采访的人呢？他们一直在骗我吗？"

"别这么沮丧。"戴斯迪梦娜说。

昂桑科竖起手指，说："对，这全是笑话。那些我在酒吧里，在精神病院里采访的人，他们说什么有穿着十九世纪军装的土狼。他们都在玩弄我。你猜怎么着？我居然上当了。我他妈的上当了，是不是？"他走到桌边，开始粗暴地翻着桌面上的纸堆，"哈哈，等着看昂桑科的笑话。小时候，大家都说我将一事无成。你猜怎么着？我成功了。我成了制造机械零件的大亨。我狠狠打了他们的脸，是不是？但那些人总能笑到最后，就像制作出这个家伙一样地笑话我。"说到这里，他开始在纸堆里找什么东西，但没找到。他把双手插进口袋里，目光在房间里扫了一圈，问："把它放哪儿了？"

"亲爱的，找什么呢？"

"地图，该死的地图，戴斯迪梦娜，那个老头儿给我的那张。"

戴斯迪梦娜感到乔弗瑞越来越生气了，赶紧朝门口走去："我不知道你说的地图。"

昂桑科在纸堆里乱翻，大喊道："地图！地图！上面画着……那些东西。有人把它给了那个老头儿，他又转交给了我。上面画着大树和大厦！"

"不在这儿吗？"

"不，不在这儿。"突然，他想到了什么，"那些孩子，那些偷了异频雷达的孩子。她们中肯定有人……"他的声音越来越小。

"肯定什么？"戴斯迪梦娜问。

昂桑科指着玛德拉克小姐说："去搜那几个女孩的床脚柜。一定是她们，一定是她们偷的。"

"好的，亲爱的。我会去搜，但你必须镇静下来，你现在太激动了。"她生气地说完，转身就走，临走又扔下一句，"还有，不要喊，非常不绅士。"她走后，乔弗瑞·昂桑科独自一人留在办公室里。

他全身瘫在椅子上，用手捂住脸。他仅剩的头发非常凌乱，像孔雀羽毛一样竖着。一点儿鼻涕流了出来，他用袖子擦干净了。他就那样坐了很长时间，用这几年的试验回忆来折磨自己。他非常痛苦。事实上，他想过起身冲向书架，砸烂那些瓶瓶罐罐——他为了找到进入"荒野禁地"的入口而耗费的多年心血。

也就是说，要不是有人敲门，他肯定会那么做的。

"什么事？"昂桑科非常生气。

"先生，"这次是塔尔伯特小姐的声音，"有人要见您。"

他又擦了擦鼻子，整了整毛衣上的褶皱："我现在不见客，谢谢，塔尔伯特小姐。"

"是位先生，他说有要事相见。"

昂桑科盯着门说："我说了，塔尔伯特小姐，我现在不见客。"

安静了几秒钟之后，塔尔伯特小姐的声音又从木门后传来："这位先生说他务必要见到您，先生。"

"他是律师吗？"昂桑科不满地问道。总有很多律师阴魂不散地在他身后紧跟着，妄图攻击他之前某些为所欲为、肆无忌惮的商业行为，但只要写张支票，或给州议员打个电话，一切就迎刃而解。

"先生，我不知道。"塔尔伯特小姐说。

"你不知道？"

又一次停顿："他……有点儿奇怪，先生，我不知道怎么处理。"

昂桑科看了看自己放在桌上的手。梅尔堡家的两个女孩说了什么？她们的父母就快回来了？之前很少碰到有父母为了孩子回来的，这事太难办了。尽管如此，他还是准备好了合适的语气，即使碰到怀着愧疚之心来找孩子的父母，也是可以对付的。他坐在椅子上向后仰，试着冷静下来。"那么，"他说，"让他进来。"

几分钟之后，门开了，塔尔伯特小姐走进来。她身后跟着个瘦高个儿，穿着上档次的西服，但在乔弗瑞看来，西装的款式简直像是至少一百年前的。对方头发梳得很整齐，胡子也仔细修剪过，鼻子上夹着一副类似眼镜的东西。

"那是……"乔弗瑞边说边在脑中搜寻合适的词，"一副夹鼻眼镜吗？"

来人对乔弗瑞的问话置若罔闻，自信地迈着大步走进房间。他腋下夹着一个磨旧的皮质公文包，身上散发出来的气质——用乔弗瑞后来的话说——仿佛来自另一个世界。每次朝他看一眼，你都觉得自己好像从一个奇怪而美妙的梦里醒过来。乔弗瑞发了一会儿呆，接着想起了自己的目标。

"先生，"瘦高个还没来得及说话，昂桑科就说道，"我知道您也许因您——我怎么说呢？跟孩子分开的决定感到不快，但我可以向您保证——"

瘦高个男士打断了他："你是乔弗瑞·昂桑科，那个机械零件生产商吧?"

"是的。"与塔尔伯特小姐交流了一个怀疑的眼神之后,乔弗瑞回答道。这里没有塔尔伯特小姐的事了,她转身离开房间,顺手把门关上。

瘦高个男士等她走了,才继续道出他的来意:"我有一样物品想委托您来做。"

"一样……什么?"昂桑科疑惑地问道。

"物品。一个机器零件。我了解到这是您的专长,不是吗?"

"是的。不过,稍等,您是谁?怎么称呼?"

"我的名字不重要。"瘦高个男士说。

昂桑科笑得非常勉强:"也许对您不重要,但是我倾向于知道每个跟我做生意的人的名字。"他向后靠着椅背,等着男士的回应。

"好吧,"瘦高个男士犹豫了一阵儿,终于回答说,"如果您非要知道,我叫罗杰,罗杰·斯文顿。我想请您帮我做个零件。"

"很高兴认识您。"昂桑科说。

"我能坐下说吗?"罗杰问道。

"当然,斯文顿先生,请坐。"乔弗瑞朝桌前的皮椅子指了指。

罗杰把公文包放在脚边,将黑色西装的两侧下摆整好,才在皮椅的边缘坐下。接着,他把公文包拿起来,放在大腿上。昂桑科一直盯着罗杰的西装看。

"您的衣服真好看,"乔弗瑞说,"您要去参加化装舞会吗?"

这位先生忽略了他的评价。"这件物品关系重大,所以我希望能以最快的速度生产。我已经获得了详细的制作图样,这会让整个制作过程变得相当简单。"他边说边将公文包的搭扣打开,"据可靠线索,您是最佳人选。"他停顿了一下,透过夹鼻眼镜向上看了看昂桑科。

昂桑科谨慎地笑了笑。"我喜欢您的消息渠道,"他说,"能告诉我他们是谁吗?"

"这不重要。"瘦高个男士继续开着他的公文包,他包上的搭扣多得不太寻常,"现在有必要提醒您,我希望这项工作能完全保密。不能让人知道您在做这样物品,您只能跟我交流。"

"听着,伙计,"昂桑科对这位访客的态度渐渐失去了耐心,"您到我这儿,非见我不可。您打扰了我的工作,甚至都不愿意告诉我是谁向您推荐的我,就期望我能委身给您做一样东西?事情不是这样运作的。我跟主要的设备生产商都签有合同,我生意上的合作关系是我年复一年辛勤工作得来的。我手头全是活儿,不能为了给您做某个东西就放弃其他工作——我曾向我的客户保证过,一定优先完成他们的订货。还有:我不喜欢秘密,不喜欢秘密工作。秘密意味着非法,这是我目前最不需要的。"昂桑科打开桌子中间的抽屉,在里面翻找,"我可以给您几个小型生产商的电话号码,他们的产品质量比我的稍微差一点儿,不过他们会制作出令您满意的东西,不管是烘干机集合管,还是复位搅拌机。"

瘦高个男士安静地听着昂桑科的长篇大论。乔弗瑞说完,给斯文顿递去一张镀金的名片,他才又开口:"您会为您的服务得到相应的报酬。我认为您会对这项业务非常感兴趣。"

昂桑科不耐烦地挥了挥手里的名片:"我这儿一切都顺利,谢谢。拿着这张名片吧,这人不错。"

"我有非常诱人的交换条件,昂桑科先生。"

"我不会为了交换条件而工作,也许名片上这位会。"他一直挥着名片,直到瘦高个男士说了些什么,他才停了下来。

"通道,昂桑科先生,我可以给您通道。"

乔弗瑞扬起了眉毛:"什么通道?"

"您一直在寻找的通道,昂桑科先生。"

男士一直念叨他的名字,这让他感到不安:"您在说什么?"

"我们一直在监视您,监视您的工作。我们可以帮助您。昂桑科先生,我们可以带您进入荒野禁地。"

乔弗瑞手里的名片掉到了桌子上。他突然感觉自己不能动了,肌肉好像也停止了运作。他盯着那个男人,看着他的小胡子和他金色的夹鼻眼镜。最后,他终于发出了沙哑的声音:"能吗?"

罗杰点点头:"现在我们可以继续了吗?"

"等等,"乔弗瑞说,"怎么进去?"

"那个现在不重要。"

"事实上,非常重要。您怎么进去?您怎么把我带进去?在我同意任何事之前,我都要做到心中有数。"

男人无奈地叹了口气:"我可以非常确切地说,我,以及任何跟我同行的人,都不会受到边界困境的影响。我身上有丛林魔法。"

"有什么?"

"真的,昂桑科先生,我觉得现在计较这些细节是在浪费时间。"

"边界困境——那就是分界吗?"

男士点点头。

乔弗瑞惊讶地坐回椅子上,眼睛瞪得特别大。他把手插进头发里,使劲地拽头发,顺平头皮上油腻的头发。"天哪,"他接着又感叹了一声,"天哪!"

罗杰终于把公文包上的搭扣全部解开了，他从里面拿出了一张泛黄的纸——纸对折了两次——开始在腿上把纸展开。等全部展开后，他轻轻地把纸放在了乔弗瑞的桌子上。"看看这个图，"他说，"您多久能做出来？"

从震惊中反应过来以后，为了看清楚图纸上画的图案，乔弗瑞使劲儿眨了眨眼睛。仔细看了一阵儿后，他惊得下巴都要掉下来了。

要知道，乔弗瑞·昂桑科非常了解机械零件图纸，这种能力是在他血液里流淌的。他的曾祖父李诺斯·摩帝马·昂桑科在一九一四年创办了昂桑科机械零件公司，时值一战开始。老先生的肖像在大楼正厅里挂着。乔弗瑞只见过他一次，也可以说他跟曾祖父只是草草地见过一次面。曾祖父临终前，只有五岁的昂桑科在病床前跟老人道了别。乔弗瑞依然清楚地记得那次交谈。房间里的气息令人感到憋闷难受。脸色苍白的老人跟白色床单都快分不出来了。"昂桑科先生？"他父亲总是这样称呼自己的祖父，"我想让你见见你的曾孙乔弗瑞。"老人困难地微微转头，用眼角瞧了瞧。他的嘴角抽动着。"不要，"他开口道，"不要，不要让它死。"话刚说完，他就去世了。没有人知道曾祖父指的"它"是什么（当时曾祖父非常喜欢的栀子花已经很久没有浇水了），但在心底里，乔弗瑞总觉得曾祖父指的是他的工厂，不要让昂桑科机械零件公司倒闭。等到了可以管理工厂的年龄，昂桑科怀着一名真正企业家应有的热情投身于事业之中。他削减预算，开除懒散的雇员，雇用有效率的员工。最关键的是，他兼并了附近的孤儿院，开始廉价（免费）雇用童工。他利用空闲时间，像考古学家一样研究行业历史，钻研精细的机械零件草图，直到视线模糊才停下来休息。他学习了进入工厂的全部新机器的构造，仔细地了解了机器内部的操作原理。他的全部心血都花在了这家工厂上；即便在他被选入五人组，即工业五巨头时，他也会提前从颁奖典礼现场离开，着急地回到办公室，研究他新入手的二十世纪早期的一套机械图纸。没有一张规格表或者电路图是他不能立刻看明白的。

直到现在。

"这是什么？"昂桑科屏住呼吸问。

"莫比乌斯齿轮。您没见过吗？"

昂桑科诚实地说："没有。"

罗杰皱了皱眉。

"这是——"昂桑科结巴了，他的注意力完全被所看到的东西吸引住了，"它怎么——？"他在纸上来回摸索，用指尖感受着平滑的纸张。图纸是用蓝黑色墨水画的，是昂桑科见过的线条最精细的机械零件图。每个弧度都有非常精确的数据和标注，每个角度都有带脚注的图解。昂桑科几乎见过所有种类的图纸，按理说应该能够马上看懂这个齿轮的设计，但事实并非如此：这张图纸让他十分困惑。

齿轮上有三个齿环，更像是一系列传动装备，绕着一个球核旋转。三个齿环像是带锯齿的正齿轮，但每一个齿环的扭曲程度都不符合逻辑，像是每个齿环的外表面同时又是齿轮的内表面。尽管如此，在扭转中，三个小齿轮都相互啮合在一起，据图纸判断，分离的各部分之间可以非常顺畅地连接、活动。昂桑科看了下这些交错在一起的齿轮周长，自言自语起来。最后，他用可怜兮兮、投降似的眼神看向访客。

"不可能做出来。"他说。

瘦高个男士不接受拒绝："可以肯定，并不是你说的那样。"

"我的意思是，这不合逻辑。光画这个图纸就要花大量的时间，工作量大得无法想象。真的要制作出来？不可能。这个设计只是纯粹的空中楼阁。毫无疑问，设计很精美，简直堪称完美，但您知道，传说中的独角兽也很威风，现实中却不存在。"

"这不是空中楼阁。"

昂桑科似乎没听见他说什么，又转过头来欣赏这张图纸。"我不得不承认，这实在令人印象深刻。天才！只有足够的想象力才能画出这个来。"他啧啧赞叹，摇了摇头。

"昂桑科先生，我可以保证这不是幻想出来的。以前有人做出来过。"

"谁？"

"两位天才机械师。他俩应该是在一起工作的，就在一家很简单的作坊里，手头只有几把锤子和凿子而已。我想，既然您管理着整家工厂，制作齿轮应该易如反掌。"

昂桑科又一次放声大笑。他把图纸放下，看了看罗杰："这……这是我见过设计最精美的机械零件之一。即使我们整家工厂专门搞这个东西……"他又扫了一眼图纸上的文字，仔细琢磨其中的含义，边看边自言自语。过了一阵儿，他抬头看向罗杰："那两位机械师——他们真的只用锤子和凿子就做出来了？我觉得这肯定跟你们的森林魔法有关。"

"丛林魔法。"瘦高个男人纠正道。

"对，"昂桑科顿了一下，"这到底是什么？"

"这是丛林的本质，在每个生存其中的人的血液里流淌。据说我们是树木的后代。你们这些外部世界的人对边界另一边发生的事情一无所知，也就是被你们直白地称为荒野禁地的地方。那里郁郁葱葱，充满了活力。我将向您提供独家通道,据我所知,在我们共生共存的历史上,丛林中至今还没有人向外部世界的人提供过这种通道。"

"这点您已经说过了。"昂桑科说,"这样的通道能赋予我何种权利?"

"绝对的、无限制的通行权。会有人把您领进领出,直到丛林魔法对您的约束解除。这将为您提供全新的市场和全新的买家。在这个满是远古森林的国度里,您可以无尽地使用资源。也许,当我们的统治巩固后,您也会成为管理者之一。皇太子的机械零件生产商,您意下如何?"

"条件非常吸引人。"昂桑科又回头去看图纸,"我不想把话说得太早,但我以前尝试过类似的试验。上帝知道我的工厂有能力制作出这样的零件!如果以前真有人做出来过——如果世界上存在过这种东西——我想我应该有办法再做一遍。但真的很麻烦,你要知道。"他停顿了片刻,"您刚刚说了什么关于'海豚'的东西?"

瘦高个男人困惑地看着昂桑科。"不是,"他说,"是'皇太子'[①],年轻的国王。"

"我会是……他的心腹吗?"

"只要您愿意。"

"他到底是谁?为什么他不直接下命令把这个零件做出来?"

"因为现在他不适合出面。这不重要。我问您:昂桑科先生,您能不能制作这个齿轮?"

乔弗瑞把手肘放在椅子扶手上,手指在唇边来回擦动。他低头看

---

① 在英语中,dauphin(皇太子)与 dolphin(海豚)的发音相近,昂桑科听错了。

了看莫比乌斯齿轮的图纸,又看了看罗杰。最后,他说话了:"我有几天时间?"

"五天。"

"五天?"昂桑科的手掉到了桌子上,不敢相信自己的耳朵,"你开玩笑的吧!光炼制这些金属就要那么久的时间。我需要一周,至少。"

"一周不行。昂桑科先生,还有其他人也在想方设法制作这个齿轮,如果他们成功了,我们就输了。我见过您的产品,我相信您的能力,我觉得五天对您来说足够了。"

"那我需要连夜工作,而且必须停掉其他所有业务……"

"如果必须那样,也就只好那样了。"

"要拒绝其他所有业务来做这一个零件,我将损失惨重。我的客户怎么办?周二之前我还要制作一千五百根洗碗机组合管。"

罗杰礼貌地清了清喉咙:"不管您的生产花费多少,您得到的将不仅是相应的补偿,昂桑科先生。这件事目前对您有多重要,就不需要我再多说什么了吧。我向您承诺的是可以由您支配的一个世界。昂桑科先生,考虑一下吧。"

昂桑科抬起手,用手指轻敲着嘴唇:"您的竞争者,那些也想制作这个零件的人,他们怎么办?如果他们在我之前制作出来,会发生什么?"

"那是绝对不可以发生的。我已经采取措施——怎么说呢——阻碍他们的进展,如果不能完全阻止他们的话。但这不关您的事,昂桑科先生,您只需要将这个零件做出来,仅此而已。"

乔弗瑞的视线从坐在皮椅中的奇怪男子身上移到了窗户上,窗下的架子上放着灯光一闪一闪的异频雷达收发机。每天迎接他进入办公室的那面树墙依旧在那里，在灰色的光线下警惕地矗立着。一只小鸟绕着其中最高的一棵松柏旋转。昂桑科猜测，被他粗暴地送入那陌生世界的三个小姑娘，还有其他相同命运的孩子，就在丛林中的某个地方。他想象着她们被魔咒束缚，像雕塑一样冻在那里。更坏的情况是：她们可能会慢慢地被丛林吃掉。换来了什么呢？对乔弗瑞·昂桑科来说，这是一段漫长而艰辛的旅程，但他感觉好像终于得到了应有的回报，尽管是通过他从没想到过的途径。

他看向罗杰："合作愉快！"

☙

"蕾切尔！"

森林里没有回应。

"蕾切尔！"

仍旧没有回应。艾尔西心里感到一阵恐慌，她从没有如此害怕过。树木好像在她周围弯下了腰，形成了一块凹面镜，她越跑越感觉到脸发热，头也晕。她不知道往哪儿跑，也不知道最终会跑到哪儿去。她只记得自己承诺过的：一定要找到姐姐。穿着昂桑科给的厚重的、大好几个号的军用风雨衣，她在茂密的灌木丛中尽可能快地奔跑。她以前有过这样的梦境：疲惫、困惑，双腿像蜗牛一样缓慢地移动着，穿过无尽的荒野。一个想法在她脑海里闪现：也许这就是个梦。于是，她用灌木上的刺狠狠扎了一下左手，疼得要死，让她意识到这真的不是梦。

"蕾切尔！"她停下来喘了口气，把手放在嘴边，又喊了一声。她屏住呼吸，回应她的仍是一片死一般的沉寂。

风在低语。轻风吹动树枝,同旁边的树摩擦着。

艾尔西开始分析目前的状况。她站在无边的密林中,人们说,这片丛林会把走进来的一切都吞噬掉。她迅速摸了摸身体,发现自己的身体依旧完整。虽然双脚冻得麻木,鼻子被风吹得皲裂,但除此之外,一切都还不错。她瞧了瞧自己冻得通红的双手,手上的融雪闪闪发光。她往手上呵了呵气,给手指带去了一丝温暖。她对绳子的记忆非常模糊,她不记得什么时候把昂桑科提醒她们携带的细绳弄丢了。事实上,她在想自己是故意把绳子扔了,还是绳子无意中从手里掉出去了。只有一点非常明确:她必须找到姐姐。

"蕾切尔!"她又试了一次,还是没有回应。她眯着眼睛往远处看去,发现前方的树木有处空隙。她朝树缝走去,看见后面是一片林中

草地。草地中央有只小白兔。

这只兔子停下了眼前的活儿——它好像在嚼什么草根——直直地看着艾尔西。她之前在宠物店见过兔子,她朋友卡玛的后院里也有个小兔笼,但眼前这只兔子让艾尔西感到不同寻常。它的眼神中似乎有一种她从未在其他动物身上看到的智慧。它抽了抽鼻子,晃了晃耳朵,离开艾尔西,跳向草地的另一边。在离开艾尔西视线之前,它停下来回头看了她一眼,好像是想让她跟上去。艾尔西跟了上去。

她恍恍惚惚地跟在小兔子后面走,眼下这也许是最好的选择了。她在这片迷宫似的丛林里非常无助,似乎走哪个方向都无所谓,因此跟着小兔子也算是一个不错的选择吧。同时,她感到不安的是,兔子一直在等她:每次她以为跟不上兔子或跟丢了的时候,她都会看见这只兔子在一堆蕨类植物旁边等着,抽动着鼻子看着她。她一走近,它就继续往前跳。

他们没走多久,就听到周围的树林中传来一个声音。艾尔西屏住呼吸,试图让耳边突跳的血液安静下来。白兔也停下脚步,竖起耳朵仔细听着。声音又传了过来,能清楚地听到有人在呼喊艾尔西的名字。兔子受了惊吓,钻进了矮树丛,从艾尔西的视线里消失了。

"不要走!"艾尔西喊道。她有一种奇怪的冲动,想要一直跟着兔子。她感觉这只兔子想要给她展示什么东西。

声音又传了过来,这次更加清晰。她听出了呼喊者的声音,那是姐姐在大声叫她的名字。艾尔西在蕨丛中站了一会儿,在两个选项中间纠结着:是顺着姐姐的声音找过去,还是跟上那只兔子。

"艾尔西!"声音又传了过来。

"蕾切尔!"艾尔西回应了姐姐,并转身向声音传来的方向跑去。

穿过了一片小松树屏障,姐妹俩终于团聚了。一见面,穿着绿色军用风雨衣的两人就抱在了一起。她们拥抱了很长时间,才分开来看了看彼此。

"你还好吗?"蕾切尔关切地问。

"还好,"艾尔西回答,"我觉得还好。"

蕾切尔端详着妹妹的脸,发现上面有些红肿,手上也沾着小刺扎出来的血:"你很多地方刮破了。"

"我吓坏了,一路狂奔,到处找你。"艾尔西发现自己颤抖得很厉害。

"没事了,"蕾切尔一边顺了顺艾尔西的头发,一边安慰她。在狂奔中,艾尔西的头发变得非常凌乱,小树枝像天线一样在她头发里插着,蕾切尔温柔地把这些小树枝弄走。"听清楚,你要帮我找到玛莎。"

"她在哪儿?"

"我不知道。她本来一直跟在我后面。她进来之后,我们就见面了。我们决定先去找你。我认为我听到你叫我了,所以就朝那个方向一直走,结果一回头就发现她不见了,莫名其妙地消失了。"

艾尔西抬头看了看姐姐:"似乎有东西在……"

蕾切尔猜到妹妹看到了什么。"哦,"她说,"我鼻子里的泥,我还以为把它清理干净了呢。"她转过身去,用手指抠了抠鼻孔。艾尔西的爸爸总说那是"农民擤鼻子"。一些棕色糊状物掉到附近的一棵蕨类植物上。

"走,"蕾切尔说,"我们去找她吧。"

她俩紧紧挨在一起,开始寻找她们的朋友。她们呼喊玛莎的声音在周围的树丛中回荡。她们走得很慢,生怕错过一丁点声音。要是她摔倒，受伤了怎么办？艾尔西想象着玛莎躺在地上，被倒下的树压到了腿。这个想法不禁让她打了个寒战。

"嗨！"旁边的山茱萸丛里传出了一个声音。

"玛莎？"蕾切尔惊呼。

艾尔西和蕾切尔大大松了一口气。拨开山茱萸没有叶子的红色树枝，玛莎出现了，护目镜架在额头上，一种绿色黏液从她面颊滑落。"你们去哪儿了？"她问道。说这话的时候，她漫不经心地把手指塞进耳道里，试图将昂桑科的药膏清理出来。

"你就在我身后！"蕾切尔大叫起来，"发生了什么事情？"

"我以为你把我抛弃了呢，"玛莎说，"我一直喊你名字，但你直接进了树林。我完全迷路了。"

"你还好吗？"艾尔西问，在倒下的树下找到玛莎的画面仍记忆犹新。

"我很好，"她用衣服擦了擦手，"既然我们都凑齐了，就只需要顺着你们其中一个人的绳子找到昂桑科。自由就在前方，女士们。"好像是为了强调自己的话，她把护目镜拉到眼上，笑了笑。蕾切尔看了看艾尔西。

"你的呢？"蕾切尔问。

"我也想问同样的问题。"艾尔西回答。

玛莎瞪大了眼睛，盯着两姐妹："你们把绳子丢了？"

"我也没看见你的啊。"蕾切尔说。

"我把它丢在某个地方了，"玛莎为自己辩护，"或者说我好像扔过什么东西。"

"既然你也丢了，就别再埋怨我们了。"蕾切尔说。

"我没有埋怨你们,"玛莎还嘴,"只是我认为你们中至少能有一个人保管好自己的绳子。"

"别说了。"艾尔西小声劝解。

蕾切尔就是不松口:"我现在就想冲着你的鼻子给你一拳。"

"我倒希望你试试看。"玛莎也摩拳擦掌,跃跃欲试。

"伙伴们!"艾尔西大声说,"你们疯了吗?别这样。"她站在两个女孩中间,举着胳膊,等她们都冷静下来,才又开口:"这正是'勇敢的蒂娜'娃娃警告我们的事情。你们知道她会怎么说吗?她会说……"这会儿,她试图找到合适的语言,但她记不起来了,"她会说:'朋友应该友好相处。'"这当然不是"勇敢的蒂娜"娃娃的原话,但她觉得意思应该差不多。

"她从没那么说过。"蕾切尔说。

"但那是真的,"玛莎说,"我们不要害怕,要保持头脑清醒。"

"对,"艾尔西说,"保持头脑清醒。"

"那我们接下来该做什么?"蕾切尔问道。

"我认为我们应该找到回去的路。"玛莎说,"回到昂桑科那里,得到我们的奖赏。我们只需要决定走哪条路就行。"

三个女孩站在原地,扫视周围的树木及覆盖在上面的白雪,努力寻找着该走哪个方向的指示。突然,艾尔西想起了那只兔子。

"喂,"她说,"这也许听起来很疯狂,但那边稍远的地方,我在找你们的时候看到了一只兔子,白色的兔子,它看见我后并没有逃跑,相反,它好像在等我,好像要给我领路似的。"

蕾切尔用怀疑的眼神看着妹妹:"你暑假确实看这种书看上瘾了。"

"这不是开玩笑,我是认真的。我感觉它想让我跟过去。也许它真的能带我们走出去。"

玛莎耸耸肩:"也许是个好主意,那就带路吧。"

艾尔西顺着脚印,很容易就找到了刚刚在草地上第一次碰见兔子的地方。她甚至能看到自己的靴子在雪地上留下的痕迹。到了当时听到蕾切尔喊她的位置,她就开始在丛林中顺着兔子的小脚印找过去。她从没做过跟踪野生动物这样仔细的活儿,这需要相当集中的注意力。走了一阵儿,她突然听见姐姐在身后说话了。

"等一下,"她说,"玛莎去哪儿了?"

艾尔西扭头看了一眼姐姐。显然,蕾切尔身边的位置已经没有人了。艾尔西和蕾切尔眨眨眼睛,盯着那个位置看。

"她刚刚还在这儿,"蕾切尔说,"就刚才。"

她俩一言不发,立刻转过身去,顺着来的路走了回去,边走边喊玛莎的名字。她们顺着雪地上的脚印走,意识到一直以来都是两对脚印。在她们到达草地之前,玛莎似乎就已经走丢很长时间了。走了一会儿,她们回到了起点,混在一起的脚印在雪地里踩出一个大坑。

"护目镜!"蕾切尔叫道。

玛莎坐在倒下的三叶杨上,正在去除靴子上的泥。"伙伴们,"见她们返回来,她说,"你们不能就这么把我抛弃了啊!"

"我们没有抛弃你,"艾尔西说,"我们以为你在后面紧跟着呢。"

"我是紧跟着你们的,然后你们就消失了。我喊你们的名字,难道你们没听见吗?"

蕾切尔和艾尔西看了看彼此,异口同声地说:"没有啊。"

"你看到草地了吗?"蕾切尔问,"你跟到那么远了吗?"

"没有,"玛莎语气中有点儿不高兴,"你俩就那么走了,走出了这片树林。"

"我们再试一次。"蕾切尔提议,她的声音显得有些不自在。

"不要再丢下我不管了。"玛莎边警告边起身。

没走多远,玛莎就又消失不见了。蕾切尔怕玛莎再次消失在视线之外,一直是每过几秒就回头看一眼。玛莎再次走丢的时候,蕾切尔解释说,她感觉玛莎就像走到了树后,却没有走出来。姐妹俩返回去,发现玛莎非常困惑地站在那棵倒下的三叶杨旁边。

"你们又来了!"她抱怨道。

"到底发生了什么?"蕾切尔问道,显然她已经糊涂了。她用手指按摩着太阳穴。

此时,一条狗从她们身边跑过。

她们都怔住了。

这条狗似乎在追逐丛林里的某个动物,飞速地、让人难以察觉地穿过了空地。它看也没看三个女孩一眼,就从倒下的三叶杨上跳过去,消失在灌木丛中。

"你看见了吗?"玛莎问道。

"嗯,"蕾切尔说,"一条狗,应该是金毛。"停顿了一下,她又补充了一句,"我不喜欢狗。"

"哦,"玛莎说,"但不管怎样,这非常奇怪。"

她们还没反应过来刚刚那条狗从哪儿来,匆匆忙忙要到哪儿去,另一条狗就跟了上来。这是条浅灰色的大爱斯基摩犬。它也是跳过那棵三叶杨,跟第一条狗一样消失了。几秒之后,第三、第四条狗过去了,品种都不一样,都是从空地一侧跑出来,朝另外两条狗的方向跑去。当第五条出现的时候,艾尔西试图挡住它的去路。

"嗨！嗨！"她喊道。

这是条柯利牧羊犬，它从艾尔西身边一蹿而过，瞬间也消失了。

突然涌出来一大群狗。

就像野牛群狂奔。这是艾尔西看到这群狗吵吵闹闹地朝着她们跑来又跑开后，脑中涌现的第一个念头。少说也有三十条狗，各个品种的都有，都非常开心地流着口水，跟着前面的狗跑去。

玛莎尖叫起来，差点儿从三叶杨上掉下来。蕾切尔展现出艾尔西从未见过的敏捷，她一步跨过三叶杨，从蜂拥而至的狗群边跑开。只有艾尔西一动不动地站在原地。狗群像大浪般卷过，从她身边绕过。很显然，这些狗才不管她们三个女孩呢，最前面的五条狗追逐的东西才是它们关心的。有一条黑色哈巴狗因为短腿，在队伍最后面跑着，它还停下来，在艾尔西的靴子上滴了几滴口水。艾尔西拍了拍小狗，狗非常高兴地吠了几声就跑走了。

"蕾切尔！"艾尔西从震惊中回过神来，叫喊着："玛莎！"艾尔西跳过倒下的树，发现玛莎蹲在一个土堆上，擦拭着护目镜上的泥巴。

"那是什么？"她问。

"我也不知道，"艾尔西说，"但我们需要追上姐姐，她怕狗。"

两个女孩开始跟踪狗的足迹，这是件非常简单的事情：狗爪在雪中留下的痕迹就像一群疯狂的足球迷找快餐店时留下的。狗爪踏平了路上的植物。在不远处，她们听到一阵微弱的抽泣声，那是蕾切尔的声音，她非常害怕，正挂在一棵枫树的矮树枝上。

"你还好吗，蕾切尔？"

"我觉得它们不会再回来了。"玛莎说。

"天哪，"蕾切尔边说边松开树枝，"刚刚发生了什么？"

"一群狗奔过去了。"艾尔西回答她。

"是真的。"玛莎补充说。

蕾切尔将大衣上的苔藓清理干净。她满脸灰尘，衣服边也耷拉在泥里。她嗅了嗅空气中的味道，问道："是烟味吗？"

艾尔西也闻到了烟味，像林火的余味，像深秋时节郊外的味道。这味道好像是从狗跑过去的方向传过来的。三个女孩什么也没说，开始顺着烟味走。烟味领着她们走过了刚刚被狗群踩踏过的植被。她们离烟味的源头越来越近，可以渐渐看出有人居住的痕迹。树都被砍倒了，一排排刚劈完的柴火堆在劈柴墩的一旁。一群孩子的声音传入她们的耳朵。三个女孩悄悄地靠近，爬上一座小丘，发现下面有一道狭窄的山谷，山谷里有一座古朴的木屋，烟正是从木屋的烟囱里冒出来的。

约有十五个年龄在八到十八岁之间的孩子在木屋前的园地里乱转，做着各种活动：有的在玩游戏，有的在做类似晒衣服、砍柴这样的家务，还有几个在浇花、除草、修剪冬青。艾尔西、玛莎和蕾切尔注意到孩子们有一个共同点——耳垂上都挂着黄色小标签。

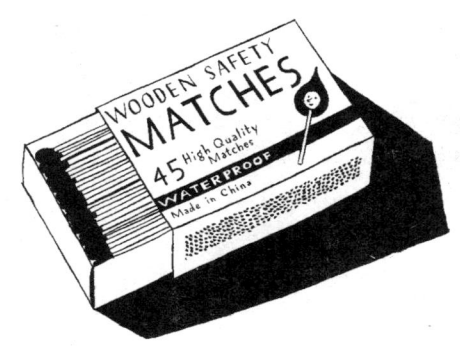

第 十 四 章

冰寒之水,水漫四方

那一天,普鲁·麦基尔和柯蒂斯·梅尔堡从断绳桥坠入了深不见底的大峡谷,但幸运女神似乎格外开恩,不仅对他们笑脸相迎,而且亲昵有加,在他们二人各自的额头上深深印下了润泽、悠然的"香吻"。

绳桥断成两段时,他们坠了下去,事实上,他们跌落的那侧峭壁并非完全垂直,而是以一定的角度倾斜至崖底,越往下,角度越大。也就是说,两个孩子并非直接坠落,而是风驰电掣般从崖面上滑落的。

狐妖卡莉斯塔和他们一样,也从峡谷的同一侧坠落下来,却没两个孩子那么幸运。她坠落的角度更接近峡谷的中部,待到她触到崖壁的斜面时,一切都太晚了。柯蒂斯距离卡莉斯塔大约十英尺远,从一阵短暂的昏迷中清醒过来时,他看到那只了无生气、静静躺着的黑狐,

便心知肚明,卡莉斯塔已经死了。她经不住死亡的剧痛,现了原形。

至于塞普蒂默斯这只小老鼠,现在谈论还为时尚早。到目前为止,柯蒂斯只知自己是所有坠落者之中唯一的幸存者。他快速地轻拍了一下脸颊,僵硬的双手尚带着擦破皮的疼痛,但所有的感觉让他确定自己活下来了,若是死了,就应该无知无觉了。

"普鲁?"他哑着嗓子叫道。峡谷的黑暗吞噬了一切。谷口上方的星点光芒清晰可见,就像飞机的蒸汽尾迹,却是那么遥不可及。经历了这次坠落,尽管没有丧命,他却是九死一生。滑落的速度很快,偶尔碰上一段立柱般竖直的陡壁时,柯蒂斯曾一度确信自己会筋断骨裂,摔死在地。最后一段坠落总算是放过了他,虽然被弃在这峡谷中嶙石污秽遍布的岩架上,但至少他知道,自己没缺胳膊少腿。

"普鲁!塞普蒂默斯!"他更加大声地呼喊道。这时,他听到不远处传来阵阵痛苦的呻吟。柯蒂斯依然不确定体内的筋骨是否无碍,但他知道,现在这个时候最好别逞能看看是否伤筋动骨了,所以他没有站起来,而是在狭窄的岩面上匍匐前进,渐渐远离了那只狐狸扭曲的尸体,接近声音的源头。他爬到岩架边上,又一次喊道:"普鲁!是你吗?"

"是我!"他的朋友答道。

他看不清她在哪里,只能问:"你怎么样?"

"我觉得脚踝扭得不轻,又把上一次受伤的那只脚踝给伤着了。"

她说的上一次,是指几个月之前,她坐在金雕背上,土狼士兵将其击落,她从天上坠落所伤。柯蒂斯龇牙咧嘴做了个怪相。

"伤势严重吗?"他问道。

柯蒂斯脑海里浮想联翩,想象着此刻的普鲁正试探用不同的力道按压脚踝、查看伤势。一阵安静之后,普鲁只是说:"还好吧。塞普蒂默斯和你在一块儿吗?"

环顾周遭,暮色四合。"没有。"然后他大叫道,**"塞普蒂默斯!"**然而,这呼喊如石沉大海,没有任何回应。柯蒂斯小声咒骂了几句,又安慰自己道,老鼠既小巧又柔软,兴许他还挂在悬崖上面的那根绳子上没有掉下来,兴许他已经成功脱险了。

"你还好吗?"普鲁问道。

"我还好,那只狐狸死了。"

"达拉怎么样?"

"我不知道,我没看到发生了什么,"他稍加停顿,"也不知道塞普蒂默斯怎么样了。"

"但你没事对不对?"

柯蒂斯伸伸胳膊伸伸腿,检查一下肌肉和关节,他发现自己奇迹般地并无大碍,只有几处淤伤。"我想我很好。"他说道。

无尽的黑暗中传来一阵神秘莫测的刮擦声,像是布料摩擦布料,又一声呻吟,某个搭扣打开,然后传来火柴头擦燃的声音,一束小小的黄色光芒亮了起来。柯蒂斯望过岩石边缘,看见普鲁半跪着,正拿火柴去点灯笼——这灯笼肯定是她事先装在背包里的。她点燃灯笼,又甩甩手灭了火柴。灯笼发出的光芒蔓延成球状,照亮了周边。

"我们这是在哪儿呢?"柯蒂斯问道。灯笼的光芒在周围漫无边际的黑暗中微不足道，却也让他们看清身边有如小屋般大小的两块巨石，正是这两块巨石组成了岩架，救了他们的命。他们二人上下相距十英尺左右，峡谷到此处骤然变窄，双侧谷壁仅仅间隔五英尺。柯蒂斯突然意识到他们滑落到了峡谷的深处，而且无法知道跌落的距离。只有一件事是明确的：他们没法上去了。他把双手窝成杯状放在嘴边，又一次大声喊道："**塞普蒂默斯！**"

普鲁静静地站着，小心翼翼地将腿的重力压在脚踝上，在她待的一小方岩面上一瘸一拐地走着，瞧瞧自己到底在什么地方。这里也就是百货商店的更衣室般大小，溜达着看看用不了多长时间。"柯蒂斯，"她伸长脖子看着遥远的峡谷上方闪现一丝白色日光，说道，"我搞不清楚这是哪里。"

"坚持一下。"柯蒂斯说着，挪到岩架边缘，跳了下去，来到普鲁旁边，拍拍她夹克衫肩膀上的白色尘埃。"让我看看你的脚踝。"他说。

他们一起把靴子从普鲁受伤的脚上脱下来，她的脚又红又肿，尽管普鲁说并不是很疼，应该没有扭伤。"你还能走路吗？"他问。

普鲁点点头，一脸隐忍的平静，心中弥漫起潮水般的悲伤。

"我们要离开这儿，"柯蒂斯说，"我们一定要离开这儿。"

"怎么离开？"普鲁问。

柯蒂斯细细打量着岩壁："我想我们可以爬上去。"尽管他知道成功的希望十分渺茫，还是说了这句话，就像是讲给空气听的；好像他这样说了，就是施了一个灵验的、能化烟化雾的符咒。

普鲁只是摇了摇头。

他们都蹲坐在岩架上。"那儿也没什么东西吗？"她问边朝柯蒂斯滚落的地方扬了扬头，也就是那只狐狸丧生的地方。

"没有,"他说,"另一边还是岩壁。"

"这太可笑了,"普鲁说道,"我们好不容易劫后余生,就为了在谷底慢慢地等着死神降临?"

"毫无疑问,有人和我们开了一个残忍的玩笑,简直是黑色幽默啊,"柯蒂斯说道,"你知道的,上帝真是神明啊。"

一阵静默后,普鲁哭了起来,"噢,我把一切都搞砸了。"她说。

"别这样说。"柯蒂斯把双手放在她的肩膀上,抚慰道。

"计划,"普鲁说,"整个计划。议会树说的事情怎么办?议会树说过,不论敌手是谁,我们都需要捷足先登,抢先复活真正的继承人。但我们如同困兽般在这……这……这洞一样的鬼地方坐井观天,怎么去实现那个计划呢?我打赌,别人已经在复活继承人了。"

"所以呢?也许这样才最好不过。也许这样正合议会树之意。议会树不过是要假借他人之手复活继承人,也许谁都可以吧。哪怕阿列克谢是机器人,但也许他照样拥有成为伟大人物的潜质。也许不论是谁复活他,他都会重建和平。"

"我不是很确定,"普鲁说,"为什么议会树会那样说呢?不对,我们才是应该拯救阿列克谢的人,但我们却弄得一团糟。"她平静下来,手托着腮,沉思冥想。

"你别太自责了。也许还有回来看看的强盗,要是我们放开嗓门大声呼喊,说不定他们会听到呼救声。"柯蒂斯注视着目所能及的微微日光,不由觉得这想法有些荒谬。

"不大可能。"普鲁说。

"是啊,我也觉得不大可能。"

柯蒂斯鼓起腮帮,噘着嘴吐出一口气。他指着谷顶上那道光线说:

"好吧，在上面的时候，我说，'要结束了'，但我想我错了，这里可能才是我们的终点。有些好笑。在几分钟的时间里，一个人通常不会两次想到'要结束了'。不过，也许这种事情一直发生。也许死亡仅仅是一系列'要结束了'的思考，直至你最终——"

"救命啊！"声音是从岩架下黑黢黢的地方传出来的，就在这块突出的岩石过去一点，"我的眼睛瞎了！刺瞎了！"

毫无疑问，这恐惧又尖利的声音是老鼠塞普蒂默斯发出的。柯蒂斯翻了个身，肚皮贴着岩面，小心翼翼地爬向岩架边缘。柯蒂斯向普鲁打了个手势，普鲁就把灯笼递了过来。灯光摇曳在无尽的黑暗里，他看到约三十英尺的下方，在狭窄的谷壁之间嵌着另一块圆形巨石，石头上有什么东西在活动。

灯笼在柯蒂斯的手里摇晃着，塞普蒂默斯眨眨眼睛看着它，说道，"哦，没事了。我看得见。是我太大惊小怪了。"

柯蒂斯笑了："你还好吗？"

"貌似还好吧，你们怎么样？"

"我们都还好，普鲁的脚踝受伤了，除此之外都还好，这简直有点儿不可思议。"

"那个女人怎么样了？就是那个狐狸女人。"

普鲁皱着眉头答道："我们不知道，另一只狐狸死了，就是那只叫卡莉斯塔的。第三只可能还在上面。"

"要不要我们跳下去找你？"柯蒂斯喊道。

"还是别下来了，这里什么都没有。在上面坚持一下吧，你能把灯笼再往下递递吗？"老鼠问道。

普鲁从包里取出一根细绳，系到灯笼的提把上，然后他俩把灯笼吊到下面老鼠被困住的地方。微光之中,老鼠晃晃身子,窄窄的石缝间就充满了灰尘。塞普蒂默斯待的岩石要比上面普鲁和柯蒂斯待的那块面积稍大,岩石的边缘一片黑暗。

"两边都可以往下,也许在这块岩石下还有一块岩石。"两个孩子看着老鼠欢快地蹦跳到岩架边缘,向黑暗深处扔下一块砾石。随着一声清脆的碰撞声传来,他们知道是砾石砸到了下方的巨石,"是的,"老鼠说,"这儿有一条下去的路。"

柯蒂斯暗骂一声,重新仰头渴望地望着上方的天光,说:"我们完蛋了,一定会在这儿变成白骨。"

"除非……"普鲁打断他,她正盯着下面的黑暗深处。

"除非怎么样?"

"好吧,议会树还说过另外一些话,是那个小男孩传达给我的。"

"什么?"

她向下对塞普蒂默斯喊道:"你觉得我们能跳到你下面的那块岩石上吗?"

"可以啊,"老鼠说道,"但我觉得当务之急,我们应该想法儿往上爬。"

普鲁笑道:"正是如此,那个小男孩就是这么说的。"

"说的什么?"柯蒂斯问。

"有时,想攀高就必须先就低。"

柯蒂斯不相信地把手放在嘴边:"你是说,我们继续往……下爬?"

"明摆着的事,不是吗?"

柯蒂斯皱了皱眉毛:"这话是那小男孩说给你的,传达的是一棵树的意思,"他又重复了一次,"一棵树。"

"我们还有别的选择吗?"普鲁说道,手指着四周林立的悬崖绝壁。

"我们应该等一等。也许还有生还者呢。他们会听到我们在这儿。"

"柯蒂斯,我们坠落得太深了,能活着就已经是个奇迹了。没有人在营地,整个营地都没人——即使还有掉队者,他们又怎么会听得到我们的声音呢?听到了又怎么救我们出去呢?除此之外,达拉也许就在峡谷上面,伺机而动。她也许还有更多的计划……"

"普鲁,我不知道。我的意思是,我们根本就不知道下面是什么情况,对吧?"他很快就意识到,他仍固执地坚信强盗们还活着,坚信他们还没有完全被杀手击溃,而他的反对正是基于这个信念。

普鲁一言不发,猛地把灯笼拉上来,解开系在灯笼提把上的细绳。她把绳子的一端扔给柯蒂斯,另一端系在自己腰上。"拉紧了。"她这样对柯蒂斯说完,就慢慢地从岩架边缘顺着绳子往下滑。缓缓下落的绳子因普鲁的体重渐渐吃紧,柯蒂斯咬紧牙关,把脚插入崖壁和巨石之间的缝隙里竭力拉着。终于,绳子松了下来,普鲁着地了,她拉了拉绳子。柯蒂斯累得筋疲力尽,再没力气争辩。在巨石另一头有块凸起的石牙,柯蒂斯默默祷告一句,将绳子绕着那石牙缠了几圈,把自己吊了下去,普鲁在下方帮他稳住方向。

"热烈欢迎。"塞普蒂默斯说道,这下他们三人又聚在一起了。

就这样,他们从一块石头到另一块石头,慢慢地往下移动着。每次投石问路,都估摸着石头着地所用的时间,就像船只测量海水深度一样。一路畅行无阻,好运接二连三,他们心里不禁犯嘀咕,不知好运何时会用完。

往下挪了约十次后,终于,他们发现两侧崖壁已合二为一,形成一个V字,他们来到了峡谷底部。从崖壁上滚落的石头卡在谷底,乱七八糟地堆在眼前。普鲁细细察看这堆石头,发现有一块比较松动,便开始使劲撬动它,柯蒂斯也伸出援手。终于,他们撬开了石头,展现在眼前的是一个小小的、有棱角的洞穴。这时,缥缈的微风从洞穴吹出,拂过柯蒂斯的脸颊,一时之间他也难以分辨这到底是不是幻觉。

他们凝视着空旷的洞穴。

"你猜里面有什么?"柯蒂斯说。

"我不知道,"普鲁说,"布兰登是怎么说这个地方来着?就是关于很久很久以前栖居于此的人们那段?"

"是崖居人,"柯蒂斯说,"还有他们留下来的生活遗迹。我想布兰登他们找到了诸如图画、物什之类的证据,但那是在峡谷的上方找到的。据我所知,没有人到过这么深的谷底。"

普鲁的眼光扫过柯蒂斯的脸庞,停在老鼠身上,他正站在柯蒂斯肩头。"塞普蒂默斯,"她说,"这正是你大展身手的时候。"

"让我想想,你想让我去,到洞穴里去。"他紧张地捋着胡须说。

"求求你了。"她说。

"去吧,塞普蒂默斯,"柯蒂斯说,"我们需要你的帮助。"

普鲁举起灯笼,灯光照进洞穴。

塞普蒂默斯嘟囔了几句,从柯蒂斯的肩膀跳到胳膊肘,又跳到坚硬的地面上。他在洞口停了一下,满腹狐疑地趴在地上细细嗅着。

"真强盗是敢于闯荡的。"柯蒂斯激励他说。

"我并没有发誓要效忠强盗啊,"老鼠说,"我是来去自由身,我可是自愿进洞去的。"说完,他的身影便消失在洞里了。

普鲁和柯蒂斯耐着性子等待着，时间一分一秒地过去了。洞穴里寒风吹来，撩起柯蒂斯褴褛的军大衣，如同冰流触到肌肤，让他彻骨生寒。最终，塞普蒂默斯的爪子刮擦石头的声音清楚地传出来，随即他满身灰土地出现在洞口。他把爪子伸在身前，脸皱成一团，一副惊恐不已的样子。

"你看见什么了？"柯蒂斯警觉地问。

老鼠依然伸着手，狂舞乱挥，死死地闭着眼睛，拼命地晃着头，好像在试图抹掉脑中的什么记忆。

"塞普蒂默斯！"普鲁大叫道。

老鼠停了下来，他大张着嘴，细长的手指不住地拍打鼻子："对不起，我想打喷嚏。"

普鲁和柯蒂斯一起放心地长长舒了一口气。

老鼠定下神来，说道："里面有一条隧道，我觉得容得下我们仨一起进去。"

他们向下行进。

只需削削凿凿几块石头，三人就可以进入洞穴了。这其实并不是真正的隧道，而是由落石相互堆砌形成的空心岩脉。在这里行走十分艰难，有好几次，通道过于狭窄，普鲁和柯蒂斯只能趴下身子，肚皮贴地匍匐缓行。偶尔，柯蒂斯觉察出隧道开始倾斜着上升，便充满期待地兴奋起来。但无一例外，上升的幅度会慢慢变小，然后通道又倾斜下去，柯蒂斯估计不论上升了多少米，此时都又回到和原来一样的高度了。他们在这里走的时间越长，离真正的目的地就越远，而他们本是要攀到崖顶，查明强盗营地遭袭的真相。他担心普鲁并没有和他思考同一件事。

隧道如无底洞般延伸下去。

柯蒂斯想起了几年前他曾和老师、同学一起去附近的洞穴探险。据说，几名洞穴勘探者碰巧来到崖面上的一道裂隙旁，决定一探究竟，便发现了那些洞穴。其中一个人顺着一条洞穴岩脉走了进去，由于对地理环境判断失误，他被困身亡，他的同伴们耗时三周才找到尸体。柯蒂斯竭力驱逐这一可怕的念头，它却萦绕脑海，挥之不去。他不由自主地抓住普鲁的一只靴子，摇晃起来。

"嘿。"他叫道。

她停了下来："怎么了？"

"走到什么时候我们才能意识到自己现在的举动是疯狂的？"

几秒停顿后，普鲁说："我早就觉得我们有点儿疯了。"

"真的吗？"

"可是只要有洞口在，我想我们就应该继续向前。"

"我只是在想——"

普鲁打断了他："几年前我们班级去过一个山洞，有个洞穴勘探者困在里面了，你是想起他了吧？"

"你怎么会知道？"

"因为我也在想那件事。"

"我们别和他一样，行吗？"

"行。"

塞普蒂默斯的腿脚比他的两个人类朋友更加敏捷，他早早地到前面勘探地貌去了。"洞变大了，就在前面。"他呼喊道，声音在通道里回荡着。

果然，老鼠说得没错，通道渐行渐宽。他们舒了一口气，终于可以坐下来歇歇脚了。于是他们停下小憩，打开普鲁的背包，翻找着任何可以吃的东西。包里有三块用羊皮纸包着的牛肉干、两个苹果和一些面包块。普鲁的小猎刀派上了用场，切下一片风干牛肉，再切苹果片。说起来，从绳桥上坠落下来时，这把刀竟未曾丢失，简直是个奇迹，虽然落地时那把刀险些刺到普鲁的脑袋。柯蒂斯感到饥渴难耐，吮吸着苹果片里的果汁，吸干后才把它一口吞下去。普鲁脱下靴子，让同伴们看了看她的脚踝，肿胀似乎消下去一点了。

"至少我不用站着走路。"普鲁微微一笑。

他们继续前行。柯蒂斯提着灯笼开路，普鲁跟在后面匍匐前进。隧道有点矮，他们依旧无法站立，膝盖和手掌开始隐隐作痛。柯蒂斯隐约看到塞普蒂默斯在前方蹦蹦跳跳，似乎这是他的第二家园。

就这样走啊走，老鼠突然一个急转弯走了回来。他歪着脑袋看着两个孩子。"听，"他说，"有什么声音，听到了吗？"

普鲁凝神细听。"没有，"她说，"什么声音？"

"就像是……说不上来……水花四溅。"塞普蒂默斯一脸神秘。然后，他耸耸肩，又在黑暗中继续往前走。

柯蒂斯朝前爬行了几步，突然，膝下的地面塌陷了。

他坠了下去。

普鲁看着眼前发生的一切，如同做梦一般。她看见他上一秒还在她前面，突然就不见了。他消失了。

"柯蒂斯！" 普鲁尖声叫道，她被吓得魂飞魄散。

巨大的落水声传来。

"就是这声音，"塞普蒂默斯说着，往地上的裂口中看看，"是水。"

普鲁没理睬老鼠,她又一次竭尽全力大声呼喊柯蒂斯的名字,整个隧道余音回旋,不绝于耳。

一声骤然的尖叫回应了她的呼喊。"水!"柯蒂斯在下面利声叫道,"好凉的水!"

幸运的是,灯笼只是歪倒在狭窄的隧道里,没有和他一起掉下去。普鲁抓起灯笼,上下左右地照着,想看清周围的情况。她发现,就在她正前方的石头地面上,有个柯蒂斯身体大小的豁开的洞。怪异的是,洞口边缘有棱有角。普鲁一心想着朋友的安危,一时间并未细想其中的缘由。

"你还好吗?"她大声对柯蒂斯喊道。

"还……还好!"他有点语无伦次,声音怪异地回荡着,令人不寒而栗。听这声音,普鲁突然意识到下方地域宽广。

"发生了什么事?"

"我落进了这个——这个水池里!"他大声叫道,发狂似的拍打着水面,溅水声从下面传上来,"水太凉了!"

"坚持住,"普鲁大声喊道,"我试着想点儿办法。"她朝塞普蒂默斯扬扬眉,舌头噙在双唇之间,快速地把绳子从包里抽出来,一绕到手上,她便摆手示意老鼠过来。

"抓紧。"她说完把灯笼递给他。

普鲁把绳子末端系在老鼠的腹部,推他走向地面那个洞边上。老鼠警惕地看着她,但还是听从指示,照办了。

"懂了,"老鼠安慰似的说,"我懂了。"

老鼠被吊着摇摇荡荡地送下去,灯光就慢慢充盈了底下的洞穴。绳子拴在老鼠腰处,很不舒服,他扭来扭去,但仍抓紧了灯笼。

"在这儿，塞普蒂默斯！在这儿……这儿来！"柯蒂斯颤抖着说，"我快看清了……那儿！"然后，传来阵阵溅水声；普鲁在洞边上探头望下去，看见她的朋友正在一个黑黢黢的宽阔水池中间疯了似的游泳。灯光一路照到洞底，石砖墙若隐若现，如同古老废弃的房屋中业已倾圮的墙。

柯蒂斯放下心来，粗声喘了一口气。"天哪，太冷了！"他游上岸大叫道。

"伙计们，"塞普蒂默斯叫道，"看这是什么。"

普鲁探下头去，看见绳端摇荡的老鼠。灯笼的光芒微弱，但老鼠提着灯笼在头部来回晃荡，她也看见了灯光所照之处。"这是房间，人类建造的！"她伸手抚摸隧道的裂口处——摸到冰凉潮湿的粗糙砖石，她简直兴奋得要昏过去，但此时随着地面泥土又一次坍塌，普鲁、老鼠、绳子、背包、灯笼，所有的一切都坠入了大水池里。

果不其然，池水冰寒至极，柯蒂斯刚才的尖叫根本不足以说明那种冷。普鲁一头扎进水塘里时，感到一阵触电般从脚底直蹿脑门的寒冷，令她浑身一激灵。灯光顿时湮灭，犹如世界蒙上了一块黑幕布。有那么一两秒钟，她漂浮在这黑色水塘里，冰寒的水浸湿了衣服的每一层褶皱，她觉得自己犹如古老的昆虫悬浮在琥珀里，而后她猛地浮出水面，大口呼吸着空气。

她听到柯蒂斯呼喊道："**普鲁！**"

她艰难地呼吸，让空气进入肺部。她的整个身体都感到尖利冰冷的疼痛。她打了一串嗝，大口喘着粗气。

"在这儿！"柯蒂斯大叫道。她不顾一切朝着声音的方向游去。

"我什么也看不见！"

"这儿！听我的声音，跟着声音游过来！"

普鲁疯狂地游着，突然间碰到了硬石壁。这时，柯蒂斯的手抓住她的手，用力把她拉上了岸。水沿着普鲁的头发流下来，冰水如针般扎得她的皮肤生疼，她禁不住瑟瑟发抖。

柯蒂斯把普鲁救上岸后，大声叫喊道："塞普蒂默斯！"从水池中央传来扑水的哗哗声。

"救命啊！"老鼠叫道，"灯笼绳拴住我了！"

柯蒂斯又一头扎进了水里。几分钟后，他吐着水浮出水面。塞普蒂默斯贴在柯蒂斯背上拼命地咳水，他肚子上还拴着绳子，爪子抱着灯笼，灯笼早已熄灭。

他们三个在冰冷的地下空气里，身体不听使唤地一个劲儿发抖。他们慢慢靠近彼此，希望感受到一点温暖。柯蒂斯的手一个劲地哆嗦，他笨拙地打开灯笼门，摸了摸泡湿的烛芯。普鲁拿出打了蜡的棉布荷包，里面包着火柴。打开荷包后，她惊奇地发现包裹着的一盒火柴完好无损。她把火柴盒递给柯蒂斯，柯蒂斯稍稍费了点劲，燃着了一根火柴，但灯笼的烛芯已然浸透，点不着了。

普鲁说道："拿这儿来，我试试。"她接过灯笼，从背包里拿出一小罐煤油，倒掉灌进灯里的池水，灌满煤油，浸湿烛芯，擦着火柴去点烛芯。令人万分欣慰的是，烛芯被点燃了。玻璃罩里，灯光分外温暖。

灯光忽明忽暗，可这仅有的光明还是让他们看清了这个洞穴：墙壁、砖墙和石头上披覆着古老的地衣，从黝黯的水池中拔地而起，汇聚成一个弧形，弧形的制高点处有一个缺口，正是他们掉落时形成的那个大洞。他们即刻看出，这洞穴是人或动物建造的。灯光每照到一处，他们都有新的发现，那些久远到让人无法追溯的石砖结构，石砖上令人叹为观止的镶嵌图案，这些都出自古人的巧手，属于一个已经被遗忘了的世纪。他们一路观看灯光所照之处，没走多远就到了一个拱形的门口。

第十五章

一处救助和安慰之地

唱片机是从走廊的壁橱里挖出来的,喇叭是从茶几底下找出来的,此时都面朝房间摆放着;那张密纹唱片——《贝蒂·韦尔斯一生最爱两步舞曲》——是从橱柜里翻腾出来的,此时正在唱片转盘上旋转着,奏出孤寂的钢棒吉他乐。乔弗瑞·昂桑科牵起戴斯迪梦娜·玛德拉克的手,含情脉脉地看着她,带她舞到屋子中央。

"这是干什么?"戴斯迪梦娜一脸惊讶。她刚刚从女生宿舍回来,想要告诉昂桑科,他要找的地图并不在二十三号床脚柜里。她以为他会大发雷霆,却没想到两人听着乡村音乐跳起舞来。

"亲爱的,"昂桑科柔情低语道,"跟着我的步子就好,前一步,前一步,退一步,前一步,前一步,退一步……"

"我知道怎么跳这支两步舞曲。"戴斯迪梦娜说道。她曾在一部乌克兰传记片中扮演安妮·奥克利,那部影片是在敖德萨拍摄的,剧组演员都跟着一位美国专业人士学过这支舞,"我问的是为什么跳舞。"

她朝夕相处十三年的男朋友,盯着她的眼睛说:"我成功了。"

戴斯迪梦娜睁大了眼睛,差点踩到他的脚趾头。"女孩们都回来了?"她问道。

"不,不,不,"他说,"那些——全都过去了。结束了,过去了。"

"那未来呢?"她谨慎地注视着他,问道。

"在这儿。"说着他步步应声而落,带她跳到桌子旁,那里放着一张莫比乌斯齿轮的设计图纸。那图上简直像全是象形文字,笔迹潦草,图解晦涩,她都没能好好看看,昂桑科就一个旋舞双圈带她到了房间的另一头。

"那是什么?"她屏息问道。

"我不知道,"昂桑科眉飞色舞,"但我快成功了。"

"亲爱的,"戴斯迪梦娜责怪道,"我现在一头雾水。"

"亲爱的,不必担心,"昂桑科说,"事实上,等我们大发土地财时,你将每日逍遥自在,无忧无虑。我想说的是:靠荒野禁地发财。"

"什么?发生了什么事?"

他领着她转了一圈,此时他俩都面朝前方,接着又围着屋子中央的牙医椅翩翩起舞。"简而言之,我收到了来自未来的圣诞礼物,明年即将大获丰收了。"

"我还是不明白。"

"亲爱的,只要两个月,我们就会站到胜利之巅。当我亮出所有的牌后,老魏格曼只能向我摇尾乞怜。"

"别打比喻了,请直说!"戴斯迪梦娜喊道。

昂桑科笑了："有个家伙想让我制造出一个齿轮，给我的回报就是让我进入荒野禁地。据我现在掌握的情况来看，他不仅仅是让我进入，而且将赋予我管理大权。到那时，不会再有令人沮丧的机械工厂，不会再有哭嚷的孩子，不会再有抱怨的父母。处处是美酒，地地是鲜花，时时有香槟，诗意说一说，全然好时光。"

戴斯迪梦娜勉强一笑："电影公司呢？我们说好的电影公司怎么办？"

"哼！亲爱的，你到时可是高高在上的女王，没必要去拍那些愚蠢的电影。那些导演高傲又冷漠，制片人滥用特权，谁稀罕他们？洛杉矶肮脏破旧，又怎么会适合亲爱的你居住呢？在荒野禁地，你品尝棕榈叶上的鱼子酱都忙不过来呢。"

音乐仍旧响着，戴斯迪梦娜却停住了舞步："愚蠢的电影？高傲的导演？肮脏的洛杉矶？乔弗瑞，这是我生命中至珍至贵的东西！"

"听我说，我——"

"不，你现在听我说。我不在乎荒野禁地，它什么都不是，除了垃圾就是树。这些年来，我一直听你大喊大叫要进入那个地方，是因为我认为它是你的爱好，而每个男人都理应有爱好。鲍里斯·努德尼恩科，伟大的乌克兰演员，他爱好用乐高积木堆苏维埃时期的纪念雕塑，听上去挺傻吧？但我们能说谁呢？他从中有所受益。在我看来，你追求荒野禁地，就像是在用乐高积木堆砌人造卫星。我一路伴你走来，搬运异频雷达收发机，确保男孩女孩不逃跑，我为你的爱好付出了这么多。"

昂桑科一言不发，如温顺的小狗听训般聆听着这接二连三的指责。音乐依旧响着。

戴斯迪梦娜滔滔不绝地说着:"十三年前初次与你相遇,你曾许给我一个诺言,我一直殷殷期望有一天你会兑现诺言。你说过,'戴斯迪梦娜,终有一天我会离开这个制造机械零件的地方,我们会去洛杉矶定居,开家电影公司,携手拍摄绝佳影片,绝佳的美国影片,如同斯科塞斯、塔伦蒂诺和迈克尔·贝那样。'你说过,'我制片你主演,就在洛杉矶,不是波特兰,不是工业废墟地,更不是荒野禁地。'你就是这样许诺我的!"

"亲爱的,我知道,但我只是想——"

"这就是你的问题,你没想过我,你只想着你自己。"

话音刚落,她便转身,大步走出了房间,只留下身上散发出的熏衣草香水味。

贝蒂·韦尔斯依旧在激情四射地唱着德克萨斯的牛仔故事,这时,乔弗瑞·昂桑科从唱盘上提起唱针,歌声戛然而止。喇叭发出轻微的嘎吱声。他把手插进自己的斜纹裤口袋里,溜达到书桌旁,站在那里俯视着齿轮的设计图。就如同一个作曲家不碰乐器也能轻声哼出书写的乐谱一样,乔弗瑞脑海里的宏伟蓝图幻化成真:灰蓝的笔迹矗立起来,小小的配件绕着中心轴如流水般静静地旋转,而整套齿轮也开始飞快地旋转。此时,戴斯迪梦娜的话早已被他抛到了九霄云外,他深深地沉醉在机械零件的世界里,琐碎小事又怎么可能使他分神呢?

🌿

艾尔西、蕾切尔和玛莎从树林走下来,来到木屋的院落里,看着周围忙碌的孩子。他们一见来客,便安静下来。三个女孩子耳朵上都有黄色标签,因此也就无须解释她们为何到此了。这些孩子的面孔在玛莎心中唤起了幽远的记忆：胖胖的卡尔·伦奎斯特，正晃着地毯抖落灰尘；红头发长粉刺的辛西娅·施密特，正从柴堆中搬运木头，整齐地摞到木屋旁。一向安静的戴尔·特纳，正坐在门廊上读书，另外两个小女孩——露易丝·艾姆伯索尔和莎蒂·基南，越过他的肩膀看着书。她们梦游般走进院子里，所有孩子都向她们打了招呼，又各忙各的了。

这座木屋看上去与群山一样古老。它以河石为地基，根根粗糙的木头叠罗其上。那木头久经风吹雨打，露出岁月敲凿的痕迹。倾斜的屋顶由雪松板搭成，上面覆盖着一层晶亮的白雪。一面高高的山墙上有一只铜制风信鸡，深绿的铜锈幽幽闪光。宽敞的门廊下，是几张长板凳和一个洗衣盆。

三个小女孩哑了似的，默不作声地走近木屋。一个男孩走出前门，手里提着一桶东西，看上去是厨余垃圾。玛莎看见他，立刻大声喊道："迈克尔！"男孩咧开嘴笑了。

"玛莎！"他应道，接着放下手里的桶。玛莎跑到他面前，两人热情相拥。

"你怎么——"玛莎语无伦次地说，"你……"

男孩刚要回答，山谷里突然回荡起此起彼伏的犬吠声，之前三个女孩看到的那群狗从山坡上奔驰而下冲进院子。它们一见到这些忙碌的孩子，便欢快地叫着，垂着流涎的舌头分头去找各自的小主人。那条艾尔西爱抚过的哈巴狗又跑到她脚边,艾尔西蹲下来,轻抚着它,挠着它的脖子,小狗开心地吐着舌头。蕾切尔畏缩地把双手环抱在胸前。

"这里是怎么回事?"玛莎问迈克尔。一条金毛走到他旁边趴下,迈克尔便开始尽职地轻抚它黄褐色的毛。

"这就是我们现在住的地方,玛莎。"男孩说。

"什么?这么长时间一直在这儿吗?"

"是的。"迈克尔确认道。

"可是你三年前就被开除了啊!"

"有这么久了吗?"男孩问道,一边沉思一边轻拍着金毛的肚子。

"你住在这儿,在这栋木屋里?"

"我们都在这儿住,玛莎,这是我们的家。"

玛莎还是一脸茫然:"这房子是你建造的?"

"不,我们只是发现了它。"迈克尔说,他友好地看看艾尔西和蕾切尔,"就像你发现了它一样,而且你带了朋友过来。"

"噢,是啊,"玛莎说,"这是艾尔西·梅尔堡和蕾切尔·梅尔堡姐妹,她们在孤儿院待了一周就被开除了。"

孩子们小声地打了招呼。迈克尔回过头来,用温暖的目光盯着玛莎。"玛莎·宋,"他说,"我一直在想你何时会来到这儿。我的意思是说——并不是我狠心,我知道这一开始很难接受——我有时候希望,你不久就会被开除,这样我就可以见到你了。我有些想你。"

玛莎笑了:"是啊,我也想念你,迈克尔。"她转过头来对艾尔西和蕾切尔说,"迈克尔和我差不多同时流落到昂桑科之家,我们从小青梅竹马,两小无猜。"说着回过头来对男孩说,"你离开时我伤透了心,昏天黑地哭了整整三天。"

"玛莎，我知道，"他说，"能见到你真好。"

玛莎细细端详了男孩一会儿，然后说："你看起来一点没变，我的意思是说，一丁点儿也没变。"

迈克尔只是笑了笑，然后转头对艾尔西和蕾切尔说："你们必须见见卡罗尔。"

"谁是卡罗尔？"玛莎问。

"在这里，他犹如我们的父亲，是我们这个大家庭的家长。"迈克尔站起来，打开木屋的纱门，大喊着卡罗尔的名字，"有几个女孩要在谷里住下了，欢迎她们吧！"

玛莎、艾尔西和蕾切尔对于这个下午发生的事情困惑不解。在等卡罗尔到来的时间里，玛莎连珠炮般向迈克尔发问。

"我初来时和你们一样惶恐，"迈克尔说，"相信我，大家都是一样的。我听昂桑科的话，喝了那怪异的红色果汁后就犯恶心，一进入丛林就呕吐不止，吐得五脏六腑都出来了。身体舒服些后，我开始四处漫步。我向往自由，无需多说，逃脱那糟糕的机械工厂真是大快人心。和其他人一样，我也发现不知何时何地弄丢了昂桑科给我的线绳。而且，不论走多久，我总像是原地踏步。那时，我怕得不行。明摆着，我是陷在古怪的迷宫里了。我不再想着怎么走出去，而开始集中意念想着走进去，这是我可以描述的唯一方式。最后，我来到了这儿，来到了这座木屋。当时这儿还有几个小孩子和一大群狗——昂桑科将他的全盘计划付诸实施已经几个月了。"

"噢——那些狗是怎么回事？"蕾切尔问道，双手依旧戒备地交叉在胸前，一条黑狗正试图舔她的胳膊肘。

"都是附近人家走丢的。这地方就像流浪猫、流浪狗的收容所，它们从原先的家里走丢后来到了荒野禁地。差不多每隔几个月，就会有一只新的动物加入我们。"

"哇哦，"艾尔西低语道，她看着姐姐，"不知道福丁布拉斯在不在这儿。"福丁布拉斯是她们的虎斑猫，去年夏天不见了。

"你可以找找，我也不敢担保能找到。"迈克尔继续说道，"言归正传，卡罗尔是很多年前来的，一直住在这儿，是他发现了这座木屋，一直加以维护。他收留了我们这些流浪孤儿，营造了一个真正的家。这个家胜过外面任何一个，这是确定无疑的。"

温暖嘹亮的声音从屋里传出来："是谁在说我的故事，嗯？"

迈克尔听见问话，笑容满面地说："他来了。"

随着纱门被推开，一个头发灰白的老人出现在门口，一旁站着个小姑娘，扶着他走进门廊。

"谁在这儿，迈克尔？"老人大声问道，"谁加入我们家了？"

老人脸色苍白，褐斑点点，额头和脸颊上的皱纹纵横交错，眼窝深深凹陷下去。事实上，正是这双眼睛引起了艾尔西的注意。尽管他面对着她们，眼睛望的却似乎是她们头顶上方。仔细观察才发现，他的眼睛像是画上去的，毫无生气，如同洋娃娃骨碌骨碌转的假眼睛。她看见小姑娘引导他走到门廊中部，直到他的双脚稳稳站在木板上。他的双手在空中不确定地摸索着，摸到迈克尔的肩头，便搭在他肩上。

"他看不见！"艾尔西忍不住说道。

在其他任何场合，蕾切尔都会"嘘嘘"几声提醒她别失礼，但此时，她也被老人的外貌深深吸引了。

面对她们的观察，老人坦然地笑了："啊，我有三十五个孩子，哪里还需要眼睛呢?"他指着院子里的孩子们说,"这些都是我的眼睛。"

他说话时,静止的眼球微微转动了几下,看上去正斜视着三个女孩头顶上方。艾尔西意识到,眼球是木头做的,画上去的蓝色虹膜在光滑的表面上略显粗糙。

老人说道:"我还没介绍我自己呢,我叫卡罗尔,卡罗尔·戈罗德。欢迎你们加入我们的小家庭,流浪儿。"说完他转过脸面对迈克尔,"我们这次有几个新成员?"

"卡罗尔,有三个,"迈克尔说,"三个女孩,其中一个叫玛莎的我很熟,我俩在外面的世界是朋友,另外两个是艾尔西和蕾切尔。"

"啊哈!"老人大叫道,"三个,真是大丰收啊。看来昂桑科那儿容不下你们仨了。"一条柯利牧羊犬和一条德国牧羊犬跑到老人身旁,嬉戏地欢叫着。老人的手从迈克尔肩上落到小狗身上,爱抚着它俩。门廊的栏杆上,一只黄纹猫悄悄从狗旁边溜走。"你们仨,走近点,"老人说,"让我看看你们。"

艾尔西、蕾切尔和玛莎三人顺从地走近了些,老人抬起轻抚小狗的手,依次触摸她们三人的脸庞。碰到艾尔西的脸时,他停了下来,眉头轻蹙了一下。"这是谁?"他问。

"我叫艾尔西。"她说。

他的手依旧停留在她的脸庞上,眉毛扬了扬:"艾尔西,嗯?多美的名字啊,你姐姐是哪位?"

"她就在这儿,在我旁边。"艾尔西说。老人的手从艾尔西的脸上移开,轻轻触摸蕾切尔的脸颊。他若有所思,蹙了下额,眉毛似乎要扭到一起了。"艾尔西和蕾切尔。"他低声柔和地说道。

"有什么问题吗,卡罗尔?"迈克尔问。

老人回过神来。"不，不，"他说着，把手从蕾切尔的脸上移开。"没什么，"他轻轻拍拍蕾切尔的肩膀，"见到你们仨我很开心，欢迎加入我们这个快乐的家庭。在这片土地上，过去的噩梦将统统烟消云散，我们可以获得救助和慰藉。"他边说边指着打开的屋门，"进来吧，我带你们参观参观。桑德拉已经炖好了小扁豆，你们肯定饿坏了。"

老实说，她们的确是饿坏了，已经前胸贴后背了。

吃完这顿丰盛的炖菜（艾尔西用海绵般的面包蘸着碗里的菜，直到碗里一滴不剩才罢手），三个大饱口福的女孩就心满意足地向后靠在了椅子上。卡罗尔和她们一起坐着，听着她们满足的吃饭声，愉快地开着玩笑："看你们胃口这么好我甚是开心啊！"他说。桌子清理好后，卡罗尔便要吸烟，一直在收集厨余作堆肥的小男孩把烟斗给卡罗尔拿过去。他边往里塞烟草，边跟三个新来者说话：

"那么，我想我们需要给你们找份工作，"他说，"但是别担心，不会让你们像从前那样工作的。这儿的每个人都各尽其能。我们不是残酷的监工，只要这房子尚可遮风挡雨，人人皆大欢喜。"

坐在玛莎一旁的迈克尔骄傲地插话道："事实就是如此，没有人想要偷懒耍滑，每个人都各尽其才，不论擅长什么。"

"桑德拉善长炖菜，"卡罗尔说道，"她对此充满激情，并且很有天赋。同样的，辛西娅是一个绝顶画家，就是那个孩子。她负责木屋的装饰，周围墙上挂的都是她画的，你可以看得到。"

艾尔西一边舔着唇上残留的几滴美味菜汁，一边看着墙上的挂画。每一张都是货真价实的油画风景，镶在简易的树枝画框里。

"迈克尔、彼得和辛西娅对网捕动物很在行,所以他们为大家猎取晚餐,每天晚上设套,早上满载而归。小迈尔斯讲故事超棒,所以他哄小孩子们早早睡觉。"卡罗尔吸了一口烟斗,缕缕烟圈飘浮着,绕向木屋的椽子。

"所有人都自得其乐,这是一个各司其职的大家庭,"迈克尔说着掰下一大块面包。两个小女孩边唱歌边洗碗刷碟,歌声绕梁,不绝于耳。他说,"我们在这儿都很满足。"说着手便插入口袋,掏出一只小小的白陶烟斗,又从卡罗尔的荷包里取来一些棕色烟草。他把烟草装满烟斗,抽起烟来。初来乍到的姑娘们一脸惊愕,迈克尔看着她们的样子却颇感得意。

玛莎率先问道:"你这是在干什么?"

迈克尔只是耸耸肩:"在这儿,我们随心所欲,没有父母唠唠叨叨,管着我们该做什么,不该做什么。这里像梦一样美好!"说完,他又抽了一口,并向空中吐出小小的烟圈。

蕾切尔吃饱喝足后一直在沉思,此刻她终于开口道:"这是什么地方?你们为什么都在这儿?我们为什么都在这儿?"

卡罗尔转过身体,面向蕾切尔,向后倚在椅背上,椅子发出吱嘎一声响,他说:"这里是边界,一种古老的魔法由之前的神秘人士植入树林中,以防止你我这样的人走进荒野丛林。你最好习惯,因为我们被困在这里了。"

玛莎的汤匙从指间滑落,哐当一声落在桌面上。她快速地道了歉,又急忙问道:"你说什么,魔法?"

卡罗尔吸了几口烟,才说道:"对,我也只能告诉你我知道的。几百年前,丛林和外部世界针锋相对,水火不容,一道魔咒就施在了环

绕丛林的边缘地带上。每一个外来人只要试图穿越,就会陷入树树相环的迷宫。每转一个弯都和上一个如出一辙,每方土地寸寸相似、无穷循环。而且,尽管日落月升从不停息,时光却是定格的,永远到不了明天。"

话音刚落,迈克尔就冲玛莎笑了一下,说道:"明白了吗,我们永远不会老。"

三个女孩试图理解其中含义,一时无语。

"这太疯狂了。"蕾切尔终于说道。

"本来就是如此,"卡罗尔说道,"如同时光把我们定格在此,春去秋来,容颜不老。"

"你在这儿多久了?"玛莎问。

"哦,很多年了吧,我想,因为时间不再有任何影响,我也就不那么在意时间消逝了。"

"但你怎么知道这么多关于……边界的事呢,你是叫它这个名字吧?还有荒野禁地。"蕾切尔小心地问。

"过去的事了,"卡罗尔说道,"我曾是南方丛林的一员,但后来被抛弃了。"

"南方丛林?"艾尔西问,"那是什么?"

"你为什么被抛弃了呢?"蕾切尔又问。

卡罗尔吸了几口烟,脸上褶皱堆起微笑。他说道:"孩子们,问题真多啊。第一个问题,南方丛林人口密集,大厦是政治中心。那里完全是另一个世界,到处是奇奇怪怪、如魔似幻的东西,惊得你能掉下巴。不管怎么说,我是从外部世界被召唤进去的。待到我的用处结束之后,他们便把我赶出去了。"

"赶出去?"蕾切尔把脸前的头发撩到耳后,关切地盯着老人问道。

卡罗尔嘟囔了几句,咬着烟嘴说道:"是的,赶出去了,永远不能再回去了。南方丛林里的一些人觉得边界是个遗弃老旧无用之物的好地方。遣离丛林,遗弃于此,对他们而言,我就是不存在了。"

迈克尔皱皱眉毛,用眼神示意艾尔西和蕾切尔不要再继续追问下去。

"不管怎么说,"卡罗尔说,"我就在这儿了,这是我的新家,也是我的炼狱,但至少我还有伴儿。从第一个孩子加入算来,至今已有两年了。第一个来的是小埃德蒙·卡特。那时,我正坐在门廊里,跟我唯一的伙伴和倾听者小狗们说话解闷,他就走过桥来出现了。我想他肯定走了很多天了。不久,来了越来越多的孩子,一些孩子来得早,一些孩子来得晚。我带他们进来,给他们食物。自此之后,我们这个小家就越来越壮大了。"

"但……"艾尔西说,"总有条路走出去。我们总不能永远困在这里吧?"

"是的,"蕾切尔说,"毕竟有成功逃离的人,昂桑科说过关于他们的一些事情,把他们叫做荒野禁地的生还者。"

"好吧,"卡罗尔说着在椅子里活动了一下身体,"我反正从来没听说过。也许是传说,也许是事实。我们花了很多时间寻找出路,但始终一无所获。"

迈克尔插话道:"我们在这儿逍遥快活,不久你们也会这样觉得。这里没有清规戒律,你可以随心所欲。只要你想,你可以整天睡觉,当夜猫子,讲下流笑话!"好像是为了现场示范一下,迈克尔并不针对什么地咒骂了一句,艾尔西涨红了脸。

卡罗尔大笑起来:"是的,我现在也并不急着离开,我们在这儿过得不错。在外面的世界,我是个孤独的人。在丛林的时候,我总是受到那些奇奇怪怪的人的排挤。在这里,我是一群好孩子的父亲,他们都需要兄弟姐妹组成家庭,都需要一个地方栖身。"

艾尔西从眼角余光里瞥见玛莎赞同地点了点头。蕾切尔也看见了,她问道:"你是说,你们打算一直在这儿待下去吗,就这样住下去?"

迈克尔耸了耸肩:"这话说得好像我们有第二选择似的。"烟斗里缓缓冒出几圈烟,悠悠荡荡飘浮在空气里。

蕾切尔脸上的笑容如涟漪般消逝,说道:"你们疯了吗?"艾尔西不由看向她,她又问道,"这个魔法世界是怎么回事?荒野禁地、这里的一切,又是怎么回事?"

"这是真实存在的。"迈克尔说。

"净胡说八道。"蕾切尔说。

"那么你觉得你为什么会困在这里?"卡罗尔问道,他的木头眼睛深陷在眼窝里,如果盲人有热切目光的话,那他就是用那种目光看着蕾切尔的。

"我不知道,"蕾切尔说,"我才刚到,这儿肯定是有出路的。"

"没有出路,"迈克尔说道,"这是众所周知的。"

"是的,"玛莎插话道,"我倾向于相信他们。"说完,她伸手从后兜里取出一大张叠成小正方形的纸来。她小心翼翼地展开纸,纸上是张大大的手绘地图。首先显现的是地图一角,上面的手写笔迹清晰可见:"荒野禁地(猜想)。"

"是昂桑科办公室里的那张地图!"蕾切尔大叫道。

"啊哈,我偷来的。"玛莎面带骄傲地看着在场的每一个人。

"迈克尔,"卡罗尔说道,"那是什么东西?那女孩带来了什么?"

"地图,"随着地图缓缓展开,他说,"画的是……是丛林。图上有你说过的大厦,北边那部分有一棵大树。"

艾尔西对她的姐姐说:"看到了吧,他确实知道他讲的是什么,"她的手伸过桌子,碰碰卡罗尔久经风霜的手指。她心中早有怀疑,如今像是得到了证实,而且,她还知道,哥哥失踪的线索就深埋在卡罗尔的故事里,"再告诉我们关于这儿的一些事吧。"

卡罗尔笑了,他把烟斗里的余灰倒在手里,随手撒在凹凸不平的地板上。他开始讲故事，关于丛林世界，关于荒野丛林、北方丛林和南方丛林，关于生活在其中的人类和动物，以及各种神秘传说。他倾其所知，尽管有限，却足以颠覆三个女孩之前建立的世界观。她们现在已经用一种全新的、不同以往的视角来看这个世界了。

第十六章

荒野丛林之下

在柯蒂斯看来,这就像一条盘绕的蛇。普鲁却不这么认为,她说这个东西像是澳洲土著风格的。柯蒂斯就问"澳洲土著"是什么意思,普鲁说跟澳大利亚有关,与当地的原住民有关。柯蒂斯有些不满地说,他当然知道"澳洲土著"是什么意思,但他不明白太平洋西北地区跟澳洲土著能有什么关系。对此,普鲁应道,这里发生了很多更奇怪的事——奇怪得多的事——她已不再想弄清这些事为什么会发生了。柯蒂斯对普鲁的话无言以对。不过,有一件事很确定:那高高的拱顶石上雕刻的图案,肯定是人为的。

塞普蒂默斯颤抖着说:"我觉得这是在提示'前方有蛇'。"

图案是一个简单的圆圈,刻入岩石之中。拱门正下方有一条隧道,大约有两个高个子男人加起来那么高,一眼望不到尽头,远处是一片漆黑。

"我不确定,"普鲁说,"我感觉这些东西似乎像生命征轮回什么的。"

"不知道是谁弄的。"柯蒂斯沉吟道。

"很可能还要继续猜。看起来,这个图案刻在这儿已经很久了,不管是谁把它刻在上面的。"

"至少我们可以确定肯定有人来过,那么就一定有通到地面上的路。"柯蒂斯借着灯笼发出的光,脱下袜子,拧干袜子上的冷水。

"肯定有路,"普鲁说,"但是细想一下,我们现在真的要回到地面上去吗?"

柯蒂斯冷冷地看着他的朋友:"你可能是对的。"

"即便达拉摔死了,谁知道在其他地方会不会有更多狐妖。我们并不确定该如何找到制造者,也不知道如何让阿列克谢复活。"

"那仍然是我们的目标,对吗?"

"那当然是我们的目标。"普鲁说道。

柯蒂斯看了一眼塞普蒂默斯,然后说:"那么强盗们呢?我们需要查明他们发生了什么事。"一道道水流被从柯蒂斯袜子上挤出来;他赤裸的脚的颜色和纹理,就像摆在生命科学实验室架子上广口瓶里的小猪胎儿一样。

"而且,"塞普蒂默斯补充道,"我们差点儿死了两次。这样的经历有时会让人重新排列你认为最重要的事。"

"两次?"柯蒂斯问道。

"我把狡猾的狐妖女人袭击我们看作一次,坠入峡谷看作另一次。"

"明白了。"柯蒂斯说道,"可我还是更倾向于把整件事视为我们的生死大逃亡。"

普鲁生气了,对他俩说:"不,重点没有改变,我们首要的任务没有改变。"

"整个营地都被夷为平地了,普鲁,"柯蒂斯说,"我们在坠落悬崖的过程中幸存真是个奇迹。我的意思是说,据我所知,我和塞普蒂默斯是荒野丛林中仅剩的两个强盗了。我俩欠所有其他强盗一个交代,我们必须搞清楚到底发生了什么事。"

普鲁好像早就准备好了要反驳柯蒂斯:"我有一种强烈的预感,议会树知道这儿发生的一切。不知怎么,我感觉复活阿列克谢会帮助每一个人,包括强盗们。我的意思是说,想想吧,我们跌入了大峡谷——那肯定不是我们计划的一部分——我们蜿蜒前行发现了这条隧道——那个男孩曾对我说,'想攀高就必须先就低',我敢发誓,这绝对是他的原话。"

"是啊,的确如此。"

"而且议会树——或者那个男孩——也说过我们需要让真正的继承人活过来,才能救我们和朋友们的命。不管原因如何,我想意思已经很明确了,这就是我们必须要干的。"

"你是这儿传达神谕的人。"

普鲁没理会柯蒂斯话中小小的讽刺,她一边用手拽了拽湿漉漉的头发,一边思考。"然而,身处地下,我们并不知道下一步该怎么走。我的意思是说,很明显,以我们目前的情况来看,想做到议会树交代给我们的事情异常困难。南方丛林在很遥远的地方,而且谁知道像那样的杀手外面还有多少呢。有一件事很明确:我们在这儿最安全,藏在地下,别人看不到我们。"

"其实地面上可能也是安全的。"柯蒂斯说道,他像是突然想到了什么,眼神一亮,"听我把话说完:如果南方丛林真像人们说的那样,每个人都陷入一种爱国式慌乱,而我们知道,某个有权势的人想要我们死。这样的话,难道你们不觉得待在外面的空旷地带,可能要比躲在某个不知名的洞里更安全吗?我知道我之前拿这个开过玩笑,可你的确是自行车少女,是革命的吉祥物。我是说,谁知道呢,对吧?可能你一出现,所有人都会唯你马首是瞻,保证你的——希望还有我的——安全。"

"然后我们才能找到阿列克谢,并开始寻找制造者。"普鲁说。

"得告诉别人我们以及强盗们经历的事情,"柯蒂斯补充道,"必须找个人帮助我们。"

塞普蒂默斯突然插话说:"我们在那儿不是有位密使吗?布兰登不久前安排安格斯到那儿去了,他肯定还在。"

普鲁点了点头:"那可能是最好的方法了。"她停顿了一下,注视着爬满地衣的墙壁,在灯笼光的映照下,地衣的绿色就像荧光一样。拱门那边的空间令她毛骨悚然。"这些计划都是以我们最终可以从这儿走出去为前提的,但这条隧道很可能会把我们领入死胡同。虽然——我确实记得⋯⋯"这会儿,她又开始咬指甲,试着回忆去年秋天的事,"潘妮,大厦的女仆,我去见猫头鹰雷克斯的时候,是她把我偷偷带出来的,走的就是这种令人发狂的隧道。我记得她说过关于隧道的事,好像大厦还没有建成的时候,隧道就有了,也许隧道遍布整个丛林呢!"

"也许是这样吧。"柯蒂斯尽可能地把袜子里的水拧出来,皱着眉头把冰冷的袜子穿回去,再套上靴子,小心翼翼地站起来。两脚倒换的时候，他脚下发出了水花四溅的声音。

"休息够了吧，"他说，"伙计们，能上路了吗？"

普鲁试了一下受伤的脚踝。"可以走了。"她说道。

"你俩先走，"老鼠说，"你们可以吸引所有的蛇。"柯蒂斯在前面为普鲁探路，他俩一起穿过拱门，进入隧道。

潮湿似乎要吞没他们。即便衣服没有湿透，他们也肯定会感到厚重潮湿的空气在向他们逼近。谢天谢地，他们越向隧道深处走，里面就越暖和，这最起码会让他们觉得有稍许安慰。普鲁的脚踝自坠落后就一直疼，她必须小心翼翼地走。隧道的墙壁比他们高很多，跟篮板差不多高，一直向上延伸至隧道的拱形大梁。看起来，垒砌墙壁的石头像是人们借用某种古老的工具，小心翼翼地手工切凿的。普鲁纳闷怎样的巧手才能完成此项巨作，完成哪怕只是一小部分隧道所用的时间，对她来说都不可衡量。她想象着生物——动物和人类——经过几个世纪齐心合力的工作才完成了这地下深处的隧道，他们干活时，隧道内肯定回荡着劳动的声音，也回荡着歌声。

在此期间，柯蒂斯不住地往身后看，以确定老鼠一直唠叨的那条肯定会遇到的蛇不会从背后袭来。柯蒂斯小时候和爸爸一起看过电影《野蛮人柯南》，电影里的詹姆斯·厄尔·琼斯变成了一条可怕的利齿巨蟒，自那以后这一形象便烙在了他脑子里。柯蒂斯想，如果他想象中的那个偷偷来到他们身后的幽灵其实是詹姆斯·厄尔·琼斯，并把他自己变成了有毒的爬行动物，他是不会特别害怕的。相反，他会认为那很酷，尤其是詹姆斯·厄尔·琼斯会说话，这样就可以在现实中听到詹姆斯·厄尔·琼斯的声音了。想到这里，柯蒂斯不由自主地用琼斯的声音说起话来。

"这是您最后一次让我失望了,上将。"他说道。

"什么?"普鲁问道,停住了脚步。

"我说了什么吗?对不起。"他意识到自己在走神,尽管隧道内自然的回响给了他真实的感觉。

"快过来,我看见前面有东西。"普鲁说道。

隧道到了一个T字形交叉点,离他们站的地方差不多有三十英尺。一道细细的水流从石壁上的一个洞里流了出来,绵延无尽的灰白色岩石中又有一块刻着相同环状图案的石头。在这块石头下面,隧道设计者安放了两块彼此相邻的装饰石,随着时间的流逝已经褪色了。一块石头上刻着圆形,另一块石头上刻着三角形。普鲁和柯蒂斯对这两块石头研究了好一会儿,他们轮流上前,擦拭着石头雕刻图案上积聚的泥土和苔藓。

"我认为是三角形,"柯蒂斯说,"虽然圆形也很像。"

普鲁没有作声,她举起灯笼研究前面的两条路,两个方向看上去十分相似。

"圆形并不代表卫生间,对不对?"柯蒂斯问道,"我本来应该去那个池塘的,不过那里面太冷了。"

塞普蒂默斯从后面赶了上来,说:"你们在一个废弃的隧道里,我认为把整个世界说成你的便桶也没问题。"

普鲁没有说话,向左一转,向着"圆形"标识的隧道走去。柯蒂斯紧紧跟上,塞普蒂默斯站到他的肩章上。

"你确定去那边吗?"柯蒂斯问道。

"跟着感觉走。"普鲁答道。

他们来到更多这样的交叉路口,更加随意地作出选择。他们好几次走进了死胡同,这种情况下,他们便转身,重新选择另外一条路。普鲁认为,既然他们并非从一个正式入口进入,而是偶然跌入一条连接某个深洞的临时通道,那么他们往哪个方向走以及如何走事实上并不重要。他们坐在一个交叉路口分享另外一块干肉条时,普鲁对柯蒂斯和塞普蒂默斯说了自己的想法。柯蒂斯觉得,没有说出口的潜台词就是他们要一直往前走,直到把食物都吃光,然后要么饿死,要么找到一个通往地面的出口。到底是会先饿死还是先找到出口呢,想想都让柯蒂斯脊背发凉。

他们继续往前走,在迷宫般的隧道里徘徊了好几个小时,最后他们发现墙壁似乎消失了,而且突然吹来了一阵凉风。他们举起灯笼,发现进入了一个巨大的空间,目光所及之处没有天花板,也没有地板,他们走的那条石径其实是通往另一端的桥。令他们沮丧的是,灯笼光照亮了许许多多桥,它们外观相同,彼此交织,令人头晕目眩。往上方看去,也是同样的景象。桥的下面是深坑。这让柯蒂斯想起了曾在本地科学博物馆看过的录像:人脑中密密麻麻、彼此交织的神经。

"噢,天哪。"柯蒂斯听到塞普蒂默斯在他耳边说道。

"就……"普鲁说,她的声音听起来很绝望,很害怕,"我们还是继续往前走吧。"

好像是为了强调他们的艰难处境,柯蒂斯的肚子发出了一阵咕噜咕噜的声音,那是饿的。"不用管它。"他说道。

他们过了桥。这时,他们来到了隧道的另一个岔路口,两条路都通向一段短台阶。他们选择了左边的那条路。路又岔开了两次,之后,他们又来到了一道深沟前,深沟由上方和下方的许多桥连接着。他们很难知道自己现在到底在哪儿,甚至很难确定这是不是刚刚走过的地方。普鲁跛得越来越厉害了。"我们休息一会儿吧,"柯蒂斯建议道,"你看起来好像很痛苦。"

普鲁没理他,继续在七拐八绕的隧道中盲目地走着。"一定有路出去。"柯蒂斯听到她低语道。

他们沿着台阶往上爬去,越爬越陡,突然发现自己攀到了一面石墙的根基,根本无法解释台阶是如何变成石墙的。他们走过一座座桥,有的桥很窄,仅容一只脚通过。他们在弯曲环绕的隧道中徘徊,进入一条即便是巨人也很容易穿过的通道,可是一眨眼的工夫,便会突然出现一道很矮的门,只能用手和膝盖匍匐行进。一段很长的螺旋式台阶引领他们从一间巨大的圆柱形房间的墙壁上走了下来,台阶底部有一把损坏的梯子,引领他们向下走入无边的黑暗。一次,他们在拱形桥顶部的某个地方停下来吃东西。柯蒂斯在咀嚼最后一片苹果薄片时,看见普鲁睡着了。靠着普鲁,他也睡着了。过了一段时间,塞普蒂默斯把他们戳醒了。他们不知道自己睡了多长时间,在这黑暗的地底下,似乎很难察觉出时间的流逝,或者说时间的流逝显得没那么重要。

他们检查了一下剩下的食物,这些食物或许还够他们吃一天的。柯蒂斯用手指按着太阳穴,心里觉得他们越来越有可能饿死在这地下迷宫里。是什么导致他远离自己的强盗同伙呢?他确信誓言是有深意的,就是那天晚上他在丛林里那古怪的圣坛前发的誓。他发誓一定跟随自己的强盗伙伴,不会把他们丢在一边。然而,他当强盗才几个月,就离开了他们,离开了布兰登、爱丝琳,离开了所有的人,离开了自己的家人。

他顿了顿。什么家人?那不是他的家人。普鲁是对的,他离开了他真正的家人。他的爸爸现在在干什么呢?他的妈妈又在干什么呢?

他想象着两个姐妹的日常活动，暂且忘记了自己眼下的可怕处境。还没等他回想起小妹那永远滔滔不绝的"勇敢的蒂娜"娃娃，就看见普鲁的手在眼前晃。普鲁面无表情地站在他面前。

"走吧，"她说，"我们继续往前走。"

他们并没有走很远——或许走了一两个小时，普鲁突然停了下来，柯蒂斯差点撞到她背上。

"怎么了？"他问道。

"嘘……听……"

柯蒂斯屏住呼吸，但他只听到了从地衣里发出的、无所不在的滴答声。

"我没有听见其他声音——"

"嘘——声音又来了！"普鲁竖起食指放在嘴边，把灯笼举得高高的。

柯蒂斯再一次竭尽所能仔细听，这一次，他听到了一些滴答声以外的声音。"什么声音？"听起来像是金属在石头上拖拉，不过像是比较小的东西，比如钥匙在砖墙上划过。在隧道里，声音好像放大了十倍，尤其令人不安。

普鲁没有回答，她正盯着前面的空地。他们刚刚转过一个Y形交叉路口，沿着左边的路走，现在到了曾经走过的一条比较长的隧道中部。声音好像是从前方的黑暗中传来的。

灯笼在前面的地上投下了微弱的光，柯蒂斯好像看见了什么怪异的动物，有很多触角和发光的眼球，带着——什么呢？也许是斧子，在地上拖着走。柯蒂斯被眼前的景象吓得发抖。有什么东西在拽柯蒂斯的耳朵，原来是塞普蒂默斯用它的小爪子紧紧抱住他的耳垂，就像小孩子抱紧泰迪熊一样。"蛇,"他低声道,"我走到哪儿都能听出这种声音。"

"你好?"普鲁喊道。

声音停止了。

普鲁把灯笼伸得更远一些,身体慢慢地往前移动。

黑暗中传来声音:"**来者何人?**"柯蒂斯从未听过这种声音。说话者似乎在地底下隐藏了好几个世纪,长期缺乏温暖阳光的照射,说起话来音调很低,阴森森的。

声音又响了一次,在隧道的墙壁间回荡:"**地下王国的侵入者,报上你们的姓名和身份!如果你们效力于丹尼斯,我将被迫砍掉你们的脑袋。**"

塞普蒂默斯发出了惊恐的尖叫声,从柯蒂斯的外套上跳了下来,朝他们刚来的方向匆匆跑走了。柯蒂斯紧紧抓住普鲁的肩膀,对他来说,这比詹姆斯·厄尔·琼斯从黑暗中现身还要可怕——起码那是早已知道的东西,这怪物却像是从地心熔炉里锻造出来的。

金属声音又响了,这一次好像就在他们脚边。普鲁在周围晃动着灯笼,想找出声音是从哪儿传来的。"在哪儿?"她低声问道。

"我不知道!"柯蒂斯颤抖着低声回答道。

从他们的脚边传来一声喘息。普鲁把灯笼放得低一点,照亮地面。在他们正前方站着一只鼹鼠。

柯蒂斯的脸耷拉了下来。"你是说话的那个东西吗?"他问道。

鼹鼠只有不到三英寸高,鼻子正对着他们的方向走来。他穿得很奇怪,身上的那套盔甲像是用旧瓶盖儿做的。他的腰很瘦,一把剑挂在腰带上。只不过,与其说那是一把剑,倒不如说它是一根沃尔格林公司出品的标准缝衣针。"**天啊!**"他用离奇哀怨的声音喊道,"**地上**

居民!"

柯蒂斯和普鲁用疑惑的眼神看了一眼对方。

鼹鼠威风地从腰带上拔下针,把针尖插进地面的石头缝里,然后单膝跪地,好像运动员在做比赛前的沉思,说道:"**神圣的地上居民,我们的辛劳得到地上世界众神的祝福了吗?你们是来帮助我们战胜篡位者丹尼斯,夺回范格堡垒的吗?我们对地上居民母亲的哀求得到回应了吗?**"

柯蒂斯站了一会儿,被这连珠炮似的问题和这小动物的虔诚惊呆了。他伸手拉住普鲁的手,期望能有仔细思考的时间。在他看来,这怪鼹鼠的一番胡言乱语肯定关系重大,在回答之前应该仔细思考一下,可他却没有这个机会。

普鲁一点儿也没犹豫,就说:"是的。"

事情就是这个样子。

在云雾笼罩的远方,首先映入眼帘的是宝塔顶端的山墙。山墙上、屋顶坡面上都盖着厚厚的雪毯。装饰屋檐的龙头上也覆盖了皑皑白雪,看起来像长满了胡须、头发花白、颇有智者风范的老者。一看见宝塔,女人就偷偷地长舒了一口气。大雪遮盖了宝塔周围的花园,年轻僧侣用砾石铺成的精细图案也变得模糊了。一只小鹅正在清扫从石子路到宝塔的雪,当她走近时,小鹅停下来问候她,小鹅惊恐的表情足以让她意识到自己现在的样子有多可怕。她的胳膊用临时拼凑的树枝夹板绑着,直直地垂着,像块死肉一样。她的左腿感到剧烈的疼痛——大腿上的那条挫伤像变色龙一样变换着各种颜色。她的花罩衫破了很大一个口子,脸上布满凝结的血块,又黑又黏。

一个上了年纪的男人在台阶顶端等着她。她走近时，男人苍老的脸上没有一丝表情。他漠不关心地看着她，就像一个人看到邮递员走过来或者是看到了大街上的陌生人。她走到宝塔台阶的中间时，便跪了下来。

"都杀死了吗？"上了年纪的男人问道。

达拉不敢和他对视："神秘人士长老已经死了，两个混血孩子……好像死了。"

"雇主表示很满意。"

达拉抬起头。"满意？"她停顿了一下，思索着要说的话，"我不能完全确定杀死了他们。"

"发生了什么事？"

"他们跌入了大峡谷，我没法跟着下去。"

"进来，达拉，"上了年纪的男人说道，"你得休息一下。"

屋里，火盆里的红碳散发出火光。宝塔中部的房间装饰成近乎苦行者的风格：墙边摆着几张长凳，地上铺着一块块小地毯。上了年纪的男人穿了件暗红色长袍，走到地毯尽头，理了一下长袍的褶边，坐了下来。达拉也跟过去，忍着疼痛，慢慢在男人面前跪了下去。

"雇主怎么知道的？"达拉问道。

"看来是监听丛林的因特人没有再听到他们的存在。"

"我们可以离开了吗？"

上了年纪的男人按摩了一下指关节。"是的，"他说道，"直到我再次需要你。"

达拉吃力地把手合十放在胸前，手臂的疼痛让她不由皱紧眉头。"谢谢您，首领。"她站起身来要离开，然而，在她走到门口之前，再

次听到了他的声音。

"达拉。"

"是的,首领。"

"你有多大把握?"

他们的眼光交汇了。达拉没有作声,男人点了点头。

"非常好,"他说道,"雇主的满意不等同于任务的完成。我们应保持警惕。"

"明白,首领。"达拉转身离开了屋子。

流水线被清空,所有订单都暂时搁置。昂桑科向客户们解释说,工厂要进行彻底的整修,要更换最新最好的设备,客户们也总算接受了。昂桑科权衡之后,决定停止所有机器的生产,这对于他手头的任务来说是绝对必要的。模具从架子上拆下来放好,隐蔽处和缝隙里的灰尘、残渣都清理干净,以免妨碍生产进程。所有孤儿都被从平常的工作岗位遣散,集合起来,随时待命。昂桑科可不敢轻易把任何一点任务分给这些臭孩子。每一步都要求绝对完美,才能制造出精细严谨的莫比乌斯齿轮。如果制成了齿轮——尽管他仍然在怀疑制造出齿轮的可能性——这无疑将是他职业生涯中最辉煌的成就。

戴斯迪梦娜静静地看着这一切。虽然,这无疑是他自己必须要完成的任务,但在适当的时候,她也会帮他一下。她给他的水壶灌水,放在工厂的地板上,带走桌子上他吃了一半的三明治。他若趴在一摞厚厚的笔记本上睡熟,她就在凌晨三点钟把他叫醒。她不再提起他背叛了她的梦想——她曾认为这是他们共同的梦想——只是苦思,默默无语。

没有了孩子们工作的喧闹声，机械工厂变得了无生气。现在只有昂桑科在厂房里，几个孤儿围着他，帮他干一些不需要技巧的活儿，比如帮着搬运昂桑科在研究过程中用的草稿纸。他工作到凌晨，精心制作了石蜡模子，它们最终会被烧掉，用来制作三个小齿轮，也就是莫比乌斯齿轮磁核的环状轨道。在厂房另一头，熔化的黄铜正在大缸里冒着气泡和烟，等待着被小心翼翼地倒入准备好的陶瓷模具。从外面看，昂桑科之家散发着明亮的橘黄色光芒；从里面看，屋内的光和热会让热诚的信徒想到冥府，那个给予邪恶之人永久惩罚的地方。大锅炉的旺火、钢铁的叮当声、液压机器的搅动声，火神赫斐斯塔斯来到这里也不会显得格格不入。白天慢慢地过去，黑夜慢慢地消失，就像熔化的矿砂。昂桑科觉得自己像上帝一般，是创造者，是造物主。他使这些没有生机的原材料有了鲜活、圣洁的生命。犹太教和基督教的神创造了世界，昂桑科则认为生命存在于每个齿轮、每段曲线中。上帝用七天创造了世界，昂桑科却只有五天时间来制造齿轮。

他下定决心要完成。

第三部分

第 十 七 章

地上居民归来

大厅的地板是活的。

起码,看起来如此。一大群生物正做着不同的准备活动。这是一支由鼹鼠骑士组成的军队,每个士兵都配有相同的缝衣针剑和瓶盖盔甲,数量近万。跟着最先的那位鼹鼠骑士绕过转角,看见这支军队时,普鲁不由得倒抽一口冷气。为他们带队的鼹鼠骑士名为亨利爵士,或者,用他独一无二的声音说出来,是"**鼹鼠亨利爵士**"。行完大礼后,他向普鲁他们介绍了自己。

"我的名字是普鲁,"她回答,"这位是柯蒂斯。"

"这位是塞普蒂默斯。"柯蒂斯介绍，他注意到老鼠爬回了自己的肩膀上。

"普鲁、柯蒂斯和塞普蒂默斯，愿上帝保佑你们。你们的名字被说出时，地面上的钟声和天堂的音乐一同奏起，我向你们致敬。"

"请不要这样，"柯蒂斯说，"我的意思是，你真的没有必要这样。"

"我想你已经非常恭敬了。"普鲁补充道。

"这是一只鼹鼠。"塞普蒂默斯评价道，此刻他才意识到他们并没有被以鼠为食的蛇吃掉的危险。

"各位的大驾光临让舍下蓬荜生辉，非如此不能表达我等鼠辈的敬意。啊，伟大的、至高无上的地上居民啊……"然而，他将两个孩子的话尊为圣旨，所以还是停止鞠躬行礼，"你们是否能陪这个卑微的骑士一并前往阵前，与伟大的司令、地下王国骑士军团的总指挥官提摩太一起阅兵呢？"

"当然愿意。"普鲁说。柯蒂斯并未发表意见，他认为普鲁自有打算。他们跟随鼹鼠穿过弯曲的隧道时，她向两个同伴坦白了自己的真实想法。"这似乎是个不错的主意，"她说道，"况且他只是一只鼹鼠，不会怎么样的。"

然而，他们看到整支鼹鼠军队时，这一大群毛茸茸的黑色小东西却令他们不知所措了。鼹鼠们也注意到两个人类和一只老鼠的存在，立刻纷纷把鼻子转向他们的方向，随即发出一阵惊呼，欢迎这三位神祇的到来。显然，他们都看不见，小小尖尖的脸上，眼睛在朝向来客时没有任何变化。

亨利爵士跳上一个五英寸高的脚手架，对鼹鼠群讲话："同胞们，情同手足的兄弟们，我们的恳求已得到回应。神赠予我们三位半神——地上居民普鲁、柯蒂斯和塞普蒂默斯。在他们的帮助下，我们一定会取得胜利！"

鼹鼠群中响起更加热烈的欢呼声。柯蒂斯注意到他们都像亨利一样，有着奇怪的口音和音色。

"大家好。"柯蒂斯说。

"嘿，你们好。"塞普蒂默斯说。

"嗨。"普鲁也说。他们都胆怯地挥挥手。

鼹鼠队伍站立整齐，安静下来。普鲁猜鼹鼠们可能期待更多的回应，或许是某种神圣的宣言，可她也只能说出："见到大家很高兴！"

"我想我们在这儿吃不到地上居民的食物。"塞普蒂默斯说。

普鲁瞪了他一眼，柯蒂斯用手指戳了一下他的肋骨。这似乎不像神仙该说的话。

"地上居民需要神赐的食物！快，去拿燕麦棒！" 从队伍后面传来一声叫喊。

"看到了吧！"塞普蒂默斯恢复了信心。

鼹鼠队伍中央辟开一条路，瓶盖一阵叮当作响。随后，一队鼹鼠离开大部队，不知向哪里直冲而去。片刻之后，他们回来了，拖着一个发霉的棕色盒子。他们靠上前来，压低身体，将盒子放到普鲁和柯蒂斯的脚下。

"地上居民的美食，" 亨利爵士解释说，**"众神的佳宴。许多年前，你们的同类留下了几盒。"**

普鲁拿起盒子，外包装显示这是一盒"大自然的朋友"燕麦棒，盒子上的图案字样模糊不堪。她把盒子翻过来，看了一眼到期时间：10/23/81。

"呃,"她说,"一九八一年就过期了。"

鼹鼠们听到这样的质疑,没有给予任何回复。

"让我看看。"柯蒂斯说着,从朋友手里拿过盒子。他小心翼翼地撕开箔制的绿色包装,没等他细看,待在肩膀上的老鼠就一把夺走了里面的燕麦棒。"我看不错,"塞普蒂默斯边嚼边说,"还真不错!"

鼹鼠群又欢呼雀跃起来。柯蒂斯从盒子里面拿出一根燕麦棒递给普鲁,她接过食物,用怀疑的眼光审视着它。

后面又一阵喧哗,队伍中央再次辟开,一队鼹鼠骑士走上前来,其中几位骑着蝾螈一类的动物,每个人都披挂着像是硬纸板做的制服。领队的鼹鼠也骑着这样的爬行动物,身上的瓶盖盔甲似乎更加引人注目。他头上戴着顶针,用一根粉色橡皮筋固定得牢牢的。

他走到普鲁和柯蒂斯脚下,从座驾上潇洒地一跃而下,就像埃罗尔·弗林从他的骏马上飞身而落,解救危难中的少女一般。他在石板地上单膝跪下,身上的盔甲随着他的移动叮当作响。"**地上居民!我是提摩太爵士,地下王国骑士军团的最高司令官。我愿听命于你们。伟大的地上居民,我们万分感谢你们的庇佑和福祉。**"

柯蒂斯已经靠里根时代的燕麦棒填饱了肚子,此刻接过了话茬。起初,他对于鼹鼠军队的奇怪举止心存警惕,此刻却似全盘接受了。"我们对于你的恭敬深感愉悦,骑士先生,"他说,"地上居民之母深信,你们值得……帮助。"

"等一下,"普鲁小心地说道,所有的目光都聚焦在她身上,"我们其实不是真正的神仙。我们只是……"

普鲁在脑中搜寻合适字眼的时候,大厅内一片死寂。柯蒂斯狠狠地瞪了她一眼。她大声地咽了口唾液,突然想到了被这群虔诚的动物当作江湖骗子的后果。她似乎可以看到，他们三个人被这群全副武装的啮齿动物包围，就像格列佛在小人国的遭遇一样。那些缝衣针单看没什么威胁，但是整支鼹鼠军队聚集起来就令人胆战心惊了。柯蒂斯察觉到了普鲁的内心变化。

"我们更像是半神，"柯蒂斯替她说道，"你们知道吗，我们应该说是半神。"

听到此番解释，整支队伍都从紧张的氛围中放松下来。

普鲁决定继续让柯蒂斯发言，他似乎有一套自己的说辞。"我们的任务就是把你们从困境中解救出来。但是，在成功援助你们之后，地上居民之母有一个条件。"

"**什么条件，神圣的地上居民？**"提摩太爵士问道。

"这个条件就是，希望借助通往南方丛林的地下隧道，将我们带到上面的南方丛林——地上居民的城市，以表示你们的诚意。"

提摩太爵士依旧跪在石头上，反复思考柯蒂斯的话。片刻之后，他说："问题是……**伟大的地上居民，**"他的声音略微颤抖，似乎害怕被责怪，"**我们从来没去过地上居民的南方丛林。怎么才能到那儿，对我们来说也是一个谜。**"

从他身后传来一个声音："**有一条路线！**"这个声音听起来苍老而嘶哑，带着鼹鼠讲话时特有的那种奇怪腔调。提摩太转过身，看见一只鼹鼠身着长袍，拄着拐杖走来，身后跟着一群随从。年迈的鼹鼠蓄着长长的白胡子，十分引人注目，柯蒂斯认为这不是鼹鼠的正常长相。

"有一条路线!"老鼹鼠再次说道。

成千上万的鼹鼠骑士都安静下来,准备聆听。

"有一条路线,"他强调道,"有一条——"

提摩太爵士终于打断他:"什么路线,尊敬的长者骑士?"

老鼹鼠嘴唇微抿,手掌轻拊着胡须:"那位女先知,最高司令官的妹妹,篡位者丹尼斯的仆从,她知道通往南方丛林地上居民所在地的路线。她可以看到。"

"确实如此!"提摩太爵士恍然大悟,喊道,"她就是我亲爱的妹妹格温德琳,被篡位者丹尼斯所囚禁。我怎么就没有想到这一点?"

老鼹鼠曳脚而行,谦虚地耸耸肩,说道:"**智者千虑,必有一失,尊敬的最高司令官。**"

"等一下。"普鲁走上前说。此时她听到脚下发出一声尖叫:她踩到了一只鼹鼠,那是司令官的侍卫。

"**有人踩了我!**"侍卫大喊。普鲁迅速跳了起来,将靴跟从鼹鼠的背部移开。

"非常抱歉,"她用手捂住嘴说,"没事吧?"

几只鼹鼠急忙跑到侍卫身边,在他们的帮助下,他似乎没什么大碍了。

"**我没事。**"他回答说。

"我不是有意伤害他的,"普鲁抱歉地挤出了一丝微笑,"我刚才想问,丹尼斯是谁?"

"您没有听到我们的祈愿吗?就是我们向地上居民神坛献祭时的请求。"

"我们可能错过了这部分内容。"塞普蒂默斯插话说。

鼹鼠们对神圣的地上居民充满了感激,没有因他们并非全知全能而心生不满。老鼹鼠用爪子轻轻捧着肚子,摆出思考的架势,开始声音轻颤地讲道:"**大池盈亏三次之前,地上居民建筑师曾来过鼹鼠之城,对其建筑做了指导和规划。建筑师对鼹鼠之城的竣工颇为满意,就离开了,从此再也没有回来。正值鼹鼠国国王抱恙之际,执政官丹尼斯召集民众,宣布他被授予新国王的权力。他继而加冕称王,对反对者发起战争,将他们从城里驱逐出去,并将那些与其荒唐统治抗衡的鼹鼠统统关入大牢。提摩太爵士作为军事统领,伟大而威武,他在顶饰桥梁后面的荒野之地召集众鼠,对丹尼斯的统治及篡位之举进行挑战,想要让鼹鼠之城重归人民。**"

这位体型矮小、年岁已高的小动物结束了宣讲,对于柯蒂斯来说,这就像是高声朗诵古老经文。三位地上居民哑然不语,对于听到的这些内容,他们似乎需要消化一下。

"噢,原来如此,"塞普蒂默斯说,"这就是丹尼斯的故事啊。"

老鼹鼠继续讲道:"**地上居民到达我们这里,对我们来说是巨大的祥瑞,象征着希望。我们的祈祷得到了地上居民之母的回应。势必要着手围攻范格堡垒了。在半神地上居民柯蒂斯、普鲁和塞普蒂默斯的帮助下,我们会取得胜利的。**"

大厅内顿时呼声一片。每只鼹鼠都提高嗓音,发出战时雄赳赳的喊声,口号如云,回荡千里。地板变成了带刺的地毯,鼹鼠们的缝衣针在空中肆意挥舞。

"等一下,"柯蒂斯向兴奋的队伍摆摆手,"我有几个问题。也就是说,我们要帮助你们打败那个家伙,那个篡位者丹尼斯?攻破方格堡垒?"

"范格堡垒。"一个随从纠正道。

"范格。"柯蒂斯说。

"这正是我们真正的祈愿。" 最高司令官提摩太说。

"我明白。"柯蒂斯说,"如果我们帮助你们,你将给予我们去往南方丛林地上居民之地的路线?"

"到那时我们会救出女先知,她可以带路。"

"明白了,"柯蒂斯说,"女先知知道路线。"他停下来看看普鲁,又看回鼹鼠们,"我想这就是我的几个问题。"

普鲁开口讲话了:"你刚才提到另一位地上居民,一位建筑师?他是谁?"

还是上次作答的老鼹鼠回答道:**"在我们需要帮助的时候,地上居民建筑师来到了这里。当时我们刚经历七池之战,王国百废待兴。这是大池多次盈亏之前的事情,也远在丹尼斯篡位之前。鼹鼠之城一片废墟,桥梁断裂,人民流离失所,地下王国一直处于这种剧烈的冲突状态。那位建筑师是地上居民之母派来的,以应人民的殷切祈愿。他使用从地上收集的神奇材料,重建鼹鼠之城,并重修范格堡垒。完工之后,他满意地看看鼹鼠之城和范格堡垒,便跟我们告别离开了,回到了地上居民之母的怀抱。关于此段历史,鼹鼠预言家巴塞洛缪是这样记载的。"** 老鼹鼠停顿一下,然后补充说,**"那就是我。"**

"原来如此。"普鲁陷入了沉思。柯蒂斯尝试捕捉她的眼神,想知道她脑子里在想些什么,但是她似乎全神贯注地想着某件事,眼睛一动不动。除此之外,最高司令官提摩太爵士已经举起手中的剑,竭尽全力地大声喊道:"借着地上居民神圣的力量,为地上居民建筑师之光

荣进军，为鼹鼠之城的民众之荣耀进军，为鼹鼠不可剥夺之权力进军。地下王国的骑士们：我们要向范格堡垒进军！"

又响起一阵喝彩声，整支鼹鼠军队开始为此次伟大的进军整装待发。普鲁和柯蒂斯愣在原地；他们脚下进行着如此狂乱的举动，稍有不慎迈错步子，就会导致又一次踩踏。他们屏住呼吸，看着这支队伍竖起矮如咖啡桌的围城塔，放好攻城槌——看起来像是用橡皮筋捆绑的铅笔，如孩子玩具大小的投石机和弹射器尾随其后。鼹鼠骑士们看上去训练有素，他们自如地组合方阵：持戟的鼹鼠占据中间位置（他们的武器看起来像筷子，顶端贴着几张锡片），前面是用缝衣针和大头针做武器、数量庞大的鼹鼠步兵，后边是骑着蝾螈的骑兵。蝾螈喷响鼻、弓背跃起，宛如战马一样。人数近万的军队组成行进队列，军纪严明，没有任何嘈杂之声，整个大厅陷入一片寂静。

最高司令官提摩太爵士骑着他那耀眼的黑斑纹红蝾螈，挺胸抬头地在方阵前进行检阅。唯一能够听到的声音来自一面战鼓（那是一个装嚼烟的空盒子），一名鼓手击打出庄严的嗒嗒声。每一只鼹鼠，不论级别和职位，都傲然挺立，黑色的小鼻子高昂着。提摩太爵士冷酷而骄傲地检阅着他的军队，盔甲在地上人灯笼光的映照下发出刺眼的光芒。

"真棒！"柯蒂斯低语道，对此次壮举欣喜若狂。

"哇哦！"普鲁也感叹不已。

提摩太走到负责主持阅兵的鼹鼠前面，勒紧缰绳，让坐骑停下来。

"地下王国的骑士们，" 他高喊着，**"我们出发！"**

鼓手们敲起临时的战鼓；风笛手奏响了战争的号角。鼹鼠军队开始向鼹鼠之城挺进，成千上万只脚迈着铿锵有力的步伐在地板上走着，场面宏大。

戴斯迪梦娜坐在沙发上,心不在焉地盯着桌子一侧摆放的各种杂志,根本没有心思拿起任何一本浏览。《百分之一杂志》?这到底是什么鬼东西?她真的无法理解工业家的心思,她从来就不懂。由于被金钱吸引,她才进入了这个圈子——这也正是她表哥德米特里从纽约发邮件时提的建议。"如果你想在这里立足,戴斯,"他写道,"你就不得不跟着钱走。"她照做了。因为金钱,她认识了乔弗瑞·昂桑科和工业五巨头。她觉得德米特里给她的建议是很明智的,但她现在明白了:想获得成功和满足,除了赚钱,还应获得更多的东西。她不确定这种东西是什么,但决定去一探究竟。

前台接待的那个女孩,自从戴斯迪梦娜走进巨头塔三十层起就一直盯着她看。女接待看起来非常年轻,她使戴斯迪梦娜想起了二十多岁的自己——踌躇满志,优雅端庄。初到波特兰时,她怀揣出演电影《敖德萨的流浪者》和《教父》第二部的简历。后一部电影是乌克兰的翻拍片,但写在简历里仍然很棒。这段回忆像梦一样在她心里荡漾。不妙的是,她从前台女接待刺人的眼神中感觉到一种鄙夷,那是一种屈尊纡贵的不屑。戴斯迪梦娜能责怪她吗?她在这位女接待的年龄时,看到身穿二手长裙、化着如膏浓妆以掩盖衰老的穷女人,难道就不会投以类似的目光?

幸亏前台的电话响了,打断了她的想法。女孩接起电话,边嚼口香糖边对电话另一方说:"是的,她在这里,魏格曼先生。要不要我带她进去?"

她从桌子旁站起身来,整了一下裙子,从她这一举动来看,显然电话那边的回答是肯定的。她走向戴斯迪梦娜:"他现在可以见你,……小姐。"

"玛德拉克小姐。"她回答。

"是——是的。魏格曼先生现在要见你。这边请。"

等着瞧,小姑娘,戴斯迪梦娜心里恨恨地说,生活最终会将你打败的。

她们一起走向大厅另一边的黄铜双开门。女孩吃力地打开门,示意戴斯迪梦娜进去。她听到一个熟悉的声音欢迎她的到来。

"戴斯!"魏格曼先生说,"亲爱的,你到哪里去了?好久不见啊。"

"你好,魏格曼先生,"戴斯迪梦娜回答,带着撒娇的呢喃,这是她一贯的做法——迷人的撒娇声。

"请叫我布莱德,在这儿就不用那么客气了。"他站在巨大的椭圆会议桌一头,阳光透过窗户照在他身后,映出他魁梧的身体轮廓。透过窗户,可以远眺工业废墟地的广阔地域。

"好的,布莱德。当然,我们就应该像老朋友那样亲密无间。"

工业巨头布莱德·魏格曼听到她的话,不禁开怀大笑,笑声响彻整个会议室,余音回荡。实际上,他的笑声在整个业界都是出名的。事实上,九月份的《税率等级》杂志为此写了专题文章,名为《布莱德·魏格曼的笑声——繁荣的征兆?白手起家的奥秘》。想到这个标题,戴斯迪梦娜就觉得浑身不自在。

待笑声平息片刻,魏格曼说:"老朋友,说正经的,有什么事可以帮你吗?"

"嗯,魏格曼先生——不,布莱德,是有关乔弗瑞的。有一些重要的事情。"

魏格曼的眉头顿时皱了起来。"哦？"他问道。

"你以前也提过，我们每次见面的时候，你都说，如果，如果我有任何需求——需要用钱或是帮忙或者就想听几句友善的话，就来找你。对吗？"

"的确，我记得我说过，戴斯。我确实是那么想的。"他走到她身边，将手搭在她的肩膀上，"你是个好女孩，无可挑剔。那么，是你的男人怎么了吗？"

"还是……还是有关荒野禁地的。"

布莱德转了转眼珠，嘲弄地笑着说："他还没死心，是吗？"

戴斯迪梦娜点了点头，夸张地将眼睛沉下去，低下头。

"巴默尔，吉米，"魏格曼在戴斯迪梦娜肩膀上方打了个响指，两个戴着相同栗色便帽的装卸工走了进来。"给这位可爱的女士拿一杯气泡水。"他又对戴斯迪梦娜说："气泡水怎么样？"

"气泡水很好。"

"给这位女士一杯气泡水，给我一杯浓咖啡，小杯的。"他做出空手拿着小杯和杯碟的姿势，以作形容。

"好的，魏格曼先生。"两个装卸工异口同声地说。

魏格曼回头看着戴斯迪梦娜，眼神专注凝重："到底怎么了？"

"就是……呃，他一意孤行，不听人劝，关于荒野禁地的话题我们总是争执不休。"

"这是个问题，"布莱德·魏格曼叹了一口气，"我们也曾经劝过他。"

"是啊，曾经有一段时间还不错，他专注工作，研究机械零件，但是，后来……"

"后来怎么了？"

"后来有个人来拜访他。"

魏格曼挑起左眉,瞪大眼睛。"有人拜访他?"他问。

"是的,那个人很神秘,老式装扮。他戴着——叫那个什么,夹鼻眼镜?"

"什么,放在鼻子上的?"

"嗯。"

"眼镜?"

"嗯。"

事实上,魏格曼一直在考虑往自己这么一身装扮上加一副夹鼻眼镜,后来他觉得可能有点太夸张了,便放弃了这个想法。不过,既然有人已经这么干了,说不定他也可以。"他是个大资本家吗?工业巨头?"

戴斯迪梦娜摇摇头:"我不觉得。他有一种奇怪的气质——我不知道怎么解释那个东西。一种……乌克兰语里叫雅集斯。"

"雅集斯?"

"是的。"戴斯迪梦娜说,就好像对方明白乌克兰语似的,"像是特殊的雾或影子。我也不知道怎么解释。"

"继续讲。"魏格曼兴致勃勃地说道。

"自从他和那个人见了一面之后,工厂所有的运转都停止了,也没有客户光顾。现在他的全部精力都放在那件他必须制作的东西上。"

"等一下。"布莱德的脸拉了下来,"你说什么,工厂停摆了?"

"确实如此,毫不夸张,工厂已经全部停工,过去生产螺母……还有其他产品,如今只生产一样东西,那是一种机械零件。孩子们也不工作了,整天坐在床上打扑克。"她边说边用她那修长的手指模仿打扑克的动作。

魏格曼不耐烦地挥了挥手。"停一下,别说了,"他说,"那个东西到底是什么?"

"那位访客要他做的东西,是一种机械零件——齿轮。"戴斯迪梦娜见这位大亨完全被自己的描述吸引住了,心里十分宽慰。

"一种齿轮?"

"嗯。"

"他停下所有的工作去生产这种齿轮?"

"是的,的确如此。"她已经将话题引向要旨,此时她看到魏格曼的脸颊变红了。

两个装卸工巴默尔和吉米端着一小杯浓咖啡和一杯气泡水走过来。魏格曼接过咖啡,头猛地向后一仰,一口就喝下了,然后将空杯递给装卸工。戴斯迪梦娜彬彬有礼地接过那杯气泡水,小口地抿着。

喝了几口，她继续讲起来："都是为了荒野禁地，魏格曼先生。那位先生许诺，如果乔弗瑞帮他生产这个机械零件，就允许他进入荒野禁地。"

"他这样说？让他进入荒野禁地？"

"确实如此。但这怎么可能呢？这不可能。魏格曼先生——布莱德——我来找你，是以老朋友的身份来的，你和贝琪"——贝琪是魏格曼的夫人，五个孩子的全能母亲，又是学校董事会的成员，但戴斯迪梦娜一直不是很喜欢她——"你们总是那么友好，自从我来到美国，一直如此。请你跟乔弗瑞谈谈吧，让他停止对荒野禁地疯狂的迷恋。那样做有损生意，有损你们五巨头的业务联盟，也让我伤心。"她用眼角的余光偷瞄他对自己声情并茂的故事作何反应。

魏格曼看上去心不在焉，他用牙咬着下嘴唇，当他意识到她发言结束时似乎有些惊讶。"哦，"他说，"哦，好，全都明白了。"他顺了顺领带，紧了紧喉咙处的领带结，"你知道嘛，我以前就告诉过他：远离荒野禁地的那些无稽之谈，都告诉过他无数次了，但是他很少听进去。戴斯，如果我到厂里，在那儿跟你的男人谈谈，或许可以让事情出现转机，好吗？"

戴斯迪梦娜笑得很灿烂，露出了那颗镶嵌的金牙："当然，这会起到很大作用的。"

"很好，很好，"他说，"我直接去跟他说。戴斯，你和我一起摆平整件事情吧。在你说出'环境管理之纰漏'这么短的时间内，你的男人就会恢复正常了。"

"环境管理之纰漏。"戴斯迪梦娜戏谑地说道。

魏格曼笑了："好，就是要这么有信心。我们走吧！来，我带你出去。"

他们一起走出会议室,穿过两扇高大的黄铜对开门,走到大厅。魏格曼与戴斯迪梦娜同行时,将手放在她的肩上。他走到前台,说:"嘿,甜妞,可不可以帮我安排访问机械零件部负责人的日程?帮帮忙吧。"说完,他对戴斯迪梦娜眨了眨眼。

"当然可以,魏格曼先生。"女接待说。她用涂有粉色指甲油的手指在电脑鼠标上点击着,给上司安排此次行程。此时,魏格曼轻轻地拍了下戴斯迪梦娜的后背。

"戴斯,现在,"他说,"我要你回到那个小孤儿院去,放轻松,别再想这些荒唐事儿。我们会立刻解决所有问题的。"

"布莱德,"戴斯迪梦娜说,边说边偷瞄了女接待一眼,看看她是否注意到了二人之间亲昵的称谓,"布莱德,太好了,你太好了。你是我真正的老朋友。只有你能让他放弃那些没用的事情,重拾有意义的工作,关注机械零件,那才是真正的生意。"

"那正是我们要去做的。"他又拍了一下她,"现在就回去吧,戴斯,不久我们还会再见面的。"

戴斯迪梦娜腼腆地笑了笑,再次表示感谢,然后朝大厅另一端的电梯门方向走去。魏格曼看着她走过去,直至电梯关上了门,再看不见她的身影,才把手放在脸上,漫不经心地摸着刚刮过胡子的下巴。他看向高至天花板的窗户,透过玻璃盯着外面茂密的树木,一种从未有过的奇特感觉无孔不入地侵蚀着他。此时的这面绿墙呈现给他另一种新的东西——她说的什么?——雅集斯。这令他心神不宁,扰得他不知如何是好。

"魏格曼先生,您可以星期三进行拜访。"前台女接待的声音将他从沉思中唤醒。

"星期三,"他说,"好,就这么定了。"他急转身,走回那扇金碧辉煌的门。

✲

魏格曼不清楚的是:在茂密的、被雪花覆盖的丛林边缘,有一处古怪的带状地带,外面世界的人永远无法穿过。就在这里,艾尔西和蕾切尔姐妹发现自己好像被困住了。和她们住在一起的还有三十六个孩子,几十只猫狗,和一个有一对木头眼睛的盲人老头。她们待在边界已经两天了,尽管其他孩子很享受这里的生活,并且称这里为家,可艾尔西和蕾切尔心中却有一种莫名的排斥。首要一点便是,她们的父母可能再过几天就要从伊斯坦布尔回来了,还有可能带着柯蒂斯一起;如果父母回到美国,发现她们不见了,也就是在寻找一个孩子的过程中不幸弄丢了另外两个孩子,这将是多么大的悲怆啊,她们简直不敢想象这会给爸爸妈妈带来多大的打击。对父母来讲,艾尔西和蕾切尔能在孤儿院等着他们是无比重要的——没有她们,父母无疑会痛不欲生。

然而,事实却让她们别无选择,只能陷于此地。显然,边界的魔力非常强——否则为什么所有的孩子、狗、猫都困在这里?而且,艾尔西突然有种强烈的感觉:她的哥哥根本就不在伊斯坦布尔。事实上,秋天去采南瓜时碰到哥哥的同学,她就有这种感觉,只不过现在才把它和这个地方,和丛林及其带魔力的边界联系起来。现在,她们和其他孩子处境相同,也竭尽所能承担了一些义务,以便更好地为这个家庭做出自己的贡献。

尽管最初有些抵触,蕾切尔还是觉得劈柴并将劈好的木头堆起来实在是迎合了她那个喜欢结构学的大脑。劈柴有助于缓解她深深的挫败感,而搬运和堆积木柴就像是在玩复杂的俄罗斯方块游戏。艾尔西年纪太小,干不了重体力活,就安排她去缝补衣服。她还用几根棍子和一团苔藓做了个"勇敢的蒂娜"娃娃的复制品。待她完成之后,其他年龄较小的女孩们(甚至还有几个男孩)都非常喜欢这个玩具,所以她就开始忙于应付这些"小客户"下的娃娃订单。

到了晚上,孩子们就都聚在客厅里,壁炉里的火焰熊熊燃烧,非常暖和。卡罗尔坐在快要散架的摇椅上,孩子们围着他坐下,央求他讲荒野禁地的故事,也就是他口中的"丛林"。孩子们听得兴奋不已,因为里面有会讲话的动物、与大自然沟通的神秘人士,还有权力更迭的人类君主、禽鸟国王和摄政总督。他讲了这么多故事,却始终回避一个问题:他是怎么来到边界的?他到底对丛林的人做了什么,才激起众怒,将他流放到这个奇怪的地方?

若是年纪小一点的孩子感觉累了,大家就拖着脚回到他们临时的床位上。不得不将所有空间都塞满毛皮小床,但所有孩子都能睡得很舒服。随着人数越来越多,卧室睡满了,就要睡阁楼;再后来,大的空间都饱和了,就想办法在屋子里的任何空地方插入小床,以满足因人数上升而带来的床铺需求。时间的停滞会带来一些益处,其中之一就是最小孩子的床可以轻松地放进厨房的橱柜里,因为他们不会长大,也就不必为此加长加大他们的床铺。

日子一天一天过去了，未来也将如此；或者说艾尔西和蕾切尔是这样认为的。直到有一天，她们发现一件奇怪的事情，但当时她们不知道是怎么回事，更无法做出解释。

一天下午，柴已经劈好并堆了起来，清理工作也做好了，大多数孩子都准备享受一下没有家务的悠闲时光，在雪地里画出了"跳房子"游戏的场地。艾尔西和蕾切尔坐在木屋的门廊上，看着迈克尔和辛西娅为他们的外出做准备——他们要到附近的树林里去设陷阱捕猎。蕾切尔问他们在做什么，迈克尔便邀请她一同去。

"好啊，"蕾切尔看着妹妹，"你要不要一起？"

"好的。"艾尔西说，尽管显得有些迟疑。她回忆起第一天在边界看到的兔子。想到兔子可能会被铁丝困住，她就心疼不已。"我就过去看看。"

姐妹俩跟随着两个年龄较大的孩子——辛西娅十八岁，迈克尔十七岁——走进山谷另一边的树林。辛西娅带着几圈铁丝，别在腰带上；迈克尔则用废弃的金属和木头做了几个捕兽夹，行进的时候放在身侧。他们沿着自己的脚印走出的熟悉的小路，走了一会儿，停下来研究周边的树木。

"就到那儿，"迈克尔指着远处一排挺立的树木，那边的地势逐渐变高，"往前就过不去了，每次都会回到原处。"

"真奇怪。"蕾切尔说。

"是啊，有点让人晕头转向，我不建议往那边去。"辛西娅说。她用印花大手帕扎着金褐色的头发。

"每次走到这儿都让我感觉像晕船似的，"迈克尔边说边捂着肚子，

"很不舒服。接着你就会回到原来的地方，在这儿很容易迷路。"

辛西娅点点头，说道："我们有四个人，分开行动，看能不能找到猎物的踪迹。要远离那排树木。如果有人不巧走进边界困境的区域，就大声呼喊，我们听着声音就能找到你。"

"明白了。"蕾切尔回答道。

艾尔西对姐姐说了声再见，然后很快就离开了。她不愿意显得过分依赖，但是一想到在边界会再次迷路，她就有点害怕。此外，她还想起最初走进丛林时的情形，那个时候她还以为再也见不到姐姐了。几天之后同样的情形再次上演，这使她有种莫名的怪异感。尽管这样，她还是意志坚定地接受了挑战，因为她很乐意为新组建的家庭效力。

她走向山丘，但很快又向左拐，提醒自己记住大孩子对她讲的那些话。前一天晚上下了雪，天气稍微比昨天暖和了些。小雪堆从树上掉落，露出深绿色的树枝。雪融水打湿了地面，在地上形成了一条条细细的水流，沿着地面的浅痕流入坡度起伏的丛林。小蘑菇从残枝细叶里面冒出头来，鸟儿在枝头叽喳吟唱。一种无与伦比的宁静袭上艾尔西心头，自从父母决定离开美国之后，她还是第一次感受到这种宁静，顿觉神清气爽。

正在此时，她眼前闪过一道白光。她扭头去看，发现在一段裂开的雪松树桩上站着一只白兔。兔子也在盯着她看。艾尔西恍然大悟，在她初次来到这片丛林时，曾见过一只兔子，而眼前的兔子和那只一模一样。兔子似乎也认出她来了。

"你好，小兔子。"艾尔西说。

尽管她没听到什么，但她可以确定，兔子确实张开口，似乎要回应她。它也许是忘记要说什么了，但它微微抽动着鼻子，因艾尔西注意到了自己而显得很开心。它从树桩上跳下来，蹦蹦跳跳地向山丘跑去，跑了不久又停下来，回头看看艾尔西，向她示意着什么。

"好吧，"艾尔西决定跟它走，"你要去哪里呢？"

她跟随兔子前行，穿过了齐腰高的欧洲蕨，幸亏兔子意识到她走得很慢，一直停下来等她，她才好不容易穿过了"险峻"的地形，跟了上来。她不清楚要去哪里，也早就忘记了迈克尔和辛西娅提醒过她的边界困境。强烈的好奇心促使她毫不畏惧地追随着兔子的脚步。

她们越过山丘，走进一处岩石裂缝，里面溪水混着泥水冒起了泡泡。她们沿着裂缝的脊部走出来，穿过一片广阔的草场，鲜绿的小草从雪毯里冒出头来，在阳光的照射下，闪着晶莹的光芒。一路上艾尔西就在想，怎么能够去抓这漂亮的小东西啊。她决定不跟迈克尔或辛西娅提到这只兔子，如果她说了，他们可能不会像她这样充满仁爱之心，她不想冒险。

之后兔子就不见了。它跳到参差交错的小树后面，销声匿迹了。艾尔西喊道："小兔子！你在哪里？"她被自己给惊到了，难道兔子还会回应她说"在这里"吗？她为了寻找兔子，心不在焉地向前走了一步，鞋子卡在了一束黏糊糊的常春藤上，接下来便头朝前摔在了碎石路面上。

艾尔西抬起头，看见一条路，一条很长很长的路，弯弯曲曲地穿过浓密的森林。远处路边，还可以看到类似路标的石牌，看上去已经有好几百年的历史了。她疑惑不已地看了看周围。为什么别人从来没有发现过这里？在无人居住的边界，路有什么用处？她突然想起来：这里已经不是边界困境的区域了。她已经不知怎么走出了边界困境，来到了荒野禁地，也就是卡罗尔所谓的荒野丛林。

第十八章

围城之战；艾尔西偶遇奇路

他们遵照指示在长廊里等候。预言家巴塞洛缪建议这场围城之战应该出奇制胜，最高司令官对此深表赞同，尽管他对此次围攻已经有点迫不及待。鉴于鼹鼠大军行军已近两日，预言家再次建议，在隧道转弯处停军扎营，稍作休息。

两日里，他们沿着深长的隧道摸索前进，途中隧道石质交替变换，先是平整细滑的花岗岩，继而是凹凸粗糙的页岩石，往复不断。途中，他们跨越了不可计数的桥梁，比柯蒂斯此生所见还要多，桥下是仿佛深及地心的沟壑。他们扎营于岩石高处，能听到顺地衣而下的水珠不慌不忙的滴落声，在微弱营火的映射下，他们的影子在石壁上若隐若现，十分诡异。鼹鼠们向三位神明解释，他们行军两日按地上居民的时间来算相当于一周。提摩太爵士站在大军前面豪气十足地作出以下声明，阐明了此行的巨大意义：

"此次进军范格堡垒将被载入史册，这是鼹鼠历经的最远征程，是无上荣耀！"

新的一天到来了。约三小时后，鼹鼠们开始收拢军帐，熄灭营火，整装待发，忙得不亦乐乎。这一刻终于来临——鼹鼠大将齐集，探讨作战事宜。他们认为大军应首先奔赴城门，引导广大民众做出抉择：要么拿起武器与骑士军团并肩作战，要么死于他们的利剑之下。然后，提摩太爵士将在远处对篡位者丹尼斯做出正面宣战（他们的战车上有山羊号角，方便向敌军示威）。倘若篡位者丹尼斯拒不投降，普鲁和柯蒂斯便会收到指示，于潜伏之处一跃而上，冲锋陷阵。此时，两军兵戈相向，鼹鼠大军全体出动，涌入鼹鼠之城和范格堡垒。两位体格大的地上居民被建议以最凶猛的气势进入战场，或许他们还应该露出顿足舞臂、咬牙切齿的凶态，虽然这种场景是视力差的鼹鼠们根本看不到的。这一建议是先前差点被普鲁压死的鼹鼠侍卫提出来的，其他鼹鼠也认为咬牙切齿、面露凶相对减弱敌军气势十分有效。普鲁尝试了下，却差点儿咬到自己的舌头，但柯蒂斯在这方面可是个老手。

"你做得不对，看，应该这样。"柯蒂斯边说边演示，他的两只眼球突了出来，上下牙齿咯吱咯吱地大声摩擦着。

"这看起来也太怪异了！"普鲁评价道。

塞普蒂默斯对排兵布阵颇有兴致，再者，在个头上他勉强大过最大的鼹鼠士兵，出于这些因素，大家一致决定，让他带领一支中队。"这支由地上居民率领的先锋部队会让守卫堡垒的士兵心惊胆战、不寒而栗！"所有的高级军官对此表示一致同意。正当他们三个于隧道暗凹处潜心商议战策之时，一队鼹鼠向他们走来，向老鼠呈上一套量身定做的盔甲——由众多易拉环和自行车链条拼接穿插而成。柯蒂斯轻轻推了推塞普蒂默斯，示意他接甲，塞普蒂默斯恭敬不如从命，以最优雅的仪态接过了盔甲。三个鼹鼠护卫一齐着手帮塞普蒂默斯穿好这套笨重的盔甲。塞普蒂默斯被包裹了起来，盔甲着于身上，他看上去就像一堆积压在垃圾箱底部的废弃部件被赋予了生命。

"真是帅气十足。"普鲁奉承道。

塞普蒂默斯通过盔甲内的一个半截马口铁罐发出回荡不绝的声音："不管怎样，至少在我杀敌时，省得再看到他们了。"他稍微吃力地动了动胳膊，接着说，"我想，我还可以就这么坐在敌人身上。"十五个鼹鼠护卫将塞普蒂默斯安全地固定在他的坐骑上——那是一只随即被命名为莎莉的蝾螈。

沿着湿漉漉的通道，地下王国的骑士大军开始继续他们的征程。由于隧道向地下更深处延伸，他们只能顺着倾斜的地面前行。伴着回荡于石洞的行军脚步声，他们来到某处空旷地带。此时此刻，普鲁和柯蒂斯在原地静待指令；提摩太爵士穿衣披甲，头顶红色鸟羽装缀、弯曲垫圈制成的头盔，骑跨蝾螈，跟着装载山羊号角的战车，出发待战。他的身影消失在拐角。

没过多久，传来提摩太的声音。声音透过羊角扩大，犹如洪钟，响彻各处。

"鼹鼠之城的同胞们，"提摩太召唤道，"骑士军团已集聚于你们城门之外。我们将解放地下王国的所有生命，助你们摆脱王位篡夺者丹尼斯的暴政统治。或挣脱俘虏你们的牢笼，与我们统一战线；或为虎作伥，葬身于火刑利剑之下，除此之外，你们别无他选。"

一阵沉寂后，各种声音纷纷入耳：部分人模棱两可，首鼠两端；

部分人坚决抗议，表示不从；多数人举手加额，弹冠相庆。

提摩太爵士再次鼓舞士气："鼹鼠丹尼斯，一介流痞，上天惩戒之日已到，还不束手就擒？"

片刻之后，于洞穴中传出回应，声音虽远却清晰，很明显，敌方也采用了同样的扩音设备。"尽管来吧！"答复如是。柯蒂斯猜想这就是篡位者丹尼斯的声音。他听起来可不像是体贴臣民的。

"如你所愿，暴君！"提摩太爵士铿锵有力的话音刚落，普鲁和柯蒂斯脚下的骑士们便迅速备战，蜂拥杀至鼹鼠之城门下。围城之战就此拉开帷幕。

普鲁和柯蒂斯在隧道围墙后的防区时刻准备作战，墙外厮杀声、轰鸣声、剑刃声，声声入耳。他们已经得到指令，待听到三次连发号声，便立即出动。尽管置身于震耳欲聋的作战嘈杂声中很难分辨出指示，他们还是竭尽全力，竖耳待令。柯蒂斯正要窥探战况，叽啦叽啦的奇袭指令突然响起来。柯蒂斯向普鲁伸出拳头，以表齐心协力，共同对敌，普鲁不情愿地与他击拳。接着，两人以众人期望的那种半神半人般的凶态和气势突现于潜伏之处，恶狠狠地奔赴战场。

绕过拐角时，普鲁对自己的参战表现深感不满，羞于见人——她两手并用，一只手提灯笼照路，一只手五指拢成爪状，挥臂划爪，切齿前行。此时的柯蒂斯却以之为乐，沉浸其中——他舞臂切齿，顿足向前："愤怒的地上人来了！我要将你们碎尸万段！"

然而，当他们走出潜伏之地，踏上隧道中倾斜的地面前行数步后，两人霎时目瞪口呆，被眼前的场面惊住了。

他们进入的这一洞穴高耸直接穹顶，空阔不着边际。让两人更为吃惊的是石壁上嵌满了精致的小电灯，灯光洒满洞穴，一片光明，相比之下，他们手提的灯笼在这里实在是多此一举。数日以来，他们头一次来到这么亮的地方，眼睛未免需要做些适应。此等灯火辉煌之地，距他们潜伏之处不过一臂之遥，先前却未曾注意到，对此两人很是费解——或许是灯笼散发的微茫光亮吸引了他们的注意力，让他们坐井观天了吧。

不过这洞穴中最让两人大跌眼镜还要属鼹鼠之城本身。他们有生以来从来没有见过像这样的城市。在遥远的未来，当柯蒂斯和普鲁被追问当日之景时，他们都无言以对。在他们的语言世界里，实在找不出与眼前事物相对应的词语。

似乎有位精于机械制造的智慧之人，通过操纵大型起重机，将附于其上的真空吸尘装置悬于某座城市上空，吸走一切无用的或是用途不明的金属废料、塑料碎片，以及木材细屑，然后把这堆人造废弃物放在洞穴地面之上，竭尽所能将它们组建拼合，形成一个完整的结构体，使得每个废弃颗粒都能各得其所。

首先映入眼帘的这堵厚实围墙，由铝块和石头堆砌而成，环绕于造型奇特、形状长方的结构体周围；相互交织的轨道和沟槽穿插连接着它们——很明显，其中一些是由玩具火车和赛车车道的零碎部件组装而成的。横挡在外墙门拱的吊门看上去像是由压扁的滤盆制成的。在城墙的另一边，也就是刚进入城内的地方，网格式布局的建筑物堆叠有序，错落有致（柯蒂斯注意到整个城郊都是用雪茄罐做的）。沿此处深入向前，越发接近市中心，整座城市以近乎锥形的构造，由地面底层螺旋上升，止于高处一点，建筑体各层之间通过小块石墙相接。纵观此城，阶层分明，愈向高处，构造愈显纷繁密集，错综复杂。在城之顶端，大约离地六英尺，一个圆柱形的塔在建筑群中突兀而起，始于此处的一系列桥梁使得它与城市的其他部分相互通达。塔身看似由简易铝管建成,但由下至上,塔身周遭逐渐多出许多辅助塔楼。塔的顶部盖有似洋葱一般的穹顶,一面印有首字母D的军旗竖于其上,在极微弱的风动下猎猎作响。

"哇噢!"普鲁忍不住惊叹一声。

柯蒂斯并未轻易失态。尽管目睹鼹鼠之城后,他心中也是大为震惊,但他还是克制住情绪,保持原有的作战凶态。"普鲁,"他从上下相磨的齿缝中叫道,"注意保持参战姿态。"

"明白!"普鲁答道,接着,她放下手中的灯笼,腾出另一只手,双臂共舞,咬牙切齿地向这座奇迹般的地下之城冲了过去。

他们刚现身于战场,便听得从鼹鼠群中传来一连串惊叫声。守城的士兵身披铝箔战衣,他们看到两位凶态十足、高大威猛的地上居民正步步逼近,无不瑟瑟发抖。

"莎莉,冲啊!"从他们脚下传来塞普蒂默斯的冲杀声,他骑着蝾螈,头顶马口铁罐,手臂举过头部,用力挥舞着一根缝衣针,示意强攻。一声令下,如潮水般的士兵紧随其后,厮杀怒号,奔涌向前。他们冲袭至防守处,似海之巨浪席卷前方敌军。塞普蒂默斯的个头高过所有敌人,若巨人一般立于战场,穿着瓶盖盔甲的守城兵个个胆战心惊,挪步向前。

"我会好好拾掇你们的!"塞普蒂默斯一边作战一边用地道的老派方言呼喊着。"省省吧,蠢货!""见鬼去吧,小淘气!"一类的话也一直不离嘴边。普鲁看不到他被头盔遮盖的脸,但能想象到他咧嘴大笑的模样。

守军被塞普蒂默斯牵制住,骑士军团的攻城塔迅速冲破了敌人的第一道防线，攻到了外墙，从塔中跑出的骑士向城市的第一层发起攻击。用许多支铅笔捆成的攻城槌撞向吊门，后面的骑士们早已迫不及待想要破门而入。正当城墙内外你推我挡的局势僵持不下时，一个坐在蝶螈背上的士兵冲着柯蒂斯大声呼叫："**地上居民！**"

对柯蒂斯来讲，在成千上万士兵的怒号声中捕捉到这一呼叫可要花点功夫。"怎么了？"他终于找到声音的源头。

"**您是否可以用您那神赐的力量将吊门移开？**"

"当然可以，"柯蒂斯答道，"小菜一碟。"

柯蒂斯来到高度还不及他膝盖的城墙边，弯腰摸索到吊门的边缘，用力将这压扁的滤盆一扯而下。骑士军团激情呐喊着胜利之声，杀出一条血路，蜂拥穿进城门，势如破竹。柯蒂斯忽觉手指一阵刺痛，原来是一根带有红色圆头的缝衣针扎入了他肉质丰厚的大拇指和食指之间的连接处。

"哎哟，"柯蒂斯惨叫了一声。一低头，他看到敌方的一个鼹鼠士兵正站在自己面前，他手无寸"针"，鼻子冲着柯蒂斯的方向，似乎在因恐惧而呜咽。柯蒂斯的第一反应是将他提拔离地，甩到城墙上，但这种手段未免太过野蛮粗暴，有失人道，他一时不知如何是好。权衡之下，他只是拔出了自己手上的针，将其抛到远处，并警告鼹鼠说："小心点儿。"鼹鼠听后，碎步疾行，又混入双方争斗中。

相对柯蒂斯，骑士军团对敌人就没那么仁慈了。提摩太爵士当初向广大民众发出的警告——要么统一战线，共反篡位者丹尼斯，要么死在骑士的利剑下——在作战中得到了很好的印证。目睹鼹鼠骑士用尽手边武器和工具对敌军撕扯猛打、大卸八块的惨状，柯蒂斯不由惊恐失色。城中窄道的排水沟被血色浸染，流成了血河；作战士兵被兵器伤及，悲哭号叫，响动天地。一只年幼的鼹鼠，没了双亲，独立街头，惊号不止；另一只鼹鼠血迹斑斑，站在烈火熊熊的房屋门前，在一个倒下的士兵身前号啕大哭。柯蒂斯朝普鲁望去，她先前表现出的参战凶态已经消失得无影无踪，取而代之的是直面惨战的一脸厌恶和怜惜。

"啊，"普鲁说，"这太恐怖了。"

柯蒂斯退到普鲁站立的洞穴边缘，与她一同观看战况。鼹鼠大军已成功攻破城中第二道围墙，从数座房屋和教堂冒出的缕缕硝烟正在盘旋上升。战场上刺耳的叫嚣声，金属、瓶盖等的碰撞声，响彻天际。

"我们能停止这场战争吗？"普鲁鼓了鼓勇气问道。

柯蒂斯环顾四周，城中的大街小巷都充斥着狂暴的鼹鼠骑士。"不知道，"柯蒂斯答道，"我想我们能做的只是坐观战况，任其发展。"

此时第三道围墙也被打开缺口。一具具鼹鼠士兵的尸体瘫软地堆在城墙上。

"我们必须停止这场战争。"普鲁说道。她心意已决，必须尽快结束战争。为避免造成新的流血伤亡，她小心翼翼地踮着脚尖走向鼹鼠之城。她轻而易举迈过了第一道围墙。这一高度上，除了有一些伤兵残将在苦苦呻吟，街巷里空无一人。迫于攻势强大，大多数守军已被逼至城市顶层。接着，她跨越了第二道围墙，到达第三道围墙边。由于此处兵将密集，无落脚之地，她只好停步不前，冲着交战中的鼹鼠大声疾呼："**停战吧！**"然而，大家根本听不到她的声音。

她吸气凝神，鼓足音量，再次呼喊："**停战吧！**"

可依旧无人理会，激战一直在继续。混战中的鼹鼠士兵早已对周围的一切都浑然不觉。守军纷纷由高处向逼近的攻城者发射燃烧箭；

一支增援部队跑下旋梯，加入战斗。普鲁抬头仰望城市中心的高塔，发现一只身穿睡袍的鼹鼠正漠然看着这一切。

"你！"她朝塔顶的那只鼹鼠大喊道。尽管鼹鼠之城对她来说不算巨大，可她距塔顶仍有十五英尺的距离。

塔顶鼹鼠似乎听到了她的喊叫。他微微一颤，将自己那张看不到眼睛、仅露口鼻的脸扭过来朝向了普鲁。

"你快宣布停战！"普鲁叫道。她猜想到这只鼹鼠是掌权者。之所以这样认为，原因有二：其一，他没有参与作战；其二，面对脚下遍地尸骸，他没有丝毫不安。

听到普鲁的话，他只是耸耸肩，满不在乎。双方的激战依旧继续。

"**立刻，马上！**"普鲁大吼道。此时她已怒火中烧，脸红筋暴。塔顶鼹鼠察觉到了这股怒气，他吱吱一叫，溜进塔内私室躲了起来。

"好啊，你不停战是吧。"普鲁自言自语，只身朝城顶爬去。

随着她的蹬踏攀爬，建筑群开始垮塌断裂。显而易见，鼹鼠之城并不能承受人类的重量。在她脚下，已是楼倒房塌屋散架，虽然如此，她认为若这一切的毁坏能换来战火停息，还是值得的。双方士兵全都放下兵器，驻足观看地上居民爬上范格堡垒，战场顿时陷入了一片沉寂。普鲁双脚踏在塔的底层，用身体抵住铝管塔身，抬头仰望，目接穹顶。

普鲁看到穹顶内部有一间装饰奢华的卧房。精妙绝伦的壁毯顺墙壁铺展延伸，四根帷柱支撑的小型睡床置于房间正中。在这张床上，普鲁找到了那只身穿睡袍的鼹鼠。说得准确些，她看到的是由被单裹盖、鼹鼠大小的东西在床上蜷缩成一团，瑟瑟发抖。

"你给我出来，"普鲁说道，"我看到你了。"

"我不要，"鼹鼠道，"我就要这样待着，绝不出来。"

"好啊，不出来是吧。"普鲁说着，伸手将被单揭开，甩到一边，畏缩胆怯的鼹鼠终于现身。他刚要逃离，普鲁就一把捏住他的睡裤边儿，将他扯了回来，他不禁尖声大叫。普鲁捏着裤腿边儿将他倒着提了起来，为了能近距离审视，将他提至自己的脸边。

"你就是篡位者丹尼斯？"普鲁质问道。

"不，不是。"鼹鼠胆战心惊地颤声回答道。

"**是的，他就是篡位者丹尼斯！**"从脚下传来一只鼹鼠的声音，普鲁低头一瞧，原来是骑士军团中的一员。此刻，双方交战完全停了下来，所有兵将一齐坐观普鲁对篡位者丹尼斯的审讯。"**错不了的，就是**

他。他说话就是这个音儿。"

丹尼斯自叹不幸,在普鲁手中做着无谓的挣扎。

"我想让你结束战争,"普鲁试图盯住他徒有其表的眼睛,"下令让你的士兵弃戈停战!"

"不是吧?我的意思是,现在?"

普鲁迅速挥臂,将丹尼斯倒悬在城市上空,下面纵横交错的街道尽收眼底。城下士兵见之无不倒抽凉气,丹尼斯吓得屁滚尿流。

"那就让我来停息战火,"普鲁说,"以你区区一鼠之性命换取整座城市的和平安宁,这再划算不过了。"

"好吧,好吧,"丹尼斯向着城下的士兵挥动双臂,语无伦次地大声疾呼,"我投降认输!把范格堡垒那破地儿还给你们。"

投降声明一经发表便博得广大士兵的热烈欢呼,鼹鼠个头虽小,但呼声足以震天动地。相比这种真正欢快的齐心呐喊,原先围攻之战中的厮杀叫嚣简直相形见绌。骑士军团举剑提戟,篡位者丹尼斯大军丢兵弃戈。和平的呼声下,双方士兵奔涌汇集到一起。久别的家人再重逢,离间的朋友再聚首,有的相拥相依,有的握手交流。普鲁见此情景,感动万分,完全忘记了丹尼斯还倒挂在手中呢。

"现在可以放我下来了吧。"丹尼斯问道。

"哦,当然。"普鲁警惕地目视这位前任专制君主,顿了顿,接着说,"不过,我想我还是应该把你交给当权人士发落。提摩太爵士在哪里?"

这时,她脚下的鼹鼠群中传来叫喊声:"让路!让路!"

欢欣鼓舞的气氛霎时变得庄严肃穆。普鲁转过身,看见鼹鼠群辟出一条通道,一队强壮的骑士走了过来,他们肩抬担架,担架上静躺的正是最高司令官提摩太爵士。领队者塞普蒂默斯披的那身百衲盔甲已是血迹斑斑，溅满了阵亡者的鲜血。周围鼹鼠士兵辨出队伍来头，纷纷跪膝默哀。普鲁不由得用手捂住嘴巴，深觉痛惜。

"他还好吧？"普鲁问道。

塞普蒂默斯摘下头盔，抛到地上，露出了汗涔涔的额头。他悲伤地摇摇头作为回答。

"他伤得很重。" 站在一旁的预言家巴塞洛缪说。

目睹惨状，所有人都悲痛流涕，哭声中还伴有几声悲号："我们敬爱的提摩太爵士怎么这样了，这是他吗？"

"作战时我们休戚与共，抗争到底，"塞普蒂默斯详细述说，"他是真英雄，一直在英勇战斗。"

担架被放置在第三道围墙后边的城市广场中央，在战斗中幸存下来的鼹鼠兵将集绕在周围。手指紧紧抓着丹尼斯裤边的普鲁双膝跪地，守护在一旁。提摩太爵士费力地张嘴说着什么。

"我们，"他用微小而又脆弱的声音问道，"我们胜利了吗？"

他身旁的一只鼹鼠哽咽着回答说：**"是的，提摩太爵士，我们胜利了。"**

身负重伤的提摩太嘴角轻扬，微微一笑，接着又问：**"地上居民还与我们同在吗？"**

塞普蒂默斯走向前去，握住他的手答道："是的，提摩太爵士。"

提摩太看着他的战友，欣慰地笑了，再次问道：**"那么你的神明同伴呢？他们还好吧？"**

普鲁抬起头，看到了正在外墙徘徊踱步的柯蒂斯。普鲁把头向内侧一撇，示意他过来看望负伤的提摩太。柯蒂斯点头会意，小心谨慎地步入鼹鼠之城，以防给这座战争蹂躏过的城市再添悲怆。他来到普鲁旁边，由于空间有限，两人只能挨肩并足，屈膝跪地。

这时，范格堡垒内传来的数声喊叫再度轰动鼹鼠群。不一会儿，一队骑士走了出来，后面跟着一只身着白袍的鼹鼠。见此，守候在提摩太爵士周围的士兵变得鸦雀无声，一个士兵叫道："**女先知！**"

她用双手抚摸提摩太沾满鲜血的盔甲。感受到了这一切，提摩太睁开眼睛，慢慢叫出了她的名字："**格温德琳！**"

"哥哥，是我。"白袍鼹鼠啜泣道。

"我的好妹妹，"提摩太爵士说，"你重获自由是我最大的心愿。可是妹妹，现在我就要走了，要去地上居民的世界了。"

"亲爱的提摩太，"格温德琳说，"善良仁慈、勇敢无畏的提摩太。你的牺牲并非徒劳。被丹尼斯剥削的人们在你的带领下获得解放，备受奴役的我也重获自由。你的一生战功赫赫，英勇无敌；你将满载荣誉走向地上的天堂。"

提摩太爵士想笑一笑，却被一阵猛烈的咳嗽打断。咳声中，血滴飞溅，沾满了他破损的作战盔甲。"**地上居民，**"他对普普和柯蒂斯说，"请过来一点。"

两个孩子照他说的靠近了些。塞普蒂默斯也跪在他的身旁。

"我们今天的成就得益于你们的大驾光临。我内心深处从未怀疑过为自由而战的正确性，而你们的出现、你们的启迪，更加坚定了我的信念。也许我的灵魂会在地上的天堂等着你们，我们四人将在那里再次团聚。"

泪珠在普鲁眼眶里打起转儿。"会的，提摩太爵士，"她说，"我们会再见面的。"地上的世界并非天堂，但打破这位英勇的鼹鼠将领的最终慰藉似乎不合时宜，也没有道理。

提摩太与妹妹双手紧握，细长、软厚的十指扣在一起，然后他转脸向上，面朝天空，面部光滑柔软的毛皮皱缩着，他极力睁开双眼。紧锁的眉头之下，两个黑色的小圆点显现在他满是绒毛的脸上。"**我看到了，**"他狂喜地哑着嗓子说，"**我……看到了！**"

之后，他再也没有说话。

🌿

可以肯定，那确实是一条路。蕾切尔双手叉腰站在路中间，用脚踢踏路面，验验真假。然后，她转头看看妹妹，以表确认。

"没错，"她说，"这的确是条路。"

"我们现在该做些什么呢？"坐在树墩上的艾尔西咬了一口鲜脆的苹果，问道。

"这条路是通向哪儿的呢？"蕾切尔好像没听到妹妹的问题，疑惑地思忖着。

艾尔西只得自问自答："我们应该去找迈克尔和辛西娅。"

"对，"蕾切尔从思考中回过神来，赞成道，"我们应该去找他们。"

对艾尔西来说，在这迷宫般的丛林里找到姐姐要费不少时间，不过一旦她做到了，按原路再次返回，就会容易得多——兔子带路时，她在沿途的树上系了常春藤以作标记。证实过道路的存在，姐妹两人再次返回树林，沿路标进入边界。一路上，她们边走边喊，找寻共同外出打猎的朋友。不久后，她们找到了，这两个少年正在用草丛树枝作掩护，布设一个小的铁丝网陷阱。

看到赶来的姐妹俩气喘吁吁，满脸通红，迈克尔问道："出什么事了？"

"一条路！"艾尔西脱口而出。

"是艾尔西发现的，"蕾切尔补充道，"就在不远处。"

辛西娅瞥了迈克尔一眼，说："怎么可能。"

"我发誓，"艾尔西说，"是真的。"

"我们走遍了这片荒凉地带的角角落落，从没见过什么路。"迈克尔一边说一边将铁丝折弯。其实他并没有用"荒凉"这个词，而是一个艾尔西以前只听过一次的词。那是她爸爸被一个荷兰烤箱盖子砸到脚后脱口大骂的词，当时爸爸的叫声传遍了整座房子。

"什么，你们不会是说我妹妹在撒谎吧？"蕾切尔突然被这两个大孩子的态度惹恼了，不禁质问道。

"不要激动嘛，"迈克尔笑着说，"我的意思是，如果这里有条路，我们早该发现了，不是吗？"

"说不定是光线或其他东西引起的错觉呢，"辛西娅提出了另一种可能，"在一天中的某个特定时间，丛林里偶尔会看起来不一样。"

"不是那样的，"蕾切尔说，"我也亲眼看到了。"

"走，"艾尔西说，"跟我们去看个究竟，那条路就在不远处。"

迈克尔平静地望着姐妹俩，估摸着事情的可信度。最终，他摇摇头，开始继续绕铁丝。"听着，"他说，"天色已晚，我们必须赶回木屋。就要吃晚饭了，卡罗尔会挂念我们的。"

"啊？"蕾切尔不敢相信地问道，"你不准备和我们去看那条路了吗？"

"我保证，我们明天就去，并把它当作头等大事，好好看看你们发现的路。"他揽住艾尔西的肩膀，手指轻轻抚摸了一下她的头，说道，"另外，有一群孩子正等着你做的娃娃呢，你可有的忙了。"

艾尔西微微一笑,说:"确定明天去看?"

"一定。"迈克尔回答。

※

"一条路?一条铺平的路?"

旱烟袋吸至一半,卡罗尔停了下来,将烟斗稍离嘴边,平端持握,顺着两个女孩的声音向远处注目凝望,仿佛冻结了一般,就像边界里凝滞的时间。

艾尔西迟疑地望着姐姐,小口品着她的薄荷茶。她和蕾切尔,以及两个猎友将房间里五个餐桌上的脏盘子收拾干净,堆放在洗碗槽旁的台面上,然后一同围坐在卡罗尔身旁。两个男孩一边用肥皂水冲洗碗碟,一边相互讲着笑话。年幼的孩子都已上床睡觉,年长的则分散在房间的各个角落,开心地度过夜晚的最后几个小时。

"那条路并不平坦,"蕾切尔说,"更像石子路,或许还有一些石块。看上去这条路早就存在了。"

两只木头眼睛在卡罗尔的眼眶里转动,昏暗的烛光下,他眼睛的虹膜呈现出明亮的蓝色光泽。艾尔西甚至能看到画笔的笔锋。

"那里有个像柱子一样的东西,像是标记里程什么的。就在路的对面。"艾尔西回忆说。

交谈中,迈克尔大多保持沉默,他一直在往自己的烟袋锅里装烟草。后来他终于开口说话了:"柱子上写了些什么?上面有什么东西吗?"

蕾切尔点点头,她曾近距离地看了上面有什么。艾尔西带她去看那个地方,她四处观察时,心里记下了石柱上的图案。"是一支箭,上面还有一只鸟。"她回答道。

"啊！"卡罗尔长出一口气。

孩子们同时望向他。

"这就对了，"卡罗尔说了一句，然后将烟斗含入嘴里，深吸了一口，接着讲，"那是方向标，如果我没记错的话，那应该是通往禽鸟公国的一条路。"

听到这里，迈克尔瞪大了眼睛注视着老人，辛西娅放下了正在搅动茶中奶油的汤匙。

"看上去你们几个似乎找到了走出边界困境的路，"卡罗尔说，"也可以说是某种缝隙。你们记不记得穿过了任何非同寻常的东西？诸如走廊或通道？我常听人们说起这样的东西，但从不知道这些真的存在。"

"不是那样的，"艾尔西说，"我的意思是，倘若真有那样的东西，我应该会记得。另外，我并不能保证回去时是完全按原路返回的。这么说吧，虽然我一路上都用常春藤在树上做了标记，但我带蕾切尔去时并没有一步一个脚印地踩着去。"

蕾切尔点头对艾尔西的话表示肯定，她正心不在焉地用手指拨弄耳朵上的黄色标签。

"好吧，"停了好一会儿，卡罗尔说道，"我想我们还是应该去亲眼瞧瞧。"

迈克尔十分震惊地看着他说："卡罗尔，去那儿貌似要走很长的路。你确定你能吃得消？"

卡罗尔友好地向迈克尔摆摆手："我可以的。反正我也想在周围走走，这把老骨头好久都没动弹了。"说完，他再次吸了口烟斗。洗碗槽里叮叮当当洗盘子的声音停止了，孩子们已经全都钻进了被窝。烛光映入卡罗尔的瞳孔，泛着红光。"天黑了，"他说，"我们最好在天刚破晓时出发。这件事就不要让其他孩子知道了，我不想让他们对不确定的事情抱太大的希望。那条路或许是光线引起的错觉，或许是猎物的痕迹。说这些并不是说两个女孩看错了，而是在这样的丛林里难免有分辨不清的时候，丛林里让人迷惑的东西太多了。"他用烟斗将裤子上的烟灰打落在地上，接着说，"但也有可能，这会是我们走出去的机会。"

迈克尔抽着烟，看着姐妹俩，辛西娅继续搅动茶杯里的奶油。卡罗尔将烟灰踩在靴跟下面，"有可能。"他又重复了一遍。

第十九章

提摩太爵士的超度之礼

最高司令官鼹鼠提摩太爵士的葬礼不惜成本,声势浩大。他身着祖父留下的盔甲礼服,静躺在一个托盘之上,身上盖满青翠的地衣。送葬队伍护送提摩太爵士的遗体由范格堡垒出发。城中纵横交错的道路上挤满了前来送行的鼹鼠,痛哭悲号充斥着整座城市,哭声寄托着市民对提摩太爵士所率领的英勇无畏的骑士军团的诚挚谢意——他们解救民众于篡位者丹尼斯的专横压制之下,并将丹尼斯终身监禁在范格堡垒的深牢地狱。小列铜管乐队敲锣打鼓,号角齐鸣,领队向前,乐声中流露出的欢快欣喜与悲痛心碎交织在一起,萦绕于柯蒂斯耳际。两个地上居民站在外墙后开阔的广场上观礼。

送葬队伍沿一条老路向柯蒂斯从未见过的洞穴一角行去。从城墙行约三十英尺,一个阔大的水池映入眼帘。水池里的水由难以望及的洞顶不断滴落的水珠积蓄而成。柯蒂斯想，那一定是鼹鼠们在谈及时间流逝时引作参照的水池——"大池盈亏数次之前"。所有鼹鼠，不分老少，沿路从正门排至水池岸边。等队伍到达此处，女先知、最高司令官的妹妹格温德琳致了简短的悼辞，便将哥哥的遗体推入水池。湍急的水流卷着提摩太的遗体远离岸边的悼念者，隐没在洞穴深处。就像女先知所讲的那样，提摩太的灵魂将与逝去的同袍在地上居民的天国相聚。

葬礼完成后，队伍返城，在刚刚获得解放的范格堡垒（鉴于三位地上居民在围城之战中功不可没，为表敬意，在再次集结的鼹鼠议会上，鼹鼠们将该地更名为普鲁柯蒂默斯堡）设宴礼待来客。女先知在普鲁和柯蒂斯脚下垂首踱步，接近两人时，向他们昂首致意。塞普蒂默斯这时终于摆脱了沉重盔甲的束缚，向她躬身行礼。

"葬礼非常完美。"普鲁打破沉寂说道。

女先知严肃地点点头。

"对于你失去至亲的不幸，我们深表同情。"柯蒂斯接着说。

"提摩太已在地上世界的天堂安息了。"普鲁说，她对女先知的悲痛感同身受。这句安慰的话她可是花了整场葬礼的工夫才想出来的。

然而，格温德琳不屑地挥挥手，让普鲁很是吃惊：“切，那简直是胡说八道。哥哥到底去了哪里我不清楚，但我没有看到任何证据表明他的灵魂去了地上世界。对于灵魂超度这种说法，我只能称之为迷信。你也不用套虚假的说词来安慰我。"格温德琳说道。

她的回答不由得让柯蒂斯倒吸一口凉气，他质问道：“你可是相当于宗教领袖啊，不是吗？"

"我是一个女预言家，"女先知回答道，"与宗教领袖有些相似但又有区别。在我看来，我的本职是追求真理，只有这样我才可以更好地提供建议。我的探索并没有发现丝毫证据可以说明地上世界的存在，至少不是以地下王国的鼹鼠们以为的方式存在。"

"那你为什么……"普鲁想问但又停下了。

柯蒂斯帮她把想说的说完：“那你为什么还在水池边讲了那些关于提摩太来生的话？"

"那只是一种风俗传统，"女先知解释说，"一种宗教信仰罢了。这不失为一种非常美好的内心期望，不是吗？我十分欣赏这种愿望的诗意境界。既然对任何人都没有坏处，我完全没有道理去揭露它的实质。另外，我从未去过你们的地上世界，所以我不会去下任何定论，除非我找到证据。"她的话让两个孩子迷惑不解。"这确实挺让人难以理解的，"她接着说，"但那正是我致力于去做的事情。不过，可以肯定的是，我很高兴能再次呼吸到洞穴里清新的空气。我被丹尼斯那个笨蛋关押在地牢里招来唤去真是太久了。"

"是呀，"柯蒂斯赞同道，"无论如何，可算解放了。"

"随我来吧，"女先知提议，"我不能确保我们鼹鼠的食物能满足你们地上居民的胃口，但设宴招待还是必须的。大家肯定都在盼着你们去呢，你们可是这场战争的大功臣。"

他们随着女先知去赴宴。为了能让女先知跟上自己的步伐，他们放慢脚步，像做慢动作一样。塞普蒂默斯自豪地与女先知阔步并行，悬垂在腰间的缝衣针在他身上摇晃个不停，这是他战袍上仅剩的部件了。

"我想你们现在应该需要通往地上居民南方丛林的路线，对不对？"格温德琳边走边问，"巴塞洛缪向我提起过。这就是你们达成的协议吗？"

"是的，"柯蒂斯说，"谢谢你还记得。"

"我们的朋友——他们也是地上居民，和我们失散了，"塞普蒂默斯说，"这事说来话长，但不管怎样，我们必须找到他们。"

"你知道通往地上的路线？"普鲁问道。

"当然，正如我所说的那样：在对这个地方的探寻搜索、旅行游历中，我发现了隐藏于我们称之为地下王国的地方的许多秘密。事实上，是我第一个找到那位建筑师，并把他带到当时破败不堪的鼹鼠之城的。在那之前，我还是个漂泊者，对周围世界充满好奇，后来我才成了女先知。"

"这位建筑师究竟是谁呢？"普鲁问道。在她初见鼹鼠之城时就开始琢磨这个问题了——究竟是谁巧妙地把这些人造废弃物变为高楼大厦、纪念场馆、纵横大道的呢？

"他和你们一样，也是个地上居民。我在地下王国的深洞中发现了他。可以说，我从未期冀会在那样的深渊中发现生命。在我的探险历程中，我从未进入过那么深的地方。你们完全能够想象当时我有多吃惊。那时，他状况很糟。他被同胞驱逐抛弃。这还不算，掌控他命运

的裁决者竟采取极端措施,斩断了他的双手。"

"啊!"普鲁发自本能地大叫一声。

"我按你们地上居民的食物定量为他补充营养,他才得以康复。"

提到食物,塞普蒂默斯的肚子不禁咕咕大叫。"不好意思。"他表示歉意。

格温德琳继续往下讲:"当他复原到足以下床走动时,我将他带到鼹鼠议会之前。他对我的照料感激不尽,我想我算是挽救了他的性命。他承诺要以善行回报我们,帮我们重建毁于七池之战的城市。他说,在外部世界他也是做相似的工作,用双手创造出精妙绝伦的东西。如今他虽然失去双手,却坚信仍能借助鼹鼠之手取得成功。结果我们真的做到了:他没有双手,我们没有双眼,便齐心协力,相互依靠。

"在游历中,经过以鼹鼠时间计的几周行程,我发现了一条地上居民称之为'阳光'的大道。其实这就是通往外部世界的路径——向东延伸,遥不可及。我将这一发现告诉他,他便开始利用这条通道搜寻地上居民丢弃的废旧物品,继而又从外部世界引入很长的电缆线为城市通电照明——尽管这对我们鼹鼠没有丝毫用处。这些准备工作完成后,他就着手重筑我们的宏伟之城。这项工程耗费多时,作为他的双手,我们辛苦建城,不知疲倦。就这样,仅大池排空与注满的一个循环周期,我们便竣工了。不仅城市得以重建,而且整体也大大改善。

"尽管他坚持认为这一切都是我们应得的,但我们还是对他不胜感激。为表谢意,我们的顶级铁匠为他锻造了一双金钩假手。无需多言,分手道别时,他泪流不止。之后,他沿着铺设在阳光大道的电缆线离我们远去,从此再无音信。"

"哇!"柯蒂斯叹道,"多么跌宕起伏的故事啊。"他们已经到达鼹鼠之城的正门，如今柯蒂斯得以从完全不同的角度观察这座城市。他开始将城市精妙的结构视为整体：上百万得以再利用的小碎片紧密地结合在一起，看上去自然流畅、优美雅致。

普鲁不住地咬着下嘴唇，这种动作往往表示她又产生了什么较为重要的想法。柯蒂斯不禁疑惑地望着她。她思忖过后，跪在地上与女先知尽量靠近，提出问题："那位建筑师有没有和你提过他被驱逐流放的原因？他在外部世界做了什么呢？"

"**是的，他提起过。**"

"是什么原因呢？"

"**简而言之，是因为一件很离奇的事情。地上居民荒唐的想法实在让人搞不懂。一位丧失理智的女王要求他按照自己死去儿子的样子制造出一个机械复制品。**"

塞普蒂默斯听后惊得打了个响嗝，普鲁则差点儿摔倒在地。

"**当他完成作品后，女王就把他的双手剁去，并驱逐流放了他。前者是为避免他再创造出同样的作品以对其构成威胁，后者是为防止他向世人泄露这一秘密。**"

"天哪，"普鲁霎时明白了，惊叫道。塞普蒂默斯嗝个不停。柯蒂斯听得聚精会神，示意女先知继续讲。

"**他的下场还算好的呢，**"女先知为地上居民的蠢行摇头不已，"**参与制造的还有一个人，男孩是他们两人共同完成的。那个人也被驱逐流放了，但是女王挖去了他的双眼，他成了瞎子。**"

宴会的欢呼吵闹声回荡于城墙内外。有人还在高唱相思之曲，狂欢者聚集一旁随声应和。女先知晃晃脑袋继续说："**失明的他和我们鼹鼠没什么两样。**"

艾尔西入神地盯着厨房餐桌上卡罗尔的两只人造眼球,然后抓起手边的黄油刀戳动其中的一只,眼球顺力在平滑的木桌面上滚了几下。不知为何,这两只眼球令艾尔西十分厌恶。不是因为它们是两只替补卡罗尔缺失双眼的假眼球——她见过很多装假肢的人——而是因为它们像木偶一样僵硬呆板。而且,她总觉得这两只眼球在诡异地注视着她。

天亮了;太阳照常在这中间地带孕育升起,艾尔西认为它一定跟昨天的样子一模一样。她用力思索着日夜不再交替轮回,时序错乱,白天不再顺时推移的现象,脑袋不由晕眩起来。尽管想到事事不如所料时,她会感到莫名的一阵头痛,但她的身体并没有受到丝毫影响。两只人造眼球还在凝视着她。

"早上好!"从她身后传来卡罗尔的招呼声。

"早上好,卡罗尔,"艾尔西说,"你的假眼球在桌子上呢。"

她扶着卡罗尔的胳膊帮他摸到桌上的眼球。"啊,"他说,"多谢了,不然还真不知道上哪儿去找。"他轻松地将眼球安进脸上两个一样大小的洞孔里,血色红润的鼻子将它们分隔得恰到好处。两只眼球在洞孔里转动调适一番,刚好镶嵌入里。卡罗尔笑了笑说:"我们就要出发了,做好准备。"

"你现在可以看见东西了吗?"话刚出口艾尔西就觉得尴尬极了。他怎么可能看见东西?他是没有双眼的。

幸好卡罗尔没有避讳,而是从容地一笑:"我也不知该怎么说,或许安上它们会感觉更完整吧。对了,昨晚休息得怎么样?"

艾尔西摸摸酸疼的肩膀。"我想还可以吧。"她答道。餐厅橱柜上的一个抽屉就是她的床。睡在那里的不止她一人——上面和下面的抽屉里还有其他小伙伴。这样一来,当他们关闭抽屉休息时,就感觉好像都钻进了棺材里。"你呢,休息得还好吗?"

"挺好的。"卡罗尔说。这时楼上的蕾切尔也起身了。她正试图用松针梳子将蓬乱的头发压平,可效果不怎么样,她的头发始终乱糟糟的。

"你们都收拾好了?"蕾切尔走进厨房问道。

"还差一点儿,"卡罗尔说,"如果你们两个可爱的丫头能做我的左膀右臂,我将不胜感激。"说着,他向两侧伸出胳膊肘,艾尔西与蕾切尔各挎一边,"这下就准备好了,让我们向着梅尔堡之路进发吧。"

迈克尔和辛西娅两人各自倚靠在门廊阶梯两边的立柱上,静待出发。玛莎也同他们在一起,护目镜坚定地架在额头上。

"你在干吗呢?"蕾切尔一边问话,一边和妹妹搀扶着卡罗尔小心地走到门廊上。这时天还灰蒙蒙的,一缕晨光透射进树林,似波光闪烁。

"跟你们一起去啊,我也想看看那条神奇的路。"玛莎说。

迈克尔和辛西娅互换眼色,不知如何是好。艾尔西再次发话:"这件事不应该有别人知道啊,小孩子们怎么会……"

"哎,得了吧,"玛莎反驳说,"我和你们姐妹俩一样大。再说,你们在边界发现路这件事传得沸沸扬扬,所有孩子都知道了。"

卡罗尔眉头紧锁,叹道:"这件事尚未确定,孩子们可不能抱太大希望。必须找个人回去告诉他们。"

"哦,那你可得快点去,"玛莎应和说,"所有人都已经起床,正静待佳音呢。"

"辛西娅，你介意留下来把事情的来龙去脉解释给孩子们吗？"卡罗尔挪了挪脚问道；他的鞋子破旧不堪。艾尔西紧挽他的臂肘，搀他来到阶下的草坪上。辛西娅望了望迈克尔，愤愤地哼了一声，卡罗尔能感受到她的不情愿。"辛西娅，孩子们需要你，就这么定了吧。"

"好吧。"辛西娅最终还是同意了。

"玛莎，你的到来使我们的侦查小队更加完整了。快，现在就行动吧，早些出发早些到达。当年健步如飞的我已经老迈，可别等我们还没赶到，路就没了踪影。"说完，卡罗尔冲艾尔西眨了眨一只木头眼睛。

至此，他们踏上了寻路的征程。

很快，他们行至那片三叶杨间的空地，就是在这里，蕾切尔、艾尔西和玛莎第一次看见那群小狗。从空地向前，艾尔西带队引路，一行人蜿蜒穿梭于高耸入云的针叶树和赤裸秃兀、枝桠低垂的槭树之间。艾尔西满腔热忱，奔走在前，甩离小队；相比之下，由于顾及到卡罗尔行动不便，其他人都小心翼翼，慢慢跟在后面。见此状况，艾尔西意识到自己最好还是搀挽卡罗尔，与大家同行。于是她接替蕾切尔扶持一侧，另一侧则有玛莎在旁。迈克尔叼紧烟斗，紧随队伍。

此次寻路不再有兔子予以指引，肯定不会那么轻松顺利。虽说艾尔西也曾不靠兔子帮助，两次寻路成功，但再次在这多变纷杂的丛林里找到系有常春藤的树干也实属不易。途经一个低洼涵洞时，艾尔西就颇感陌生，不得不驻足自语："这个方向上不记得有个涵洞啊。"

这时从后面传来迈克尔无奈的抱怨："到底什么时候才能到呀，要准备绕着边界游荡一整天吗？说实在的，由一个小姑娘引路，我真怕我们会陷入什么荒芜之地，困在里面出不来了。"他的话有些尖酸刻薄。

"她不会带错路的，"蕾切尔反驳说，"我可是一路随行，亲眼所见。"说着她转脸朝向妹妹，鼓励说："别着急，艾尔西，慢慢想。"

"都消消火气吧，孩子们，"卡罗尔斥责道，"没有必要大动肝火。丛林里能引起幻象错觉的东西太多了，被假象迷惑而希望落空并不丢脸。"

"那真的不是错觉，"艾尔西极力辩解，然后搀扶卡罗尔离开涵洞，"这边走，我确定是这个方向。"

走着走着，一棵系有常春藤的冷杉树苗映入眼帘，艾尔西兴奋不已："就是这儿！"此时她已无暇顾及伙伴们，只管敦促卡罗尔加快步伐。她拽着卡罗尔快速穿过层层树林，完全没有听见卡罗尔喃喃的小心劝阻。现在他们已经能够连续看到标记树；行进中每有迷失不定，下一个标记就会在远处出现。不一会儿，层层密林外一条石子路出现在眼前，一直绵亘到远方。卡罗尔脚踏石路，不禁狂喜大叫。

艾尔西又一次寻路成功，喜不自胜："怎么样，不是错觉吧！"

卡罗尔发出一阵狂笑。他欣喜地轻抚艾尔西的脑袋："对，真的不是错觉啊。"他深吸一口气，像是从未感受过这里的气息一样，"你可以讲讲这条路延伸多远吗？"

艾尔西使尽浑身解数，详细叙述，娓娓而谈："这条路很长，白雪皑皑的，有车轮压雪而过，留下辙印，但被昨夜的雪花淹没了大半。据我看来，应该是马车驶过的痕迹。还有这些——我不知道，大概是蹄印，是马。"她转身顺路远眺，继续描述，"道路像蛇一样蜿蜒延伸，又像丝带。这让我……记起了'姐妹荒野'那条乡间小路，通往我们一家人夏日里租住的小木屋。这两条路出奇地相似。这儿有块石头路碑，上面有幅画，一只鸟儿，一支箭，之前我告诉过你的。"

卡罗尔面带笑容地听完艾尔西独白一般的陈述。"确实如此啊，"他自叹，"确实如此，不是幻想也不是光线错觉。艾尔西，你真是了不起啊。"

"那当然，我读二年级时老师就夸过我的描述功底不一般。"

"不，我不是说你的描述能力，"卡罗尔纠正说，"而是你可以在边界穿行自如，无拘无束。你拥有丛林魔法。"

微风徐徐，顺着丝带般蜿蜒曲折的小路轻轻吹过。艾尔西不知道说什么好。忽然，路边传来姐姐蕾切尔的声音，打破了这份静默。她拨榛扯藤，走出丛林，身上溅满了泥点。"不好意思，"她表示歉意，"我没跟上你们的步伐，不过还好，总算找到你们了。"她顿了顿，等待艾尔西和卡罗尔的回应，不过两人都默不作声，她很是疑惑，问道："出什么事了吗？找到路应该高兴才是呀。"

"是蕾切尔吗？"卡罗尔问道，"是她吗，艾尔西？"

"是的。"艾尔西勉强作答。

"她也有丛林魔法!"卡罗尔热情洋溢地说,"其实当我见到,不,是感受到你们两个时,我就觉得你们俩拥有丛林魔法。当时我还有所怀疑,可现在就确信了。有可能你们整个家族都有这种天赋——一定是这样的!但是你们……"他话还没说完,就双眉紧锁,噘起嘴唇,好像思索着什么,"你们是如何做到……"他不可思议地摸了摸胳膊肘上的补丁,那个被艾尔西挼挽过的地方。"你们——你们——"他难以置信,结结巴巴,"你们是如何把我也带出边界困境的呢?我和你们一起出来了。难道是通过触碰?相互触碰?"想到这儿,他心里的疑问貌似解开了,露出了微笑,"对,就是这样!"

此时此刻,卡罗尔抑制不住内心的激动,挣脱两个女孩对自己的挽扶,挪步走向道路中央,手舞足蹈。"原来就是这么简单!"他高呼道,声音四处回荡,"太不可思议了。"他展臂舒怀,招呼艾尔西和蕾切尔:"快过来!快过来!"

两人走到他身边,卡罗尔将姐妹俩揽在怀里,感激不已:"是你们两个救了大家!谁会知道自己到底拥有什么样的能力呢?"

艾尔西笑逐颜开,心里美滋滋的,不知说什么好。此刻,她浮想联翩,思绪万千——丛林魔法到底是什么呢?怎么会整个家族都有呢?突然,哥哥柯蒂斯从她脑际闪过,他一定也拥有丛林魔法吧。就这样,脑子里无数种可能性孕育而生。她环视四周,问道:"玛莎和迈克尔呢?他们在哪儿?"她迫不及待地想与他们分享这一喜悦。

"我以为玛莎和你们在一起呢,她不是也挽着卡罗尔吗?"蕾切尔说。

卡罗尔揉了揉鼻子,心中有数了:"他们还在边界。你们没有注意到吗?肯定是这样的,而且必须是这样。"

"我不明白。"蕾切尔说。

"我们就要看到石子路时,只有艾尔西在我身旁,玛莎落在后面了。如果我估计得没错,而且肯定是这样,在穿越边界困境之前,我们就走散了。现在他们还在我们身后,被困在了那个毫无变化、我们称之为家的地方。快点儿,我们去找他们。"说到这儿,他拖着脚步,只身来到路边,没有依靠任何帮扶,似乎一时忘记了自己看不见。然后,他停下了,打个响指示意两个女孩搀扶,说道:"真是不好意思,看不见路还自己走到前面。"艾尔西和蕾切尔还处在他刚刚的话带来的震惊之中,她们一言不发,默默向前挽起了卡罗尔的臂膀。三人一起又回到了丛林中。

第二十章

顺着绿色电缆行进

"这样就行了吗,昂桑科先生?"

对乔弗瑞来说,这声音听起来好像是经过真空传播而来的,也像是阁楼上的收音机在调至最小音量时发出的微弱声音,而人是坐在楼下的餐桌旁听见的。尽管声音小得几乎不可察觉,但是它确实存在。你听,声音又传来了。

"昂桑科先生,如果不需要我的话,我就去睡觉了。"

时间仿佛停止了,乔弗瑞·昂桑科把注意力从手中的东西上拽开,集中精力在周围的环境上:他现在在机械工厂里,被各种机器发出的声音包围。窗外一片漆黑,他不知道现在几点了,也不知道自己在这儿站了多长时间。事实上,好像他脑中的所有记忆都在几秒内被擦除了。向下望去,他看见自己的双手作杯状合起,紧紧地贴在肚子上,就像是布道的传教士。然后,他又想起来了。

"先生?"又一声呼喊。毫无疑问,这是格林布尔先生。

"好的,格林布尔。"乔弗瑞回答道。

"那么,明早见,先生。"

"好的,格林布尔。"

"明天一大早。"

"明天一大早。"他想起了一切。他瞥了一眼握着的双手,小心翼翼地张开,便看见手里有一样东西。它是由黄铜制成的,制作近乎完美。作为机械零件的能工巧匠,这是他有史以来制作的最精细也是最完美的一件东西,足以使最强大的机械制造师汗颜。如钻石切割般的轮齿,顺滑的抛物曲线,想象一下它与其他小齿轮一起行云流水般地转动吧,必定宛如神迹。

但也仅仅是接近完美,而不是足够完美。

他转过身把它扔进了旁边的垃圾箱里,它落到箱底时和一堆看似完美实则废弃的齿轮撞击在一起,发出了悲哀的叮当声。

"祝您明天好运,昂桑科先生。"

"好的,格林布尔。明天星期几?"乔弗瑞接着又问。

"星期三,怎么了,先生?"

"星期三。"他轻轻地重复道,好像这个单词是魔咒一般。他随即意识到:明天就是交工截止日期了。那个戴着夹鼻眼镜的怪人要来取走他预订的产品。昂桑科从来不会让客户失望,不论是质量还是速度,他总是胜过对手,但制作这件东西的试错次数却多得让他胆战心惊。一个想法一直萦绕在他的脑海中:他为什么要同意呢?在如此短的时间内制造出如此精细的产品也太荒谬了。尽管配备了当今最先进的设备,他还是觉得时间不够用。他是一个现实又勤奋的人,到底是什么驱使他同意这个荒唐的提议呢?

一句话:偏执。他记得这个词还是从学校里学到的,那时老师用细长的字体在黑板上写下"白鲸"这个词。梅尔维尔这部小说中的那位船长曾经偏执地想去抓捕一头大白鲸。他的每一个决定都与这个耗时耗力的执念联系在一起,但最终,执念促成了他的毁灭。就像有人突然将冰冷的聚光灯打在他的脸上一样,昂桑科痛苦地意识到,他的虚荣心暴露了。他就是这艘船的船长,白鲸就是荒野禁地,但此刻鱼叉已经射出去了,捕鱼线也拉紧了,掉头为时已晚。

✤

这是接下来发生的事:

塞普蒂默斯爪子握住缝衣针的柄,站在那儿摇着头。柯蒂斯难以置信地盯着女先知。普鲁差点一把抓起女先知,把她举到空中以示庆祝,但当她看见鼹鼠脸上因为大家情绪突变而露出惊恐表情时,便改变了主意,只在格温德琳的肩上轻轻拍了拍。

"我简直不能相信,这太疯狂了!"她说。

女先知依旧对地上居民们突然的情绪爆发感到困惑,她尽量回答他们连珠炮似的问题。

"那么他是一个机械师,一个制造者吗?"普鲁问。

鼹鼠点了点头。

"他还制造了一个男孩的复制品?"

柯蒂斯接着说道:"为一个疯狂的女总督,我的意思是说,一个女王。"

女先知再次点头表示肯定。

"格温德琳,你不会相信天下竟然会有这么巧的事。我们恰恰就是要找他,就是帮助你们的这位建筑师。"普鲁笑得合不拢嘴,不仅是因为议会树的建议被证明是正确的,而且好像在很多方面,它都微妙地为他们指出了方向。

柯蒂斯问道:"他长什么样儿?"

女先知困惑地指了指她隐藏的眼睛。

柯蒂斯羞愧地脸红了,他忘了她看不见:"哦,对不起。"

普鲁又接着问:"可是,他有没有什么特征——我们怎么找到他呢?"

"嗯,他有两只金钩手,这算是一个很好的入手点。但这一切是为什么呢?你们为什么非要找到这位建筑师?" 集会的鼹鼠们从他们身边走过,预言家巴塞洛缪拄着满是树节的拐杖,停下来看看发生了什么事。

"这就说来话长了。"柯蒂斯说。

普鲁没理他:"地上世界里有很多问题。那棵树——议会树——通过一个小男孩,一个奇怪的小男孩,告诉我,我们必须复活真正的继承人。真正的继承人,显然,就是阿列克谢,他是疯狂女王的儿子,疯狂女王曾经被称为贵妇总督。"

柯蒂斯用手指在太阳穴,划圈,来表示他对普鲁这一讲述的看法。鼹鼠们没有双眼,自然看不到,柯蒂斯为自己的健忘又红了脸。

"曾经?"女先知问道。

"她后来被常春藤吞噬了,"柯蒂斯解释之后,又对普鲁说:"继续讲。"

"议会树说要找到制造男孩的人,即复制品的制造者。目前看来我们已经知道其中一位制造者曾在这儿待过。"

双方的问答又进行了一阵子,格温德琳和巴塞洛缪都尽自己所能提供了帮助。他们说建筑师是一个喜欢安静的人,一个人住在独立的隧道棱堡里。他不辞劳苦地重建城市。尽管他失去了双手,但他的眼睛充满了力量。鼹鼠们说,后来的一天早晨,他离开了,没有留下联系地址。他跟随用来照亮工作场所的绿色电缆,沿着每天寻找建筑材料的方向,从这儿离开了。他留给了鼹鼠们一个正常运转的现代化城市。为此,他们将终生感激。

"他的名字叫艾斯本·克兰姆派特。"格温德琳说,"他是一个很善良的人。"

晚上,为了参加女先知成为鼹鼠之城女王的加冕礼,普鲁和柯蒂斯答应留下来,他们住在普鲁柯蒂默斯堡里。大家一致赞同格温德琳的加冕。她是已故的胜利者、最高司令官提摩太爵士的妹妹,提摩太去世之后,再也没有其他合适的王位继承者了。更重要的是,她很受欢迎,在被囚禁期间,她利用自己的身份,向丹尼斯提供杜撰的预言,使许多鼹鼠免于不公正的判罚。她加冕为女王的建议提出来时,议会和人民都没有反对。

这是一个美妙的典礼,但三位地上居民急于出发,尽管他们想走的方向不同。对于普鲁来说这很简单,他们有一条清晰的路线可以到达地面,还有线索可以找到阿列克谢两位制造者中的一位,只需要顺着粗壮的绿色电缆走就行了。议会树说的是实话,也没有误导他们。其中一个制造者就是从这里走出去的,他们知道该如何找到他。

"你明白了吗?"普鲁说,她的人生观经历了又一次颠覆。他们正在做出发的准备,普鲁不停地谈论着那个小男孩的预言:"好像议会树自始至终都在引导我们，好像它知道我们的命运。'想攀高就必须先就低'，它以最不可思议的方式把我们引到了这个地方。"

塞普蒂默斯正咀嚼着燕麦棒。鼹鼠之城的储量很大，在远处的洞穴里还有其他食物——猪肉和豆子罐头、西红柿汤，还有荷美尔美食公司生产的红辣椒。他们还找到了一本黄色小册子，被地下隧道里的霉菌毁坏了不少。书名是《你在核爆炸中存活下来了，接下来要做什么呢？》。不论是谁想在这里抵挡核辐射，看来都煞费苦心。

塞普蒂默斯的嘴里塞满了蜂蜜燕麦棒，不时发出满足的"嗯嗯"声。

"强盗们怎么办？"普鲁整理装满旅行用品的背包时，柯蒂斯问。

普鲁咬了咬嘴唇，然后自顾自说了起来，好像压根没听见男孩的问题："是这样的，我仍然认为你是对的，我觉得我们在南方丛林会更安全。一旦我们找到制造者，就出发去南方丛林。我知道那里会有很多人乐意帮助我们。谁知道呢，或许在大厦有人知道第二个制造者在哪里呢。"

柯蒂斯皱皱眉。

"或者强盗们在哪里。"普鲁补充道。

"荒野丛林，"柯蒂斯沉思了一会儿，说，"那才是我们的归属地，或是我的归属地。"

"回营地去吗？"

柯蒂斯点点头。

"然后呢？"普鲁追问。

"然后，我也不知道，或许组成一个搜救队，寻找幸存者。"

"柯蒂斯，你在那儿不安全。狐妖们可能仍在埋伏。达拉可能还活着。"

"我必须冒这个险,因为我发过誓。"

"我知道你必须这样做,"普鲁说,"可我觉得你帮助我就是在遵守誓言。你死了对任何人都没好处。即使布兰登也会这样告诉你的。"

柯蒂斯面无表情地看着她。

"这是为了丛林好,我知道这一点,"她继续说,声音变得很焦急,"你必须相信我。"

柯蒂斯转头看看塞普蒂默斯。他已经吃完了第一根燕麦棒,正要张开嘴巴吃第二根,看见柯蒂斯在看他,就愣住了。他耸肩吃食前,眼睛来回看着两个孩子,"嗯嗯……两个方案听上去都很危险,嗯嗯!"他嘴里塞满了食物,说起话来含糊不清。

柯蒂斯说:"好吧,我确实发过誓,要确保你的安全,我也打算那样做。不过,等我们找到制造者后,你就得指望你自己了。那时我就回营地。"

普鲁松了一口气,说:"好的。"

他们选择了相对最放心的食品——同时也是最方便的,不需要启罐器才能打开。他们把普鲁的背包尽量塞满。谁也不知道要走多长时间,前些天挨饿的阴影一直盘亘在他们心头。

鼹鼠们为普鲁、柯蒂斯和塞普蒂默斯准备了场面宏大的欢送会,并授予他们最高规格的荣誉——地下王国之星。奖章是用废弃的徽章做的,由一团生锈的铁丝环绕着,显然都来自于外面的世界。普鲁发现自己那枚奖章上面有字,写着:**我是彩虹读者**。底下是一个粗糙的图案:一本打开的书上有一片彩虹。塞普蒂默斯的奖章上画了某家不为人知的食品厂商标。柯蒂斯的奖章上面有一张中年人在照相机前

竖大拇指的照片,下面是用黑体字写的"齐克"。他们愉快地接受了各自的奖章。

三个旅行者离开了鼹鼠之城,跟随着粗壮的绿色电缆上了路。那电缆沿着隧道的地面向前延伸,带领他们通过横跨深沟的长长窄窄的桥;带领他们走下台阶,走上斜坡;带领他们爬上铁栏,踏下木梯。一路千回百转,可以想见女先知和她的建筑师朋友为这条路线花了多少功夫。普鲁觉得,这里就像迷宫一般,最好集中精力,义无反顾地跟着电缆往前走,这很盲目,但别无他法。

路途遥远,他们被迫停下了很多次。

过了一段时间以后,粗糙的石头被更粗糙的砖石取代,隧道里的建筑物看起来好像变成了迥然不同的现代时期的产物,让普鲁想起她在南方丛林去拜访猫头鹰时曾经走过的通道。这说明他们已经走了很远,给了普鲁新的希望。然而,仅从建筑师建造鼹鼠之城时使用的废弃垃圾来看,很明显,他来自外界,来自丛林之外。如果是这样的话,那么他们似乎在走连接外面世界与荒野禁地的一条通道,她觉得甚至连丛林中的老人都不清楚有这样一个地方存在。坦白地说,这种暗示似乎令人惊讶。她正开始考虑边界困境是否扩张到了

地下，一个响亮的叮当声打断了她的思考。

她问道："是什么东西？"

柯蒂斯走在她前面，他弯下腰，查看地上的东西——他刚刚走路时偶然踢到了它。"一个瓶子。"他说道。

"什么？什么样的瓶子？"

"啤酒瓶。"柯蒂斯说。他把瓶子递给普鲁。在灯笼光下，普鲁认真地研究起来。

她从破损的商标上认出了啤酒的名字，"是帕布斯特公司的蓝带啤酒。"显然，这不是丛林酿造的。

塞普蒂默斯趴在柯蒂斯的肩膀上，有点凄惨地想象此时若能喝到一瓶凉爽的饮料该有多好。突然，他们听到漆黑的前方传来了口哨声。普鲁举起灯笼，灯笼的外环光晕照亮了一扇没锁的大门。口哨声持续不断，并且越来越近。忽地一下，豁然开朗，光线射了进来。

普鲁的眼睛已经适应了灯笼微弱的光亮，她感觉看着这束刚出现的、刺眼的荧光就像直视太阳一样。他们不由往后缩了缩身体。一个手中抱着箱子的身影出现了。

他们小心翼翼地向前移动。那个人一定是听见了他们的声音，因为口哨声突然停止了。随着他们越来越接近，能够更清楚地看清那人的样子——一个二十多岁的年轻人，戴着一顶圆顶礼帽，穿着整洁的背心。他的脸刮得很干净，嘴巴两侧各留了一撮浓密的小胡须并用润发油打成小卷。他好像是从另一个世纪穿越来的，这使他看起来像南方丛林的居民。

"你好。"普鲁向他打招呼。

男人停下手中的活儿，盯着通道里的他们。他似乎不明白他们为什么会在这里。

"你们来这儿做什么?"他问道。

"我们也想问同样的问题。"

"我在工作。"男人解释道。

"这是南方丛林吗?我们离大厦还有多远?"普鲁走得厌烦了,耐心在一点点地消失。

年轻人完全没明白她的问题。"啊?"他的反应仅此而已。

"南方丛林。我们在南方丛林下面,是吗?"柯蒂斯重复了一遍。男人的木讷让他也有点儿不耐烦。

"我不知道你们在说什么。这是老城,或者说,波特兰市中心。我在码货。"

现在轮到普鲁和柯蒂斯困惑了。"什么?"他们同时问道。

"我在给酒吧搬啤酒。"他看出这个解释也没让两个孩子满意,就又换了个说法:"听着,我是新来的,大约一个星期前来的。如果你们这些家伙喜欢和我开玩笑……"他似乎又想起了什么,脸上露出恍然大悟的表情,"哦,你们是在参观上海隧道吗?你们和其他人走散了吗?"

柯蒂斯仍然呆站着,但普鲁立即明白过来了。"是的,"她说,"对不起。我们只是想问你,你看见他们去哪儿了吗?"波特兰最古老的城区下方有个隧道系统,所有人都称它为上海隧道。普鲁去年曾和父母参观过隧道,他们加入了鬼魂主题的旅游。导游是个鬈发、大胡须的人。他说鬼魂曾经常在地下通道里游荡。据传,地下通道是用来绑架醉酒的水手的,这些水手醒来后,会发现自己被神不知鬼不觉地拖到了西印度洋的甲板上。不过这只是谣言而已。回想一下,那个导游满脑子都是陷阱和寻仇鬼魂的故事,其实对实情一点也不清楚。

"我不知道他们去了哪儿,如果你们愿意,可以和我一起上去,尽管你们还太小,不能去酒吧。"他看了看塞普蒂默斯,又说:"我们有一个相当严格的规定,宠物不准入内。"

塞普蒂默斯说:"我不是宠物。"

男人脸色发白。"什么?"他疑惑地问道。

柯蒂斯耸耸肩,警告塞普蒂默斯,又对男人说:"刚刚我说,我打赌,他们不会让我们进去的。"

男人似乎并不满意这个解释,但很明显,他宁肯相信这个,也不愿接受一只老鼠会说话。"如果你们愿意,我们可以找另一条路出去。"他说。

普鲁瞥了一眼建筑师留下的绿色电缆,它穿过年轻人旁边的另一个隧道开口,向远方伸展。"算了",她说,"我们会找到他们的,可能并不远。"

"好。"年轻人说。他仔细看着柯蒂斯:"真是一件漂亮的夹克,你从哪里买的?"

柯蒂斯低头看了看。他的军装有织锦的袖口和金质的肩章,但上面蒙了一层厚厚的尘土。他实在不知道该如何说,只得道:"从强盗那里弄来的。"

年轻人似乎并不惊讶："嗯，好极了。"他说完就走了，迈着沉重缓慢的步伐，从摇摇欲坠的楼梯爬上去，边爬边吹着口哨。

年轻人的身影消失后，柯蒂斯说："塞普蒂默斯，你不能那样做。"

老鼠问："做什么？"

"你不能讲话。外面的世界太复杂了。"

老鼠苦恼地问："那么我应该说什么？"

柯蒂斯想了一会儿说："我也不知道，吱吱叫或者别的什么。"

"吱吱叫？"老鼠重复道，"我可不会吱吱叫。"

普鲁插嘴道："那么你就保持沉默。无论如何，我们不能让人怀疑。"

"知道了，"老鼠说，"吱吱叫。"

柯蒂斯手扶着隧道的砖墙，他能感觉到粗糙的墙面传出的寒意。"我猜我们在老城，对吗？真奇怪。"

"我知道。"普鲁回答道，"文化冲击。"

"我们一直走的这些隧道，它们是和上海隧道连着的吗？"

"看起来好像是。"

"我还以为那些隧道是假的，只是观光游览的地方。"

普鲁耸耸肩说："我以前也是这么想的。或许它们现在还是这样的。很明显，人们并不知道它们真正通向哪里。我猜人们从没想过进一步去探索这些隧道。"

"我在想是否因为边界……"

"我也有相同的疑问，边界是否会保护这些隧道。"

"如果人们发现了这一切，可就糟了。"

"对啊，"普鲁说，"所以我们得保守这个秘密，怎么样？"

"同意。"他们握了握手。

他们继续往前走。前方突然出现了一面砖墙，把隧道堵住了，但是绿色的电缆很快又指明了方向。它指向砖墙一侧的小柱子，柱子旁边是一个通向黑暗下方的铁梯子。他们小心翼翼地爬下去，最后进了一个高二十英尺的圆柱隧道，它好像是这座城市电线的主干道。绿色电缆完好无损地从圆柱中绕下来，汇入成千上万根各种颜色的电线中，在地板上铺开。一条金属维修通道被固定在圆柱隧道的墙面上，普鲁和柯蒂斯正是沿着它下来的。

圆筒像箭一样笔直。有那么一瞬间，柯蒂斯说他听见了上面的流水声，尽管很难辨别。可以确定的是：他们在威拉米特河下面，向着东方前进。普鲁和柯蒂斯都住在波特兰北部，对他们而言，波特兰的东南部是一个未知的国度，尽管当他们更小的时候，曾为观看巨幕电影，在科学和工业博物馆度过了许多个下午。除此之外，他们对这边一无所知。

他们几乎跟丢了绿色电缆，多亏塞普蒂默斯一直在前面紧盯着。在隧道的拐角处，电缆突然从一团电线中分离出来，蜿蜒着攀上墙面上的一把梯子。他们爬上去，发现自己到了另一条低矮的隧道，这条隧道似乎有几英里长。最后，他们远远地看见一丝亮光透了进来，那是从破旧木门中透出的微弱阳光。打开门，他们就沐浴在日光中了，呼吸着外面干净而清新的空气。

许久以来都待在地下，好不容易再次踏上地面，他们发现自己丝毫没有看到风景如画的田园风光，而是处在无边无际的垃圾之中。四面八方的垃圾堆得像高塔似的，有生锈了的汽车底盘、敞着门的冰箱、毂盖、瓶盖。铺了一地的过期《国家地理杂志》；被主人抛弃的、只剩一只眼的破旧填充玩具；像水母一样飘在空中的白色塑料袋；地上还有一个个坑洞，里面盛满了闪着油光的水。几乎已经没有积雪，能看到的一点点雪沾满煤灰。

"外面真是个好地方。"塞普蒂默斯说，"回家心情愉快吗？"普鲁对他怒目而视，塞普蒂默斯回答道："好吧，我吱吱叫。"

柯蒂斯面无表情地看了他们一眼，说："我们要找到那个家伙，离开这儿。"

他们仔细打量了一下周边。这里似乎并不是人人都想闲逛半天的地方，地平线都被堆积如山的垃圾挡住了。很明显，这就是鼹鼠之城筑城材料的来源地。绿色电缆，这个曾被他们视为通向地面的生命线的东西，在这里戛然而止。某根柱子的残余部分突出了地面，上面固定着一个小小的灰色电盒，电缆就被拴在里面。

"我猜他可能在任何地方，你们说呢？"普鲁说。

柯蒂斯问："你知道怎么开始找吗？"

"从附近开始找比较好。"

"好主意。"

他们开始搜寻那位不知所踪的建筑师，有两个金钩做的假手的人，好说服他重建机械王子身体的某个关键部分——一切都是某棵有洞察力的、有感觉的树的吩咐。从一开始接触荒野丛林，普鲁就学着不去思考过多细节，当事情发生时，她便坦然接受。否则，她估计各种荒谬事物可能会损害她大脑里最基本的脑叶——被称为理智的那个部分。从总体上看，他们找寻的过程相当荒谬，但是再也不会有比在垃圾堆中找人更荒谬的事儿了。至少她不觉得有。

柯蒂斯开始攀爬垃圾山，同时喊道："建筑师先生——"塞普蒂默

斯在废金属堆里钻来钻去，一边用最大的声音尖叫着。

普鲁也开始了她的搜索："艾斯本！"她从一辆除去内部构造的福特福克斯的车窗看进去，大叫道："艾斯本·克兰姆派特！"

他不在车堆里，也不在歪歪斜斜的洗衣机堆里；他不在盛满泥水的爪式浴缸里，也不在波纹金属制成的 A 型框架下。柯蒂斯觉得像是有人在这个框架下待过，因为它下面的土地上有篝火的痕迹。

一个小时过去了。两个小时过去了。普鲁推开一扇坏掉的纱门，走进一堆破自行车里搜寻。忽然，从远处传来塞普蒂默斯的呼叫声。

她抬起头一看究竟：老鼠远远地站在垃圾堆的尽头，处在两堆高高的垃圾中间。他指着远方的地平线，像极度缺油的摇椅一样发出尖叫声。

普鲁在牛仔裤上擦擦手，一路小跑到由一堆老旧的电视机显像管堆成的台阶，开始往塞普蒂默斯站着的地方爬，同时问他："怎么了？"

柯蒂斯听到动静，也赶了过去。塞普蒂默斯继续吱吱叫着，一边转着圆圈跑来跑去，一边挥舞着细小的手臂指向城市的方向。

两个孩子都很困惑。柯蒂斯冷冷地说："塞普蒂默斯，我不知道你看到了什么，但我觉得你叫得太多了。"

最后，老鼠结束了看手势猜字谜的游戏，背着双手看着普鲁和柯蒂斯，问："我现在可以说话了？"

普鲁翻了翻白眼，说："是的，塞普蒂默斯，你可以说话了。"

"我觉得我们找到那个家伙了！"他指着远处。

从他们站着的高度望去，垃圾堆蔓延开去，在数百英尺外结束。在那里，有一条铁路把垃圾山和游乐园分隔开。普鲁感到很吃惊，他们之前竟然没有听到声音。现在声音清晰地传来了，风琴的欢快节奏充斥着午后的天空。摩天轮在一闪一闪地发着光,游乐园里游乐设施发出呼呼声,地面上蚂蚁般转来转去的人们间或发出喊叫声。游乐园中心是马戏团巨大的帐篷,染着鲜艳的蓝色和黄色。入口处有一块招牌,上面写着晚上的主要项目,字体很大,他们三个站得那么远都能看得很清楚。上面写着:**令人惊异的、难以置信的、有且只有一个的——了不起的艾斯本!**

第二十一章

重回童年；手里的齿轮

木屋里立刻召开了紧急会议。卡罗尔站在壁炉旁,小一点的孩子从阁楼的木楼梯上涌下来,大点的孩子本来在屋外辛勤地做着家务,接到通知后,都充满好奇地走进大起居室里。

卡罗尔说:"孩子们,我们有好消息要宣布。昨天,和迈克尔、辛西娅一起外出设陷阱捕猎时,我们的新成员艾尔西·梅尔堡发现了边界之外存在的某个东西。"

大家屏住呼吸等着听结果。艾尔西坐在壁炉旁边的凳子上,感觉房间里所有的目光都落在了她身上。

"是一条路。"孩子们开始兴奋地交头接耳,卡罗尔举起胳膊继续说,"现在,静一静。你们应该知道这条路通向这个国家的内部。我并不是在建议大家沿着这条路走下去,但是有一件事非常清楚:艾尔西没有受到边界困境的影响,她们姐妹俩似乎都能非常自由地通过。"

孩子们的激动再也抑制不住。坐在艾尔西旁边的女孩盯着她,好像不经意间坐在了某个好莱坞小明星身边,并且刚刚意识到这件事。后面一些大点的孩子大声喊道:"干得好,艾尔西和蕾切尔!"然后,前一秒还在欢呼的孩子们突然明白过来。一个孩子问:"这对她俩来说是个好消息,可我们呢?"

卡罗尔回答:"问到点子上了。很长时间以来,我也问过自己这样的问题,为什么那些没受边界困境影响的人能够来去自如?我是被大厦的一群守卫带到这里的,他们走后,就像是把牢门上了锁,我却连牢门在哪里都找不到。"

迈克尔解释说:"他说的是她们能够带我们出去,我们只需要和她俩有身体接触就行。"

大家都转头看着迈克尔,他继续说道:"她们发现,正是因为她们扶着卡罗尔一起走,卡罗尔才穿过了边界。或许刚开始她们也没意识到这一点,但是后来她找到我和辛西娅之后,只要我们离她们远了就会迷路,而如果我们牵着她们的手一起走,就能够顺利到达那条路。就这么简单。"

卡罗尔点了点头,说:"对,很简单。事实上就是因为这么简单我才没想明白,只要拥有丛林魔法的某个人进来,我们就自由了。有一点需要指出,我认为大厦的人没想到的是,会有两个生来就具有丛林魔法的孩子走进边界。"

现在坐在艾尔西旁边的女孩盯着她,就好像盯着鬼一样。女孩目光里带着惊讶、好奇,还有害怕。

一个盘腿坐在卡罗尔前面的男孩问道:"她们是从那边来的?"

老人回答:"不是,但不知为何,她们生来便拥有被丛林人称之为丛林魔法的能力,也有人称之为丛林血缘。我猜不论怎样,这都是家族性的。在梅尔堡家谱里有一个丛林人,但这个人在外面的世界里关于丛林只字不提。"

艾尔西和蕾切尔对看了一眼。蕾切尔坐在餐桌旁,无所事事地用手指摸着木头桌面的纹理。她似乎对这个新消息感到不安。房间里一片兴奋的声音,似乎每个人对接下来要做什么都有不同的想法。

一个和艾尔西年纪差不多的小女孩伤心地哭喊着:"我想回家!"

另一个女孩问道:"哪里的家?"

卡尔·伦奎斯特一边编织一边说:"或许我们应该探探那条路,看看它到底通向哪里。"

辛西娅·施密特说:"不行,根据卡罗尔说的来看,那个地方很怪异。"

"而且很危险。"丽齐·柯林斯补充说。

"昂桑科怎么办?许诺给我们的那些钱怎么办?"

"还有我们的自由!"

迈克尔吸着烟斗反驳道:"哈哈!他只是在开玩笑罢了。他会逼我们继续给他工作的。"

"还会让艾尔西和蕾切尔带他去丛林。"

听到这个,艾尔西浑身发抖。确实,毋庸置疑,她们是乔弗瑞突破边界困境的关键。一想到自己要成为昂桑科的领路人,并且其他工业家也会源源不断地来到荒野禁地,她就不寒而栗,这似乎比死亡更糟糕。

迈克尔说:"这里就是我们的家,是我们的地盘。"他说完这句话,整个房间都陷入一片沉寂,"在外面我们什么都没有,在外面的世界里我们是孤儿。而在这里,我们是一个家庭。对吗,卡罗尔?"

老人皱着眉头沉思,他嘴唇微张,用手抚弄着脸颊上灰白的须楂。最后,他说:"尽管我热爱这个地方,但我不能说我不愿意再次看到外面的世界。我的儿子现在该有四十岁了。他妈妈去世后我们就没说过几句话,但我猜测再见面是不会给他造成伤害的。"

另一个孩子点头表示同意:"我想再吃一次星光四射果汁糖。"其他几个孩子听到这个想法都咯咯地笑了。

"还有巧克力!"另一个孩子又说。这句话造成了一阵躁动。

"焦糖圣代!鲜奶油!"

"还有乐园里的五分钱电子游戏。"

"还有伯恩赛德滑板公园!"

"咖啡!我要好多咖啡!"孩子们都转头看向说话人,是卡尔·伦奎斯特。显然,如今他已品尝过成人世界的这种东西了,而且很喜欢。

迈克尔反驳道:"问题就在这里。"他的声音越来越激动,"如果你们回去,就会再次变成孩子。不能喝咖啡,不能说脏话,不能吸烟,不能熬夜。而且,你们还得天天去学校。这是规定。"

孩子们的好心情都被这个观点大大破坏了。他们开始抱怨在大人的世界里每天被毁掉的计划。在边界,他们自己说了算。

"另外还有一点要想明白,我们到底要去哪里?"这次还是迈克尔说的,他停顿了一下,让孩子们有时间想想他的问题,然后又说,"有一点可以确定,我们不能回昂桑科之家。可是,在外面我们没有父母,没有家庭,丛林的外面没有任何人等着我们。"

这里年龄最小的孩子叫安娜莉丝,她立刻就哭了。

迈克尔继续说:"我们得待在这里。如果拥有魔法的梅尔堡姐妹想走,那就走吧,但是我不会和她们一起走的。"他认真地看着他的朋友兼打猎伙伴辛西娅,"你愿意和我一起留下吗?"

她犹豫着说:"迈克尔,我不知道。"过了一会儿,她的眼睛黯淡下来,"我真的不知道。"

在迈克尔谴责朋友不支持他之前,玛莎·宋走上前来。她一直在房间的后面静静地听着。她清清嗓子说:"为什么我们不把这一套生活方式搬到外面去呢?"

听了玛莎的建议后,房间又安静下来了。

"谁说我们在外面的世界就一定不能拥有这些?事情并没有太大的不同,不是吗?我的意思是,你们因被迫去学校上学而感到害怕,但在这里却很乐意每天干自己分内的家务活。我得出的结论是:这是因为没有大人干涉你们要干的事情。在这里,人和人是平等的,你们也意识到了,家的温馨依赖于每个人的行动,这样的生活才有意义。如果在外面的世界你不能吸烟,不能喝酒,不能说脏话,有什么大不了的?等我们长大了,自然会有很多时间做这些。另外还有一件事:尽管时间停滞感觉很酷、很奇妙,可事实上我真希望自己能够超过九岁。我期待自己十几岁的样子。"

一群孩子咕哝着表示同意。

"要我说的话,我们都离开。我们大家一起离开。我们在城市的郊外找一座漂亮的、被遗弃的房子,再建一个家。"说到这里,她用手臂在屋内一扫,"但是这次,我们会有星光四射果汁糖、巧克力、滑板和很多东西。你们说呢?"

卡尔·伦奎斯特跳起来,开始疯狂地鼓掌,他的针织活儿掉在了

地上。他忽然意识到,只有自己一个人被这个女孩的演讲打动了,一下子羞得脸通红,又坐了回去。他温顺地说道:"我觉得我们应该这样做。"

事实上,玛莎的演讲是很有说服力的。现在,聚集在木屋里的孤儿们满怀希望地看着彼此。玛莎的建议有可行性,而且似乎很完美。

卡罗尔的木头眼睛看向那群孩子的头顶,不用见见,他也能读懂孩子们的想法。显然,屋子里的人都想离开这块凝滞的中间地带,建造新的家园。他清清嗓子说道:"好吧,大家举手表决,有多少人想离开这个地方,在外面重新开始?"

尽管丧失了视力——他的视觉被一个邪恶又冷酷的女人毁掉了,但卡罗尔还是听见了几十套连衫裤摩擦的沙沙声,几乎每个孩子都一致举手表示同意。他听见孩子们在面对未来的可能性时屏气凝神,惊讶于他们达成一致意见的默契。最小的孩子呵呵的笑声使得房间里的每个人都大笑起来,他们大笑——庆祝的大笑、难以置信的大笑。卡罗尔没有听到但能够猜到的是,迈克尔眉毛上蚀刻着的悲伤。

他是唯一的坚持者。投票开始后,他的手臂紧紧地靠在身体一侧。他独自一人静静地站着,看着喜气洋洋的孩子们拍背击掌。在心里,他是一个哀悼者。

✿

昂桑科拿着齿轮组,当三个小齿轮绕着锃亮的中心平稳地旋转时,他手里闪现出神秘的光芒。齿轮旋转时发出轻微的嗡嗡声,周围的空气也在轻轻振颤,他的手指能感觉到磁铁持续的拉力和收缩力。这真是一个美妙的物件。他的眼睛里充满了欣喜和释然的泪水。他轻轻地吸了下鼻涕,微笑地看着这多日辛劳的奇迹般的成果。

妈妈喊道:"乔弗瑞!"

他的脸上一片迷茫。妈妈在这里做什么?

"乔弗瑞!"她又喊了一遍,毫无疑问,这是普莉西拉·昂桑科在极度生气时的语调,"下来吃晚饭!"

乔弗瑞四处看看,发现自己正待在童年时住的卧室里。漫画书里超级大坏蛋的海报贴在墙上。桌子上有一个玻璃鱼缸,里面有一条蓝鱼在安静地游泳。他十一岁时,这条鱼就在鱼缸里了。那时他非常想要一只宠物,但是他对猫毛过敏得厉害,没有办法养猫。他给鱼起名叫哈罗德,至于为什么,他想不起来了。

小鱼哈罗德问:"你不下去吗? 她做了你最喜欢吃的莫比乌斯肉糕。"

乔弗瑞说:"不,不。"他突然明白了什么,美丽的齿轮仍然在他手里旋转着,"请不要这样。"

妈妈又喊:"乔弗瑞,你为什么还不下来?"普莉西拉的声音突然带上了明显的东欧口音。乔弗瑞觉得很奇怪,因为妈妈是俄勒冈州的萨勒姆镇人。

乔弗瑞·昂桑科晕乎乎地说:"等一下。"他努力想搞清楚自己所处的环境。他想要齿轮已经完成的幻影持续时间再长一些。完成了不可能完成的任务,感觉就像被神赐福了似的。

"为什么不呢?你说过我们要制作好莱坞电影的,可你连肉糕都不吃。"妈妈的声音完全变成了戴斯迪梦娜的。鱼在玻璃缸里面朝他眨着眼睛。乔弗瑞·昂桑科明白发生什么了。

"不!"乔弗瑞对着哈罗德发出呻吟声。他低头望着双手。齿轮已经不见了,剩下的只有巨大的、肉乎乎的心脏。心脏平静地跳动着,挤出一丝丝鲜血,喷到印有星球大战图案的床单上。温暖而黏稠的液体斑斑点点飞溅到他的脸和手上。

戴斯迪梦娜喊道:"乔弗瑞!"

乔弗瑞又一次声嘶力竭地喊道:"不,不要!"鱼开始大笑。

现在戴斯迪梦娜的声音很近了。她敲着卧室的门大声喊道:"乔弗瑞,你在做什么?"

这时他醒了。

敲门声持续不断。他在办公室里。事实上,他脸上湿湿的,是因为刚才趴着睡觉时流了大量的口水。口水还流到临时做枕头用的那堆纸上,最上面的是莫比乌斯齿轮的图纸。他突然惊慌得抓起领带梢,擦掉图纸上的口水。他欣慰地发现口水并没有使图纸上的词语或等式变模糊。

敲门声又响了。"乔弗瑞,门锁了,但是我知道你在里面。"戴斯迪梦娜在办公室外面叫道。

乔弗瑞嘶哑着嗓子说:"我在打盹,怎么了?"

戴斯迪梦娜说:"有个人找你,罗杰,你记得的。"

昂桑科睁大了双眼,看向桌子上的日历,是星期三,也是他接受委托的第五天——齿轮生产的最后期限。

"嗯,"他将手撑在桌子上喃喃说道,"嗯,让他进来。"他拽直了刚刚当海绵用的湿领带,抚平了一头乱糟糟的头发,从桌子后面站起来,走向办公室门口,打开门栓,开了门。

门开了。在引客人进房间之前,戴斯迪梦娜快速用询问的目光看了看他。

乔弗瑞竭尽全力假装专注地说:"罗杰。"刚才的梦仍然萦绕着他,他很难迅速回到这个奇怪的现实世界。

来客还是穿着同一套老式西装,鼻子边缘仍然架着夹鼻眼镜。他开门见山地问:"齿轮做出来了吗?"

昂桑科快速对戴斯迪梦娜笑了一下,让她出去,把门关上。他说:"罗杰,我正要跟你说这件事呢,我快完成了。"

罗杰刚要坐下,听了昂桑科的话,立刻僵住了:"快完成了?什么叫快完成了?"

"我可以告诉你,它是一个精妙绝伦的机械零件,世上绝无仅有。我认为做出这个东西的人应该获得诺贝尔奖的。我的意思是,它就有这么好。"昂桑科也意识到了自己在敷衍。

"听着,昂桑科先生,你到底做没做完?"

"没有。"这种唐突的承认方式让昂桑科莫名感觉很好。

"为什么没有?"

"我需要更多时间。"

"更多时间?"罗杰涨红了脸,修剪过的胡须在下巴上抖动,"我们没有更多时间!"

"先生,制作这个齿轮确实有点儿复杂。我猜你的竞争对手也没有做出来吧。"

"我的对手死了。"罗杰说道。

昂桑科猛地咽下口水,挣扎着说:"好吧。"

"但我不敢保证还会不会有其他竞争者出现。我现在就要这个齿轮,不然,我只能找另外的机械师了。"

看来这个凶巴巴的古怪男人在认真考虑解雇他。"我认为你没必要那样做。我——"

他结结巴巴的反驳被一记响亮的敲门声打断了。昂桑科怯懦地对着罗杰笑笑,才问:"是谁?"

戴斯迪梦娜说:"亲爱的乔弗瑞,魏格曼先生来见你了。"

罗杰挑了挑眉毛。乔弗瑞感觉额头上的汗就像小溪一样流淌。昂桑科说:"告诉他我很忙。"这位大亨干吗不请自来?这无疑又给处于困境的昂桑科增加了麻烦。

又一阵敲门声。这次声音更大了,似乎不像是柔弱的戴斯迪梦娜·玛德拉克的拳头敲出来的。一个打雷似的声音说:"机械零件部!"这几个字使得昂桑科的身体突然战栗了一下,他听出是布莱德·魏格曼在说话。

昂桑科吸了口气说:"快点儿,躲进壁橱里。"罗杰深感侮辱地看了他一眼。

昂桑科开始把罗杰往桌子对面的柜门后推,罗杰不满地表示抗议:

"究竟是为什么……"

魏格曼说："昂桑科，我听到你在里面说话了，发生什么事了？"他拧了拧门把手。遗憾的是，刚才罗杰进来、戴斯迪梦娜出去后，乔弗瑞就已经把门锁上了。"该死的，让我进去。"

昂桑科一边带着罗杰去壁橱，一边安抚他。他说："相信我，最好别让他看见你。"戴夹鼻眼镜的人最终让步了，允许乔弗瑞把他关在壁橱里，四周都是墨盒和文件夹。

正在这时，办公室的门被一把推开了，戴斯迪梦娜按照魏格曼的吩咐，拿着钥匙开了门。昂桑科转身看到门口被一个肩宽臂圆的大块头堵得满满的——他是布莱德·魏格曼，工业界的第一大亨。

昂桑科尖声说道："嗨，魏格曼先生。"

布莱德满怀疑虑地扫视了一眼房间，问："发生什么了？你为什么不开门？"

"对不起，门卡住了。一直想着修理修理的。"乔弗瑞走向门口，仔细地查看门把手。他有点儿疑惑地说："看上去不像——"

但是他蹩脚的解释被打断了，就像往常一样，魏格曼直接走过去，站在昂桑科对面，昂桑科几乎能闻出他漱口水的牌子。魏格曼说："废话少说，机械零件部！你到底在捣什么鬼？"

他们两个面对面站着。更确切地说，是脸对着锁骨，因为乔弗瑞只到他老板的衣领高度。乔弗瑞的额头上本来只有细小的汗珠，只一会儿，汗珠就变得豆粒般大小，顺着他的脸颊流了下来。魏格曼的视线顺着一滴汗水从昂桑科的发际线落到他的下巴上。昂桑科只能尴尬地笑笑。

"你知道的，就是，忙工作。"乔弗瑞费力地回答道。

"忙什么工作,机械零件部?"

"你知道的,一些东西,制作机械零件。"

"什么样的机械零件?"

"门栓、螺钉、水龙头、发电机的盖子……"昂桑科回答道。

"实际上,我碰巧知道你没制造任何机械零件,乔弗瑞,我消息灵通得很。"

"哦,是吗?"昂桑科拼命不让声带打结,他听起来就像被巨蟒缠住了喉咙。他艰难地吞咽,尽管看起来没有多大作用。

魏格曼说:"的确是,我让我的秘书带来一些最近的记录。记录显示这个星期的生产量下降了百分之七十五。我问了相关人员,结果发现,从上个星期四开始,你的有些客户就没你的消息了,他们说供货都延期了。"

昂桑科在魏格曼的怒视下不安地扭动身体。他该怎样应付?一定是有人告密了。他思索着答案。

魏格曼说:"看来我得自己调查一下了。"说完,他从乔弗瑞面前走开,也带走了漱口水的味道。他直接走向架子,眼睛游离在一排排瓶子的花哨名字上。他跪下来,用手指轻轻拍打着一个异频雷达收发机的盒子。"乔弗瑞,你这里有一些奇怪的东西,"他说,"但我从不用一个人的偏执爱好来攻击他。"这次,他又走向昂桑科的书桌。乔弗瑞想起了图纸,就快步站到图纸和头号大亨之间。

乔弗瑞结结巴巴地说:"听着,为什么我们不出去走一走呢?我带你去机械工厂,你很长时间没去了。或者到斯波洛克特饭店吃顿午饭怎么样?我不知道你饿不饿,反正我很饿了。"

魏格曼冷冰冰地问:"那是什么?"

"你说的是什么?"

魏格曼说:"别和我打哑谜,机械零件部。"他把手指头径直戳向桌子上的那沓纸,"那个设计图是什么?"

昂桑科伸长脖子,看着魏格曼的手指着的方向:"哦?那个?没什么,真的,只不过是我的一点儿业余爱好罢了。"

魏格曼从乔弗瑞身边绕过去,一把抓起设计图,把它摊开。魏格曼左边眉毛扬得高高的,全神贯注地研究设计图。之后,他转向乔弗瑞,说:"如果你不告诉我这是什么以及你要做什么,我发誓我会——"

"那个是莫比乌斯齿轮。"这几个词并不是由乔弗瑞·昂桑科颤抖的双唇发出的,而是从房间另一端的壁橱里发出的。魏格曼和昂桑科扭头去看这句话是从哪里传过来的。

罗杰·斯文顿站在打开的橱门旁,将衣领抚平。他的突然出现使得屋内出现一阵骇人的静默,于是他决定解释一下,来打破这沉默:"我委托你的人为我工作。丛林——你们的叫法是荒野禁地——的命运危在旦夕。魏格曼先生,你们必须制作出莫比乌斯齿轮,就这么简单。"

魏格曼看着从壁橱里出来的这个人,试图弄明白他身上散发出的怪异气质,图纸从他的手中滑落到了地毯上。他推断那个人戴着的是夹鼻眼镜。这个人是真的懂得如何佩戴夹鼻眼镜。

第二十二章

列队前进；最后的演出就在今晚！

他们共有三十八个人，大家手拉手排成一长列。队伍从木屋门廊一直延伸到山谷边缘。那些有余力的孩子还尽可能地抓了大把的狗链子，把狗也聚拢起来。大家一致决定，蕾切尔应该站在队伍的最前面。若拥有丛林魔法的人不在队伍的最前面，没人知道边界会对这支队伍产生什么影响。艾尔西则排在队伍最后面，这样可以更好地分配魔法的力量。这些都是在那场激动人心的会议之后，他们仔细想出的预防措施。

蕾切尔从前面大喊道："都准备好了吗？"

所有被开除的孩子，卡罗尔也在其中，纷纷回答："是的！""嗯！""好了！"

"好！"蕾切尔喊道，"我们走！"

　　队伍开始弯弯曲曲地行进，远离他们边界中的家。他们在那里度过了很多日日夜夜——在外面的世界应该是好多年了。在这个暂时的避难所，他们不断重复地过着同一天，一遍又一遍。他们最后瞥了一眼空地和坐落在上面的小木屋，心情有点儿难过。烟囱里飘出一缕残烟，仿佛在向他们挥手告别。

　　一路上，艾尔西回想着这些天发生的事。她与荒野禁地之间的联系虽说奇怪，但不知何故并没像她想的那么令她吃惊，仿佛从一开始她就知道自己有些不同寻常。此外，她忍不住想知道这是否与哥哥的失踪有关。对于哥哥的离开，她内心深处感到了怪异的共振，如今她不能把那看作是一种幻觉而置之不理了。

　　蕾切尔对她们令人难以置信的家族遗传只感到毛骨悚然，在她看来这像是佩戴了一个可耻的标签。离开的前一天晚上做准备工作时，每当妹妹想要提这件事，她都不让妹妹开口。"这件事不值一提，"她说，"我们应该把注意力放到如何离开这里这个问题上。"

　　然而，有一样东西被所有孩子忽略了，那就是挂在他们耳垂上的一模一样的黄色标签。他们对此早已习惯，没人去想那是做什么用的。当他们沿着那条路离开，朝着他们认为是边界东部边缘行进的时候，

一切都太迟了。

🍃

"你是谁?"从震惊中恢复过来后,魏格曼质问道。布莱德·魏格曼发觉房间里有个大人物,而他完全不认识,这种情况是极少见的——尤其考虑到这个人是从壁橱里出来的,他复古优雅的穿衣风格是魏格曼做梦都想学到的。

"我是罗杰·斯文顿。我不是外面世界的人。"

"你在这儿做什么?"猛然意识到自己待的地方,魏格曼转向昂桑科,"他在这儿做什么?"

"嗯,这个说来话长——"乔弗瑞回答道。罗杰打断了他。

"正如之前所说,我委托他制作一个齿轮。这个齿轮一旦制成,便能证实它对我家乡的影响巨大。我为他开出了优渥的报酬,但他的尝试失败了。"

"失败了?"

"我给了他五天时间来制作齿轮,就是你在设计图中看到的那个。刚才他告诉我,他没完成这项工作。"这个奇怪的人理直气壮地从昂桑科和魏格曼之间走过,捡起了地上的蓝图。他抖开蓝图,按旧有的折痕折起来。"不幸的是,我不得不把设计图带给其他制造商。别人对我说,他是最好的,现在看来真是大错特错了。"

魏格曼瞪着昂桑科,昂桑科微微后退。"这是真的吗?"

乔弗瑞点了点头。

"为什么没告诉我这件事?"魏格曼问道。

"嗯,我不知道,你似乎很不高兴我对荒野禁地这么感兴趣,所以我觉得最好还是偷偷去做。不过,我还是打算最后告诉你的,我发誓。"昂桑科对大老板撒了谎,感觉挺不错。

"乔弗瑞,乔弗瑞,"魏格曼责备道,"你必须告诉我这些事。我可以帮你的,老兄。"

乔弗瑞开始抗议,嘟嘟囔囔地说他以前告诉过魏格曼这些事,可得到的只是魏格曼的蔑视和斥责。

魏格曼没理会这些话,而是问道:"究竟是什么报酬?"他转身对着罗杰,声音盖过了昂桑科。

"制造出齿轮,就能够自由自在地进出荒野禁地,使用那里的一切资源。就这么简单。"

昂桑科表示反对:"嘿,真没那么简单。这个零件,也就是莫比乌斯齿轮,是最难制造的东西,我从来就——"

魏格曼没理会他:"假如我加入,我们会加倍努力。你能给我们更多的时间吗?"

对于这个建议,罗杰想了一会儿,最后说:"恐怕我对你们的信心早就严重动摇了。加倍努力是最起码的,但结果可能还是你们无法胜任。不行,我得再去找别的制造商,一个能满足我要求的人。"

"等一下,"昂桑科说,"听我把话说完。我能造出这个。我知道我可以,但只靠我自己不行。"他伸手向罗杰要零件的设计图,罗杰不怎么情愿地给了他。昂桑科挥手招呼另外两人到桌前,在桌上把设计图摊开,指着图纸底部两个潦草的名字。昂桑科把这两个名字大声读了出来。他曾经花了很多时间琢磨这两个名字,好奇这两个人会是什么模样。不仅是制作,仅仅是设计出这个东西,所需技术之高都令人咋舌。"艾斯本·克兰姆派特和卡罗尔·戈罗德,"他拉长声调说,"我需要他们。"

"他们在哪儿?"魏格曼生气地问。

"他们被流放了。"罗杰回答。

"因为什么被流放?"

"正是为了防止这种事情发生——防止有人复制他们的成果。这样,任何人,甚至制造者自己,都不能创造出比这更好的东西。"罗杰在空中轻蔑地挥了挥手,"那个雇用他们的女人是个疯子,精神错乱。"他这样说,好像这才能算是一个充分的解释。

魏格曼低声笑了起来。他曾有过类似的经历——虽不是找流放的人,但他确实曾寻找过被潜在对手雪藏的人,将他们挖过来。事实上,这是魏格曼最引以为傲的本领之一。他能够说服工程师和药剂师离开竞争对手的公司。这叫做挖人,虽然不是什么公平正当的手法,但在他这一行,诚信极少取得成功。"没有钞票解决不了的事。"魏格曼说,"如果我们只找到其中一个,这样行吗?"

昂桑科哀求地看着罗杰。

"你不明白,"罗杰说,"这不是普通的流放,只有付出极大的努力才可能找到处置他们的地方,而且你必须两个人都找到。为了确保只有这两个人同时出马才能重造这东西,他们的雇主采取了非常严苛的措施。"

"严苛的措施?"

"一个被弄瞎了双眼,一个被砍掉了双手。"

昂桑科脸色煞白。荒野禁地突然像是个粗俗野蛮的地方,他第一次对自己的偏执和痴迷产生了怀疑。

另一边,魏格曼倒没被吓住。事实正好相反。"叹为观止,"他说,"真是令人叹为观止啊。我必须见见这个女人,我喜欢她的行事风格。"

"她的灵魂被活着的常春藤吞噬了,"罗杰解释道,"你不会见到她了。"

"真遗憾。"魏格曼说,接着又说:"等等——你说什么?"

罗杰再次轻蔑地摆了摆手。"这都无关紧要,先生们,"他看向昂桑科,"如果找到了他们,你觉得能成功吗?"

"觉得?"乔弗瑞笑了,"我确信我能成功。只要那两位设计者在这儿,就算没有他们的,嗯……手足,毫无疑问,我们也可以——"

昂桑科没来得及把话说完,架子上放着的那些白色小盒子突然发出了尖锐的、震耳欲聋的哔哔声。红灯闪烁,明灭可见,刻度盘的指针在最高值上剧烈地跳动。三个人一动不动、目不转睛地注视着这一情况。

那些被开除的孩子回来了。

🌿

普鲁和柯蒂斯从垃圾山上爬下来,穿过生锈的火车铁轨,累得上气不接下气。游乐园正在营业,但看上去并不热闹。大概有三家人在园里乱逛,看着招徕生意的服务员,或数着买棉花糖的零钱。马戏团黄蓝相间的大帐篷像只大眼睛一样占据着游乐园蜿蜒布局的中心。两个小伙伴稍微歇了一下,喘了口气,小跑着冲过最后的几码,到了可能是后台入口的地方。一个看上去脾气暴躁的人在那儿站岗。

"我们——"普鲁急促地说道,呼吸极不平稳,"我们得……我们必须见到艾斯本。"

看门人叼着一根牙签,瞟了他们一眼:"谁在说话?"

"是我们,"柯蒂斯灵机一动,"我们和艾斯本是亲戚。"

普鲁马上意会。"是啊,"她说,"他是我们的爸爸,我们要见他。"

看门人非常仔细地看了看他们两个,发出了响亮刺耳的笑声。"这个理由真让我开眼界。"他说道。他挺直身子,从口中抽出牙签接着说:"演出马上就要开始了,没有票的话,我们不会放任何人进去。"

普鲁的心沉了下去。塞普蒂默斯发出"吱吱"声。柯蒂斯没有犹豫,"在哪儿买票?"他问道。

售票摊位上方的一个广告牌上写着:**今晚是最后一场演出!十岁以下儿童免费!**普鲁轻敲了几下玻璃窗,坐在里面的人吓了一跳。那人刚才一直在读一本破旧的平装书,他仿佛刚从星界平面被远距离传送回来,抬头看着窗边的两个孩子。

"买两张票。"普鲁说,她竖起两根手指。

售票人透过双焦眼镜看了看他们:"你们多大了?"

"十岁。"柯蒂斯说。

"十二。"普鲁纠正道,用胳膊肘轻捣了下柯蒂斯。

售票人生气地看着他们:"十八块钱。"

普鲁目瞪口呆地盯着售票人。只是垃圾堆附近一个几近废弃的马戏团而已,这票价似乎太贵了。她无助地看向柯蒂斯。柯蒂斯耸了耸肩。她快速翻遍背包,看看里面有没有钱,结果令人大失所望。随后,她想起了什么；一段恼人的、仿佛来自另一个世纪的记忆在呼唤她。她牛仔裤口袋里有一团压皱的钱，是多日之前妈妈让她买印度面包的。她从口袋里掏出钱，松了口气，在售票柜台上把钱展平，一共十块钱。她对售票人笑了笑。

"这是我们的所有家当了。"她说道，脑中闪现的是爸妈的身影，他们曾让自己到附近的餐馆买点东西。他们现在在想什么呢？他们曾想过——她曾想过——最后这皱巴巴的钱会派什么用场吗？

"我们真的很想看演出。"柯蒂斯说。

售票人扬起眉毛。"哦，是吗？"他打量了下他俩，"好吧，就便宜你们这一次，其他人可不会有这样的好事。谢天谢地，他们今晚就要离开了。除了艾斯本的表演，其他表演都不怎么样。"他嘟囔了一会儿，把旁边一本蓝色的门票拉了过来，又通过窗口的小孔把两张票滑送出去，接着开始不情愿地整理普鲁那几张皱巴巴的美元。

"玩得开心。"他说完又转回去看书。

在大帐篷的观众席上，两个孩子找到了自己的座位，一个头发花白的女人递给他们一张演出节目表。座位大部分空着。看台后排的两个少年在咯咯地笑；一名中年男子独自坐在一旁，吃着装在纸袋里的油腻的烤花生。柯蒂斯坐了下来，翻看刚才那个女人递给他的节目表。这是一本劣质的影印小册子，纸是鲜黄色的，封面上有头熊，张着嘴，露出一排惊人的牙齿。这幅图的上方写着标语：**野生动物！猛兽！**底部有类似的标语：**了不起的艾斯本！**他刚打开小册子，内页便纷纷散落到地上。帐篷里的灯光亮起时，他正弯着身子捡回那几张纸。

刚刚卖票的那个人拖拉着脚走进来，扫了一眼为数不多的观众。

"女士们,先生们,"他用平淡冷漠的语调说道,像从一个字慢慢滑动到下一个字,"做好准备,这会是你们毕生难忘的经历。盖布林兄弟马戏团将带你们去一个魔幻仙境。"他停下来扭扭鼻子,迅速看了眼手指,在裤子上擦了擦,继续说道,"从暹罗到西伯利亚,他们已经走遍了世界,让苏丹和沙皇同样心满意足。我们应该告知妇女和儿童:你们将看到令人惶恐和震惊的节目。这是所有人一直都在谈论的表演……"一阵敷衍和夸张的停顿过后,他继续播报:"了不起的艾斯本——"

泥地上升起了圆形剧场,这是马戏团的舞台。舞台的一端竖有一顶鲜红的帐篷,帐篷的帘布突然被掀开,有个人从里面大摇大摆地走了出来。他头戴毛毡大礼帽,身穿条纹紧身裤,外套黑色燕尾服。他瞪眼看了会儿那个卖票的——显然那人的介绍缺乏足够的热情——然后对着观众们开心地笑了。柯蒂斯看了看四周,发现全场只有六个人。

柯蒂斯听到普鲁朝他发嘘声:"难道他是……?"

但他们同时得出了相同的结论:舞台上的人深深鞠了一躬,激动地挥了挥手。他的手是真的,丝毫不像是假手。他鞠完躬后耐心地等候着,因为有个年迈的老妇人来晚了,正蹒跚地走向自己的座位。

"**女士们,先生们,**"那人说道,声音很大,还带有不知是哪儿的口音,"请看会跳舞的猴子——"他吐字不清,就像用泥堵住了嘴,普鲁觉得他可能喝醉了。

一个和柯蒂斯差不多大的小男孩站在舞台的一侧,周围有很多设备:一把表面凹陷的小号,一面军鼓,一支六孔竖笛。主持人说完话后,把小号举到嘴边,蹩脚地吹了一声。

主持人身后的帘布又打开了,一个黑影将两只猕猴推到灯光下。

这两只猕猴戴着一样的土耳其帽,看起来很困惑。它们手忙脚乱地被带到舞台中央时,主持人正拿着两个呼啦圈疯狂地挥舞着。

"猴子们会跳过这些圈!"主持人坚定地走到两只猕猴站着的地方,在他们面前挥舞着呼啦圈。"跳!"他喊道,"跳!"

猕猴茫然地盯着他。

主持人发出一连串咒骂,不知道说的哪种语言,然后表情严厉地走向两只猕猴,低声训斥了它们。接着,他又回到了原来的位置,高举着呼啦圈。"跳,猴子们,跳!"他喊道。

其中一只猕猴溜达到呼啦圈前,懒洋洋地迈了过去。另一只猕猴盯着地上的什么东西——不用管那到底是什么,反正它没活多长时间——用细长的爪子把那东西抓起来塞进了嘴里。舞台一侧的男孩又嘟嘟地吹了几声喇叭,两只猕猴被从舞台上带了下去。

"真扫兴。"塞普蒂默斯小声对柯蒂斯说。柯蒂斯点了点头。

"我们是不是找错地方了?"柯蒂斯问。

"或许艾斯本等会儿就出来了。"普鲁小声说。

接下来是他们所有人都没见过的、最无聊的一场马戏表演。猴子一直不乐意进行表演,但驯兽师在它们身上花的时间显然比在那头干瘦的大象身上花的时间要长,那头大象笨重地在舞台上走了几步,像小孩去牙科诊所那样不情不愿。狮子呈现出明确的嗜睡症状,"跳舞的松鼠们"太过活跃,一下子从帘布里冲到了帐篷出口,想必是要回外面找弟兄们。它们的驯兽师是个胖子,穿了一套过小的衣服,他紧追在松鼠后面,始终对着观众微笑——在这之前,普鲁就注意到他的手是真的。主持人变得越来越沮丧,也因每一出演砸的戏而变得越来越清醒。糗事一件接一件发生,他一直生气地跺着脚。与台下的一位驯兽师商量后，他决定直接进行主节目。

他走到舞台中央，自豪地对观众（现在只剩四名观众了；松鼠消失后，两个少年在一阵大笑中跑了出去）说："女士们，先生们。我要向你们介绍：了不起的艾斯本——"

柯蒂斯期待地抓住了普鲁的手。

后面的帘布又掀开了，一头非常大的黑熊从里面悠闲地走了出来。他像正常的熊一样四条腿爬着，但似乎有些费劲。直到黑熊爬到舞台中央，戏剧性地站起来时，普鲁和柯蒂斯才明白了其中原因：他的前爪是用两个金钩代替的。

柯蒂斯倒抽了一口凉气，普鲁轻轻地喊了一声。拿着一袋花生的男人转过身叫他们安静。

"现在艾斯本将向你们展现它惊人的力量！"主持人播报后，把一个球滚向了站立的黑熊。艾斯本尽职尽责地爬上球，开始围着舞台转，用后爪艰难地保持着平衡。根本无需人指挥，艾斯本似乎能完全掌控表演。主持人喊了一声，艾斯本从球上跳了下来。观众们——普鲁、柯蒂斯和两个大人，热烈地鼓掌喝彩。突然的反转让普鲁仍处于震惊状态，他们一直在寻找一个人，没想到他竟然是一只动物。不过，这也能够理解，鼹鼠们又看不到，而且普鲁推测鼹鼠可能不会区分地上居民的不同种类，不知道那位曾经给他们巨大帮助的建筑师究竟是何种地上居民。

显然有些路过马戏团的人听到了喧闹,有几个人进入帐篷观看表演。黑熊在主持人的帮助下,设法用左钩爪平衡住一块宽锡板,用另一只钩爪一推,锡板便在金钩的弧形顶部旋转起来。主持人扔给艾斯本一根金属销钉,艾斯本把它放在了旋转的锡板上。销钉末端又放了一块板,这块板也开始转起来。越来越多的人喝彩表示满意。

"真不错!"塞普蒂默斯轻声说。

表演就这样继续着,艾斯本完成了一系列令人难以置信的表演,他像是具有与众不同的罕见才能。观众惊呼不断,而普鲁和柯蒂斯会心地看着那头熊表演。他来自丛林,这毫无疑问。

演出以这头熊一连串令人惊叹的玩命特技宣告结束,利用的道具有:一堆倒放的椅子,一把椅子摞在另一把椅子上保持平衡;一个着火的大铁圈;还有一根从大帐篷顶部伸到地面的铁丝。艾斯本爬上椅子,把钩爪固定在铁丝上,从帐篷顶飞速滑下,准确无误地穿过燃烧的铁圈,出现在观众面前。现在帐篷里已经有半屋人了,他们大声喊叫着,场面非常壮观。这次成功的表演使观众原谅了之前演砸的戏,艾斯本救了这场演出。演员们向热烈鼓掌的观众鞠了躬——艾斯本也鞠了躬,令观众们十分欢喜——转身穿过帘布,慢跑回后台。头顶的灯亮了,售票人出现了,引导观众走出帐篷。

他们知道接下来要做什么。

在后台大门闲逛的还是原先的看门人。他看见两个孩子走近,便笑了。他的门牙像多瘤的小树桩。

"哦,这不是来看老爸的那两头小熊仔吗?"

柯蒂斯皱着眉头:"我们只是狂热的粉丝。"

"你能让我们再回去看看它吗?"普鲁问道,试图施展她善于游说的魅力。

"他们正在收拾行李,"看门人说,"要去彭德尔顿,或是类似这样的地方,现在可没时间和粉丝们聊天。"

普鲁不想说,但还是大声说了出来:"他不能走!"

"我们要见他,这非常重要,"柯蒂斯变得不耐烦起来,"这是生死攸关的大事。"

"让我先把问题搞清楚,"看门人漫不经心地看着手指甲说,"你们要见一头熊,一头马戏团的熊,因为这关乎生死。"

"说来话长,"普鲁补充说,"但是,是这样的。"

"求你了。"柯蒂斯恳求道。

看门人看了看他们两个,目光从一个移向另一个,脸上疲惫和冷漠的表情变成了困惑的同情。"不行。"他最后说。

孩子们失望地走开了。叫卖贩子慢慢收起了摊位,游乐园的喧闹也渐渐消失在寒冷的夜空中。地面的土堆和车辙上仍有积雪。有几个雨点落下来,敲打在泥泞、融化的雪上。大帐篷里有几个人在喊着简短的口令。突然,帐篷顶端一下子倒向一边,大帐篷像泄了气的气球似的开始下垂。一群流着汗、身上油腻腻的工人开始拆帐篷,他们咒骂着,说着脏话。普鲁把兜帽扣在头上,皱了皱眉头。

"这件事看来是注定要失败的,"她难过地说,"我们就要失去其中一个制造者了!"她低着头跟在柯蒂斯后面,走过了一段篱笆。柯蒂斯突然停了下来,她差点撞到他背上。

"等等,"他说,"塞普蒂默斯在哪儿?"

老鼠整晚都在他肩上,但现在他才发现,他的爪子没抓着他的外套。

一声尖叫使他们惊觉到了他的存在。抬头望去,他们看到刚刚和他们讲话的看门人声音发颤地大叫一声,开始在沙地上跳舞,像一个服了咖啡因的人操纵着的木偶。柯蒂斯马上认出了那样的舞蹈——逃下驿站马车时,头戴大礼帽的亨利也跳过相同的舞步。

"他在那儿。"柯蒂斯说。

他们回到后台入口时,看门人已经不见了,他早一路尖叫着跑进了男卫生间,试图清除掉那可恶的老鼠遛进雨衣后留下的污物。道路畅通无阻。柯蒂斯仔细观察了一下四周,才把普鲁从无人看守的大门领进去。

"谢谢你,塞普蒂默斯。"她小声说。

后台堆满了笼子和箱子,像个迷宫,到处都是穿着黑工作服和工作靴的工人,他们麻利地将演出道具拆开又打包起来。事实上,那些人都忙于手边的事,谁也没注意到这两个十二岁的孩子。

普鲁觉得两个小孩猫着腰、蹑手蹑脚地反倒更容易被发现,引起怀疑,于是就刻意大胆地走动起来。看到装猕猴的双笼后,她知道自己已经来到了动物区。她走到一个木质板条箱处,发现里面装了一群叽叽喳喳的孔雀。他们拐了个弯,看到了角落里一个黑色金属笼子,笼子上方的牌子写着"艾斯本"。

他们朝笼子里看看,里面漆黑一片。

"艾斯本?"普鲁小声叫道。她不希望因试图跟马戏团的熊说话而被抓住。他们不但可能被赶出去,还有可能被送进精神病院。

柯蒂斯用胳膊肘轻捣了她一下,指了指笼子后部。黑暗中,后台的泛光灯照在了两只小眼睛上。两眼发出黄光,直勾勾地盯着前方的两个孩子。熊的双臂稍微动弹了一下,孩子们看到了两个金钩爪的反光。

普鲁迅速与柯蒂斯对视一眼,转身对着黑暗里的身影:"我们知道你是谁。我们知道你是贵妇总督雇来制造阿列克谢的机械师之一。我们知道你被流放到了地下。你得和我们一起走,这非常重要。"

至于那头熊,他什么也没说。黑暗中,他的黑色皮毛遮掩了自己,眼睛和钩爪发出的光亮在笼子后部的阴影里飘忽不定。

柯蒂斯插话说:"长话短说,艾斯本,我们需要你一起走。我们能

够让你回到南方丛林。贵妇总督早就不在了,我们当时在场,她——"说她已经死了之前,他有些犹豫,因为事实并非完全如此,"消失的时候……"最后他选定了"消失"这个词。

熊依然保持沉默。

"你为什么不跟我们讲话?"普鲁问,她感到越来越绝望。他们身后的一些板条箱和笼子正被装进停在外面的平板运输车上;可以听到远处有列火车,发动机挂了空挡。"我们知道你可以说话。我们知道你是丛林里来的。"

柯蒂斯试图讨好他:"顺便说一句,表演很不错,令人叹为观止,真的。我想你已经充分发挥了你的能力,尽管身体……"他又顿了顿,寻找恰当的词语,"……伤残。"

发光的熊眼睛盯住柯蒂斯,柯蒂斯看出了他眼里的愤怒。那头熊呼吸急促起来。柯蒂斯抬头看了看普鲁,发现普鲁对他刚才的发言不太满意。

普鲁清了清嗓子:"这非常重要。我们需要你一起走。我们需要你回到南方丛林。"

熊发出了一声低吼,似乎是从内心深处的某个地方发出的。他的沉默令柯蒂斯不安,有一会儿,柯蒂斯觉得他们可能认错了人,那两支金钩也许只是巧合,或许他们真的只是在跟一头普通的熊讲话。

普鲁继续说:"听着,我们知道你备受虐待。相信我们,我们知道贵妇总督有多可怕。但她疯了,她以为自己做的事对国家最有益。又或许她是对的。我来自外面的世界,却是混血儿。北方丛林的议会树已经跟我说过了,它告诉我,要拯救丛林,我需要找到你和另一个制造者。我们迫切需要你的帮助。"

"你需要复活阿列克谢,那个机械小王子。"柯蒂斯急着赶紧说完,因为工人随时可能发现他们。

熊突然扑撞到笼子的栏杆上,发出一声怒吼,把柯蒂斯的头发都吹平了。普鲁尖叫了一声。他们俩都惊得退后几步,摔进了泥里,脸也被熊喷出来的唾沫弄湿了。后面的工人乱成一团,熊的愤怒惊动了他们,他们开始朝笼子跑来。

柯蒂斯一时不知所措,冲动间,他做了件事:看到熊退回阴影里,柯蒂斯伸手去抓胸前的奖章——这是鼹鼠给他的,为了表示对他的感激,奖章底部还印有"齐克"的字样。柯蒂斯从胸前拽下奖章,站了起来,把奖章从笼子的栏杆间塞进去,轻轻滑送到熊的身边。他刚刚完成这一动作,马戏团的人就到了。

"你们这些孩子到这里干什么?"一个人喊道。

"谁让你们进来的?"另一个大喊。

人群中响起看门人的声音,就是塞普蒂默斯设计愚弄的那位。"就是那两个孩子!他们一定是偷偷溜回来的!"

几秒钟之内,工人们已经把粗壮的手搭到了他们肩上,普鲁和柯蒂斯被拖着往大门走去。普鲁回头从肩膀上方瞟了一眼,看见艾斯本的笼子被推到了远处。她和柯蒂斯被粗暴地扔到栅栏门前,普鲁最后看到有个工人正推着笼子朝旁边的货车走。

吱吱乱蹿的声音使他们惊觉——塞普蒂默斯回来了。塞普蒂默斯跃上柯蒂斯的肩膀,确定听觉范围内没有外人后,他小声地问两个孩子:"出什么事了?艾斯本呢?"

"他不会来了。"柯蒂斯说。

"什么?"

"就是那样,"普鲁说,"他甚至没有和我们说话。"

"到底怎么了?"老鼠嘶嘶地说,"我冒险跳到那家伙的毛背上,就落得一场空吗?忘恩负义的熊。"

火车发出了沉闷的汽笛声。一行三人——一个男孩、一个女孩和一只老鼠——沮丧地朝垃圾山走去。

第二十三章

走出边界;昂桑科的不速之客

如果你当时也在,你可能会怀疑自己的眼睛。平静的树林,残存的雪,傍晚的微光。你可能会看到一个不到十四岁的孩子,留着又长又直的黑发,穿着连衫裤,正全神贯注地在丛林里穿行。她的手向后伸着,似乎要从树丛中拿什么东西。很快,你会发现她其实是握着另一只手——一个小男孩的手。小男孩就像刚从洞里出来的动物一样,张口注视着透过丛林幔帐的微弱阳光。

很快,更多孩子一个接一个地出现在树丛中。队伍中间是一位老人,他步履蹒跚,靠孩子们给他带路。过了一段时间,最后一个孩子艾尔西出现了,她牵着一条黑毛的小哈巴狗,回到了外面的世界。

他们都静静地站着,惊讶地看着眼前的画面:交织的排水管道,高耸的烟囱,声音嘈杂的工业废墟地。远处河谷下,铁路桥的双尖顶清晰可见。桥的另一边，就是他们想象的自由。但首先，他们得先穿越工业废墟地。受此鼓舞，他们重新振奋了精神，开始朝那个方向前进。

在遍布化工槽罐的平地和原始的、郁郁葱葱的丛林之间有一片空地。他们穿了过去。这片空地是一小块泥泞的草地，宽度只容他们排成一队行走。他们沉默地走着，卡罗尔一路上始终面带微笑。在他们的视野中，起伏的桥梁越来越近了。

他们进入工业废墟地，铁路桥眼看触手可及，一些人仍牵着他们邻近小伙伴的手。这时，一个人从一个低矮、破旧的烟囱后面走了出来，他身穿一件菱形图案的毛背心，留着山羊胡子，站在孩子们和通往桥的道路中间。

"你们好，"昂桑克说道，"欢迎回来。"

孩子们愣在那儿，大吃一惊。

昂桑科猜测他们惊讶的原因。他敲了敲自己的耳垂，孩子们马上想到了他们耳朵上的黄色标签。"你们一走出那里，我就知道了，而且还知道你们的确切位置。这是 GPS 定位系统。很简单，真的很简单。"

蕾切尔毫不畏惧地与他对峙。"闪开！"她说道，身后的孩子们也轻声低语以示支持。他们有三十八个人，而且此地在机械工厂的范围之外，他们完全可以反抗，昂桑科无法阻挡，也控制不了他们。

"我还以为你们会感激我呢，"乔弗瑞答道，"至少我其中一个发明起到了作用。不知道你们是怎样做到的，但我想尽快查出来。你们知道，我是个说话算话的人。财富、自由，这些都是你们的，只要告诉我是谁先出来的就行。"

"不可能，"站在蕾切尔后面的女孩说道，昂桑科通过从未摘下过的护目镜认出她是玛莎·宋,"我们再也不是你的奴隶了。"

昂桑科咧嘴笑了。远处昂桑科之家的轮廓映衬着他的身体;在那里,透过窗户可以看到许多面孔——孩子们的面孔——他们在关注事情的进展。"说吧,"他说道,"你们要去哪儿?"

孩子们没有回答,风吹动着他们身后的大树。

"这就对了,"乔弗瑞说,"你们哪儿也不去。让我们忘掉彼此间的不愉快,回昂桑科之家去。回到那儿后,我可以逐个检查你们,看看到底是什么——"

"我们说过,我们不去,"玛莎·宋说,"你要么站在那儿等着被一群愤怒的孤儿围攻,要么让开。"

昂桑科还没来得及回答,又有两个男人从昂桑科之家走了过来。这两个人似乎来自截然不同的两个时代——一个身形魁梧健壮,身着修身西装,属于现代风尚派;另一个身材细瘦,看起来好像来自十九世纪某个遥远的角落。后者走过来时还扶了扶鼻梁上的小眼镜。

"怎么啦,乔弗瑞?"大个子问道。

"这是我孤儿院里被开除的孩子,魏格曼先生,"他说话时一直盯着孩子们,"他们逃出来了,不知怎么做到的。"他重复了一遍最后一句话,这次声音更轻了,"不知怎么做到的。"

魏格曼似乎在仔细观察这些孩子,评估这句话的言外之意,这就给了艾尔西一点时间去思考目前的状况——他们现在看起来一定非常可笑,身着一模一样的脏兮兮的连衫裤,耳朵上挂着黄色标签,在木头眼睛的老人身边围成一圈。她看到了男人脸上的一丝怜悯,像是明白昂桑科的多年筹谋已是白费。

"这毫无意义,乔弗瑞,"最后他说道,风抽打着他的领带,精致的发型有些凌乱,"让这些孩子走吧。"他用眼神寻求身边另一个男人的同意,可后者一直伸着脖子,不停地调整着眼镜。他似乎被这群孩子中的某个人吸引住了。

"卡罗尔·戈罗德!"他终于大叫道。

盲人老头竖起了耳朵,满面怒容。

昂桑科和魏格曼转过来盯着罗杰。"那是——是他?"昂桑科结结巴巴地问道。

艾尔西看着卡罗尔,琢磨着他那冷酷的表情。"他是谁?"她指着那个穿着怪异的人问道。

"罗杰·斯文顿,真没想到,"卡罗尔毫无畏惧地说,"孩子们,来见识一下这个奉命把我眼珠挖掉的人。"

面对卡罗尔的谴责,罗杰泰然自若:"那都是过去的事了,卡罗尔,何必再提那些不愉快的事呢?"

"我不是旧事重提,罗杰,"卡罗尔说道,"我天天都在想着这件事。"

昂桑科和魏格曼站在罗杰身边,一句话也没说,罗杰尴尬地朝他俩笑了笑,扭头对着孩子们:"把他交出来,孩子们。"他尽量和颜悦色地说道,像是一个耐心渐失的捕狗人。

昂桑科从震惊中清醒过来。"他就是卡罗尔·戈罗德,那个机械师,制造齿轮的人?"他问道,尽管这听起来实在匪夷所思,甚至连他自己都很难相信竟然这么巧。

"是的,昂桑科先生,"罗杰说,"他是制作者中的一个,我们离成功越来越近了。"

听到另外两人之间的对话后,魏格曼开始以一种完全不同的眼光看待这群孩子。"听他的,孩子们,"他很快就明白了当前的局面,尽量劝慰道,"把那个老头交出来。"他停顿了一下,寻找合适的话,马上又觉得在工业废墟地威胁孩子是可行的,因此他接下去说:"没人会受到伤害。"

"你会受到伤害的。"玛莎说。

孩子们喃喃地表示赞同。

蕾切尔走到玛莎身边,大胆面对着这个男人。"三十八对三,"她说,"我是这样想的。我们要过桥,就这么简单,你不会挡我们的道吧。"

昂桑科紧张地咽了咽口水。罗杰扭动着自己的黑色尖头鞋,一直盯着盲老头的身影。魏格曼显得很镇定。他把手伸进口袋里,取出了一部看着像手机的东西。他用拇指将其打开,按下了按钮。突然,工业废墟地的筒仓和烟囱间响起持久的、尖利的铃声,震耳欲聋,孩子们忙用手捂住耳朵。

从生锈的管道和电线堆里打开了一扇扇原先没人看到的门,每扇门里都走出一队头戴栗色便帽的彪形大汉,肩膀上发达的肌肉在灰色的工作服里抖动着。他们拿着棘轮、锤子、扳手和管子。他们下巴突起,脸上长着胡楂,一个个面孔如此相似,看起来像是从同一个试管里诞生的似的。这些高大的男人鱼贯而出,迅速把孩子们团团围住。

震耳的铃声仍响个不停,一点儿都没减弱。魏格曼大声对孩子们喊道:"你们现在在工业巨头的地盘上,孩子们,在他的地盘上,没人能威胁他。"

❧

雨下得更大了,白日的最后一缕天光也在西边消失。普鲁和柯蒂斯步伐沉重、心情沮丧地在堆积如山的垃圾中跋涉，远离马戏团的忙乱热闹。冰冷的雨水淋透了他们的头发，冻得针扎般疼痛的肌肤上紧紧贴着潮湿冰凉的衣服。塞普蒂默斯站在柯蒂斯的肩上，他的毛全被淋湿了，看起来就像一块用过的浴巾，蜷缩在湿漉漉的浴室地板上。普鲁从未有过现在这种挫败感。她的心脏仿佛深深地陷进了胸腔，就像一只畏缩在主人旁边的猫，而猫主人正在发火。她走过那堆废旧的电视机和弹簧床垫时，似乎更加步履维艰。

"我们应该返回去找鼹鼠，"普鲁说道，"不管艾斯本了。他们会带我们去南方丛林，在那里我们可以找到另一个制造者，对吗？"这就像从深井里提出满满的一桶水，她努力打起精神，去想下一步该怎么办。

尽管挫折很明显，可她认为也许自己走的路还是正确的。也许议会树预见了这种暂时的不顺——艾斯本的不情愿和冷漠无情——命运终归还是会眷顾他们。她的母亲曾经将这样的事情称之为天命——大千世界里一种神奇的对称。然而，她并不能确定，她们还能支撑多久，结局也可能是不好的。不，他们也只能坚持下去，回到南方丛林，把人们召集起来。事情自有定数。

柯蒂斯保持沉默，普鲁以为他没有听到自己说的话。

"我的意思是，"普鲁继续说道，"我们必须看看，一个制造者能不能行得通。也许一个制造者就够了，也许我们可以做他的眼睛。你觉得怎么样？"

"我不去。"

"什么？"

"我说，我不去。"柯蒂斯小心地走过布满垃圾的地面，向普鲁走去，"我很抱歉。我发过誓，我要回强盗营地。"

"你在说什么,柯蒂斯?那议会树呢?"

柯蒂斯停下来,转过身子盯着她。"议会树!议会树!所有都是关于议会树的!"由于激动,他声音颤抖,"我没有听到植物说话,普鲁。据我所知,这只是你的一些奇怪幻觉。我已经迁就你很长时间了。制造者?复活继承人?那意味着什么?能够帮助任何人吗?"

普鲁感到眼泪浸润了眼睛。"是的,"她勉强答道,"我知道,这会对一些事情有所帮助。"

塞普蒂默斯一直保持沉默,他站在柯蒂斯的领子上,看着他俩。男孩这时又说话了:"我告诉过你,我发过誓。我离营地越远,就越是在违背誓言。"

"所以你要抛下我。"

"哦,别这样说。我已经和你待在一起很久了。一直以来,我只想赶快把你说的这件事处理完毕,这样我才能去调查布兰登和大家到底发生了什么。那才是我的忠心所在之处。"他停顿了一下,似乎在思量接下来说的话会产生什么影响,"普鲁,也许你该回家,回到父母身边。也许有关阿列克谢的整件事不是我们能掌控的。"

"我?"普鲁大吃一惊,"我应该回到父母身边?你在这里设定标准,柯蒂斯。那你的父母呢?"

"我知道,但是——"

"没有什么但是,"普鲁反驳道,"我知道我要做什么。那个男孩——议会树——已经告诉我了。现在,其他的一切都不重要。你知道吗?这段时间我从未想过父母。不知为何,我的心好像已经不在外面的世界,而是在丛林里。"她生气地指着西方的地平线,"我是一个丛林人,柯蒂斯。北方丛林,南方丛林,荒野丛林。我现在所做的一切都是为了议会树。我被召唤了,没有什么可以改变这一点。你有你的誓言,我有我的天职。我在外面世界的生活已经结束了。"

柯蒂斯看着她,不知道该如何应答。"好吧,很好。"他手一拍说道。

"很好,"普鲁心中充满了强烈的情绪,"你去做你的事,找你的强盗伙伴们。对于给你和你的兄弟姐妹造成的伤害,我深表歉意,但是我必须这样做。"她转身继续在垃圾堆里向前走去,距离通往地下梯子的小屋不远了。

柯蒂斯仍待在原地。"听着,"他把她叫住,原本强硬的语气变得柔和了一些,"我们在南方丛林再聚,如何?我想弄清楚强盗营地到底发生了什么事,如果有必要的话,我会留在那儿将其重建。当我能去找你时,我会给你捎信的。我确信鼹鼠们一定会帮助你的。"

"我没事,"普鲁回头大喊了一声,"找我弟弟麦克的时候,你同样也不在我身边。"

最后一句话刺痛了柯蒂斯,他看着普鲁消失在一堆晶体管收音机里,愤怒地踢了脚下那堆生锈的弹簧一脚。

"我能说句话吗?"塞普蒂默斯问道。

"当然可以。"柯蒂斯生气地说。

"不要难为她了,"他说,"她比你想象的要脆弱得多。"

"也许是这样,但她绝对不会承认自己的脆弱。"

"人类在这个方面真是很奇怪,我早就发现这一点了。"老鼠往后捋了捋胡子,用爪尖轻轻地拍了拍水面,"那么,你有什么计划?"

"既然如此,我们就该尽快动身。我们得走很长一段路,才能回到荒野丛林。"

柯蒂斯把手插进裤子口袋，转身朝着泛光灯——来自正在拆卸的马戏团——走去。他决定在地面上走。长期以来，这是他第一次行走在外面的世界。他们会像数月之前那样，穿越铁路桥，他们会找到失去的兄弟姐妹。他决心已定。

※

垃圾山的另一边，普鲁在黑暗中跌跌撞撞地走着，来到了水沟边，破旧的小棚屋就在那里。她发现自己边走边喃喃自语，说着自我鼓励的话。"我会很好的，"她说，似乎为了强调这一点，她继续说道："你会很好的。"一会儿又说道："柯蒂斯会很好的。"紧跟着又说了句："他当然会很好的，他可是个大孩子了。"她意识到自己正在和并不存在的监护人对话，她把自己当成了家长。

她刚刚说的一切都是认真的？她真的要离开父母吗？奇怪的是，这一想法并未令她有多少遗憾。想到自己身上肩负着不可替代的重任，想到议会树的指令，其他所有问题似乎都可以暂且抛诸脑后。那种感觉就好像是有东西使劲拉了她一把，使她的观点和视角发生了巨大的变化。或许，她认为那是她自愿去做的。或许，这就是成长的感觉。

刚刚的顿悟占据了她全部的思想。然而，离小棚屋越来越近时，她仍然看出这间小屋有什么不对劲，跟几个小时之前她和柯蒂斯离开这里时差别很大。

门开着。

事实上，门开得很大，冷风吹来时，敞着的门撞击在铰链上发出啪啪的声响。她回想起他们上次来这儿时，在动身寻找艾斯本之前，为了不让人发现洞口，已经把门关严了，还在门闩上插了一枚大钉。

就在这时，她开始听到杂音，听起来像是断断续续的、不同寻常的叫喊声，又像打长途电话时听到的含混不清的方言。她意识到声音似乎是从脚底传来的。她低下头，看到一簇灰色的草从生锈的铁丝堆里冒出尖儿来。声音渐渐变大，音色更加集中、更加尖锐。

普鲁在草边蹲了下来。这是什么？她想。

滋滋滋滋滋滋滋。

她眉头紧皱；小草似乎想要传达一些重要的内容。普鲁能清楚地意识到，就像一艘船努力穿过浓密的大雾一样，小草的的确确想说些什么。

滋滋滋滋滋滋滋滋滋噢！

是什么？她重复道，你想说什么？

声音更大了。

显然，小草正用尽全力朝她尖叫。

然后，小草终于突破了：

走！

如此突然，普鲁惊讶得差点儿跌倒。她的大脑能够意识到植物说了一个极具说服力的字眼——"走"，那声音就像是从扩音器里发出来的，异常清晰。之前她听到过植物发声，但这是她第一次清楚地知道植物要表达的意思。小草放心地叹了口气，因为普鲁终于明白了自己想说的话。道理显而易见。普鲁现在意识到，不是植物缺乏清晰沟通的能力，而是她需要进一步提升自己的学习能力。

我得离开这里，她突然意识到。

她从草边走开，这时小草不说话了，只是发出一种凄凉的呻吟声。她四下看看，从两片翻倒的汽车挡泥板之间似乎可以逃出去。然而，还没等普鲁走到那儿，一个黑影便出现在普鲁和她的目标之间。

"到哪里去,小家伙?"那黑影问道。

普鲁僵住了。

黑影似焦油一般黑,在普鲁的视野内微微地抖动着。夜幕已经降临。垃圾山另一边,即将离开的马戏团投射了少许光亮到这里。普鲁恐惧地看着眼前颤动的身影。

"谁在那儿?"她喊道,虽然她心中早已有了答案。

"你以前的科学老师,普鲁,我们是老相识了。"说话的是狐妖达拉——非狐非人,半狐半人,她在两种形体间变幻,发出一种可怕的颤音:"已经过了一段时间了,是吧?我并不是个爱记仇的人,可你在强盗营地时的确做了一件非常糟糕的事情,非常非常糟糕。"

普鲁的眼睛慢慢适应了黑暗,她看到摇摆不定的黑影中有一双闪闪发光的眼睛盯着自己。"放我走吧,达拉。"

达拉似笑非笑地咳了一声:"放你走?你知道你对卡莉斯塔做了什么吗?可怜的、可爱的卡莉斯塔。"达拉停止了扭动,身形在交替变换中暂时定格,开始接近普鲁。月亮低挂在空中,云层遮挡了部分光亮。借助微弱的月光,普鲁能够看到那可怕的东西:不可否认,这是女人的身形——直立行走,有些弯腰驼背——头的形状却和狗头极像。一双尖牙突出在她的下唇;雨水打湿了她黑色的皮毛,一缕一缕的,覆盖在赤裸的身体上。这是普鲁目睹的最为可怕的一幕,她吓得倒退一步。

"怎么了?"达拉问道,"我吓到你了吗?"

普鲁开始向后退,一根弯曲的钢筋缠住了她的靴子跟,她向后摔倒在地上。

"你没有想到,是吧?"达拉渐渐逼近,"我的意思是说,待在地下说明你很聪明,非常聪明,但我知道你最终要到地面上来呼吸清新空气。他们也大都如此。看吧,我做这一行已经很长时间了,我杀死了很多动物、人类……是的,甚至是孩子。事实上,我特别喜欢杀孩子。"她满面笑容,似乎是为了强调接下来要说的话:"在这个过程中,我渐渐了解了人的动机,也就是驱使他们做事情的动力。我也学会了耐心,非常、非常有耐心。当然,我想你也许死了,毕竟你从那么高的地方坠落,但我就是觉得不踏实。"现在,达拉在和普鲁兜圈子,玩弄着普鲁。听达拉的话,可以判断出她已经独处很久,语调奇怪,又近乎疯狂。普鲁奋力向后爬,试图站起来,可垃圾堆真的是太不平坦了。狐妖继续说道:"那是唯一的解释方式。我是有耐心的。我没有急于去寻找什么。我知道,如果你能幸存,你肯定会再次冒出来。"为了强调"冒出来"这个词,达拉做了两个爆炸的动作,让普鲁毛骨悚然。

她的手指长着黑毛，顶端是长长的黄爪子。

"看，你做到了。"

"可你是怎么知道的呢？"普鲁喃喃道，她的手指慢慢伸进挎在肩上的背包。幸亏扣环是打开的。

"好问题，"达拉以生命科学老师的语气回答道，"非常内行。综合来看，你的成绩是及格的。你应该知道答案，普鲁。议会树的普鲁、混血儿神秘人士、荒野丛林的女王、自行车少女……我自有门道，我也有线人。"为了表示强调，达拉的手指再次晃动，"我拥有一切。甚至在这里，在这个庸俗的外面世界，我也有我的消息来源。"

从狐妖破烂的穿着以及半成形的外表来看，普鲁猜想狐妖杀手已经精疲力竭了。她看起来像被逼疯了似的，普鲁不知道这是好事还是坏事。她的手指继续翻腾着背包的内部。

"现在，"达拉说道，"我们可以速战速决，也可以好好玩玩。那个可怜的、会魔法的老巫婆就曾经顽强抵抗过，我想我们最好不要重现那一幕。"她转了转头，似乎是为了伸长脖子，在开始杀人之前做些准备动作。就在她准备动手之时，她忽然发出了一声痛苦、刺耳的尖叫。

普鲁刺伤了达拉的脚。

🌿

他们被称为装卸工，昂桑科这么称呼他们。昂桑科走向穿修身西装的男人，气急败坏地问道，这里的事情一团乱麻，已经够糟糕的了，何必再把这些人搅和进来？他们自己难道不能处理好这一切吗？艾尔西听到了他说的话，大意如此。虽然这些人被叫做装卸工，名字怪怪的，而且有相同的服饰和举止——这也很让人纳闷，搞不懂是怎么回事——但他们慢慢逼近了这群被开除的孩子，那种咄咄逼人的姿态只能被视为威胁。昂桑科和看上去是他老板的男人还在继续对峙,局势看起来似乎很紧张。由于装卸工的存在,昂桑科先生底气不是很足,好像他们的存在某种程度上削弱了他的权威。装卸工狰狞地笑着,装模作样地显示其威猛,时不时摆弄一下手中的管子和棘轮。艾尔西看了看一脸苦相的姐姐。

"我们怎么办?"艾尔西小声问姐姐。自从父母把她寄送到昂桑科之家以来,在长时间的冒险经历中,她有好多次希望"勇敢的蒂娜"在身旁。现在无疑就是这样的时刻。

"我不知道。"蕾切尔说道。

孩子们看着罗杰对魏格曼说话,声音显示出傲慢和不耐烦:"我们不需要孩子,魏格曼先生。我们需要那个男人。"

魏格曼左右为难,挥手示意昂桑科和罗杰暂且离开。"听着,伙计们,"他在人群中说道,"下雨了,天黑了。"确实如此,天渐渐黑了,冰冷的细雨打湿了装卸工们的头发和栗色帽子。"让所有人都回到昂桑科之家。没有人受伤,没有人必须伤人。不是吗?"

装卸工们停止了前进,可仍继续炫耀他们的武器。孩子们似乎没有逃生的出路,装卸工明显比孩子们人数多——艾尔西猜测有五十个。最后,卡罗尔说道:"我们照他们说的去做吧,孩子们。抵抗毫无意义。"

孩子们沉重地低下了头,点头表示同意。狗都被放走,它们跑到工业废墟地的大道上。装卸工开始把这群被开除的孩子往后面那幢灰褐色的大楼里赶。他们沿着碎石路走着,当初艾尔西和蕾切尔的父母把她俩送到昂桑科之家时,走的就是这条路。楼内的灯光照亮了窗户,越近看得就越清楚。透过玻璃窗可以看到一张张脸,正注视着迎面而来的队伍。

然后,窗户开始破碎。

队伍猛然停下,每个人都转头看向碎玻璃落下的方向。昂桑科呻吟了一声:"不!"从二楼宿舍的窗户里,几个金属脚柜被抛了下来,掉到地上的时候发出爆裂声。一百种声音合在一起大声欢呼,声音从空荡荡的窗框里传了出来。更多的脚柜从更多的窗户中扔了下来。然后,一群孩子抬来了一个床架,透过大窗户,费力地把床架扔到了地上。床垫已经被点着了,落在地上的时候碰出了很多火花,溅起了一地碎玻璃。

昂桑科叛逆青少年之家的孩子们造反了。

骚乱像病毒一样蔓延到三楼的男生宿舍。玻璃渣子像下雨似的落在地上,越来越多的东西被抛出窗外。一群面带笑容的男孩子从破碎的窗框里看着昂桑科和装卸工们,发出一阵阵讥笑声。

"欢迎回来,被开除的孩子们!"一个女孩从二楼宿舍喊道。另一个喊道:"这是你们的欢迎会!"

窗户破了,里面飞出一个方盒子,落到地上的时候发出"砰!"的声音。那是一个扬声器,刚掉到地上时,还能继续放出刺耳的声音,就像是刚刚与躯体分离的头颅似的,可也就是眨眼工夫,它就陷入了沉默。

看着暴乱已经蔓延到了机械工厂高处的窗户,昂桑科脸色苍白。在短时间内,数根金属管被从机器中解放出来,一群孩子把这些金属管透过窗户扔了出去。无论男孩女孩,他们聚在一起,把工厂里的物品拆成碎片。前门被推开了,戴斯迪梦娜在前,格林布尔先生和塔尔伯特小姐跟在后面,眼前来势汹汹的反击行动令戴斯迪梦娜惊慌失措。

"布莱德！"她喊道，"他们在摧毁一切！这不是我想要的！"即便她穿着裙子，跑起来不方便，但她依然快速地跑向那帮装卸工以及被扣押的孩子们身边。她来到魏格曼旁边时，已经累得上气不接下气，忙扶住魏格曼粗壮的胳膊稳住呼吸。昂桑科本来就因眼前的动乱而深受重创，看到这一幕更是困惑地望向戴斯迪梦娜。

"布莱德？"他问道，"你叫他布莱德？"

戴斯迪梦娜转过脸去。她让自己靠得魏格曼更近一些，魏格曼则用胳膊搂住她以示保护，一边继续盯着持续的骚乱。

"等一下……"乔弗瑞喃喃地说道。他盯着抱在一起的戴斯迪梦娜和魏格曼，长久以来的困惑如终于凑齐的拼图般解开了。"是你！"在令人崩溃的骚乱中，乔弗瑞最后忍不住朝戴斯迪梦娜咆哮，"你是给他通风报信的人！你把他带到了这儿！"

然而，没有时间去互相揭短了，橙色的火焰已从灰色大楼顶层的窗户里蔓延开来。透过空荡荡的窗框，可以看到孩子们在女生宿舍里用椅子和桌子架了一个大大的篝火堆，并且迅速点着了。火势向窗户那边蔓延的时候，昂桑科之家的孩子们已经从敞开的前门跑出去，集中到碎石路上了。他们一聚集起来，就立即转弯，足有一百多个孩子疾跑到被开除的孩子群之中，和禁锢他们的人混成一锅粥。从大楼窗户里冒出的火焰为他们打上了可怕的背景光，加上脸上绝然的愤怒，孩子们看起来就像从地下放出来的复仇之神，要搅乱这世界。

第二十四章

反击!

达拉头一扭,发出了撕心裂肺的叫声,听起来既像女人在哭,又像动物在咆哮。声音在垃圾山的缝隙中回荡,震得早已报废的电脑显示器与电视机吱咯吱咯响。这杂音刺痛了普鲁的耳膜,但她只是稍微分了下神,又继续艰难地后退,往垃圾山上方爬。普鲁刚爬出几英尺远,就看见达拉伸手拔掉脚上的刀子。她一脸痛苦的表情,眼睛始终盯着普鲁。

"你不该这样干的,"女狐妖说道,"这样只会让事情变得更糟。"她随手把刀子扔到一旁。

普鲁小心翼翼地抬头望了望,距离垃圾山顶大约还有三十英尺。游乐园的泛光灯映得天空白光粼粼。柯蒂斯不可能走远。

"**柯蒂斯!**"普鲁喊道。

火车发动机低沉的轰鸣声淹没了普鲁的喊叫声。马戏团搭乘的火车即将离去，夜晚的天空充盈着火车呜呜的鸣笛声。普鲁又喊了一次，此时她已声嘶力竭。

"噢，是的，"达拉说着再一次接近普鲁，她的重心放在右腿上，脚上的伤口流出深色的血，"请把你的朋友叫来吧，他是我的下一个目标，这会让我的任务更加容易完成。"这时，天空下起了滂沱大雨，普鲁感到雨水从头上倾泻而下，随着急促的呼吸，雨水经嘴唇流到嘴里。达拉的毛发黑黝黝的，看起来如油一般稠密，紧贴在她的皮肤上。雨水顺着她油滑的毛发流下，淌在地上。

"**柯蒂斯！**"普鲁又喊了一声。

达拉一脸坏笑地跟着喊道："**柯蒂斯！**"还故意将一双长爪放在嘴边装腔作势，"快回来吧！"然后将头一歪，"奇怪！他貌似根本听不到。"

"你绝对逃脱不了，他们会找到你的。"

"那么这个神秘的'他们'又是谁呢？"

"猫头鹰雷克斯和强盗们。"

"我要告诉你个消息：猫头鹰雷克斯已经逃跑了。"达拉为自己说的话沾沾自喜，"你的那些强盗同伙在我们到达营地之前就已经不见了。"

"不见了？"

"我倒是想亲手杀掉他们！但是只有我们三个狐妖去了那儿，什么？一百个强盗？不，不，他们都消失了。到处都是残火，烟雾弥天，一个强盗也没有。一定是有人在我们之前做了那件'美差'。如果你认为我们三个就可以打败所有强盗的话，也未免太抬举我们了。"说完后达拉大笑起来,"不该跟你啰嗦这么多的,但没关系,反正你马上就要死了。"

有个又冰又尖的东西探入了普鲁的手掌。她低头一看,原来是从垃圾堆里冒出来的一截钢筋。她迅速用手指握住,把它干净利落地拔了出来。这根生锈的钢筋足足有三英尺长,分量不轻。普鲁将它稳稳地攥在手里,朝着向她逼近的狐妖挥了几下,狐妖后退了几步。

"放下钢筋。"达拉说。

"滚远点!"

"别做梦了!这是我的任务。"

普鲁又挥了几下,钢筋在空中舞动着,发出"嗖嗖"的声音,此时达拉也伸出利爪。"我不会任由你胡来的,不会,我会阻止你的。"普鲁颤颤巍巍地说道。心脏怦怦跳动的声音,在她听来仿佛是在敲鼓。

狐妖咧着嘴,露出了一丝坏笑。普鲁又一次挥舞钢筋,达拉却佯装向右猛扑。

普鲁企图向一边躲闪,却恰巧被达拉扑倒在斜坡上,紧紧地压在身下。这时,普鲁察觉到钢筋的一端穿透了外套,刺到了她的腰部,普鲁感到一阵剧痛,不由叫了出来,与此同时,普鲁闻到了狐妖口中的酸臭味。

普鲁本能地一踢,正巧踢在狐妖灰白的腹部。狐妖痛得"嗷"了一声,身体暂时离开了普鲁。趁这个机会,普鲁利用斜坡的斜度,身子一歪滑向了一旁。那段钢筋仍在普鲁身侧,直到普鲁离达拉稍微远一点的时候,才注意到其实钢筋已经刺破了自己的皮肤,渗出的血液沿裸露的皮肤流淌,也染红了她的衬衫。

普鲁趁机逃跑，但是她脚踝僵直，这才意识到在地下王国时几乎没怎么用这只受伤的脚踝。疼痛又一次涌上来，但也顾不了那么多了，她听到达拉正在后面紧追不舍，不停咒骂着女孩。现在距离小棚屋只有几码远了，她想，她能逃脱的，只要再多点时间……

就在这时，达拉的两只前爪落在了她的肩上，锋利的爪子抓破了大衣，刺进了锁骨，普鲁吃痛尖叫一声。现在，达拉整个身体都压在了普鲁的背上。普鲁向前跌去，她俩重重地摔到地上，滚了一段距离，在一大片草中停了下来。达拉跨坐在她的身上，将她死死地卡在地上，让她动弹不得。

狐妖的胸部因急促的呼吸而抽搐，覆满黑色毛发的长手臂搭在身体一侧，膝盖用力顶住普鲁的肩膀。她向地上恶狠狠地吐了口唾沫，突然间扇了普鲁一耳光。

普鲁的面颊即刻就出现了几道血红的爪痕，眼泪也流了下来。"求你了！"她喊。

"太迟了！"达拉举起手想再扇她的脸。

求你了！

小草回应了。黄色的卷须迅速生长，缠住了达拉，眨眼间便缠绕了她的整个腹部，猛地一看，就像是人类神经系统的某种古怪模型。她尖叫起来，草开始往她脖子攀爬。普鲁惊讶地看着眼前发生的一切，将达拉从她的身上推开，继续向小棚屋方向爬去，现在距离只有几英尺了。普鲁脸上的抓伤灼痛不已，体侧的伤口也仍在渗血。

抓挠泥土的声音引起了她的注意，转头一看，达拉正拼命想摆脱草蔓的纠缠，她用尽全力，脸上却仍露出十分挫败的神情。普鲁低头看了一下脚下丛生的草，心想：

就是现在!

在普鲁的命令下,脚下的草突然活了过来,绕着达拉的脚踝滑动,缠上她的脚趾。狐妖朝前绊了一跤,嘴里胡乱地诅咒着。

此时,垃圾山里充斥着野生欧洲蕨发出的声音。每片草叶都提高了声音对普鲁说话,混在一起,形成刺耳的噪音。它们都在等着普鲁下令。一根蓟树枝抓住了达拉的小腿,越来越多杂乱的藤蔓缠住了她的脚踝。一棵原本藏在卡车驾驶室里的枫树挣脱束缚,肆意地摇摆树枝来抽打普鲁的追逐者。突然地底下传来一声巨响,紧接着大地开始裂开,埋在垃圾堆下的植物根系全都解除了束缚,集结所有的力量来攻击半狐半人的达拉。

泥土、污垢和金属碎屑喷洒在空气中,普鲁站起身来,对这些植物发令,就像是交响乐队的指挥。

脚底下的根茎开始把达拉往地底下拖拽,她嘶喊着,尖叫声中充满了恐惧与绝望。

这时普鲁意识到:她正在杀死这个女人。

这一瞬间的犹豫导致植物的声音困惑混乱起来。普鲁惊讶于自己的力量,一时间失了神,忘记了植物们在她的命令下,正在致达拉于死地。考虑到自己身处险境,杀死达拉似乎是正确的决定,但她仍犹豫了,而就是这片刻的迟疑毁了她。她突然间发现,她再也无法区分这些声音了,她丧失了对它们的掌控权。达拉猛一发力,挣脱了束缚,重获自由,朝着她的目标扑去。

在普鲁从恍惚中回过神之前,达拉的手指已经伸向她,死死地掐住了她的脖子。

"真是愚蠢至极啊,以后再也使不了你的魔法了。"达拉说道,她那又长又黄的牙齿上泛着点点血迹。

"救救我吧!"普鲁急促地恳求着。她试着和植物们交谈,但脑海里的声音却如此狂乱,像是一群老鼠在尖叫、呼喊。小草缩回土中,树木在风中无力地摇摆着。普鲁感到自己渐渐失去了知觉。

普鲁的视线暗了下来,面前好似蒙了一层破旧的面纱。世界正慢慢地从她视线里被擦掉,痛苦也随之消失。她的身体渐渐发热,变得麻木,脑海里的声音逐渐减小成持续不断的嗡嗡声。普鲁闭上眼睛,当时只听到一种声音:

铛!

铛!

那是让普鲁永远都不会忘记的两声,它们一直蚀刻在她的脑海中,直至她临终垂死——她的死期并不是那一天,也不是近期的任何一天。但是无论如何,她都会记住这个声音。虽然她以前从未真正见过,但她猜想,小贩将挂肉的钩子两次插进一大块冷冰冰的肉里时,应该就会发出这样的声音。她突然摔到了地上。

睁开眼睛,普鲁看见达拉在她面前,仍摆出攻击的姿势,那双半人半妖的眼睛中,眼白发出闪亮闪亮的光。她既痛苦又惊讶地大喘粗气,接着就被从地上举了起来。

达拉的下面是一头发怒的大熊,他用金钩手把达拉举过头顶。他的头向后仰着,发出震耳欲聋的咆哮声。达拉被紧紧地抓着举在头顶,动弹不得,只能放声尖叫。由于被熊的钩子刺伤了,她的身体扭曲着,在人狐两种形态之中不停变换。达拉的血顺着熊的爪子往下流,溅在了他的脸上。最终,就在达拉的身体开始死亡前的抽搐之际,熊曲起他的胳膊,将已变成人形的狐妖尸体扔过一堆垃圾,"呼"的一声,砸在成摞的废烤箱上。

☙

"我的工厂啊!"昂桑科大呼道,声音里满是痛苦,"着火了!"黄色的火焰映射在他的脸上,照在他的山羊胡子上,看起来像魔鬼一般。

比起气势汹汹奔跑的孩子们,昂桑科看上去更在乎他机械工厂的损坏情况。罗杰直勾勾地盯着卡罗尔,卡罗尔站在保护他的一群孩子中间。戴斯迪梦娜紧紧抓住魏格曼,而魏格曼则对那些装卸工迅速下达命令。

"坚持住!"魏格曼大声喊着,大块头装卸工们正摩拳擦掌地挥舞着权作武器的工具。事实上,他专门培训过这些人如何镇压工人叛乱,在这方面他可是行家里手。尽管这次的对象是小孩,他也毫不犹豫。

"您想让我们跟他们战斗,嗯?"一个装卸工问道。

"难道我想让你们绑架他们?"魏格曼生气地回答说,"你们当然应该去战斗!"

艾尔西和蕾切尔抓住对方的胳膊,紧紧抱在一起。就在这时,玛莎发出一声胜利的呼喊,发动了暴动的第一击。有个装卸工的注意力全放在向他们奔来的那群孩子身上,玛莎走到他面前,在他的胫骨上狠狠地踢了一脚。装卸工吃惊地低头看着玛莎问:"你这是干什么?"于是玛莎在他的另一条腿上又踢了一脚。

来自昂桑科之家的孩子们已经加入了路上的这支队伍,他们张牙舞爪地涌入人群。装卸工们试着避开他们的袭击,同时尽量不造成孩子们身体上的伤害。看上去,就连这些本性恶毒的巨人也似乎意识到了在这种情况下应具备的道德底线。另一方面,魏格曼却无动于衷,一个小男孩向他冲过来时,魏格曼一把抓住他的脖子,把他扔到了地上。像是为了表示蔑视,他把脚踩在了那可怜的孩子背上。

"看到了吗,这就是镇压叛乱的方法。"魏格曼说道。

话音未落,他便被一群孩子推倒了。

卡尔·伦奎斯特一个急速俯冲,抓住一个装卸工的脚踝,戴护目镜的玛莎抱住他的上半身。男人重重摔到了地上,发出咆哮声。他们抢了这个装卸工的扳手,玛莎开始重击她旁边大块头的胫部。她似乎很乐意这样粗暴地和暴徒交流。

混乱声中,艾尔西感觉到卡罗尔用手臂拉住她的胳膊肘,向她低声说道:"帮我躲开这个男人!"他显然指的是罗杰,此时罗杰正神色贪婪地慢慢往这边靠。艾尔西朝蕾切尔叫喊:"我们快离开这里!"她们各自抓起盲人老头的一条胳膊,匆忙地跑向两个化工槽罐中间的小道。

"到底发生什么事了?"卡罗尔跟着两个女孩穿过混乱的人群时问道。

"孤儿们逃跑了,他们放火烧掉了工厂!整个地方都处于火海之中!"艾尔西说道,她被眼前的场面吓呆了。

"干得好。"卡罗尔笑着说。

一个声音从后面传来:"阻止他们!"是罗杰。他爬上了一座铁塔的顶端,用瘦骨嶙峋的手指着逃跑的三个人。几个装卸工听到了喊声,笨重地朝着他们的方向赶来。

　　这些孩子就算使上所有的力气，也未必是装卸工们的对手，也许从一开始孩子们就是在做无用功。在魏格曼的催促下，体形巨大的装卸工们开始以全新的凶恶态度对待这些年幼的对手，孤儿们决定集体逃离此地。他们被迫往碎石路上撤退。艾尔西和蕾切尔正扶着卡罗尔慢慢走在路上，孩子们迅速跟上他们。逃跑，现在是他们唯一的出路。

　　他们听到罗杰在后面发狂地号叫："别管那些孩子了！抓住那个老头！抓住制造者！"

　　孩子们蜂拥而上，只有几个人落在后面，拖着受伤的腿一瘸一拐地走着，但他们都成功进入了工业废墟地的腹地。艾尔西和蕾切尔想催着卡罗尔走快点儿，但是他年纪大了，再加上失明，显得举步维艰。一种挫败的表情从他脸庞闪过。装卸工们踩在碎石路上发出的沉重脚步声，离他们越来越近了。

迈克尔停下脚步，朝着艾尔西和蕾切尔喊道："快点啊！"

艾尔西绝望地泪流满面，大声回答："我们做不到！"

"卡罗尔，你能再快一点吗？"蕾切尔恳求，她声音急促，惊恐不安。

卡罗尔摇了摇头，心里很难过。他差点儿绊倒，女孩们费好大劲才把他扶住了。

装卸工们的脚步声越来越近了。

一个人从队伍里跑了出来，跑到他们前面，是护目镜玛莎。她从艾尔西手中抓过卡罗尔的胳膊，开始用力向前拉，然后朝着艾尔西和蕾切尔大喊："离开这儿！我会留下来陪着卡罗尔。我们不能让你们俩落到他们手里。"

梅尔堡姐妹目瞪口呆地看着玛莎，她们从未想过要抛弃老人独自逃走。还有，难道玛莎就不会被抓住吗？玛莎猜到了他们的想法，大声说道："抓住我总比抓住你们强，你们有丛林魔法，必须得走！"

"不，玛莎。"艾尔西反对道。

"孩子们，"卡罗尔说，"玛莎说得很对，我们不能让他们抓住你们。你们拥有了不起的能力。"

蕾切尔明白他们说得有道理，她抓住艾尔西说："走吧，妹妹，真的，都待在一起太危险了，我们必须得走。"这是蕾切尔第一次愿意正视自己不同寻常的能力。

玛莎充满恐惧的脸上挤出一丝笑容。"我会没事的，"她说，"我留下来和卡罗尔一起，我会照看好他的。"

梅尔堡姐妹离开老人，以她们最快的速度朝着远处那帮孩子慌忙逃跑的方向飞奔而去。直到她们跑得足够远了,艾尔西才鼓起勇气朝后看了一眼,看见装卸工们抓住了老人和她们的小伙伴。玛莎被他们强壮的胳膊晃来晃去,有两个男人一边粗鲁地对卡罗尔说话,一边将他的胳膊扭在身后,其余的人也都赶了过去。艾尔西感到揪心的痛,实在看不下去了。她转身面朝前方的道路——一条漫长、蜿蜒的小路,通向工业废墟地那不可知的更深处。她用一生中从未有过的速度开始向前奔跑。

🌿

接下来的事情普鲁是知道的,她觉得自己好像躺在羊毛毯子里。黑暗的天空中,远方城市的灯光映射在层层乌云中。尽管雨下得更大了,但普鲁躺在大熊的怀抱中,熊的身体挡住了大部分的风雨。熊低头看着普鲁,疲倦的眼神中充满了温柔。普鲁能感觉到他的金属假肢冷冷地贴在她的身侧。

"艾斯本?"她试着问。

熊没有吱声,普鲁屁股的右上方像被电钻钻过般隐隐作痛,脸上更是针扎一样刺痛。远处响起一声低沉的哨子声,熊抬头望了望,鼻孔里喷出热气。声音是火车启动时发出的。

"是马戏团,"普鲁说道,"他们要离开了。"

熊只是点了点头,然后横抱起普鲁,把她带到几码外一个用波纹金属搭起来的小披屋里。熊把普鲁轻轻地放在一块破地毯上,然后把找到的几根木头堆在火坑里。

"你为什么没和他们在一起?你为什么不走?"她急切地问。

熊停下手里的活儿,似乎在试着理解女孩的问题,接着又继续生火了(由于安着假肢,行动略显笨拙)。

普鲁试着挪动了一下，疼痛如钻心一般袭来，她叹了口气，看来自己暂时是动弹不得的。她小心翼翼地把手放在臀部，能感觉到衣服都被血浸透了。得救之前的记忆纷乱地涌来——她突然获得的能够操纵植物的力量，植物们发出的声音，在动物和人类形体间转换的怪物的叫声……

"达拉……"普鲁很快想起来，急忙问道，"她怎么了？死了吗？"

熊只是点了点头。

"如此说来你是能听懂的，但你是不是不会说话？"

熊面色凝重地看着她。他放下钩子手中拿着的几块木头，深呼吸了一下，然后用低沉且铿锵的声调开始讲话，在普鲁听起来好像是十五年不用的轿车排气管发出的声音一样。"不，"他清了清嗓子接着说道，"我会说话，但说实话，我不觉得有这个必要，直到遇见了你。"

"为什么呢？"普鲁问道。

"就像有的人只想做一个普普通通的人一样，我只想做一头简简单单的熊，而不是一头丛林熊，也不是地上居民。仅仅是一头熊，听起来很奇怪吧？"

"不奇怪，"普鲁说，"对不起。"看到熊回去继续生火，普鲁便不再说话。一堆柴火擦了起来，熊拿着一盒火柴，摸索着想点火。普鲁说："让我来吧。"

熊快速地说了声谢谢，把火柴盒扔给了普鲁。普鲁举起一小簇火焰，移到柴火下面的引火纸上，很快，一团燃起的炽热火光给这间小披屋带来了温暖。普鲁看到火焰光在熊肥硕的脸上来回跳动。她试着坐下，但身体一侧的疼痛让她无法忍受。

"别动，"艾斯本说，"和狐妖的搏斗让你受了很重的伤。你激怒的那个怪物着实可怕，和她拼蛮力太不明智了。"他在挎在肩上的露营包里翻找，拽出一件破旧的T恤衫，"我会处理这些伤口的，越早处理越好。"

"但是为什么呢？"普鲁打断他，"你为什么回来呢？"

作为回答，艾斯本取出一样东西：印有"齐克"的徽章。徽章上微笑的齐克向普鲁竖起大拇指。"一个城市的鼹鼠曾经救过我的命，让我想起我也应该为别人这么做。"艾斯本把徽章收起来，拿起T恤衫，走到普鲁躺着的地方，用衣服把他的右手钩裹了起来，轻轻擦着她淤黑的伤口。

"我做了一些错事需要纠正，混血儿，"熊说，"我觉得和你相识是向前迈进的第一步。逃跑是没有意义的。"

疼痛一直在加剧，普鲁面部痛苦地扭曲着，扭头转向小屋的出口。雨水向一侧抽打着，灯光在朦胧的乌云中忽隐忽现。马戏团的火车顺着河流驶出小镇，碾压铁轨发出的声音依稀可以听见。马戏团走了，马戏团老板没有发现中间车厢的一个动物笼子空了，那是以前他用来关押受大众欢迎的"明星"的。明星还在这里，却不是在笼子里了，而是在这堆垃圾里，照看着一个受伤的孩子。在这里，这间小披屋里，一堆柴火正在漆黑的夜晚中静静地燃烧。

第二十五章

季　末

听!

雪停了,下起了雨。

听!

穿过从前住过的纵横交错的街道,男孩离开了。他能听见远方火车低沉的机动声音。他渐渐淹没在夜色里。对这个世界来说他是陌生的,从旅行一开始穿着的衣服一直穿到现在。老鼠待在他的肩膀上,鼻子朝外,像暴风雨来临时站立在船头的哨兵。男孩只有一个目标,那就是找到收留自己的家人,他曾经对那个家立过誓。他在心里暗骂自己竟然忽视了曾经的誓言,而且忽视了这么久。他发誓一定要改正错误。树木在地平线上隐约可见,有河流经过,穿过沉睡的城市。那就是他想回去的地方。

听。

一个穿菱形纹毛背心的男人正跪在燃着熊熊烈火的建筑前,他身上满是尘土,眼泪哗哗直流,在挂满煤烟的脸上留下两道干净的泪痕。大火泛起的浓烟波浪式地翻腾起伏,涌入天空。只听见远处响起了火警,但是男人知道,已经太迟了。火势太大,难以开展灭火行动,拯救房屋和他心爱的机器已经不现实了。他能做的只有跪在这潮湿的碎石路上,眼看着一切被烧掉。他的同伴们都走了:穿着长裙的女人,穿修身西装的男人和戴夹鼻眼镜的男人,都走了,只留他独自看着燃烧的房子。他们和一个没有父母的韩国小女孩一起离开了,还有那个盲人老头。女孩一直紧紧贴着盲人,寸步不离。他们得到了想要的,不再需要这个留着山羊胡子、穿菱纹毛衣的男人。男人屏着气,狠狠地发誓,一股复仇的决心从他心底油然而生。

听。

筒仓和烟囱的更深处，有一片废弃的建筑群，窗户是敞开的，房顶也坍塌了。这里很安静，无人居住，甚至在工业废墟地劳苦工作的人也没有理由踏进这片荒凉之地。大路坑洼不平，人行道也破烂不堪。但是现在一群疲惫的孩子进来寻找避难之所。他们跑了很长的一段路才到达这里，追他们的人在老早之前就放弃了追捕。他们的步子缓慢而沉重。由于丢了两个成员——韩国女孩和盲人老头，他们心情沉重。队伍前面是两个手牵着手的女孩，其中一个稍大点，她们俩一个是直发，一个是鬈发。小一点的鬈发女孩，手里抱着一个别的孩子从火灾中救出来的娃娃。与心爱的玩具重聚是令人愉快的——她一直不停地拍打着娃娃后背的按钮，让她说话——可突然，她陷入了沉思中。她在想，将来会是什么样子呢？她看着姐姐，姐姐脸上坚定的表情让她重新鼓起了勇气。她们知道了一个关于自己的奇怪秘密，一个可能会让她们找到失散已久的兄弟的秘密。但是首先，她们必须先救她们的

朋友。这时,一个大广场进入了这群孩子的视线,广场中央是一栋屋顶完好无损的房子。孩子们朝着房子的方向走去,就好像被房子的引力吸住了一样。也许那会是他们的家吧。

听!

远处有一间简陋的小屋,屋顶是用丢弃的一片片金属搭建起来的,一头熊正往一小堆篝火里不断添柴,为一个小女孩暖身子。女孩醒着,直盯着火焰发呆。雨滴降落在屋顶的金属片上,降落在门口的垃圾堆上。女孩正在思考她必须要做的所有事情,惊讶于这些事看起来似乎很有难度!她担心父母和弟弟的近况。她在考虑植物们对她说过的那些话,还有她怎样才能清楚地与它们交流。最让她好奇的还是那个机械男孩的处境,他睡在阴森森的陵墓中,在一片遥远的、非同寻常的土地上。女孩和熊还有很多事情要做,但她坚信这样做没错,因为这都是议会树的旨意。

听！

那些城市景观，那正在燃烧的建筑，那被遗忘的垃圾堆，那废弃的广场……正高高俯瞰这一切的，是一大片翠绿，是参天的大树，以及如巨毯一般的大片蕨类和苔藓。在它们里面，存在一个鲜活的世界。

这片丛林的最南部，一座城市正在沉睡。某栋大厦的窗户紧闭着，寂静中传来一阵阵低语声，有动物的，也有人类的。他们的日常纷争，革命后权力真空带来的个体生命朝不保夕，这一切，都可以留待明天再去解决。

群山的某处山脊，远离一片片整洁田地的地方，有一棵大树，它多节不平的枝干曲折盘旋，在乌云密布的阴暗天空下，扎根于肥沃的土地中。一个小男孩坐在这棵树的根茎上冥想，与树的灵魂交谈。所有的一切：在外部世界穿行的男孩和老鼠，着火的房屋前伤心流泪的男人，被俘获的孩子以及她的盲人朋友，寻找新家的迷失的孩子们，金属披屋里的熊，一直思索前路的安静女孩，还有那座沉睡中的城

市——所有的这一切,都被他看在眼里。

雪停了,下起了雨。

冬天即将过去。

春天就要来了。

      本部完